ベルナール・オリヴィエ

サマルカンドへ

ロング・マルシュ　長く歩く II

内藤仲夫・渡辺純◉訳

藤原書店

Bernard OLLIVIER

LONGUE MARCHE II

Vers Samarcande

サマルカンドへ　ロング・マルシュ　長く歩く　II

目次

サマルカンドへ

ロング・マルシュ　長く歩く　II

ロシア連邦
バイカル湖
モンゴル
日本
朝鮮民主主義
人民共和国
大韓民国
北京
ゴビ砂漠
ウルムチ
ハミ
天山山脈
トルファン
クチャ
敦煌
タリム盆地
黄河
黄海
長江
西安
中華人民共和国
太平洋
台湾
チベット高原
ヒマラヤ山脈
ネパール
ブータン
ガンジス川
バングラデシュ
ミャンマー
ラオス
メコン川
タイ
カンボジア
ベトナム
南シナ海
フィリピン
ベンガル湾
ブルネイ
マレーシア
スリランカ
インド洋
マレーシア
シンガポール
インドネシア

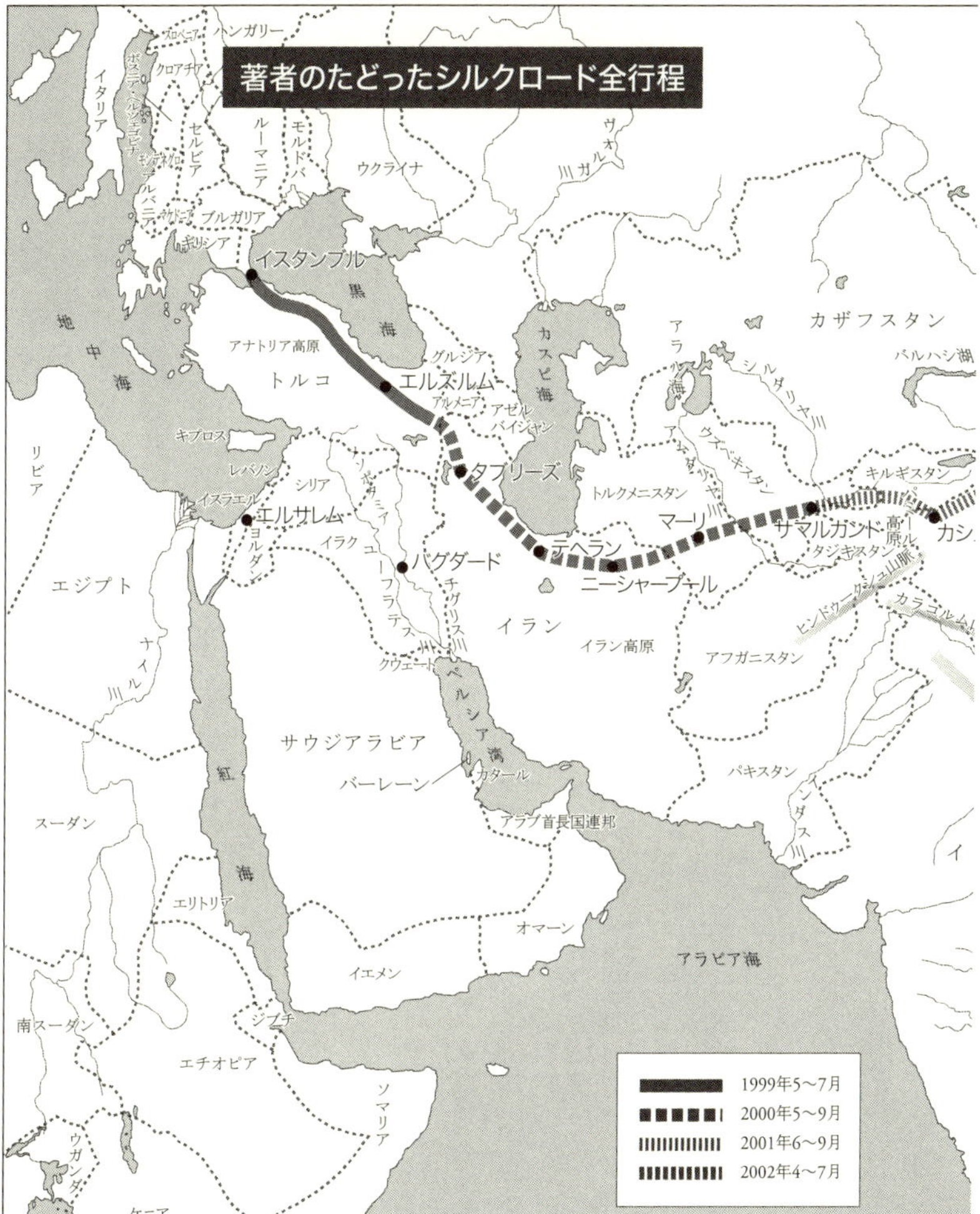
著者のたどったシルクロード全行程
イスタンブル
エルズルム
タブリーズ
テヘラン
ニーシャープール
マーリ
サマルカンド
エルサレム
バグダード
黒海
カスピ海
地中海
紅海
ペルシア湾
アラビア海
アラル海
バルハシ湖
トルコ
アナトリア高原
イラン
イラン高原
カザフスタン
ウズベキスタン
トルクメニスタン
キルギスタン
タジキスタン
アフガニスタン
パキスタン
シリア
イラク
レバノン
イスラエル
ヨルダン
キプロス
エジプト
リビア
スーダン
南スーダン
エリトリア
エチオピア
ジブチ
ソマリア
ケニア
ウガンダ
サウジアラビア
イエメン
オマーン
アラブ首長国連邦
カタール
バーレーン
クウェート
グルジア
アルメニア
アゼルバイジャン
ウクライナ
モルドバ
ルーマニア
ブルガリア
ギリシア
セルビア
ハンガリー
クロアチア
スロベニア
イタリア
シルダリヤ川
アムダリヤ川
ヴォルガ川
ナイル川
ユーフラテス川
チグリス川
インダス川
ヒンドゥークシュ山脈
カラコルム山脈
1999年5～7月
2000年5～9月
2001年6～9月
2002年4～7月

2000年の旅
ドウバヤズトの手前から
サマルカンドまで　3000km
車での移動
カザフスタン
アラル海
シルダリヤ川
ウズベキスタン
キルギスタン
アムダリヤ川
メニスタン
サマルカンド
マシュハド
カラクム砂漠
ブハラ
マーリ
テュルクメナバート
(チャルジョウ)
タジキスタン
ニーシャープール
アフガニスタン

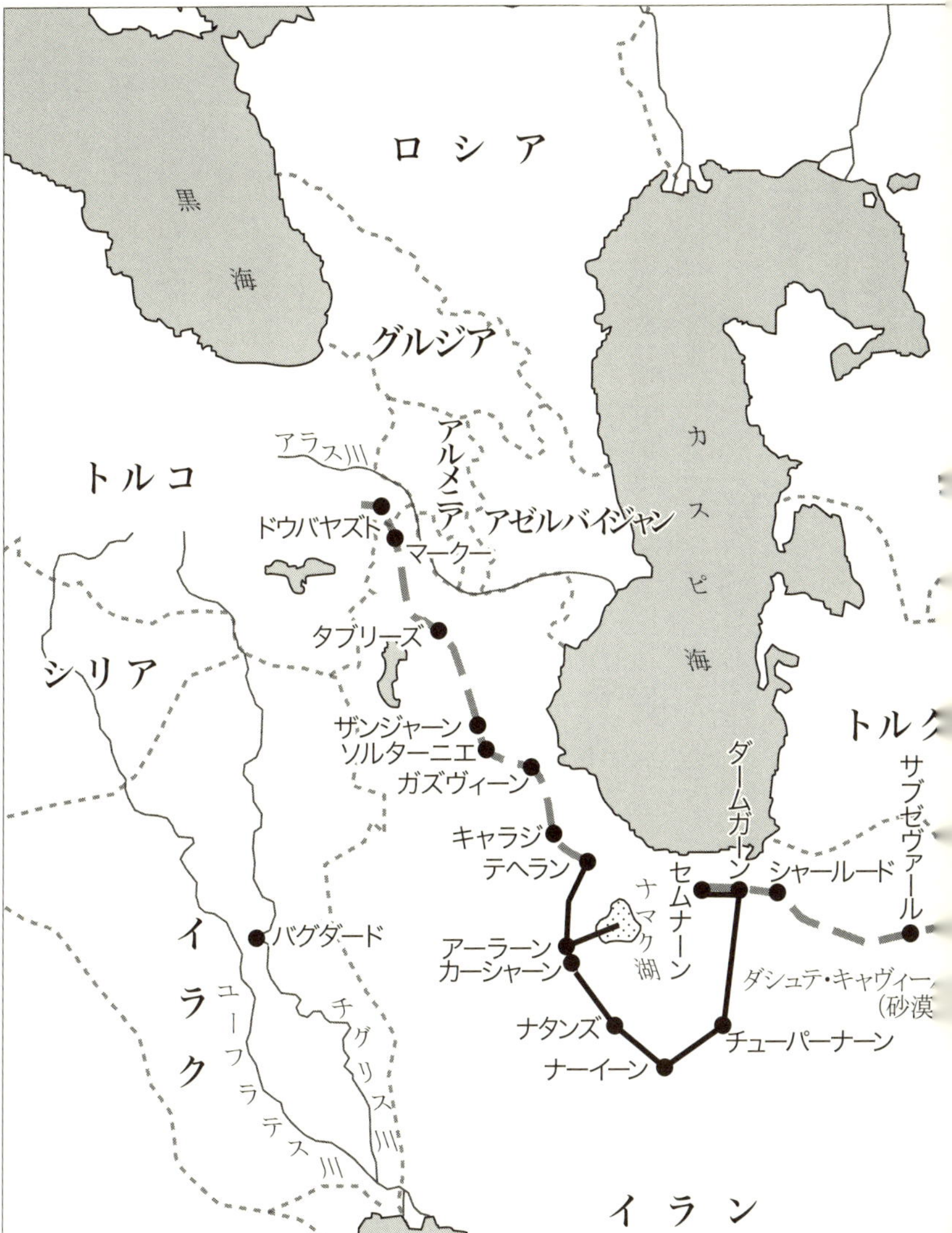
ロシア
黒海
グルジア
アルメニア
アゼルバイジャン
カスピ海
トルコ
トルク
アラス川
ドウバヤズド
マークー
タブリーズ
シリア
ザンジャーン
ソルターニエ
ガズヴィーン
キャラジ
テヘラン
ダームガーン
セムナーン
シャールード
サブゼヴァール
ナマク湖
アーラーン
カーシャーン
バグダード
イラク
ユーフラテス川
チグリス川
ダシュテ・キャヴィー
（砂漠
ナタンズ
ナーイーン
チューパーナーン
イラン

ごらん、人生という名のキャラバンが過ぎてゆく
幸福に過ぎてゆくわずかな時を逃してはならぬ
酌人《サーキー》よ、お互いの明日を憂えてどうなるものか
さあ、杯を注いでおくれ、じきに夜は過ぎてしまうぞ

オマル・ハイヤーム

嵐　*I*

再出発

二〇〇〇年五月十四日　エルズルムからドウバヤズトへの途上
ゼロ・キロメートル

バスの運転手は理解できない。

「ここで降りたいだって？　草原《ステップ》だぞ、なにもありゃしない。あと十五分でドウバヤズトに着くんだし……」

「いや、いま降りたい。歩きたいんだ」

三千キロの徒歩旅行をどうしてもここから始めたい、そのことを説明するだけの時間も、トルコ語の語彙もない。驚くのも無理はないけれど……。不審顔の運転手は車掌のほうを向き、しばらく言葉を交わす。たぶんこんなことを言っているのだろう。「野原のまんなかに客を置き去りにしても法律には触れんかな？　このヨーロッパ人、いかれてるのか？」

われわれは早朝にエルズルムを発った。このバスに乗るまでに、出発地のパリから飛行機三機を乗り継がねばならなかった。パリ―イスタンブル、イスタンブル―アンカラ、そしてアンカラ―エルズルム。快適な座席におさまって、空の高みから、昨年通った風景が、町々が、村々が、つぎからつぎへと現れるのを眺めた。そして、私はまさにここ、七月の太陽に灼かれたこの荒涼とした風景のなかで、赤痢に打ちのめされて草の上に倒れ伏したのだ。そしていま、その場所から一メートルと違わぬ地点からふたたび出発し、イランのテヘランまで行くはずだった一年目の行程をかたづけようとしている。その先は、ターコイズブルーの丸屋根がそびえる町、子供のころから私を夢に誘ってきたサマルカンドをめざす。そこに着けば、四年かけて、ひとりで歩き通そうと企てたシルクロードの中間点まで来たことになる。だから、どうしても病が自分を打ちのめしたまさにその場所から、中断された旅を再開したい。どう見ても細かいことにこだわりすぎだ。だが、私にとっては、正々堂々としていられるかどうかがここにかかっているのだ。やりとげたいことは、はっきり決めてある。最初からささいな過ちを犯してそれをあっさり投げ出したり、ほいほいと人の誘いに乗って傷物にしたりするつもりはない。中国の西安まで私を導く道を一歩たりと逃しはしない。原理主義者とか偏執狂とか思われてもかまうものか！　というわけで、まずは運転手に停まってもらう必要がある。彼は合点が行ったらしい。

「トイレに行きたい、そうだろ？」

「ちがう、降りて歩きたいんだ」

同僚に向けた身振りと眼差《まなざ》しは雄弁だ。「気違いだ、おれたち、気違いに当たっちまったんだよ」。彼はブレーキをかけることに同意し、私は十五キロのザックとごつい靴の許すかぎり身軽にバスから飛び降りる。このきわめて非常識な振舞いを前に茫然となすすべもない運転手は、バスを再発進させる。

十カ月前にここで起きたことをノスタルジックに回想しているゆとりはない。バスがまだ視界から消えないうちに、ザックから雨具を取り出すいとまもなく、猛烈な風をともなった土砂降りの氷雨が平原を暗くした。上々の滑り出しだ。羊飼いたちがしゃがみこみ、ビニール一枚をかぶって雨をよけるのが見える。寒さと風を忍ぶために身を寄せ合う黒い羊たちの上にふわりと落ちた雪は融けようとせず、子供のころ大好きだった菓子のネーグル・アン・シュミーズ〔「シャツを着た黒人」の意。ホイップクリームをかけたチョコレートケーキ〕に似てくる。ポンチョを防水し直してこなかったので、外側も内側もじきにびしょ濡れになってしまう。あの恐ろしいトルコの犬、カンガルでさえも、地面に這いつくばって嵐が通り過ぎるのを待っている。それほどひどい嵐なのだ。もっとも、これは私にとってはありがたい。この血に飢えた怪物どもに対して私が使える武器は杖しかないのに、その杖を作る暇がなかったし、そもそもこの木の生えない平原では、材料が見つかるはずもないのだから。

風と雪のせいで前に進めない。東から吹く突風がポンチョをふくらませ、体をふらつかせる。容赦なく顔を打つ雨で前が見えず、吹きすさぶ風に負けじと足を踏ん張っても、雨風にもみくちゃにされ、こっぴどく平手打ちを食う。用心のために、羊飼いたちのまねをすることにする。神々から見捨てられたこのステップにはどこにも避難場所がないので、当てずっぽうに突っ走るトラックから遠ざかってしゃがみこむが、私を守ってくれるものは、とっくに寒さにかじかんだ手で豪雨と風が入り込まないように押えているこの頼りないポンチョしかない。ぬくぬくと町に向って走るあの運転手は喜んでいるにちがいない。ざまを見ろ、頑固者め。自業自得さ！

なぜまた旅に？

わざわざこんなときを選んで、パリを出発してから空の上で始めた、どちらかというと悲観的な内省をまたやり出してしまう。答のない疑問がまたぞろ私をさいなむ。私はどこに行こうとしているのか、そしてそれはなぜなのか？　まずなによりも、去年あれほどの苦しみをなめたのに、どうしてまた旅立ってしまったのか——愛する者たち、私を愛してくれていることを痛いほどわからせてくれた者たちに辛《つら》い別れを告げて。

一九九九年五月、イスタンブルを発ってこの長い旅の最初の行程に乗り出したとき、こうした疑問に対する答は簡単だった。私は歩きたかった、方々《ほうぼう》を旅したかった、人々と出会いたかった、この伝説的なシルクロードを一歩ずつゆっくりと知りたかった。熱狂が私を高揚させていた。孤独な歩き旅はきっと実り多いものになるだろうと思っていたし、それをやり遂げるという喜びが、私を前に進ませ、荷物を運び、細々《こまごま》した気苦労のいっさいを耐える助けとなった。私には翼があった。しかし、私がいくら「おめでたい」人間であっても、アナトリア横断の現実は私の歓喜を萎《な》えさせ、決意をいくらか鈍らせた。あちこちに傷ができ、カンガル犬の攻撃を受け、もっとひどいことには人間にも攻撃され、クルド人とトルコ人は内戦状態にあって、どちらの側もきまって私を自分たちの大義に背く者と見なそうとした……そして最後には病とフランスへの緊急移送。計画した四行程のうちのこの最初の行程は、恐怖と苦痛をたっぷり味わうことになった。

今年の旅程を検討してみると、昨年よりましに見えないどころか、どうやらさらに悪くなりそうである。こんなに透水性のある防水合羽という頼りない雨具をかぶってうずくまり、極地なみの冷たい豪雨で体を強張《こわば》らせた私は、雨に煙る道の上でこれからどうしたらいいかを落ち着いて考えることができない。認めなくてはいけない。私は不安を感じているし、正直のところ、心底びくついている。そして、はらわたがよじられるような恐怖を感じるのは、嵐のせいだけではない。

今年は特別に長い旅程を踏破しなければならない。当初予定したテヘラン—サマルカンド間の二千百キロという距離に加えて、去年歩けなかった部分、すなわち約九百キロをかたづけねばならないからである。ところが、私が横断する三つの国の評判はおぞましいかぎりだ。イランは、イスラム革命の二十年を通じて、陰惨な暴力、厳格で乱暴な原理主義という自国のイメージを全世界に見せつけてきたし、今日その門戸をわずかに開いているのも、長年にわたる孤立とイラクとの苛烈な戦争を経た後のことにすぎない。イランのつぎに取りかかるトルクメニスタン——かつてのソ連の共和国——は、もっとも猛々しい自由主義者に転向したばかりの元共産党の特権層によって統治されている。ウズベキスタンもおなじことで、やはりかつての「党」の幹部による圧政が布《し》かれている。このふたつの国は、私が読んだり聞いたりしたところでは、原則としてべルリンの壁とともに崩壊したはずの体制の欠点に加えて、マフィア的資本主義の最悪の欠陥をもたらすことに成功した。これら三つの国は、給料の安いたくさんの警察をかかえていて、その警察が単独旅行者から容赦なく金品を巻き上げるという評判だ。まったく先が思いやられるが、ここまでのことはまだなんとかなる。今後、立ち向かわざるを得なくなるのは政治的なリスクだけではないのだ。私は五月に出発し、旅行の大部分は夏になるわけだが、その夏のさなかに中央アジアでもっとも暑さの厳しい砂漠に数えられる三つの砂漠を横断するか、その縁を通るかしなければならず、この砂漠にはコブラやサソリやタランチュラのようなおつきあいを遠慮したい小動物が棲《す》んでいる。ところが、私は人間に由来する危険にはそれほど怖がらずに対することができるのだけれど、這ったり、刺したりするものすべてには縮み上がってしまい、蚊を一匹目にしただけで虫酸《むしず》が走るのだ。そのうえ、私は一回目の旅行で引き起こされた健康問題を解決しないまま出発しようとしているし――医者にだってできないことはある――、持ってきた医薬品の量は去年の四倍に増えたが、だからといって安心できるわけではない。

雨にうなだれ、雨樋のように鼻から膝と膝のあいだに垂れる水滴を数えながら、あらゆる理性に反して、計画を続行するためのよい理由をいくつか見つけようとする。一週間前、パリではまだ理由は明快だった。だが、出発の日が近づくにつれ、それが怪しくなってきたのもたしかだ。さあ、元気を出して、今日の自分がとらわれている小さな気苦労なんか鼻で笑ってやるという気概を取り戻し、この非常識な徒歩旅行がもたらしてくれる未来の幸福にだけ目を向けるようにしなければ。去年、トルコでは魔法の時を、自分と世界のあいだに妙《たえ》なる調和が現れ、時間を止められないのがくやしくなるような、うつろいやすい瞬間を経験した。われわれ人間の生の不条理をまぬかれた、ムクドリの飛翔のように束の間の充実した瞬間、悲しみがまたおとずれたときに思い出すのがよい瞬間。私が旅立つのはこの幸福を求めてのことであり、二千年以上にわたってわれわれを新しい世界に導いてきたシルクロードには、こういう歓喜の時を生み出す力があると思うのだ。どんなことがあろうと、その終着点まで行きたい。少なくとも体力が許すかぎり遠くまで行きたい。私は年をとり、六十二歳のいま、ここまではついてきてくれた良好な健康状態が、この先も持つかどうか自信がないのだ。

とはいえ、私のなかにはもともと無分別ともいえる楽観主義が根づいていて、それはつねに、ジャーナリストとしての職業生活を通じて努めてきたように、どんな犠牲を払おうと、受け取った情報を自分自身で確かめるように私を駆り立てる。長い孤立状態を経て、世界に少しだけ門戸を開いたこれら三つの国に、私は怯《おび》えを感じているが、同時に惹《ひ》きつけられてもいる。とにかく知りたいのだ。そしてなによりも、孤独に対する欲求と恐れ、そのふたつが入り混じった思いがある。それは、この遅ればせのイニシエーションのような長い旅の終りに、私を自分自身の果てに導くことができ、導いてくれるはずではないか。

不安を抱えて

激しい雨がやむと、水びたしの靴のまま、平らでまっすぐに続く道を体を暖めるために早足で歩きはじめ、一刻も早く町に着くことをめざした。町では、あの運転手がすでにニュースを吹《ふい》聴《ちょう》しているにちがいない。バスを利用するより、歩いて追っかけたいという、いかれた外国人に会ったぜ。

三時間と十八キロの後、十カ月前に恐ろしい時を過したドゥバヤズトに入った。そのとき泊ったホテルは所有者が替り、見知った顔がひとつもない。空はどんよりとして、肌寒いくらいで、アララト山の白く凍った見事な円錐《えんすい》——先週、そこで登山者がひとり死んだそうだ——は、雲のかたまりに隠れている。小さな食堂で、羊肉の串焼きと米料理の夕食をとる。うまいとも思わずに、上の空で食べ物を噛みながら、パリを発って以来、離れようとしない暗い思いを追い払おうとする。ホテルにもどると、正直のところ、目的地に辿《たど》り着ける可能性は十にひとつもないだろうと思う。そこで、もう一度わが身を奮い立たせ、眠りに落ちる前には、このシルクロードを四年で踏破できないとしたら、五年かければいいじゃないか、と考えて、落ち着きをとりもどす。それから真面目に考える。これから発見しようとしている世界は、私が後にしてきた世界より悪いところか？　われわれの都市をかきみだす気がかりな狂気、蔓延《まんえん》するストレス、あらゆる不正な企みの動因となる欲望、その最終目的である権力、美徳の地位にまで格上げされた攻撃性、こうしたものは、私がこれから向かう遠くの国々よりも安心できるものだろうか？　私は人間の尺度に合せて築かれた世界にもどるのだ。なぜなら、歩行は眼差しを正しい寸法に連れ戻し、時間を支配する仕方を教えるからだ。歩く者は王様だ。時流に逆らっていることで苦しむが、元気になるために、整体院の治療台より、広々した空間を選んだ王様だ……。私は頭と体を、そこに積もり積もった束縛から解き放ちたいのだし、恐怖からも解き放ちたい……。

眠りは浅い。このところ鍛える暇のなかった筋肉が張りぎみで、去年とおなじように、通りでけたたましく喧嘩《けんか》する野犬の群にひっきりなしに眠りを破られる。朝、空は相変らずどんよりしたままだ。まったく、ドゥバヤズトは私にとって鬼門である。急いでここを離れる。小さな店の前で、ひょろっとした老人が杖を束にして売っている。ひと束いくら？　二十五万リラ、と男は言う。私は念入りに杖を一本選び、十万リラ札を差し出す。相手はぼろ儲けのチャンスを嗅《か》ぎつけ、さらに多く、もっともっと多くを要求し、しばし迷った末、私の手から高額紙幣をもぎ取ろうとする。そのとき、いくらか知っている英語を使ってみたい警官がやってきた。「どうしたんだ？」と彼は尋ねる。猫をかぶった男は、長々と演説をぶつ。巡査が通訳する。

「杖をプレゼントしたいそうだよ。これっぽっちのもので金を払わせるわけにはゆかないと言ってる」

そして、一分前には私をちょろまかそうとしたペテン師が、気前よくくれてやった札をもったいぶって返してよこす。私は思わず吹き出し、大仰に礼を言う……。あちらもこちらもしたたか者だ。

道に出ると、愉快な気分も長くは続かない。ノルマンディーの私の基地では、体を少しずつ慣らすために、最初の一週間はほどほどの行程にすることにした。二日目に予定した短い距離は、調子を取り戻すのに理想的なものだ。ところが、二十一キロ歩いて泊ることに決めていたテルチェケルという村は、あばら屋が何軒かあるだけである。ここでは食堂など期待してもむだだ……。話しかけてくるクルド人はみな、ドルのたいそうな額でアララト山観光を持ちかけてくるが、その山頂はすっぽりと雲に覆われている。車を持っていないヨーロッパ人は、彼らの目には、ばかとしか見えないのだろうか？　私が頑として首を振るので、彼らは戦法を変え、声をそろえて要求する。「バフシシュ〔チップ〕、バフシシュ、バフシシュ……」

私の賢明な決意などどうにでもなれ、国境の村ギュルブラクまで行ってしまおう。そこで宿に泊り、明日は土地の名所を訪ねて休息しよう。それは今世紀のはじめ、村から四キロのところに落ちた巨大な隕石《いんせき》が残した穴である。それを見てから、イランに入ることにしよう。

兵営の前で、二匹の雑種犬が私を挟み撃ちにして襲ってくる。もちろん、兵隊はひとりも助けに出てこない。杖をかわるがわる一匹ずつに向けるが、一匹から身を守ろうと、もう一匹に背を向けるたびに、少しずつ間合いをつめてくる。すぐに危うい形勢となり、そのときやっと思いやりのある歩哨の兵士が現れる。彼がかがんで石ころを拾うと、犬どもはたちまち静まり、おびえて去ってゆく。この教訓を覚えておこう……。

午《ひる》、道端に坐ってパンと干イチジクの昼食をとる。どうしようもない、頭がどこかに行ってしまい、自分のいまやっていることに集中できない。ほんとうは体調が万全でないのだ。冷たく、細かい霧雨がステップに降る。長い鋤《すき》を肩にかつぎ、馬に乗って畑から帰ってくる三十くらいの男が、歯のない口を開けてほほえみ、愛想のよい、挨拶のように思われる言葉をかけてくる。しかし、その後まもなく、気の荒そうな二人の男がトラックを停め、つっけんどんに金をくれと言う。三十五キロ歩き、へとへとになって着いたギュルブラクでは、別の失望が待っていた。ここにはホテルなど一軒もない。みすぼらしい土の家が何軒かと、団地のアパートのような税関職員のための建物がステップにちらばっている。トラックの群が、雨と漏れ出たオイルと軽油のためにぬかるみに変ってしまった草地に、これ以上はない乱雑さで駐《と》められている。荒廃、潰走《かいそう》の光景だ。だが、両替屋の一団はめざとく、札束を振りかざしながら襲いかかってくる。ドル札はポケットのいちばん奥にしまいこまれているにちがいない。

「持ってるのはドルかい、マルクかい?」一番乗りした男が言う。

この両替所はどうも気に入らない。しかし、男は放してくれない。

「一ドルが七千リヤール!」と食い下がる。

ドウバヤズトでの言い値は五千だった。だが、いま言ったように、気を滅入らせるこの場所では取引をしたくない。男は後をついてくる。

「七千二百、七千五百、七千八百、八千!」

私は負けず、しつこい男たちから逃れようとする。

「八千二百！」

妥協しないかぎり、彼らを厄介払いできないことがわかる。それで、ドルをいくらかと、残ったトルコ・リラを両替する。国境を越えてからわかったが、イランでは一ドルが九千五百リヤールになるのだった。

男は、国境の向う側のバーザルガーンにはホテルが何軒かあると請け合う。そこで、足は重く、ザックは肩に食い込むけれど、ものは試しと、今日の夕方、国境を越えることに決める。隕石孔よ、さらば。

国境を越えると……

トラックのジャングルのなかでやっと道を見つけ、広いホールに入った。トルコの出国管理所だ。百人ほどがすしづめになり、その大部分は一本の手すりのこちらに押し込まれている。いちばん奥で、小さな窓口の前に人だかりができている。何語にしろ、手続きの仕方を説明するものはいっさいいない。むっとする煙草の臭いが充満し、床はぬかるみ状態だ。親切な若者が、片言の英語で、もういやになるほどうろうろしている私を助けに来てくれる。

「手すりのこちらで行列に並ぶんだよ。辛抱しなきゃ。ぼくは友達ともう四時間ここにいて、まだそれと同じくらい待たないといけない。交代で順番待ちをしてるんだ」

どっと疲れが押し寄せる。この非現実的な場所で、ぺちゃくちゃおしゃべりし合う人ごみにまじって、まだ何時間も立ったままでいるのかと思うと、げんなりする。けれども、坐ることなどできない。そもそもベンチはどこにもないし、私には行列について待ちつづけてくれる相棒もいない。荷物に尻をのせてしゃがみこもうとするが、ぎゅうづめの人々の圧力で息がつまりそうだ。

待ち時間はいつ果てるともしれない。奥の窓口のそばで、疲労と不親切さ――こんな言葉では言い足りないが――にいらだった腕っぷしの強そうな男が三人、どなり合いのあげく、なぐり合いをはじめる。男たちは手すりにそって進むあいだは、おとなしく決まりにしたがうが、窓口に近づいて柵がなくなると、こっそり割りこもうとする抜け目のないやつが出てくるのだ。ここにいるのは、たいていイラン人かトルコ人の運転手である。私の隣の男は、自分は特殊なケースだと言う。彼はイスタンブルで身分証明書と金を盗まれた。トルコ警察に通行証をもらったが、故郷に帰るのにそれだけで十分かわからないということだ。私と同時にここに入ったビジネスマン――スーツ姿、それも申し分のないスーツなので、それと察せられる――は、ためらうことなくガラス戸のほうに向かった。戸のむこうには、係官がひとり、書類の重みで崩れそうな机に置いた茶を飲んでいるのが見える。特別待遇の男はほどなく外に出てくる。ここの常連なのか、袖の下を使ったのか？　それはわからないが、とにかく効果てきめんだ。彼は「開け、ゴマ」のような魔法の扉を通ってゆく。扉を守る太鼓腹の小男がしきりにへいこらするが、それは私がここに来てすぐ、空威張りする下っ端役人として目をつけていた男だ。大きな扉はどでかい銅の南京錠で閉じられ、男は人が通り終るたびに錠をかうことを怠らない。この扉を通るには、まずはすねに傷をもたない身であることを証明する必要があるのだ。

トルコ人の係官たちは、人を見下した横柄さを見せる。例の下っ端役人が事務室に行こうとして、人ごみをかきわけねばならなくなったとき、彼は突然わめき出す。そして、気違いじみた乱暴さで人々をひっとらえ、軍隊式に整列させる。ひとりの男が命令に従うのが少し遅れると、壁にむかって激しく突き飛ばす。この恐ろしい権力の濫用《らんよう》を前にしても、だれも抗議しない。じりじりしながら待っている人々は、どんなにいやなことでも我慢しなければ国境を通過できなくなることをよく知っているのだ。

私は運がいい。くだんの窓口にたどり着くのに三時間しかかからない。西洋人という身分が私を守ってくれ、私の前に割り込もうとする者はいない。パスポートにスタンプを押す係官は、弁解しておくのが得策と考える。

「お待たせして申し訳なかったですが、私ももう限界なんですよ。ここまでで六百通のパスポートを検査したうえに、ここではパスポートが六百通ということは、問題も六百あるということでして……」

正式に検印を押され、私は「開け、ゴマ」扉のむこうに行くことを許可される。南京錠がはずされる。そして、出て行ったその先は……歓迎ぶりでは前のとほとんど変らない、もうひとつのホールだ。入口の上にはアタテュルクの肖像があった。イランに通ずる出口のドアの上にはホメイニとハメネイの肖像。イランの二人のイスラム指導者が唯一の装飾だ。だが、この中立地帯の雰囲気は、トルコの出国管理所のホールとははっきりとちがう。コンクリートのベンチが、窓のない、天井の高いホールを取り囲むように置かれている。男たちがそこに坐っておしゃべりを交わすようすは、もはや先ほどの殺気立った世界ではない。運転手たちはみな、仲間の一人にパスポートを預けている。私が近づくと、場所をあけてくれる。ほどなくドアが開き、イランの係官がパスポートの山を手に取る。そのベテラン係官は温かい笑みを浮べて私のパスポートを取り上げ、いちばん上に置く。英語のできるイラン人が話しかけてくる。みんなが私の国籍や旅の詳しい話を知りたがる。私を囲んで人の輪ができ、話はトルコ語やペルシャ語に通訳される。

ふたたびドアが開き、係官が私に来るように言う。私はこう言いながら抗議する、ほかの人たちのほうが先に来てたんだから、そんなふうにする理由はまったく……。しかし、運転手たちは親愛のこもった表情を浮べ、道中気をつけて、と言いながら私を前に押し出す。

ドアのむこうでは、試練を覚悟していたのだが、やさしいふたつの顔が窓口で私を迎える。そのうちのひとりがパスポートを差し出し、挨拶する。つぎの部屋では税関職員が、ザックを開ける必要はない、行っていい、と告げる。パリでさんざんおどかされた、ぞっとするような癇癪《かんしやく》持ちには、これまでのところひとりも出会っていない。またひとつドア、それは日をさんさんと浴びた庭に大きく開け放たれている。敷居をまたぐ。ついにイランだ。すぐに風景が変ったことにびっくりする。バーザルガーンの町は、国境の建物が立つ低い山のふもとに広がっている。尾根には哨舎と有刺鉄線。こちら側の斜面は、トラックの果てしない列が行儀よくまっすぐに並ぶ舗装された長い下り坂。ずっと下のほうに、大型トラックが列をなして駐まっている駐車場が二カ所。隣側の無秩序と汚さとは雲泥の差だ。

三百メートルも行かないうちに、若い兵隊が追いついてくる。

「ぼくはイミグレーションの職員だけど、仕事は終ったんだ。なにか手伝えることある？」

村に向かって下りて行くあいだ、いまは出入国管理隊で兵役についているが、自分は簿記を学んだのだと語る。イランの金が要る？　いや。彼はこちらに走ってくる両替屋たちを上手に遠ざける。ホテルが要る？　彼は通りに並ぶ何軒もの宿屋のひとつに私を案内し、主人に宿代をかけあってから去ってゆく。私が泊ったこのイランで最初のホテルは、トルコのあちこちで泊ったホテルとほとんど変らない。けれども、よく考えると、ひとつ違うところがある。お決まりの浴室の水漏れが、ここではずっと我慢しやすいのだ。

イランの驚き

翌朝、出発がいささか辛い。筋肉が凝り、旅行者下痢症がもう始まってしまった……。イランでの最初の行程であるバーザルガーン—マークー間の二十二キロが、いっかな終りそうもなく思える。くたびれ果てて、ホテルを見つけるとすぐ、ベッドに身を投げ、二時間のあいだ泥のように眠る。

ここは歩く者にやさしいところだ。この国は、がちがちの宗教的信条にこりかたまり、外国人に反感を持つ人々ばかりだと思っていた。ところが、私は出会った住民たちが示してくれる親切さと温かい思いやりに驚きっぱなしだ。村人たちは私とすれちがうと、共通の言葉がないので、お辞儀か、心臓に手を当てながら浮べるほほえみで挨拶してくれる。握手しにくる人たちは、思いをこめて、私の手を両の手の平でぎゅっと握り締める。子供たちは私を取り囲むが、それはけっして物乞いとか、金やプレゼントを要求するためではない。マフマドという十歳くらいの少年がしばらくついてきて、やがて弟も仲間入りする。自分はフランス人で、名前はベルナールだということを、なんとか説明できる。するとすぐ、ほかの子供たちが私を取り囲み、じれったそうにする。ケヴェンという、髪の黒い、澄んだ眼をしたおしゃべりな子が、私が理解しているかどうかなどおかまいなしに、とめどなく言葉を繰り出す。口コミは効果的だ。あちこちの路地から子供の群が飛び出してくる。村のはずれに着くころには、ゆうに三十人くらい私につきしたがっている。

ひとりに戻ると、新しい風景に見入りながら、自分のリズムで歩く。平地は耕され、樺《かば》の並木は淡い緑色をしている。いまは五月、猛暑はまだ先だ。突然、はっとして立ち止まる。遠く、台地のうえに、アララト山が雲ひとつかからぬその円錐を現し、日の光に輝いている。束の間の贈物だ。十分後にはふたたび雲のチャドルをかぶってしまったのだから。

この国の慣習と禁忌が知りたくて、目をいっぱいに見開く。人々の感情を害さないように、私は歩き屋としてはあまりふつうでない恰好《かっこう》をしてきた。ポケットがたくさんついた長ズボンと、長袖のゆったりとした白いシャツである。これほど身をおおう服には慣れていないので、めちゃくちゃに汗をかく。だが、このことについても知っているのだ。何日か不愉快な思いをしたら、暑さに適応できるだろう、と。

ここの男女の服装は、体を隠すように作られている。しかし、男は妻や娘たちと違って、好きなものを着る自由がある。女たちには三種類の服装がある。西洋人の私の目にいちばん異様に映り、いちばん気持がよくないのはチャドル、あの髪の毛から足までをおおう黒い布である。ずれないように、片手が顎の下で布をつかんで、顔と額の一部しか見えないようにし、もう一方の手が胸か腹の高さで布を押える。母親が子供と手をつなぐときは、肘《ひじ》から先だけが、もちろんそこも服につつまれているのだが、チャドルの外に出る。どうしても顔を隠しておきたい場合は、歯で布をかみしめる。

女はコートを着ることもできる。たいてい黒く、マグナエという頭巾をかぶって完全になる。ここまでの二種の服装は、国家公務員の女性全員に義務づけられている。

より自由な第三の服装は、ほぼ中流ないしブルジョワ階級への帰属を示す印となっている。たいてい明るい色をしたコートは、かならずしも下まで留められず、開いた裾から時折ブルージーンズをのぞかせる。暗色のスカーフは髪を完全に隠すように結ばれる。ただし、なかには軽やかな色合いのスカーフで自己主張する勇気のある女性もいる。どんな靴をはいていようと、足が靴下に隠されていることは言うまでもない……。

男は半袖シャツとは無縁で、ネクタイは禁じられている。数は少ないが、反抗的な者はTシャツを着ている。信心深い男たちは、小さな毛糸の帽子をかぶっている。

国家は、恐怖の的の「コミテ」を通して、これらの服装が守られるよう絶えず注意を払っている。しかし、この仕事を任された番人たちは、女にしか関心がない。後になって聞いた話だが、非難の眼差しを集めながらも、これ見よがしにネクタイを身に着けたアゼルバイジャン人の老人たちさえいるが、まったくお咎めなしだそうだ。ところが、女がほんのわずかほつれ毛を見せただけで、通りや公園を私服でくまなく巡回するコミテの介入を招くのである。

私のザックとごつい靴は、もちろん注目を集める。軍人、そのつぎは自動車修理屋が、茶をふるまい……好奇心を満足させようと私をよびとめる。修理工場の前で、ひとつしかない背もたれつきの椅子をすすめられ、スツールに茶のポットとコップが置かれる。近所の商人が五、六人、まわりにしゃがみこみ、私は文字通り雨あられと降る質問を浴びる。パリでソフィーに手伝ってもらって用意したラミネート加工したカードをのぞきこみながら、発音がわかるようにローマ字で記したペルシャ語の文をたどたどしく読み上げる。私がときどき言葉の間違いをするので、一同大喜びだ。「私はおんなやもめです」と言ってしまうと──たぶんこの国では性を間違えるなんて考えられないせいだろう──みんな腹をかかえて笑う。砂糖をひとかけ口のなかに入れて、熱い茶をすするたびにそれを溶かしてゆくことを覚える。しかし、ドイツ人のキャンピングカー二十台ほどからなるキャラバンが村に押し寄せると、私は好奇の的という地位を失ってしまう。修理屋は身振り手振りで、あんたも彼らのようにしたらいいと言う。私も手振り言語で答える。じかに触れられる旅行者と、遠くから見るだけの旅行者と、どっちがいい？　この質問がわれわれの友情を固め、オイルまみれの大きな手が私の手をたたきにくる。

この休憩のあいだ、そばのロータリーで緑色の制服を窮屈そうに着込み、オーケストラの指揮者よろしく交通整理にあたる警官の身振りをずっと観察していた。この見事に秩序立ったバレエの身振りは、私をつねに魅了してきたもので、これには国境など関係ないということが確認できる。同僚が交代にくると、警官は軍人ぽい動作でサングラスをはずし、重々しく同僚に差し出す。たぶん制服の一部なのだろう……。いずれにせよ、それは掛ける者に権威を与えるらしい……。

アルメニア教会見物

マークーで一日の休息をとる。ドウバヤズト──バーザルガーン間の大行程がまだこたえているが、ほんとうに疲れたとは感じない。だが、去年の経験から、とにかく自分自身を信用してはならないということがよくわかっている。歩行の至福は、ダイビングの窒素酔いに似ているかもしれない。先へ先へと行くことの幸福は、体の警告を無視してしまうほどなのだ。過労は私を弱らせ、怪しげな衛生状態で暮らしているだけに、ほんのささいな黴菌《ばいきん》にやられかねなくなるだろう。そこで大事をとり、万歩計がここまでの総計をわずか八十二キロとしか示していないのに、最初の休憩日をとることにした。
この一日を利用して、マークーから二十キロほどのところにあるガラ・ケリーサー（黒の教会）の見学に行くことにする。毎年、六月十九日には、アルメニア人のキリスト教徒が恒例のミサに参列するためにこの聖タダイ教会にやってくる。村には宿泊施設がまったくないので、信者たちは教会のまわりでキャンプする。その光景は、よそではお目にかかれない壮観らしい。しかし、いくらアルメニア人のキリスト教徒たちを見るためでも、そこでひと月もキャンプする気にはなれない。

運転手のアリーとガイドのメフディーのついたタクシーをチャーターしたが、メフディーはなんにしろガイドなどできないことがすぐに明らかになる。彼の英語は私のペルシャ語とどっこいどっこいで、教会のある高地の峡谷へと通ずる険しい道に沿ってスローガンの書かれた岩が並んでいたのだが、私にとってその意味は永遠に謎のままだろう。だが、たぶんそれは、彼が訳したくないからだろう、と私は思う。実際、まだ目的地に着く前に、彼が嘘をつく現場を押える。建設中の刑務所でしかありえないもの（四隅に監視塔の立った窓のない高い塀）の前で、メフディーに「新しい刑務所？」と尋ねると、ちょっと考えてから、「いや、競技場だよ」と答えるのだ。

私は「ピノチェト式の？」とつけくわえたくなるが、やめておく〔ピノチェトは一九七三年、チリでクーデターを起こし、アジェンデの社会主義政権を支えた人々を競技場に集めて虐殺した〕。とはいえ、ガラ・ケリーサーについても彼がこんなに役立たずなら、もう我慢はできないだろう。

教会は月面のような谷にある。木は一本もなく、丈の低い草も初夏の日射しですでにしおれている。遠くからは、まずはじめに、灰色の山並を背景にして浮び上がる白い石でできた円錐状のものが見える。やがて土地の起伏にしたがって、ゆっくりと美しい教会が姿を現す。左側は谷を見下ろし、その上を大きな雲が流れてゆく。「黒」の教会は、実際には砂色の教会である。それは十世紀に玄武岩で建てられ、名前はそこに由来する。しかし、十三世紀、ついで十七世紀に地震によって破壊された。玄武岩の石材の一部は、敷地を囲む壁と、黒っぽい環と明るい色の環とを交互に積み重ねた塔に再利用された。この小さな建築のプロポーションは完璧だ。私のガイドは――心配していたとおり――教会のことをろくに説明できず、アリーと一緒に自分たちが軽蔑する宗教の聖所に対して尊敬のかけらもなく、大声をあげながら、楽しげなふざけ合いに興じる。

ガラ・ケリーサーの近くにあるアルメニア人の小さな村では、強烈な色彩の服を着た女たちが立ち働き、男たちはじきにやってくる夏に備えて、灌漑設備の補修に余念がない。以前は真っ青だった長いスカートをはいた小さな女の子が来て、写真を撮って、と言いながら、私の前にじっと立つ。あざやかな緋色《ひいろ》のチョッキとはじけるような笑顔が私を魅了する……が、カメラを向けるが早いか、真面目くさった、ほとんど悲しそうな顔つきになってしまう。笑みを浮べさせられるかと期待して飴玉をやるが、まるで効果なく、自分のシャツで留め方を教えてから、彼女の手にのせたピンバッジでもやはりだめだ。この軽くて、かさばらないお土産に子供たちは大喜びする。友人や読者が――場合によっては、自分のコレクションを手放して――出発の前にピンバッジを何百と送ってくれた。その方々には安心していただきたい、それはちゃんと配られるから。なぜなら、一九五六年には千九百万だったイランの人口は、イラクとの戦争で若年人口を減少させる人命の損失があったにもかかわらず、一九九六年には七千万近くになったからである。

けれども、戦争の爪痕はどこにでもある。どの町にも、どの村にも、戦闘で命を落とした「殉教者」を描いた大きな肖像画がある。そして、墓地にはイラン国旗をのせた彼らの墓がたくさんあり、それはフランスの田舎で見かける第一次世界大戦をたたえる記念碑を思い出させる。

町に帰り、郵便局に行こうとして道を男にたずねると、むこうからも私がここにいるわけを聞かれ、外国人のまわりに人だかりができる。髭を剃りたて——ここではめったに見ない——で、ふつうよりあかぬけた身なりのイラン人が、質問の通訳を買って出る。彼は英語がうまい。私はそれをほめる。

「英語は赤十字の人たちに習ったんです。イラクで五年間捕虜だったのでね」

「五年！　とんでもないことだ……」

彼は左右に視線を投げて、ここにいる人はだれも理解できないことを確かめると、私の腕をとり、自分の言うことがよりよく伝わるように、ぎゅっと締めつける。

「この国では二十年前からとんでもないことが続いてるんですよ、マイ・フレンド」

そして、つい口が滑ったとでもいうように、振り返りもせずに足早に去って行く。

私はそこに残って、考えこむ。私はイスラムの戒律で一丸となった、敵対的な国民に出会うものと思っていた。ところがいま、ムッラー〔聖職者〕たちの体制への一人目の反対者に出会った。二十年といえば、アッラーの名において、ホメイニ師を権力の座に据えた「革命」の年齢である。

ホテルの前の階段に坐り、夕暮れ時の心地よさを楽しみながら、道行く人々を眺める。色の白い顔に黒々とした弓なりの眉をした若い女が、チャドルが後ろにずれたままにし、黒っぽい豊かな髪をあらわにしている。チャドルは腹のあたりで片手で押えるのみで、黒い布は胸のふくらみを描き、ジーンズ地の青いズボンをはいた長い脚をかいま見せている。この女からは、チャドルにもかかわらず——いや、むしろチャドルとそのまとい方のゆえに、無言の抗議と、はっきり感じとれる官能性が放射されている。私は彼女を目で追うが、ファッションショーのモデルさながら、すらりとした体をゆすりながら、すたすたと遠ざかってゆく。

ＧＰＳ登場

マークーでの休息日で元気を取り戻した私は、ふくらはぎもしなやかに、ふたたび道につく。一時間以上歩いて、ひっそりと町が隠れる、絶壁にはさまれた狭い谷を離れる。切り立った岩壁のくぼみにつくられた巣から、鳥たちが羽ばたいて飛び立つ。そして、谷は点々とクルミの木が立ち、緑の小麦が揺れる肥沃な平原へと開いてゆく。

午、定番のドネルケバブを出す小さな食堂で、男の子が寄ってきて遠慮なく私のテーブルに坐り、ガイドブックをつかみとる。少年は、そのなかに自分が顔を知っているイスラム共和国の重鎮たちを見つけ、名前を挙げてゆく。指導者のホメイニ、その後継者のハメネイ、最近の総選挙で勝ったハタミ大統領。突然、ある顔の前で釘づけになる。

「これはだれ？」

「シャーのモハンマド・レザー」

少年は目を奪われる。廃位された国王の肖像を見るのは、これがはじめてなのだ。本はすぐに食堂を一周する。出発しようとすると、食堂の前の一段高くなったところでトラックのフロントガラスをせっせと洗っていた男が、いわくありげなようすで話しかけてくる。

「私は四十年前に生れました。両親に、シャーとおなじモハンマド・レザーという名前をつけられました。そのおかげで大変面倒なことになりましてね。革命の後、大学を去らねばならず、長距離トラックの運転手になったんです」

われわれの国では、四〇年のフィリップたち〔一九四〇年にヴィシー政権を樹立したフィリップ・ペタン元帥にちなむ〕は、その名前のせいでこれほどの辛酸をなめる必要はなかった……。たしかにイランでは二十年来、歴史とあまりにたやすく和解することがないように、アヤトラ〔シーア派の高位イスラム法学者の称号。正しくはアーヤトッラー〕たちが目を光らせているのだが……。

平原では、もっぱら女たちが畑で働くトルコと違って、ここでは男たちが鋤や鍬《くわ》をふるって汗を流すのだとわかる。日はまだ高い。猛スピードで私を追い抜いていった車がブレーキをかけ、Uターンして戻ってくる。運転手が言う。

「アイ・ゴー・タブリーズ」

はいはい、私もだよ、だけどどうしても歩いて行きたいんだ。相手はひどく気を悪くし、あやうく私をぺちゃんこにしかねないほど無造作にハンドルを切って、怒りを見せつける。トルコで歩きたいという望みを表明すると必ず向き合うことになった無理解が、イラン人にもあるのだ。いまではひとりの人間が、世界を歩いてめぐりたいという単純な望みを抱くことが、それほどまでに突飛で、無茶で、信じがたいことなのか？　自分では、結局のところ、けっこうありふれたことをしているような気がするのだが、人々は私の冒険は気違いじみた企てだという反応をかならず返してよこすので、しまいには自分でも信じられないことのように思ってしまいそうだ……。

マークーを過ぎてから、右手に折れて、南へと向かう小さな道に入った。交通量は少なく、ときとしてまったく人けがなくなる。その孤独をじっくりと味わう。少しずつ歩行のリズムが速まり、筋肉は私が課した仕事に適応しつつある。だが、持久力はまだない。二十五キロ歩くと、苦しくなる。地図によれば、あと五キロでショットだが、ローマ字表記を併記した標識には「Shut」とあり、土地の人は「ショウト」と発音する。雹《ひょう》に打たれながらそこに到着し、結局、食堂を経営するマフマドのところで部屋を貸してもらえることになる（原注　政治状況を考慮し、私の話し相手の発言や行動が、ムッラーやイスラムの戒律を遵守させることを任とするコミテの怒りを招きかねないときは、仮名とする）。店には口髭をはやした彼の友人が六人、テーブルについていて、私を質問攻めにする。この日の昼の食堂でのシャーにまつわる話をすると、男たちのひとりが、「いい人だった」と言い、つづいてもうひとりが、「イラン人はみんな立派さ、聖職者をのぞいてはね」とさらに大胆なことを言う。

ムッラーたちの体制は、甘いジャムをなめ終ってしまい、ぼそぼそした黒パンをかじるしかなくなっているのだろうか？　しかしすぐに、反抗は公然とはなされ得ないだろうという証拠を得る。たったいま耳にしたことと裏腹に、茶を飲みにきた二人の警官は、敬意のこもった挨拶を受ける……。

しばらくして、高慢そうな精悍《せいかん》な男が現れ、彼が一歩なかに入るや、尊敬のまじった畏怖《いふ》のようなものが広がる。男は私のことをすべて知りたがる。つぎの村にホテルがあるかどうか尋ねると、ペルシャ語の文字で記された名刺を差し出す。

「これを見せて、私の紹介で来たと言いなさい」

その口調は、反論も、異議も、感謝も認めないものだ。これは、それ自体で自足する王侯のふるまいなのだ。しかも、男はそう言うなり、さっさと行ってしまう。ものすごい金持なんだ、と、男が出て行くとすぐ、口髭男たちが声をそろえて言う……。というわけで、ここでもまた、富と力が幅をきかせているのである。

手元にある出来そこないの道路地図によると、南に行く街道がある。それは紙の上にしかない、と話し相手たちが断言する。しかたがない、畑を横切って行こう、街道に出るために十キロも回り道するなんてお断りだ。みんなが反対を叫ぶ。迷ってしまうし、わざわざ悪いやつらに会いに行くようなものだ。マフマドが、明日の朝、タブリーズに通ずる道路まで車で連れて行ってやろうと提案する。一同しつこく勧めるので、私も結局同意する。

私にあてがわれた部屋は、このうえなく汚い。二台あるベッドのひとつは、革命以来替えたことがないにちがいないシーツが掛けられている。しかし、もうひとつは外国人に配慮して、それほどまでに汚くはない夜具が備えてある。便所では、親指ほどもあるゴキブリの一家を驚かせてしまう。窓にカーテンはなく、慎み深さを守るために明りを消さなくてはならない。夜中、パトロール中の兵士が私の小さな部屋の外で立ち止まって、火をおこす。さらに四人の兵隊が加わるが、なんのことはない、この即席の囲炉裏《いろり》で彼らは茶を沸かすのだった。言い換えれば、私の夜は短かったのである。そして、早朝に迎えにくる約束の車がぜんぜん来ないので、畑を横切って行くことに決める。ここまで受けてきた歓迎ぶりを考えれば、なんの危険もないことは間違いない。道に迷うという危険については、出発前にパリで買ってきたGPSを使えば避けられると確信している。グローバル・ポジショニング・システムは、携帯電話ほどの大きさの電子機器で、宇宙衛星と交信することによって、いまいる自分の位置をほぼぴったりと教えてくれる。そのうえ、正しくプログラムしさえすれば、自分の行きたい場所の方角や、そこまでの距離、そして自分の進行速度までも表示してくれる。もし自分の望みがわからなければ、それさえも解読できるかもしれない……。不測の事態を避けながら世界をめぐりたいとするなら、これ以上に（なくてはならぬ小型多機能のスイス・アーミーナイフを別にして）持っていたいと思うものがあるだろうか？　私は子供のように、この驚異的な道具が期待どおりの働きをするか確かめたくてうずうずしている。それに、自分がそれを使いこなせるという安心を得たい。というのも、たいていの電子機器は私には複雑すぎて、取り扱いにひどく苦労するのである。

迅速な友情

こうして、世界は自分のものだ、と確信しながら村を離れるが、通り道にあった銅像はそんなことは信じられないようだ。それは町のまんなかに立ち、片手にカラシニコフ、もう一方の手にイラン国旗を振りかざした迷彩服姿の兵士の像で、イスラム革命が世界制覇に乗り出そうとしていた時代のあかしである。しかし、いま世界制覇に乗り出しているのは私のほうだと思う。

数キロ先で、土台の一部しか残っていない日干し煉瓦造りのキャラバンサライの廃墟が、そんな私を鼻で笑う。自分がたしかにシルクロードを歩いているんだと実感させてくれるものに出会ったのはこれがはじめてだ。振り返ると、地平線が森の描くぎざぎざの線でかき消され、その線の上に、白い切っ先でターコイズブルーの空を突き刺す大小のアララト山がのっかっているように見える。ザックを下ろし、その眺めをゆっくり味わう、そしてこの驚くべき静寂を……だがそれは、ふたたび歩きはじめるとすぐ、バリバリと轟音《ごうおん》を立てるオートバイに破られる。若いオートバイ乗りは、私の耳をつんざくだけでは足りずに、果てしのない質問（国籍、どこから来た、どこに行く、年はいくつか……）を浴びせた後、ポケットからボールペンを取り出す。私はあわてて自分のボールペンと交換する。相手は若いといってもピンバッジをやるような年ではない。彼は満足して去って行く。翌日、彼のペンは明らかに使い物にならないことがわかった……。ささいな出会い、ささいなぺてん……。どう見ても、国境以来、ささいづくしの、ぱっとしないやり方でしか、この国を味わってこなかったようだ。

とはいえ、ひとりのじいさんには感動させられる。われわれは挨拶を交わし、むこうは私に質問する。いつものとおりだ。私のたどる旅程が理解できたらしく、じいさんは最初に来た車を停めるつもりで、道路のどまんなかに立つ。そんなことはしないでくれと説き伏せるのにさんざん苦労する。彼は濡れた布きれをかぶせた椀を手に持っている。それはなんですか？　相手はいわくありげな顔をして、ぼろきれを取りのける。それはメロンの種で、その小さな半透明の芽が太陽の光に輝く。じいさんは慎重な手つきでひと粒つまむと、わが子に気を配る父親のように、それを土のなかに置く。そして、果肉でぽってりふくらんだメロンになるはずの、この小さな小さな約束のしるしを傷つけないよう、そっと土をかぶせる。

ＧＰＳの矢印に導かれ、畑を横切って先を急ぐ。このところの雨で地面はぬかるみ、ザックの重みを加えられた私の靴が、軟弱な土にめりこむ。いまもあちらこちらに白いまだらが残っている。春の日差しに融け切らぬ雪だ。冬はうずたかく積もるのだろう。しかし、春の暖かさはヒナゲシの花を開かせ、平原はそよ風に揺れる真っ赤な帯をまとっている。空気はひんやりしている。軽い発汗が衣服を湿らせ、調子はよい。三時間後、小さな川を越え、舗装道路に合流すると、警察の車が停まる。ふたりの警官が目的地を尋ねる。ひとりが自分の手の平にボールペンで私の目的地までのキロ数を書き、彼らは身分証明書の検査をしようともせずに行ってしまう。警察は監視をゆるめているのだろうか？　のんきさが支配していそうな世界へのこの第一歩が、自分でも説明できないほどうれしい。出発以来、錠をかけて運んできたとりとめない恐怖に、やっと出口が開いたかのようだ。

小さな道はいま、高い丘を越えようとして、峠をめざす急な上り坂となる。浸食によって、たがいに支え合い、ある種のロマネスク教会の建築術を思わせる丸い丘のつらなりができている。峠に着きかけると、蛙のようにぴょんぴょん跳ねる緑色の小型車が私を追い越し、数メートル先で、はでにスリップしながら急停車する。頭の禿げた小柄な男が、はじき出されたように出てきて、座席の上に散らかったものをひっかきまわし、大きな紙袋を手にして近づいてくる……袋のなかはチョコレート・ボンボンがぎっしり。彼はひとつかみそれを取って、名前と国籍を尋ねながら、私の手に押し込むと、現れたときと同じように素速く去って行く。イラン人の友情は迅速である。夜になって彼に再会したとき、なぜ急いでいたのかを説明してくれた。彼は医者で、難産のためによばれていたのだ。それでも呆れるしかないのは、まったく停まらないでもよかったという考えが、彼にはちらとも浮ばないことだ。外国人は、とにかく大切なんです。なんという考え方でしょう、と私は言う、急いでいるのに、そこらの誰かさんにどうしてもボンボンをあげたいと思うのは！　彼はこんな批判を吉報ではじきとばして一掃する。

「母子ともに元気ですよ」

ふたたび道につくと、日射しがきつい。東のほうでは、イランとアゼルバイジャンをへだてる高い山並みのいただく雪が、ダンスホールの天井で回るあの球のように、陽光にきらきら輝いている。

2 バザール

五月二十日　シャー・ボラーギー　百五十一キロ

けだるい食堂

アッラー・サアディーは疲れ切っている。いま夜の七時三十分、一日は長かった。彼は主人用の肘掛椅子にぐったりもたれ、両足を大型の机の下に気持よく投げ出して、休みをとっている。そして、彼をまどろみから引き出すことになるのは、いましも彼の食堂に入ってきた、赤いザックを背負ったヨーロッパ人ではない。ちょうどいい。なぜなら、その外国人のほうも、なにも注文しないからだ。彼は荷物を下ろすというより落ちるにまかせ、へなへなと椅子に坐りこむ。

気違い沙汰だ。この四十キロはけっして歩き通すべきじゃなかった。しかし、道はあまりに美しく、村はあまりに少なかったから、選択の余地はなかったのだ。シャー・ボラーギーという小さな集落が、今日の宿泊地になるだろう。「シャー」という言葉のついた地名は、イスラム革命の後、ほとんど全部改名されたが、こうした死者を鞭打《むちう》つような行為はおしまいにされ、シャー・ボラーギーは立派にその名を守ったのである。アッラー・サアディーと私は、たっぷり十分はこうしていたが、やがて私は多少元気を回復し、思い切って茶を頼む。相手はこちらに目を向けることもしない。私は存在していないのだ。私も無理強いはしない。

そのとき食堂のドアが勢いよく開く。それは今日の昼に出会った医師のザーフェルで、相変らずせわしなく、ボルテージが高い。彼はこちらに来て、腹をテーブルに押しつけると、ポケットからキャラメルをひとつかみ取り出し、こう要求する。

「私の友達に茶をくれ！」

今度はアッラー・サアディーの耳に届き、彼はゆっくりした足取りで厨房《ちゅうぼう》に向かう。背は高くないが、それを補うような胴回りで、ほとんどボールといっていいくらいの体つきだ。年の読めない男で、二十五歳から四十歳くらいだろう。腕とシャツの襟元には黒々した毛がふさふさしているが、頭はつるつるだ。フォワグラ用に無理やり肥らせた鵞鳥《がちょう》のように体をゆすらせながら、のっそりと歩を進め、サンダルがタイル張りの床の上でチューッ、チューッと音を立てる。彼が戻ってくると、私は泊れる部屋があるか尋ねる。

彼は目を天に向け、もうひとりのアッラーにそれが場違いな質問であることを証言してもらう。

「どこならあるんです？」

彼は曖昧《あいまい》に顎《あご》をしゃくり、永遠の彼方を指し示す。

そこで私は、昨日の夜、喫茶店で会った尊大なようすの男にもらった名刺を取り出す。彼はそれを受け取るが、敬意に値する集中力でいくら見つめても、ペルシャ語は彼にとって謎の言葉でありつづける。医者が助けにきて、読み上げる。「グーリー・アサディー」。その名前を聞いて、アッラー・サアディーはこぼれるような笑みを見せる。もちろん部屋はある！　そして、私においしい食事を出そうと、ほとんど軽快といっていいくらいになった足取りで用意をしに行く。私にはどうしてこれが魔法の合言葉になるのかわからないが、とにかくその威力にあずかって、国境を越えてから出されたもののなかで最上の夕食を堪能《たんのう》する。「パンは神の恵み」とペルシャの格言に言う。この太っちょが出してくれたパンのためなら、地獄に落ちてもいいくらいだ。

医師は患者を診るためにまた急いで出かけて行ったが、私がひとりでいた時間は長くない。新来の親切な客は、自分の所有するタバコ乾燥場を見せに、ほとんど力ずくで私を引っ張って行く。それから、二人の息子を紹介するが、そのうち一人は片言の英語を話す。この二人の兄弟はまったく似たところがない。

「当然です」と父親が言う、「母親が違うんですから」。

そして、隣にある家の戸口で私を待つ二人の女を指す。ひとりはぼってりした顔をほころばせて人のよい笑みを浮べ、もうひとりの若いほうは、ひきつった黒い笑みを浮べているが、それは彼女の口からすでに歯がなくなっているからだ。この光景は気が滅入るので、私のもてなし役のところに帰ることにする。だが、そこでは彼が食事のあいだ見せてくれた熱意がもう感じられない。

彼が身を投げ出していた肘掛椅子にはいまや、ひどい仏頂面をして、こちらに険悪な目を投げるじいさんがふんぞり返っている。父親にして、この店の主人である。彼はグーリー・アサディーなど知らず、そんな男のことは歯牙にもかけない。部屋よ、さらば。アッラーは、こそこそと厨房に引っ込む。そのとき、もうひとりのじいさん、こちらは陽気で精力みなぎる男が入ってきて、気むずかし屋の老人に挨拶する。毛糸編みの帽子をかぶり、黒い口髭と、扇のように丸く広がった長く白い顎鬚《あごひげ》を生やした彼は威風堂々としている。なんといっても、アブドゥッラー・アブドゥッラーヒーには光り輝く笑みがある。歯がまっ白で、二本の犬歯は金歯なのだ。ユニークな口だ。私は部屋の心配を忘れ、彼が挨拶しにくると、写真を撮らせてもらえないか聞いてみる。彼は寛大にも承知してくれる。私がカメラを取り出すとすぐ、いじけ者の老人が態度をやわらげる。私はふたたび部屋がもらえることになった。いずれにせよ、路頭に迷うことはなかった。なぜなら、私に宿を提供しようとして争う二人の若い暇人がいたうえ、タバコ栽培をしている男も、泊めてやろうと申し出たからだ。だが、彼の妻たちも共有しようとすすめられるのを恐れて、あわてて辞退する。

ふたたび姿を現した太っちょに私の「寝室」――厨房のそばの部屋で、私は床に寝ることになる――へと案内されたとき、彼の名前はムスリムの神と同じ綴りなのか聞いてみる。彼は文盲で、そんなことはまるで知らない。残念、アッラーの館で寝られる機会はそうざらにあるわけではないのだから。

眠らない子供たち

しだいに暑くなってくるなか、一時間半歩いたとき、ふと後ろを振り返ってみたくなった。おお、なんたる奇跡、いと高き大アララト山と、いと高慢なる小アララト山が、澄みきった空を背に威厳にみちた姿を現しているではないか。呆然とその眺めに見とれていた私は、人が来る足音が耳に入らず、すぐそばに小柄な羊飼いがいるのに気づいてはっとする。お定まりの質問で好奇心が満足されると、彼は身軽に丘を登り、両手をメガホンにして、谷の反対側の斜面に向かってクルド語でいま聞いたことを怒鳴る。すると、この音声新聞の内容をさらに遠くへ伝える声が、こだまのように聞えてくる。こうしてニュースは、谷から谷へ音吐朗々と伝わってゆくのだ。かりに目立たずにいたいと思ったとしても、そんな願いはこれでおじゃんだ。私のことは、少なくともタブリーズまで知れ渡る！

ところが、ガラジヤーオッディーンでは、ありがたいことに、当然そうなると思っていたような大袈裟な歓迎は受けずにすむ……。そのおかげで、すぐに見つけられたのは……快適なベッドとぬるいシャワーを備えたシングルルームである。もちろん、幸福というのはかりそめの状態であるから、夜明け前に部屋の壁を激しくたたく音で目を覚まされる。というのも、そこが街の悪童連がホテルの廊下ににわかごしらえしたサッカー場のゴールだからだ……。それにしても、この国の子供たちはいつ寝るのだろう？

口髭問題

きつい日射しのなか、一時間以上も道路と川が並んで伸びる隘路《あいろ》を難儀しながら歩いていると、曲がり角に「マフマド食堂」が現れる。「食堂」とは大袈裟だ。そこは地面に四本棒を立て、その上に木の枝と草で屋根をつくり、その屋根がふたつのテーブルに影を投げているだけのところなのだから。私は席に着き、遠慮なく汗に濡れた靴下を脱いで日に干す。食事——生の玉葱とトマトを添えた串焼き肉という定番料理——にかかると、ラズルが大きなトラックを駐め、私のところに来て自分の不運を語りはじめる。イスラム革命前、彼は観光客のガイドをしていたが（それで見事な英語を操るのだ）、会社はつぶれ、いまは燃料油を運んでいる。それで、二十年前に習い覚えた大好きなアルビオン〔イギリスの古名〕の言葉を忘れないように、たまたま外国人に出会ったときは、その機会を逃さず、かならず話をすることにしている。彼が立派な口髭を絶え間なくなでるので、とうとう私は、イラン人はどうしてみんな口髭を生やすのか、と尋ねる。

「口髭を生やさないのは女だけだからですよ」と彼はにこりともせずに言う。

意表をつく答だが、その意味はあとでゆっくり考えてみよう。

ラズルの給料は安い。しかし、十年後にはいま運転しているトラックを社長がくれることになっている。うまいやり方だ。運転手はすでにそれが自分のものであるかのように、トラックを大事に扱っている。彼が出発した後、刈られたばかりの草の山の上で短い昼寝をする。支払いをしようとすると、主人は、いや、いらない、と言う。私はどうしても払う、とがんばる。というのは、昨日、この国の礼儀作法では、贈物を受け取る前に少なくとも二回は断ることになっていると学んだからだ。一昨日、ラミネート加工したカードの文を復習してから、絵葉書売りに、いくらですか？と尋ねた。彼は心臓の上に手を当てて、いらないと答えた。プレゼント？ 私は驚きながらも礼を言い、絵葉書をもらっておいた。失態を演ずるとはこのことだ。事情を知ったからには、礼儀知らずなまねはもう二度とすまい。というわけで、私はぜひ払うと繰り返す、一度、二度……。しかし、今日の場合は、礼儀作法の問題ではなかった。主人が言うには、ラズルが自分の勘定をしたときに、私の分も払ったのだ。東洋の気前のよさが慎み深いことには、いつもただただ恐れ入るばかりである。贈物をするときに、感謝の言葉だけでいいとしても、なにかしらお返しを期待しない西洋人を想像できるだろうか？

宿さがし

十七時。暑さはおさまった。けれど、坂道は辛かった。ザックを下ろして息をつき、谷から谷に通ずる峠道で汗びっしょりになった背中を乾かす。下のほうで、イーヴーグリーのオアシスが岩の海に心浮き立つ緑の模様を描き、すぐ近くにあるように見える。標識が五キロと告げる。間違うことのない私のGPSによれば、本当は十キロある。実際、五キロ先には、同じキロ数を記した同じ標識が立っているのだった。

平原に繰り広げられる光景は壮大だ。道路では、太陽が長い車列のフロントガラスにいっときの炎を燃え上がらせる。北のほうでは、土の道を突っ走る車に巻き上げられた土埃の雲が、彗星の長い先細の尾を描く。遠くでは、あらゆる青の色調に彩られた山並が、熱せられた大気のなかでゆらめく。残念なことに、最後の丘のふもとを通る道にかかると、憲兵隊舎の上にホメイニとハメネイの二枚の巨大な肖像が掲げられている。この二人は革命の指導者だが、私をどこにも導いてくれず、この一帯に広がる牧歌的な調和を台なしにするきらいがある。憲兵が大挙して飛び出してくるのを覚悟するが、そんなことはぜんぜんなく、高さの違う三つの音を組み合せてさえずる冠羽のある鳥の群と、空を旋回する二羽の鷲だけが私の供をする。

この日は吉日に数えられるはずだった、もし夜になって着いたイーヴーグリーに、人から聞いたとおり、ホテルがあったなら。イラン人は食堂を「ホテル」と名づけると気がついたのは、数日後のことだった。食事と寝床を提供する場合は、「モサーフェルハーネ」あるいは「キャラバンサライ」とよばれる。一方、食堂店主は外国人観光客をよびこもうとして、「ホテル」という看板を店に掲げるのだ。こうして、私のコース上にあるかもしれない古いキャラバンサライを探すとき、人が教えてくれるその宿が新しいものなのか、古いものなのか、さっぱりわからないのである〔このあたり、いささか混乱がある。イランでもホテルはホテルとよぶし、キャラバンサライを改修して宿泊施設としているところはあるが、一般のホテルや宿屋をキャラバンサライとよぶことはふつうにはない〕。小さな食堂とその先の二軒で頼んでみるが、宿泊は断られる。すっかり暗くなったので、星空の下で寝ることを覚悟する。四軒目に見つけた食堂は、全身黒ずくめの二人の男がやっている。いまは哀悼月で、この間イラン人は、西暦六八〇年に殺されたシーア派の第三代イマーム、フサインの死を悼んで喪に服するのだ。年上のほう——主人らしい大男——は、警察さえオーケーなら泊めてやろうと言う。そして、「メスジット」で寝てもらおう、と言う。長距離トラックの運転手たちが祈りをあげるのに使う部屋である。礼拝に使う絨毯のほかには飾り気のないその小部屋に落ち着いて、あとはもう寝るばかりというとき、年下の男が迎えにくる。私の荷物は、今夜はメスジットで寝ることになった給仕の寝室に運ばれる。ムスリムの礼拝にささげられた場所に「カートリーク」がいる、たぶんそれがまずかったのだろう。

絨毯織りの実演

正午ごろ辿り着いたガープリーグは、土壁の家々が、春になるとコウノトリが巣をつくる平らな屋根をのせた、クルド人の貧しい村のようだ。表通りに人影はなく、目につくのは、一団の男たちが土と水を練り合せ、それを手で塗りつけながら、せっせと塀をつくっている姿だけだ。店らしきものはなく、食堂もない。歩いて二時間のつぎの村も、やはり商売屋はない。つまり私は食事抜きになるわけだ。茶を出してくれる人がいる。それを啜《すす》っていると、平たいパンとチーズとヨーグルトを盆にのせて、小柄な女が近づいてきた。彼女はソマリアという名で、この質素な食事を日陰で食べられるように家に招いてくれる。村では昼食の時間は終っており、外国人が食べるところをだれもが見たがるので、私はぞろぞろとお供を引き連れて女主人の家に向かうことになる。押し黙ったまま、じっと目を凝らすこの廷臣たちの前で、私は女主人の出してくれたものを、意気地なくヨーグルトの椀の底に残した大きな蝿《はえ》をのぞいて、全部平らげる。ソマリアは、バイランというトガリネズミのような顔をした痩せたクルド人の第二夫人である。妻たちはそれぞれ家があり、旦那は気分しだいで家をかえる。ソマリアはいちばん下が二歳になる三人の息子を持つ陽気な女だ。身に着けているのは、顎の下で無造作に結んだスカーフ、木綿のプリント地の長いスカート、それに袖を折り返して着ている鮮やかな紫色のセーターである。ひと部屋しかない彼女の住居では、家族全員の衣裳を吊るすのに釘三本で足りる。ワンピース一着と上着ふたつだ。中に食器——コップがいくつかとブリキの皿四枚——を並べたニス塗りの小さな戸棚がただひとつの家具で、その上にガスコンロが置かれている。この家の唯一の贅沢《ぜいたく》は、壁に掛けられた大きな絨毯《じゅうたん》である。女主人に、それを織ったのはあなたですかと聞いてみる。すると、彼女は誇らしげに織機の置いてある窓のない物置に私を案内する。織機は鉋《かんな》がけしていない木を組んだ枠で、織りかけの絨毯がのっている。私が興味津々《しんしん》の顔を見せたのだろう、ソマリアはわざわざ私のために実演してくれる。彼女と若い娘が織機の前に坐り、彼女らの手がその上で軽やかなバレエを踊り出す。すると、女主人のいちばん下の子が母親の膝にそっと上り、セーターをまくり上げて、おっぱいを吸いはじめるが、母親は気にもかけない。そのうち彼女は心配顔になるが、それは私のことを思ってだ。出かける前に昼寝しなくていいかしら？　私が静かに休めるように、全員が姿を消す。貧しい家の絨毯に横たわり、私は一時間のあいだ、すべてを忘れる。

出発のとき、暑さはまだ厳しい。空に浮んだわずかな雲は、絵葉書の雲のようにじっと姿を変えず、空気はそよともせず、ステップの上を動くものはない。ただ蝶だけが、時折、この石の世界に生命を運んでくる。十六時ごろ、野生ロバの小さな群が、自動車で移動しないこの奇妙な二本足の生き物を見ようと近づいてくる。昨日話しかけてきた警官たちが、そばを通るときにサイレンを鳴らし、親しみのこもった合図をしてゆく。マランドでは、観光客のための「宮殿」を探して堂々めぐりする。五十キロの行程でくたくたなので、しかたなく乗合タクシーに乗る。ほかの客たちは私を歓迎し、降りる前に、あんたの分も払ったよ、と告げてゆく。だが、貪欲でずるそうな運転手は、ホテルに着くと一万リヤール（十フラン）を要求する。私は文句も言わずに払うが、その十倍を求められても言われるままに払ったろう。それくらい疲れ切っていた。「宮殿」はシャーの時代に雲霞《うんか》のごとく押し寄せた観光客を収容するために建設されたものだが、革命後は四分の三が空室のままだ。屋根のトタン板は錆《さ》び、配管は水漏れする。はじめは三十ドル要求し、つぎにはその半分にした支配人は、妹がマルセーユの男と結婚し、何度電話しても、イランにもどって暮らそうとしない、と打ち明ける。たぶん妹さんはチャドルを着る着ないを自分で選べる国に留まりたいのでしょう、と答えると、彼は唐突にカウンターの引き出しのなかで探し物を始め、それまでと打って変ってパンフレットを読むのに没頭しているように見える。なにを恐れているのだろう？　用心する理由があるにしても、そんならなぜ自分の悩みを私に打ち明けたりしたのか？　しかし、あまりに疲れているので、マルセーユのイラン人女性とその兄さんの身の上をじっくり考えてはいられない。私はベッドにぐったり身を投げ、泥のように朝まで眠る。

ムスリムはフランスに四百万人

町の出口で標識が告げる。タブリーズ百三十五キロ、テヘラン七百五十五キロ。これらの数字は私を怖気《おじけ》づかせも昂《たかぶ》らせもしない。もう情熱が消えてしまったかのようだ。一体全体なぜ、いまでは辛く、うんざりさせられる試練のように思えるこの冒険を始めてしまったのか？　なぜだ？　一昨日は高揚感がよみがえったと思ったが、いまはこう認めるほかない。そもそものはじめからボタンをかけ違ったのだ、もうこんなことはおしまいにしないと、しまいにはなにもかもが嫌になってしまう、なにも起らないこのばかばかしいステップも、偉そうに突っ立つアララト山も、イランも、ペルシャ人も、徒歩旅行も、世界全体も。こんな心境にまでなったとき、一台のキャンピングカーがバタバタと音を立てて追い越してゆく。気づくのが遅れたが、その車がつけているナンバープレートは……ロワール＝アトランティック県のものではないか。しかし、手遅れだ、もう消えてしまった。残念だ、フランス語で少し話がしたかったのだが。それはノスタルジーのためではなく、私がやっているような歩きの最大の困難は、孤独と立ち向かうことなのだ。どうせ面白くもないに決まっている観光客たちに邪魔されずにすんでよかった、とさえ考えて自分を励ましていたとき、まったく驚いたことに、あのキャンピングカーが地平線に姿を現し、こちらに来て道路わきに停まった。

「ぼくたち、あなたがヨーロッパ人だと思ったんですよ」とガエタンが言う。ナントの近くの小包配送会社に勤める若者だ。

彼と奥さんは、ふたりとも旅行のことしか頭にない。ガエタンは一年以上バカンスをとらずに働き、貯金する。それから、ひと月半の有給休暇と、さらにひと月半の無給休暇をとって出発する。もう二カ月近く、とても自由なやり方でイランを旅行しており、いまはペルセポリスに向かうところだ。ガエルという、ほっぺたのぽちゃっとした男の子と、その妹で、窓ガラスの向うで手足をばたばたさせている赤ちゃんも、環境の変化を楽しんでいるようだ。

「安上がりなバカンスです」とガエタンが言う。「さっき軽油を六十五リットル入れて満タンにしたんですが、それがたった六フランですよ」

もちろん、そういう見方もできるだろう……。だが、広大な世界の神秘を前にしながら、そんな倹約家の目でしか物事を見ないことに私はがっくりきて、彼らがふたたびUターンし、別れの手を大きく振りながら遠ざかって行くと、不思議にほっとする。数週間後、フランスで軽油とガソリンの小売価格が一気に跳ね上がったため、危機寸前まで行ったことを知った。

手帳を取り出して、いまの出会いのことを書き留めていると、警察の車が私のそばに静かに停まった。

「書類」と上司らしい男が英語で言う。

私はパスポートを取り出すが、彼は受け取らない。

「あなたが書いていた紙のことですよ」

私は笑いながら旅行日誌を差し出す。私の悪筆、電報なみの簡略な書き方、そして相手は明らかにフランス語と縁がないことを考えれば、なにひとつ読み取ることはできないはずだ。ところが、まさにその埋め合せをするために、彼は手帳の一ページ一ページを念入りに見てゆこうとする。まるで日ごろの捜索で捕まえたいと念願していた危険なテロリストはこの私だった、という証拠が見つかるとでも思っているかのようだ。しかし、結局なにひとつ判読できるものがないのにがっかりした彼は、無念そうにメモ帳を返してよこし、無関心なようすで運転席に坐っていた部下に短い言葉をかけると、こちらにはなにも言わずに去って行く。そのときになって、彼が「書類」、つまり身分証明書で私の身元を調べようとさえしなかったことに気づく……。

その後まもなく、今度はよく目立つ蛍光色の黄色のトラックが、私はヒッチハイクをするつもりはないと身振りで示したにもかかわらず停まる。運転手はドアを開けて、ガスコンロとやかんを手に降りてくる。

「チャーイ！」と彼が誘う。

私は茶はけっして断らない。彼は茶をいれる前に、実はこの何日か、マークーからタブリーズへの道路を通って煉瓦を配達に行くたびに私を見かけたのだと言う。そして、いろいろ聞いてみたい気持を抑えたままでは、もう我慢できない。今度こそ話を聞いて気持をすっきりさせることに決めた。私は興にのり、湯が沸くあいだ、旅の話を語って聞かせる。彼のトラックの後ろに、一台、二台、ついには三台のやはり派手な色をした大型トラックが停まる。負けず劣らず好奇心旺盛な同業者たちは、彼から情報を得ていたのだ。こうして私たちはみんなして、トラックの陰に腰を落ち着け、茶を飲む。

いちばん年とった男が、好奇心をかきたてるこのヨーロッパ人と近づきになりたくて、不意に両手の人差指を折り曲げ、その先と先をくっつける。

「フランス・アンド・イラン、グッド」と彼は、たしかにたどたどしくはあるが、驚くほど表現力に富んだ英語で言う。それから、両方の人差指を角のように額に立てて、先を続ける。「アメリカ、ノー・グッド、サタン、イスラエル・ノー・グッド」。つぎに片手を左右に振って、「アルマン〔ドイツ〕・リトル・グッド」。

こちらもお返しをしなくてはと、両の人差指を組み合せて言う。

「フランス―イラン・フレンズ、フランス―アメリカ・フレンズ、フランス―イスラエル・フレンズ」

じゃ、ムスリムは？　ムスリムをどう思う？　「フランスには四百万人いますよ」と私は言う。この情報――これからもつねに話し相手を驚かすことになる――は、期待どおりの効果があり、われわれは兄弟のように肩をたたき合う。

午、道路から離れたところにある、なにかうまい田舎料理にありつけそうな食堂で、大きな木々の下、昼食をとる。土木工事用の機械が少し先に並べてあり、二カ月後にはここの入口から三メートルのところに高速道路が通ると教えられる。主人にそのことを話すと、嬉しそうだ。道路ができればやかましくなるが、そのぶん客も増えると期待しているのだ。

宿泊地のスーフィヤーンでは、心配していたとおり、宿を見つけるのに大変な苦労をする。食料品店の入口で涼んでいた主人のハッサンは太った陽気な男で、コーラをご馳走してくれるが、泊めてやるわけにはゆかないと言う。ひとりの男の子に案内されてモスクまで行くと、その前はイラン東部の聖都マシュハドに行く巡礼たちのバスであふれんばかりだ。モスクの中は、おもに女性と老人からなる人の群でごった返している。地下は巨大な共同寝室になっている。しかし、「カートリーク」を泊めることなど問題外。食堂で最初に宿を頼んだところでも、きっぱりと断られる。二軒目は、警察が許可すれば泊めてやると言う。ところが、その許可というのは、アッラーのみが知る理由によって、二十時まではもらえないとのこと。こういう不毛な待ち時間は腹が立ってくるものだが、ここは不機嫌に陥らないように、明日に備えて水のタンクから水筒に水を満たす。スーフィヤーンでは水道が塩辛いので、遠くまで汲みにゆくのだ。

サンドイッチ屋のジャーヴィードと、その友達で銀行員のモハンマドとおしゃべりもする。モハンマドのフランス・サッカーの知識には恐れ入るほかない。彼は一部リーグのすべてのチーム、監督と主要な選手の名前をそらで挙げてゆく。はるか彼方のサッカーチームであるサンテティエンヌの偉大な歴史を語って尽きることがない。そして、彼はちょっと学者ぶって、私がフランス人だと言うが早いか、なぜ老いも若きも決まって「ジネディーヌ・ジダン」、彼らの発音では「ゼイノッディーン・ゼイダーン」と叫ぶのかも説明してくれる。

「じつに簡単なことです。それほどの人気は、もちろん彼が世界のチャンピオン・チームの要《かなめ》だからですが、なによりも彼がムスリムだからでもあるのです。この国ではだれもが、彼の名誉の分け前にあずかるんです」

しばらくしてから、ジャーヴィードの店にサンドイッチを食べにきた三人の男に質問を受け、そのうちのひとりは、通りをはさんだ市場にムッラーの姿を認めると、雄弁な身振りをする。頭の上で人差指を回し（ターバン）、つぎに両手で顎鬚を描いてから、嫌悪のしかめ面をしながら、指の先で追い払うまねをする。仲間は笑いながらうなずく。客のひとりは私の本にシャーの肖像を見つけると、その写真にキスする。

奇妙なことに、私の話し相手はひとりとして、昨年の夏、軍による激しい弾圧を引き起こした学生反乱のことに触れない。学生ほど政治的関心がない一般大衆の目には、それは若者たちのばか騒ぎと映り、自分たちには関係がないと思っている。アヤトラたちが支配する体制を拒否しようとする動きは、もっと根深く、もっと持続的なものだ。私はこの先、一度ならず、「イスラム共和国」が政教一致を前提とするのに対し、政教分離の必要を説く声を聞くことになる。多くのインテリ――そして例外的なムッラーさえ――が望んでいた「社会契約」をもとにした考え方は、しだいに広まりつつある。おびただしい数（十八万人）の超保守的な聖職者を向うに回すのだから、おそらくこれは長い道のりとなるだろう。想像してもらいたい。もしフランスにイランの宗教指導者と同じ数の司祭がいたら（両国の人口はほぼ同じ）、平均でコミューン〔市町村にあたるフランスの最小行政単位〕あたり五人の司祭がいることになるのだ。

ジャーヴィードは警察に断りなく、店の二階にある小部屋に泊めてやろうと申し出る。そこにはベッドの台しかないが、寝心地をよくするために彼はござを持ってきてくれる。これで今夜も野宿しなくてすむ。あいにくなことに、店の冷蔵ショーケースのコンプレッサーが十分おきに動きはじめ、眠れぬ夜を余儀なくされる。朝、ジャーヴィードは私を閉じ込めていったので、彼が来て開けてくれるのをずいぶん遅くまで待たなければならない。彼は寝坊したのだ。

タブリーズ入城

ふたたび道についた私は、またもや意気消沈の状態だ。身振り手振りの言葉では、やはり限られたことしか伝え合えず、私はなにかそれ以上の話を交わせる人たちと出会いたい……。すべてが宙吊りになっているような気がする。舞台装置は整っている、登場人物も舞台に出る用意ができ、劇はついに始まろうとしている、欠けているのはすべてに生命を与える照明だけだ。しかし、もはや世界を真昼の光で照らすすべを知らないのは、おそらくこの私なのだ。ここまで考えたとき、年とった農夫に呼びとめられる。私たちはおしゃべりをする。

「シルクロードを行ってて、ここを通ったやつがいるよ」

突然、歩き仲間を見つけられるのではないかという、抑えようもない希望が湧いてくる。

「だいぶ前のこと？」

わからないという身振り。

「イタリア人じゃった」

「若かった、それとも年寄り？」

またわからないという身振り。

「マルコという名前じゃった」

はっとひらめいた。

「マルコ・ポーロ？」

「そうそう……」

というわけで、やはりひとりで先を続けるしかない……マルコ・ポーロのことを考えながら。

しかし、風景はあのヴェネツィア人が歩いた時代からあまりに変ってしまい、私に対する歓迎の挨拶として景気よくクラクションを鳴らす、シャーベットのように色とりどりのトラックの大群がいなかったころを思い描くのはむずかしい。

十九世紀、ナーセロッディーン・シャーは、仔羊とヤマウズラをだれよりもうまく焼くことができたという、ひいきのコック長を国務大臣兼土木局長に任命した。ところが、彼のケバブは王様を喜ばせたとはいえ、道路は多くの人を苦しめることになった……。結果は惨憺《さんたん》たるものだった。

事情は一変した。イランには石油がある、アスファルトがある、だから現在のイランの道路は快適さの見本としてヨーロッパがうらやみそうなくらいだ。穴ぼこだらけのトルコの道路とは天と地の違い……。ただし、言うまでもなく、そんなことは私のような歩き屋にはどうでもよい……。

一九四一年から一九四五年までこの地方を占領したソ連は、撤退後に数本の鉄道路線を残していった。ちょうどいま、タンク車をえんえんと連結した列車の運転士が、トラックの運転手と同じように、私に向かって大きく手を振る。そのうえ、タブリーズに通ずる谷に響き渡る長い警笛を鳴らすので、中東の旅行者たちに言い知れぬ憧れを抱かせた都市に、私は鳴り物入りで入城するみたいだ。

この都市を見られるという思いで、私はたまらなくわくわくしている。ここは二十世紀初頭にはまだイラン最大の都市だった。ボルシェヴィキ革命がブルジョワ商人たちをイスタンブルその他に亡命させるまで、そのバザールと商人たちはとにかく有名だった。

いま十四時、焼けつくように暑い時間だが、かまうものか……。ところが、なんたること！　タブリーズはまず、地平線をさえぎる工場排煙の煙幕として目に入ってくる。いまではどこの国であろうと、町の中心部に入るにはそれなりの苦労が必要なことはよく知っている。それにしても、こうした惨めで気の滅入る周辺の街区を通らねばならないのには大いにがっかりする。私はふつうなら大都市の周辺地域としては優雅にできているはずの西側から来たのだが。タブリーズではまさにそちら側に排煙をまき散らす工場が集まっているのだ。

会話を楽しむ

これから二日間、パリの友人の両親、マフシードとアフマドが住む高級住宅街の広々した家で、短いながら文明生活の喜びを享受する予定である。玄関に入ると、ノウルーズ〔新年〕の名残りの金魚が、金魚鉢のなかを勢いよく泳ぎ回って私を歓迎してくれる。イランでは一年の最初の日は春の訪れとともに祝われ、この楽しくにぎやかな祭日には家族が集まり、七つの捧げ物を供えて、悪霊を追い払うのだと説明を受ける。新年の十三日目がシーズダベダルで、人々は家を離れる。だれもが必ずピクニックにでかけることになっている……起源は三千年以上前――イスラムとそこから派生したものよりはるか前――にさかのぼるこの異教の祭を追放しようとしているムッラーたちを別にして。

マフシードは画家で、その作品が広い居間にそった廊下を飾っている。夜は、遅い時間の水まきで涼しくなった庭に出て、チェロウ・キャバーブ〔焼肉とライスのセット〕となまめかしい冷えたメロンを食べながら、家族と数カ国語を話す友人夫妻とともに、すばらしい会話を心ゆくまで楽しむ。みんなニンニクをたくさん食べる。いまは木曜の夜で、明日は休日だから、だれの迷惑にもならないのだ。

私は手帳を取り出し、国境以来ためこんでいたありとあらゆる質問を繰り出す。しかし、やがて話題は国中をやきもきさせている重要事件に戻ってゆく。明日、国会が開会されるのだ。三カ月前、現大統領のハタミは国会議員選挙で保守派に対して圧倒的な勝利を収めた。有権者の七十パーセント近くが、権力を握る伝統主義者のムッラーたちに反対する票を投じたのだ。また、この三カ月間、改革派の失笑や怒りを買ってきた信じられないような話が、イラン中で話題になっている。一九八九年から一九九七年まで大統領の座にあったラフサンジャニは、他の保守派の宗教家とならんで、落選の憂き目を見た。前大統領がそれほど簡単にはねつけられるなどとは考えられないので、彼の選挙区の票が何度も数え直された。最初は大差で負けていたラフサンジャニへの支持票が、数え直すたびに見つかった。そして、数回の操作の後、説明のつかない奇跡により、はじめはそこそこの差で、つぎには堂々たる圧勝で当選したと発表された。だが、彼は議席を得たものの、面目は失った。それで、彼は国会開会の直前になって、マジュレスとよばれるイラン国会に議席を占めるのを辞退するという結論を下すことになる。テレビに映る彼の悲しげな顔は、選挙での改革派の「勝利」に失望し、その埋め合せを彼の失墜のなかに見出そうとする視聴者たちを喜ばせている。というのも、改革派が大勝したにもかかわらず、ハタミ大統領はたいした力を持っていないからだ。保守派は最高指導者のハメネイと彼が選ぶムッラーからなる監督者評議会をとおして、いまも肝心要のもの、すなわち軍、司法、立法を掌握しているのである。

ザクロの木の下、生ぬるい大気のなかで、いつ果てるともしれないおしゃべりに過したこの夜は、私が世界を味わうことを妨げていたとげとげした気分をようやく和らげてくれる。私はなにもかも見たい、大バザールに行って、迷路のなかを歩き回りたい……けれど、ひとまず寝ることにしよう。

羊の散歩

翌朝、それぞれに味わい深い名前を持つ魅力的な四人の女性と連れ立って、うきうきしながら、ブルーモスクとして知られるマスジェデ・キャブードに向かう。付き添ってくれるのは、マフシード（ペルシャ語で「月の光」という意味）と娘のバハール（春）、その友人のファリーバー（魅惑）とフィールーゼ（トルコ石）である。あとでアーザーデ（自由）も合流することになっている。

残念ながら、イランの歴史的建造物のなかでもとりわけ古く、とりわけ美しいものに数えられ、モザイクで名高いこのモスクのそばに行くことはできない。まわりを取り囲んで商業センターが建設中で、クレーンと防護柵が監視の目を光らせ、見学を禁じている。遠くから、三度の大地震で激しい損傷を受けた建物が見える。最近、あるスキャンダルが発生した。モスクのまわりの地面を掘ると、数多くの貴重な陶器が出てきた。それが姿を消してしまった。やがて発見されたのは……不倶戴天《ふぐたいてん》の敵、イスラエルの美術館のなかだった。犯人はいまもって捜索中である。

見学が不首尾に終った私を慰めようと、わがミューズたちはエルゴリー公園に案内してくれる。イスラム革命後に公開されたかつての王族の館である。ここは金曜になると、タブリーズの上流の人々がやってくる。町には娯楽が少ないからだ。中心部から少しはずれた場所にあるので、車を使わないと来られず、一般に開放され入場料も不要とはいえ、来場者は富裕層に限られる。この雰囲気は、十九世紀末、人々を見ると同時に自分を見せるために、馬車に乗ってブローニュの森にでかけた優雅なパリジェンヌたちが味わったにちがいない雰囲気を彷彿させる。人々は連れ立って散歩し、知り合いに挨拶する。ただし、スカーフがずれて髪の毛の根もとをあらわにしたり、コートのボタンを足もとまで留めるのを忘れて、脚を……つまりズボンの脚をちらりと見せている女性は用心が必要だ。私服警官もここの常連なのだ。若者たちが遊歩道を颯爽《さっそう》と歩いている。ここでは青年男女が出会うことができるが、あくまで距離を置き、用心に用心を重ねてのことである。手をつなぐというような罪のないことにせよ、相手にさわったり、こっそりとでも、いちゃついたりすれば、叱責を受け、さらには逮捕されかねない。私たちは、にぎやかにおしゃべりする五人の女の子のそばで冷たいものを飲む。遠からぬところで、四人の男の子が、おとなしく彼女らのようすをうかがいながら、私たちのテーブルを狙っている。私たちが席を立つが早いか、彼らはすっ飛んでくる。目くばせが交わされるが、なによりもコミテに対する恐怖で守らざるを得ない節度が保たれる。監視人たちがあらゆる抑圧の権利をほしいままにしているこの厳格な社会においては、青年たちはそっと電話番号を交換することしかできないが、これもまた金持だけの特権だ。家族連れがボート遊びをしている池の近くで、若者たちが綱をつけた子羊を引っ張って騒いでいる。

「ちょっとばかり警察を挑発してるんですよ」と、わがニンフたちが私が驚くのを見て説明してくれる。「コーランは犬を綱につなぐことを禁じていて、それに違反すると罰として逮捕されかねません。でも、聖なる書は小さな羊を散歩させることは禁じていないんです」

たしかにムッラーたちの偽善には同じような偽善でこたえるしかない……。

三人の修道女

ペルシャ人が詩を愛することはよく知られている。タブリーズの小さな墓地には四百七人の詩人が埋葬されたが、地震で大きな被害にあい、だれのものかわかる墓はわずかしか残らないほどだった。怒れる大地によるこの破壊を埋め合せるために、タブリーズ市民は亡き詩人たちとペルシャ詩をたたえる霊廟を建造した。私のガイドたちはそこに案内してくれ、さらにそこから遠くない、一九八八年に没した最後の大詩人シャフリヤールの家——記念館になっている——に連れて行ってくれる。

翌日、家の人たちをマジュレスの開会式を中継するテレビの前に残し、タクシーをチャーターして、シスター・ミリヤムを訪問する。タクシーは町を離れ、つぎには行楽の家族連れが道路ぞいの芝生で騒音とガソリンの臭いも気にせず弁当を開いている高速道路を後にする。北に分かれる細い道路のわきは、乱雑に積み重ねられ、悪臭を放つゴミの集積場が続く。まばらな家にはゴミの山で紙や金属を集めて暮す人々が住んでいる。その後、砂漠のような土地に入る。手入れの悪い道が、岩山と緑のない赤土の大地のあいだを縫い、雪融け水がうがつゴルジュ帯をすり抜ける。容赦のない日射しが、魔女が住んでいそうな家の小さな煙突の雲母に反射してきらきら光る。

それから、坂を上りきると、こんな風景を一変させる小さな緑の谷間が目に飛び込んでくる。そこだ、大都市から三十キロ離れ、ハンセン病患者たちが暮しているのは。かつて社会から締め出され、身内から見捨てられ、山間に追いやられた彼らは、旅人を襲い、その馬を食べた。タブリーズの王族が患者たちに与えたこの谷間には、現在六百人が暮している。なかには、健康な社会との絆をすべて失い、この地で数世代にわたって子孫を残している人たちもいる。

警察官が、この禁じられた町に入ることを許されないタクシーを停車させるが、もともと運転手は中に入りたいと思っていないのは明らかだった。この病はいまだに恐れられているのだ。講堂と思われる建物は、強烈な色彩の幾何学模様で装飾されている。木陰の小道で数人の人とすれちがい、そのうちのひとりの女性は指の一部と鼻が欠けている。

三人の修道女が喜びもあらわに迎えてくれる。訪問者はめったにないのだろう。オーストリア人、イタリア人——ジュゼッピーナ——とフランス人——ミリヤム——の三人は、患者の世話に献身している。モントバン〔フランス南部の都市〕出身で七十歳を越えたミリヤムは、二十五年前からここで働いている。三人の共通語はフランス語かペルシャ語で、三人とも聖ビンセンシオ・ア・パウロの愛徳姉妹会に所属している。現在では、治癒した患者はほぼ例外なく家族のもとに戻される。彼女らによると、イランのハンセン病患者はしだいに少なくなっているが、いまでも患者が来ることがあり、たとえば私に見せてくれた重症の少女は病気の診断が大変に遅れたのだという。ここでは患者たちが患者同士で結婚し、適切な看護を受けているので、健康な子供をつくっている。修道女たちは、優秀な成績を収め、大学入試の難関を突破した何人かの若者たちのことを誇りにしている。

フランス語、英語、あるいはスペイン語で教育をほどこしていた多くのミッション・スクール、とくにタブリーズ、テヘラン、エスファハーン〔イスファハン〕、オルーミーイェのそれは、イスラム革命後に閉鎖され、教師は帰国させられた。しかし、マシュハドのハンセン病療養所の修道女たちも、ここバーバー・バーギーの修道女たちと同じく、帰国させられることはなかった。彼女らはここでの生活やイランの宗教的マイノリティのことを私に語りながら、ひっきりなしにしゃべり続ける。私は、カトリック、アルメニア正教、ネストリウス派またはカトリックのアッシリア教会、信者がいまもヤズドとケルマーンにたくさんいるゾロアスター教、そしてはじめて耳にするバハーイー教のあいだで、いささか混乱してくる。この最後のバハーイー教徒は革命後に迫害の対象となっている。その理由はふたつあって、ひとつは信者たちがイスラムをもとにしながら、キリストと聖母マリアを崇めるからだが、なによりもこの国では許しがたい罪と見なされること、つまりこの宗教の本部がイスラエルのハイファに置かれているからである。かわいい修道女たち、冬は寒さに凍てつき、夏は日射しに溶ける、この排除された者たちの世界、この忘れられた片隅にあって、あくまで献身的で楽観的な人たち。私に勇気があったなら、別れのとき頬に口づけするのだけれど。

バザールの喧騒

叫び声、うめき声、泣き声。私は夢でも見たのか？　見学にきたタブリーズのバザールの雑踏のなかで、嘆きの声が煉瓦造りの壁や天井のアーチにぶつかっては跳ね返る。タブリーズの市場はイラン有数の大きさで、テヘランの市場につぐ規模だ。かつては最大の市場だった。四世紀前、ここには東洋のありとあらゆる高価な品々が並べられ、当時知られた世界の果てから絨毯や貴重な織物の売買や交易をしにきたキャラバンと富裕な商人たちを喜ばせた。革命があってロシア国境が閉鎖されるまでは、バザールはまだ豊かで有名だった。一平方キロ――町のなかの町――にわたって並んでいたものには、香料、人をうっとりとさせる香水、翡翠と宝石、はがねきらめく短刀、宝石の飾りをつけた剣、ヴェネツィアのガラス器に中国の磁器、アラビアの香があった。駝鳥《だちょう》まで売られていて、それがどうやってここまで来たのかはわからないが、この「ラクダ鳥」を非常な高値で買い取る中国市場向けだった。また、鷹狩り用の最良の鷹を買えたのもやはりこだった。そして、もちろん絹があり、何千という絹織物がうずたかく積み重ねられていたり、雑然と山をなしていたり、巻物にまとめられていたりし、金糸、銀糸をちりばめた錦の山もあった。

細い通り道の迷路に迷い、もうどこにいるのかわからない。それほどに、狭苦しい店の続く通路はどこもみな似ている。けれども、タイルと煉瓦の配置、形、色から生み出される模様は同じものはひとつとしてなく、タブリーズ人なら間違いようがない。肉を焼く匂い、話し声のざわめき、雑踏する人波、商品を山と積んだ荷車を押す店員たちの怒鳴り声、陳列された織物のありとあらゆるきらびやかな色合い、この喧騒、この色彩、この匂いが、これでもかというほどに私を酔わせ、混乱させる。そしていま、白日夢から私を引き出すうめき声が聞える。私は耳を頼りに進み、ときどき立ち止まっては方向を確かめる。ショーケースに金ときらめく宝石をあふれさせた宝石店が並ぶ区画の四つ角で彼らを発見する。白い顎鬚を生やした二十人ほどの老人、全員黒ずくめで、頭に毛糸編みの小さな帽子をのせた人たちが、礼拝用の絨毯に坐って、胸を引き裂かれるような嗚咽《おえつ》にむせんでいる。そのひとりは、メガホンを使って、だれよりも大きな声でうめいている。通路の高みにホメイニ師の肖像と黒い旗がいくつか吊り下がっている。私は呆然として、その場に釘付けになる。ひとりのたくましい男が、大きな白いハンカチで深い皺の刻まれた顔を流れる涙をぬぐっている。全員が涙に濡れた布きれを手にし、通り過ぎる群衆には無関心のように見えるが、群衆のほうも彼らの悲嘆に無関心だ。わけがわからんと私の顔に書いてあったのだろう、ひとりの若者が私の前に立つ。

「驚きましたか？　哀悼月なんですよ」と彼は上手な英語で言う。「今週、シーア派教徒はフサインの死を悼むんです」

記憶が一挙によみがえる。アリーと預言者ムハンマドの娘ファーティマの次男で、六八〇年に家族の一部とともに殺された第三代イマームのフサイン。毎年、彼の命日であるアーシューラーの日は記念行事が行なわれる。ひと月以上にわたって、家々の玄関に黒旗が掲げられ、男たちは喪服を着る。クルド人はスンニー派であるのに対し、ペルシャ人の大半がシーア派であることは知っている。ただその違いは、西洋の「カートリーク」である私にはごく小さいように思える……。たしかに、アリーがシーア派の認める唯一の正統カリフであることは知っている。まあとにかく、ここで私を驚かすのは、殺した者たちに対する狂信的な憤激ぶりで、相手は十三世紀前に死んでいるのだ……。

ハリールは急いで立ち去りたくはないようだ。短い口髭が食いしんぼうそうな口をきわだたせ、生き生きした目と、いくらかだらしない身なりが、いかにも今どきの学生らしい。彼はコンピューター関係の仕事につくための勉強をしており、若者がみなそうであるように、外国に行って暮すことを夢見ている。買物をしにバザールに来たが、英語を使えるのを喜んでいる。多くのイラン人と同じように、西洋ではだれもが英語を話すと思っているのだ。彼はガイドを買って出て、絨毯市場のほうに私を引っ張ってゆく。ありがたい。これで客引きの連中にどっと取り囲まれたりせずにすむだろう。彼らは店の主人の息子だとか共同経営者だとか名乗り、ちょうどいま店で商売とは関係のない「展示会」をやっていると言うのだ。そして、「見るだけ」だから来てくれと言う。で、中に入ると、耽美《たんび》主義者は悪徳商人に豹変する。ハリールはしつこい連中を有無を言わせぬペルシャ語の一言で追い払う。ショーウィンドーに飾られた豪華な絨毯に見とれながら進むと、やがて完璧に調和のとれた広い空間に出る。十九世紀、皇太子時代のモザッファロッディーン・シャーがタブリーズを居所としていたころに造られたアーケードである。絨毯商人でいっぱいのその場所は、彼の名を残し、モザッファリーエとよばれている。

市場の片隅で、ひとりのムッラーが四つ角に立ち、だれかを待っているように見える。ハリールは私の視線を追い、質問を先取りして言う。

「仲人です」

彼に会ってからこれで二度目、私はパリのペルシャ人のように見えたにちがいない〔モンテスキュー『ペルシャ人の手紙』で、パリに来たペルシャ人が街・人・制度などについて驚きを綴った〕。その証拠に彼が笑い出す。彼の説明によると、男が死ぬと、未亡人は収入の道を断たれる。働く女性はきわめて少ないからだ。もし彼女に子供がなければ、赤貧が待っている。そこで、彼女は素早く夫を見つけなければならない。涙にくれ、いまだに喪服をまとった女たちが、こうしてムッラーに相談に来る。バザールのこの一角には、たくさんの金持の男たち、とくに絨毯商人が、罪を犯さなくてすむやり方で性生活に変化をもたらすことに関心を持っている。それで、彼らは「ストック」してあるものを見せてくれるターバン男のところに行く。取引が成立すると、ムッラーは、シーゲとよばれ、イスラム法に完全にのっとった「一時的結婚」と引き換えに、自分の取り分を受け取る……。こうして道楽者たちはかりそめの「妻」と一夜を共にすることができ、夜が明けるが早いか、その妻を離縁してよいのだが、その離縁もまたムッラーが懐にする「手数料」の理由となる。ガイドの後をついてゆきながら、私は考えこむ。結婚紹介所なのか、それとも合法的な女衒《ぜげん》、公認された売春……。とにかく、清貧を説く宗教勢力にとっては、実のある天の恵みだ。

私のガイドはつぎにハーネイェ・マシュルーテすなわち憲政会館に案内する。ここは建物自体に価値のある博物館で、二十世紀初頭、「立憲運動」の進歩的イラン人が集まった場所だ。一九〇五年から一九〇八年にかけて市民、軍人、そして一部の聖職者さえもが、イランに民主主義を確立させようとした。それは絞首刑者の大舞踏会に終り、ようやく制定された憲法は、パフラヴィー朝の創始者レザー・ハーンによって二〇年代に帝国が再建された後に崩れ去った。帝国自体も、二十年前に新たな流血で幕を閉じた。変らないもの、それはムッラーの遍在である。なぜなら、イランの問題は、ジャーヌ・デューラフォワがすでに十九世紀に理解していたことだが、政治ではなく宗教だからである。「ムッラーたちの狂信と肩を並べるものは」と彼女は書いている、「彼ら自身の無知と貪欲さ以外にない」。そして、イランは彼らの陰険な監視を排除しないかぎり、将来に待つのは悲惨のみである、と予言するのだった。

通りで絵葉書をポストに入れようとすると、ハリールが腕を押える。

「なにをするんです？」

「見てのとおり、郵便を出すんだよ」

「郵便ポストは黄色で、こういう灰色のは警察に宛てた手紙用なんです」

「……？」

「イスラム革命にふさわしくない振舞いをする人たちを密告するためです」

警察の野望は大きい。そのポストはばかでかいのだ。匿名の手が密告状をすべりこませるところを想像する……。私は心底恐ろしくなる。トルコ国境以来出会ってきた、あけっぴろげで、外国人好きのこの国民が、どうしてこんなふうに密告を制度化できるほどのおぞましい体制をつくることができたのだろう?

私たちは郵便局に行く。ハリールは図々しくも、窓口の前に並ぶ長い行列の先頭に割り込み、私もそのまねをするようにうながす。私はいやだ。時間はたっぷりあるし、ほかの人たちの時間を大事にしたい。ハリールがしつこく大声で呼ぶと、激しい調子で文句を言い出す人がいる。

「ほら見ろ」と私はハリールに言う、「顰蹙《ひんしゅく》を買ってるぞ」

「いや、その人はあなたのことで抗議してるんじゃない、その反対です。以前は観光客がたくさんいて、すべて今よりうまく行っていたのに、その観光客を追い出してしまった政府を批判してるんです」

私は振り返る。男はやさしく、親愛の情をこめて、にっこりと笑いかけてくる。

キャラバンサライ 3

浮かない心

マフシードとアフマドが車で大都市の出口まで送ってくれる。奥さんの文法が、私が旅立つのを彼女がどんなに寂しく思っているかを表している。「あなたのことはけっして忘れないことありません」と感きわまって彼女は言うのだ。コミテと揉め事になる可能性を顧みず、彼女の頬にキスする。彼らはほんとうによくしてくれた。そして、彼らのおかげで、ハタミ派の自由主義者たちの勝利した総選挙でなにが争点だったのか、よくわかるようになった。体制反対派に票を投じた人々は新たな対立を望んでいるのでなく、ただひとつのことだけを、すなわち自由を取り戻すことだけを願っているのだと理解できた。

午後になって、テレビでハタミが保守派を代表する二人の暗い顔をした髭男を前に開会演説をするのを見ることができた。ひとりは大統領選でハタミにあえなく土をつけられたナーテグ・ヌーリー、もうひとりはハタミの前任者としてこの国の大統領の座にあったが、選挙で笑い者にされたばかりか、投票用紙の操作に躍起になった自分自身の政治的同盟者たちのせいで、なおいっそう物笑いの種になったラフサンジャニである。この国会の開会と、一新なった議会によって採択される法律は、決定的な意義を持つだろう。

私はまた、これも無視できないことだが、本物のイラン料理を味わうことができた。マフシードは昨夜のお別れディナーに、クーフテ・タブリージーを出してくれた。羊の挽肉に卵をまぜて焼き、レンズ豆とじゃがいもを添えたもので、これはほとんど王侯料理といってよかった。

うららかな日差しのもと、道につく。猛スピードで突っ走ってくる車を正面から見据えられるように左側を歩くが、これは私の意思に反して、どうしても歩数を節約させたがる数え切れないほどの乗用車とトラックに、その気をなくさせるためでもある。すべて順調、と思われることだろう。ところが、私の思いはむしろふさぎがちだ。この二週間で十一カ所の宿泊地を通過したが、心には大きな穴があき、すさみきっているような気がする。人々は私に敵意は持たないけれども、ここまでのところ、マフシードとアフマドを別にして、私を家に迎え入れて泊めてくれた人はひとりとしてなかったことは認めざるを得ない。いまだに本物のキャラバンサライはひとつも目にできず、感動もなく、千夜一夜物語を抜け出てきた人にも出会えず、ひとりのイスラム修道者との邂逅《かいこう》もなければ、ひとつの奇跡を目撃したこともなく、魔神、お姫さま、妖精、スルタンの后、女悪魔のいずれともいっさい知り合うことがなかった。大冒険家の足もとにも及ばない、しがない歩き屋の人生……。しかも、私のそれ、つまり足もとはイランだけれど、頭はまだ故郷にあるのだ。それなくしてはこんな旅は思いもよらない私の情熱、それはノルマンディーの私の家に残ったままだ。私はそこで地図と書物を調べながら、ここでよりも旅らしい旅をした。マシュハドはあまりに遠く、サマルカンドは地の果てだ。漠然とながら、危険がのしかかってくるのを感ずる。昨年、トルコのクルディスタンで病気になったり、襲われたりした記憶が、いまもつきまとっているのか？　私の歩きは機械的で、躍動感に欠けている。

キャラバンサライ発見

タブリーズの図書館で見つけた本のなかに、ここの近くのシャブリーにキャラバンサライがあったと書いてあった。バザールで買い求めた、フランスで手に入れたものより多少詳しい地図には、シーブリーという名の村がのっている。ここにちがいない。十キロの回り道になるが、試してみよう。湯船のような深い穴ぼこができた、かつては舗装してあった細い道を一時間半歩くと、完全武装した五、六人の兵士が警護する軍事演習場の入口にさしかかる。彼らは退屈そうだ。ザックを背負い、汗をたらした「ファランギー」〔ヨーロッパ人〕がやってくる姿は彼らを楽しませる。彼らはキャラバンサライのことを一度も聞いたことがない。私は、いまの宿屋じゃなくて、古い（ガディーミー）キャラバンサライのことだ、とねばる。ない、ない、そんなものはないよ。

道路は土の道となって続く。GPSがあるので、道に迷う心配はあまりない。三キロ先にそれがある、左側にぽつんと……演習場に囲まれて。有刺鉄線をのせた金網を二重に張りめぐらしたフェンスが進入を禁じている。走破訓練用の障害物の一部が置かれているところを見ると、兵士たちは一日中そこで訓練しているのにちがいない。これはサファヴィー朝時代、すなわち十六世紀から十八世紀にかけての建物である。石材の基礎の上に土壁が建てられている。雨水の浸食を受けながらも、歳月と地震に抗して、いまもしっかりと持ちこたえている。山を背にし、灌漑された豊かな平野を見下ろすこの建物の正面は、三千五百メートル以上の高みにいまも雪がきらめくのが見えるサハンド山のほうを向いている。

さてシーブリー村はというと、それはもはや地図製作者たちの想像のなかにしか存在しない。しかたがない、引き返すには遅すぎるし、兵士たちが泊めてくれるはずもない。そこで、鬱々とした気分が心にしっかりと根を下ろしてしまったが、探検を続行する。やがて、前触れもなく、土木工事現場に来てしまったことに気づく。入口の小屋から、荒々しくわめき声をあげながら、三人の男が出てきて、にこりともしない。小柄でがっしりとした二人は棍棒《こんぼう》を握っている。三人目は大男で、見るからに油断なく、警戒の目をして私のほうに進み出る。この男に棒は必要ない、その手が先太の棍棒なのだ。彼は歩くとき足を引きずる。

「どこから来た？　どこに行く？」

さらに一言口にしながら東のほうに手を振る雄弁な仕種《しぐさ》をし、私はそれを「さっさと行け」と解釈する。私はポケットから例の開けゴマ・カードを取り出し、従順な兵士のように、かしこまって読み上げる。相手は私のペルシャ語がまったく理解できない。しかたなくカードを差し出す。男は片手しか利かず、頭皮の半分がはがれた痕を、てかてかした赤黒い皮膚に髪の毛を生やして隠している。戦争の傷跡か？　この国ではよくあることだ。彼は私の文書がうまく読み取れず、緑色の目をした小男を助けに呼ぶ。私は観念して裁きを待つ。彼らがあげた驚嘆の叫び声で、命拾いしたことがわかる。彼らは、私がトルコから三百三十キロを踏破したことにたまげる。そして、私がマシュハドに行くことを理解すると、警戒心がすっかりほどけ、小屋のなかで茶を飲んでゆけと誘う。シーブリーという名の村はなく、数キロ四方で住んでいるのは彼らだけだ。大男はエストラフィーといい、一人目の小男がマフマド、明るい色の目をしたのがザムチーだ。

彼らは私を泊めてくれるだろうか？

だめだ、それはできない。彼らはこの工事現場の番人だ。現場監督が見回りにきたら、アッラーといえども彼らを助けることはできない。私はおどけて、パワーショベルを盗むまねをする。彼らは笑う。そこで私は、この小屋の床に寝るのならどうかと聞いてみる。すると彼らのあいだで長談義となり、その結果、私はもう一度命拾いする。すっかり嬉しくなった私は、彼らの写真を撮って、われわれの合意の締めくくりとするが、彼らはこれが後世にまでかかわることだとわかっているから、なかなか簡単にはゆかない。そのあと、大男が私を自分の小屋に案内する。自分は床に寝るから、私はベッドに寝ろと言う。どんなに抗議しても、彼は聞く耳をもたない。私は水シャワーを浴びることまで許される。七時から九時まで、二時間のあいだ水が来るのだ。私はエストラフィーが一日の最後の祈りをするのを待たずに寝てしまい、五時に起きたときには、彼は一回目の祈りの拝礼を前にして、入口の外に置いたバケツの水で身を浄めているところだ。私たちは、胸の思いをほとばしらせながら別れを惜しむ。

安くなる宿賃と高くつく慈善

車の往来はすさまじい。トラック、巡礼を乗せたバス、バン、乗用車、大型トラックが、気違いじみたレースに熱中している。この二車線の道路に三台の車が並び、追い越しをかけ合うときには、私は道路わきの溝に跳びのかねばならない。衝突を避けるために急ブレーキを踏み、タイヤはきしみ、スリップし、追い越した車の直前に割り込み、いきなりUターンする、トルコの道路と同じ無秩序がここでも支配しているのだ。イランの道路が人間みなに約束する大虐殺を免れるためには、たぶんアッラーに祈りさえすればよいのだろう。ただ私はアッラーの手に命をゆだねてはいないので、用心に用心を重ね、十分おきに溝に飛び降りる。この調子では、夜になる前にボスターン・アーバードに着けそうもない。

そして、実際、小さな農村に足を踏み入れたときの私は、まるで幽霊のようにふらふらしている。足が前に進むのをいやがるばかりか、かねがね私は人は足で歩くよりも頭で歩くものだと主張している手前、白状しなくてはいけないが、いまの私の頭は歩きと無関係だ。頭はただただ眠りたがる。

宿屋の入口の前にしゃがみこんだ、ハイタカのような顔のひょろりとした主人は、私が部屋を頼んでも立ち上がろうとしない。彼は指を四本立てるだけで、私はそれを四万リヤール（四十フラン）の意味に解する。部屋を見せてもらう。小さな部屋は清潔といってよく、贅沢なことに、共同シャワーがある。下に降りると、主人は考え込み、今度は指を三本しか立てず、食事込みだとつけくわえる。部屋のドアに錠はなく、鉄の棒が鍵の代りとなる。明りをつけるには、メーターのところに行ってスイッチを入れなくてはいけない。食事に出された若鶏は、怪しげな黄色っぽいソースに浸かり、実際、午前三時に素っ裸でトイレに駆け込まなくてはならなかったのだから、体のためにならぬ代物だった。さいわいなことに、裸の現場をコミテに取り押えられなくてすんだ。朝、腹がよじられて、ぐったりした私は、もう一日ここに泊ることに決め、落ち込んでばかりいる自分と訣別《けつべつ》する。すべてを一新するために、床屋に行って頭と顎を剃ってもらい、大洗濯会を開く。肉体的にはすべて順調で、出発時には七十六だった心拍数は、いまは六十八だ。少なくともこれは、この地方にあるオルーミーイェ湖を見にゆけないことの慰めとなる。そこは紀元前八百年ごろ、ウラルトゥ人が定着して以来、数々の文明が花開いたところだ。あの有名なピンク色のフラミンゴの何百万羽という大群も見られない。キャブディー島もやはり見られないが、そこはチンギス・ハーンの孫で、暗殺者教団の根絶者であるフレグの墓の上で、処女の一団が、あの世での彼のさまざまな欲求にこたえるために生贄《いけにえ》にされたところである。

宿の主人は私に好意を持ったにちがいない。二泊して二万リヤールしか払わなくてすむ……。ただでいいからいつまでもいてくれ、と言われる前に逃げ出すことにする。

日はまだ昇っていない。休息日で元気を回復した私は、早足で歩き、ザックが軽く感じられる。風景がつぎつぎに繰り広げられる。サバラーン山の向うに顔を出した太陽の光を浴びて、穀物畑や野菜畑がどこまでも広がる。遠くかすかに見える高地の村々に向かって、白い土の細道がジグザグに上ってゆく。あちらでもこちらでも、朝の爽やかなそよ風に吹かれて、ポプラの並木が小さな白い綿玉のような種を飛ばしている。トリルに酔った雲雀《ひばり》たちが、地上に向かって目眩《めまい》のするような急降下をする。美しい朝だ。だが、あっという間に、臭い息を吐き、唸り声をあげる怪物ども、トラックがふたたび現れる。なかには大胆にも、フロントガラスの上に洒落た文字で書かれた「イン・ゴッド・ウィー・トラスト」〔われら神を信ず〕というプレートを掲げているのもある……。どの神のことを言っているのだろう？　彼らの神か、キリスト教徒の神か、それとも政府の宣伝とは裏腹にこの国を支配している緑色の神、ドル神のことだろうか？

太陽が照りつける。いたるところで、ディーゼル・エンジンが灌漑用の井戸の水をほとばしらせている。道端で、ひとりの老人が静かに客を待っている。炭火の上で黒ずんだ鉄の瓶に入った湯が沸き立っている。彼は草を詰めた袋の上に、よく目立つと信じて、コップをひとつ置いている。しかし、だれもが猛スピードで突っ走る運転手たちのなかに、それに気づく者がいるだろうか？　私が二千リヤール渡すと、それは彼には途方もない額と見え、間に合せのティーポットの中身をほとんど全部私に飲ませようとする。私が逃げ出すと、コップを手に持って、飲んでくれと言いながら追いかけてくる。男は私がした喜捨で侮辱を受けたと思っていることがわかる。私が受け入れれば、それは商売だが、私が拒否し、彼が金をもらったままにしていれば、それは物乞いになる。吐き気をこらえながら、不潔なコップに入った不潔な茶に口をつけるが、彼がくれた角砂糖を歯のあいだにはさんでいたおかげで、なんとか飲み下せる。これは気前のいい慈善家のまねをしたがるとどうなるかのいい教訓となるだろう。私はここでは他人の目に貧しい修道者のように映っているのであって、その姿のとおりであらねばならないのだ……。

警察が寝場所確保

アリー・ハラジュで道路の下のほうの、おそらくアッバース様式のものと思われる、廃墟になった小さなキャラバンサライが、モスクが信者たちを惹きつけるように、私を惹きつける。しかし、近くで働く石工たちに引き留められる。近づくことは禁止されているというのだ。たぶん安全上の理由からだろうが、そんなことは私にはなんの意味もない。まったく、この国では私はひとつもキャラバンサライを見学できない運命なのだろう。

こうしたキャラバン用の館の伝統は、二十五世紀前からアレクサンドロス大王に征服されるまでこの地を支配したアケメネス朝にさかのぼる。ヘロドトスの語るところでは、この王朝の人々は、後にシルクロードとなる道の二千五百キロにわたって百十一カ所のキャラバンサライを築いた。簡単な計算だ。およそ二十キロから二十五キロ、すなわち徒歩でのふつうの一日行程ごとに一カ所である。もともとは、おもに郵便用の宿駅だった。日干し煉瓦で造られ、簡単な塀で囲った敷地に管理人と馬が共に暮す住居があった。だが、すぐに商人たちが悪天候と盗賊を避けるために利用することになる。つぎには一千年間にわたって、シルクロード上をめぐり歩く信者たちもまた、仏教徒、キリスト教徒、マニ教徒、ゾロアスター教徒、イスラム教徒の別なく、そこを宿泊地とする。

こうなるとキャラバンサライはより完成された形へと進化を遂げることになる。外側は、剣を手に国中を荒らしまわるあらゆる種類の荒くれ者どもから宿泊者を守るために砦の観を呈し、内部では長旅の人々の求めるサービスを提供する。パン焼き窯、貯水施設、厩《うまや》、商品をしまう倉庫。蹄鉄工のような職人や家畜の番人も常駐する。ペルシャ人の建築家たちは、使い勝手がよく、しかも無駄のない、完成された姿をした建物の構造をたゆむことなく追求する。やがてキャラバンサライは、ただひとつのモデルにしたがって建造されることになる。それは大きな長方形で、三面は難攻不落の窓のない壁に囲まれ、残りの一面は上部に銃眼を設けた巨大な門となっている。内部では、商人ひとりひとりに、寝室と、中庭または通路に面し、商品を陳列して客に応対できる居間からなる「スイート」があてがわれる。ふつうは町からほど遠からぬところ、ときには町の城壁のなかに建てられるが、無人地帯に築かれ、そこに人煙をもたらすこともある。

正午だ、調子はいい。私はここに泊るつもりでいた。だが、つぎの町まで歩くことに決める。力をつけるために、昼食にアーブグーシュトを食べる。これはタブリーズで発見した料理で、まだまだ食べ飽きていない。歩き屋のためにあつらえたような食べ物なのだ。それは煮立った鉄鍋または土鍋で供され、スープ皿と小さな棒が添えられる。鍋の汁は皿によそわれ、そこに汁気が吸い取られるまでパンを入れる。このスープを平らげたら、つぎは鍋底の羊肉にかかり、棒を使って、トマト、じゃがいも、ひよこ豆といった野菜をつぶす。これはうまく、これ以上ないほど精がつく。

夜、四十五キロ歩いた後——気違い沙汰だ——ガラ－シャヤーフ・チャマンに入る。村の名は「黒黒」（アゼルバイジャン語のガラ、ペルシャ語のシヤーフ）としている。不気味な将来を予想させる名前だ。事実、ただ一軒の食堂の主人には、泊めてもらえないかと頼むと、たちまち追い払われる。何軒かの戸をたたくが、どこでも宿を断られる。私はアゼルバイジャン人は世界一の善人だと聞いていた。けちで、もてなし嫌いだとも聞いていた。どうやらガラ－シヤーフ・チャマンでは、もてなしと気前のよさは、とくに重んじられている美徳ではないようだ。食堂のそばの家々でもやはり断られる。自信たっぷりの若造が私の手助けをしたいと言い、解決策を見つけるという口実のもと、町にあるチャイハネ〔喫茶店〕一軒一軒に私を連れまわすが、彼が私を珍物として見世物にすることで、ちょっとした受けを狙っていることがじきにわかる。見物人をにこやかに楽しませることを受け入れていた一時間半の後、否定しがたい事実を認めざるを得ない。ここには泊れるところなどひとつもない。それで、警察に行って、隅っこで寝かせてほしいと頼み込む。応対にあたった陽気な巡査が、もてあまし気味の自動小銃を箒《ほうき》のように振り回しながら、私を署長のところに連れて行くと、署長は副署長に命令を与え、副署長は副副署長に向かって大声をあげ、副副署長は同じ口調で部下に命令を伝え、私はその部下についてゆくように言われる。そして、私はさきほど私を追い返した食堂の主人のところに舞い戻る。「この人に食事を出して、泊めてやれ」。巡査があっさりと言う。「署長の命令だ」。こうしてとどのつまり、私はどっさりとピラフが盛られ、焼肉の山が置かれたテーブルにつき、飲物にはヨーグルトを乳清に溶かし、ときに蜂蜜をひとたらしすることもあるアイランが出される。主人は細々と気をつかう。このことは、数日来私が考えていることの裏づけとなるだろう。私が冷たいあしらいを受けてきたのは、人々が警察に抱く恐怖のせいだ。あれほど大きな密告状用のポストを持つ国が、感情の自然な発露と折り合いよくやってゆくのは無理だろう。

寝室は食堂ホールの頭上にあたる広々した部屋で、三枚のマットレスが床にじかに敷いてある。私はそこで、付添い人という役割をどこまでも生真面目に受けとめたとしか思えない下っ端巡査とともに寝る。まるでこれから極地の夜を迎えねばならないかのように分厚い下着を着込んだ彼は、じつに規則正しくいびきをかくので、その単調な轟音《ごうおん》が子守唄のように響き、私は頭がぼうっとしてゆくのを感じながら、深い眠りに落ちる。

帽子がない！

谷は断崖にはさまれて狭くなった。谷底を小川が遠慮がちに流れているが、それが数週間前には荒れ狂う奔流となって、行く手にあらゆるものを押し流したのだ。九時、暑さが増し、剃り上げた私の頭が帽子を要求する。念入りに探しまわったあげく、認めなくてはならない。私は帽子をなくした。ショックだ！　私のシャッポ、わが旅の道連れ、わが脳天の友、それはこの三年間、五千キロを私と一緒に歩いてきた。あの帽子なしには先を続けられない。ジーンズ地で、色落ちし、形はくずれ、博物館入りしていいくらいだが、私にはなによりも貴重な財産だ。帽子なしに歩く？　靴なしで歩くほうがましだ。これからどうやって砂漠に立ち向かえばいい？　暑くてたまらないときは、あれを水に浸けると、厚い生地が長いあいだ涼しさを保ってくれる。道では、あの帽子は私の旗だ。人々はあんなのはどこでも見たことがない。私はこう言われる。「一週間前にどこそこの町であんたを見かけたよ、帽子でわかるんだ」。一日の行程のあいだに、たぶんしばらく私という外国人になってみたいのだろうが、あの帽子を貸してくれという男が現れない日はない。買いたいとも言われ、交換したいとも言われた。それくらいなら私の屍《しかばね》を乗り越えて奪うがいい、とそのたびに私は欲しがる人々にわからせてきた。

記憶をいくら探っても、最後に見たのはいつだったか思い出せない。いつものとおりザックの上に留めておいたのだから、はずれて落ちたにちがいない。決心は固まった。私は北のほうに戻るジープを停め、見つかることを期待しながら、窓から顔を出し、目を皿にして道路の端を見てゆく。しかし、ガラーシヤーフ・チャマンまで戻ったが、骨折り損のくたびれ儲けに終る。たぶんだれかが拾ったか、風に吹き飛ばされたのだろう。絶望した私は、心残りがないようにもう一度食堂に行ってみる。私のしょげ返った顔つきに対して、主人は浮き浮きと入口で私を迎え、朝食をとったテーブルに案内する。帽子はそこにある、そばの椅子の上に鎮座している。その場のみんなにチャーイをおごり、釣銭を置いてゆく。せめてもの気持だ。

人のよい運転手が私の失敗談に感動し、尋ねてくる。

「気がついたときどこにいた？」

「十キロ先です」

もっと先だったことはわかっているが、ペルシャ語では十までしか言えないのだ。

彼は私のザックをつかむと、真新しいピカピカの十トン車の運転席に置き、乗れと言う。正確に十キロ先で――彼は距離計を示す――車を停める。ありがとう、たぶんまた道で会えるよ。

プラムの木の下で日射しをよけ、刈り取ったばかりの干草の上に腰を下ろした四人の老人が、こっちに来て一緒に茶を飲んでゆけと合図をする。そのなかに、昨日会った入歯をしたムッラーがいる。彼はセイェットーフサインという名で、仲間たちを紹介してくれる。そのひとり、アトセファレはすばらしい顔をしている。棒のように突き立った白く濃い髪、銀色の口髭、一週間剃らないときくらいの顎鬚が、日に焼け、皺の刻まれたごつい顔にのっている。老けゆく男らしさを表した完璧な彫像だ。兄弟たちが笑うなか、彼のクローズアップ写真を撮る。

日増しに暑くなってくる。路上では、フランスのハリネズミに劣らず用心の足りない蛇たちが、車に轢《ひ》かれて、きらきら光る皮を広げている。大きな丘がつらなる風景は、フランスのオーヴェルニュ地方を思い出させる。道路は急流が倦むことなくうがちつづける狭い谷間を曲がりくねりながら進む。はるか高いところで、日射しのなか、一羽の鷲がまるで旋回軸につながれているかのように、のんびりと輪を描いている。日当たりのいい斜面で、はじめて葡萄《ぶどう》を目にする。この国ではワインを飲むことが禁じられているから、原則としては干し葡萄用である。「極秘を条件に」聞いた打ち明け話で明らかになったことだが、葡萄の収穫の一部は蒸溜されて強い酒になるとのことで、やはり極秘を条件にその酒の味見までさせてもらった。イスラムの司法は、笞《むち》打ち刑に相当する罪に対して容赦はしない。だが、この点でも、私が聞いた他の打ち明け話がほのめかすところでは、しかるべくリヤールの札束を配れば、アッラーはずっと寛大になるという……。

イラン人はピクニック好き

ミヤーネの大きな公園は、金曜日の今日、お祭のようににぎやかだ。何十もの家族が緑のなかでの食事を楽しみに来ている。イラン人は戸外で食べるのが大好きだ。遊牧民だった過去を受け継いでいるのか、この国ではめったに見かけない草や涼しい木陰が恋しいのか、暑すぎる家の中から逃れたいのか、自分を人に見てもらいたいのか？　彼らのピクニック好きには、これらの理由が少しずつ含まれているが、人に聞いた話では、なににも増して、われわれの「パラディ」（パラダイス）の語源となった「庭園」（古代イラン語でパリダイザ、現代ペルシャ語でフェルドウス）に多少とも関係のある場所への昔ながらの憧れがあるという。ただし注意すべきは、イランではピクニックは不便を意味するものではないことだ。つまり人々は、必要なものもそうでないものも、車にどっさり荷物を積み込んで持ってゆくのである。なくてはならないものは、コンロの燃料のガス・ボンベ、地面をおおう敷物、野蛮人じゃないんだからテーブルクロスも要る、楽しい食事のあとはやっぱり昼寝だから、そのための枕だって要るし、男も女もうっとりとくゆらすあの水パイプも欠かせない。そして、いうまでもなくいちばん大事なもの、サモワールを忘れてはいけない。なにしろ何リットルも茶を飲むことになるのだから。しかし、ただ感心するしかないコンセンサスによって、だれひとりラジオを持ってゆかない。十時か十一時ごろ、目的地に家族全員と親戚一同が集まると、ぺちゃくちゃおしゃべりしたり、世の煩いを忘れ、幸福感に浸りながら、のんびりくつろいだりして一日を過す。フランスでは、有給休暇制度ができてまもないころにマルヌ川のほとりで撮られた写真が思い出させる光景だ。地球はたしかに回転をやめることがあり、人はけだるい幸福に包まれて昼間の時を楽しみ、夜の気配が漂いだしてから、やっと腰を上げる。

きみの神は?

本屋のフーシャングは、道路地図と絵葉書という私の買いたかったものをまったく置いてない。だが、彼は小さな店を閉め、自分の家に私を引っ張ってゆき、奥さんのモニールと四人の子供に紹介してくれる。モニールは私の来訪を待っていたかのように台所に急ぎ、私はサル・シラという砕いたアーモンドとサフランの入った甘い米料理がどっさり盛られたのと、さらにメロンを大きく切ったのとを平らげねばならない。ドライフルーツが出てきたときには、音をあげてしまう。この三週間、こんなに大量に食べる習慣と離れていたのだ。

はちきれそうな腹をかかえて、インターネットに接続したコンピューターを探しに町にでかける。金曜日のために閉まっているコンピューター用品店の前で、カーシェフォッディーンという学生が話しかけてくる。彼は英語が話したい……。そこで、たっぷり三時間は私を引き回し、そのあげく、やっとコンピューターを見つける。ところが、なんたること、モデムが壊れている……。ホテルに帰ると、四人の若者が私を待っている。私のことを話に聞いた彼らは、シルクロードを歩いている変り者の写真を撮りたいのだ。九時、寝ようとしていると、カーシェフォッディーンから電話がかかってくる。彼はモデムを見つけ、私を迎えにやったタクシーがもうそっちに着いているはずだという。たしかに来ている。

パリからのニュースをいっぱいに詰め込んだ私は、満足し、安心して、鼻歌をうたいながら帰途につく。ホテルの近くの大通りに信者でいっぱいのバスが十台以上駐まっている。その列の先頭にスピーカーをつけた車がいて、スローガンをがなり立てている。その車にもどのバスにも、ペルシャ文字の書かれた大きな黒い横幕が張られている。明日はイランの暦でホルダード月の十四日、ホメイニ師の命日なのだ。国中のいたるところから、何千台というバスがテヘランの南部にあるこの聖人の霊廟を目指す。空気には慌しく激した雰囲気が漂い、心静かな哀悼とはほど遠い。そこにははっきりと狂信が感じとれ、たしかにそれは政治を左右する力のある組織によってかき立てられ、誘導されたものだが、私は嫌悪を覚えて大急ぎでホテルにもどる。

朝、私の目の前でヨーロッパ人のカップルが荷物をまとめ終える。フランス人のパトリスとスイス人のマリーは、ペダルが前輪の上に突き出ていて、仰向けの姿勢で運転する二台の奇妙な自転車にバッグを積み込む。彼らは、ちょっと中国に行ってくるだけだ。驚いたことに、マリーはチャドルを着けておらず、髪の毛と耳を隠すスカーフしかしていない。パトリスは半ズボンにT

シャツだ。

「ぼくたちはスポーツをしてるんだから、なにも言われませんよ」

……それじゃ私は、私の旅はスポーツじゃないのか？　わざわざ苦労するのがいやになる……。

アリーが朝の祈りをすませてから、私に会いにホテルに来た。昨夜、彼の兄さんのインターネット店で会った青年だ。しばらく一緒に歩きたいと言う。昨日の夜、私たちはおしゃべりし、彼は私のことを「賢者」とよぶ。彼は熱烈な信者、「神に狂える者」である。自分の頭を血がほとばしるまで打つ集団鞭打ちにも参加する。「でも痛くなんかありませんよ」と彼は言う。彼には神が宿り、神にささげる信仰が彼の人生をおおいつくしている。私が賢者でありながら、ムスリムでないことを彼は不思議がる。こういう宗教的な妄執を前にして、ちょっとゆさぶりをかけたくなる。

「君の言う神だけど、それは君の神、それとも私の神？」

「もちろん、ぼくのです。アッラーは全能です」

「でも、どうしてそう言えるのかな？　なぜそれがヒンドゥーの神とか、ブラック・アフリカやボルネオの失われた民の神、あるいは――一瞬ためらってから、思い切って言う――ユダヤ人の神ではないと言い切れるんだろう？　それが君の神だという証拠を見せてくれないか」

「だって、ぼくは知ってるんです」

「賢者は懐疑を実践しなくてはいけない。懐疑なしには、けっして真理に近づけないんだよ。

チンギス・ハーンのモンゴル人は太陽を信仰していた。インカ人もね。そして、みんなが自分は正しいと信じていたんだ」

さすがにそれ以上推論を押し進めて、神の存在を疑ってみせるのははばかられる。三キロ歩いた後、アリーは身も心も息切れして去ってゆく。これからは宗教の話を避けることにしよう。どんなにゆさぶっても、すでにぐらつきかけている相手にしか通じないことはわかっているのだから。

ホメイニのおかげで命拾い

アヤトラ・ホメイニのせいでまた災難。祝日なので食堂がどこも開いていない。信者たちはごちそうを食べなくていいのだ。

十一時、出発後十二キロの地点で、圧倒的な絶壁が登ってやろうなどという気を――私のように重いザックを背負っていたのではなおさら――なくさせる山の前に立つ。食い意地の張ったトンネルの黒い口が大型トラックの車列を呑み込んでゆくように見えるが、結局は詰め込みすぎて破裂しそうな隊列を向う端で吐き出すことになるのだ。左のほうに行く、どこに通ずるとも知れない細い道があるにはあるが、そこを通る者はいない。私はしぶしぶながらトンネルを選ぶ。排気ガスの臭いがむっとくる。わざわざこんなところに入り込む酔狂な歩行者はいないのだろう、歩道などありはしない。排煙で黒ずんだ石壁に身を寄せながら進む。二十メートルおきに壁から張り出しがあり、トラックが壁をこすらないように注意を促している。私は左側を歩き、危険と向き合っているので、この張り出しの部分まで来ると、ほっとひと息つける。しかし、車の行き来はほとんど切れ間がないので、そこを回り込むときには、轢かれないように急がねばならない。真っ暗といっていいほどの闇のなか、私に襲いかかってくる怪物たちの騒音と重量感は圧倒的だ。私を見ても、一台としてよけようとしない。この国だけでなく、どこでも同じだが、ハンドルを握っている者は、かならず歩行者のほうがよけるだろうと――あるいは、歩行者などブレーキをかけるに値しないと信じている。歩いてるやつだって止まれるんだから、そもそも必要ないだろ？　暗黒の穴を照らすのはヘッドライトだけだ。轟々《ごうごう》たるエンジン音が壁に反響して、私の耳をつんざき、全身にひびを入れる。無数のマフラーから吐き出される煙で息が苦しく、小刻みに呼吸するが、吸うたびに入ってくるのは喉をつまらすムッとする臭いだ。それはまじりけのない毒である。この騒音と悪臭の地獄を一刻も早く抜け出さなければ。けれど、目の届くかぎり、まぶしい光の筋にひっかかれた闇ばかりだ。五分、十分、十五分。壁の張り出しの陰に身をひそめて、トラックのあいだにすきまができるのを待ち、勢いをつけて次の張り出しまで走る。こちらに向かって走るトラックの列がしばらく途切れると、どこにいるのかわからなくなり、方向を失って道路の真ん中に出てゆかないように、壁をさわりながら前に進まなくてはいけない。頭がずきずきし、咳が出て、空気を求めるけれど、胸の悪くなる煤煙《ばいえん》しかない。

とうとう明るみが見える、あそこ、数百メートル先に出口がある。地の底に差すほのかな日の光は、トラックが通るたびに閉ざされる。ちょうど古いアマチュア用映写機で、スクリーンのほうを向かずに、フィルムが回るのを見ているときのようだ。用心をかなぐりすて、外のきれいな空気に向かって急ぐ。まだ百メートル以上ある、五十メートル、二十メートル。そこからは息を止め、この中の毒を吸うのをやめる。恐怖と緊張で脚がこわばる。外に出ると、断崖をなす山の影が落ちた、がらがらの広い駐車場に突っ走る。ザックを下ろす、というより放り出し、しばらく深呼吸を繰り返す。胸いっぱいに酸素を吸い込み、酸素に酔う。体の内も外も汚れていると感じる。穴に吸い込まれ、出てくるエンジンの騒音も、いまや遠いもののようだ。やっと息が整うと、あたりを調べてみる。トンネルの先の道路をはさむ岩壁は、青い空に向かってまっすぐにそそり立っている。この切り通しを少し行ったところに、もうひとつ駐車場がつくられている。トラックが駐車しているのが見える。あそこにチャイハネが、簡素な食堂があってくれるだろうか？　それはあり、しかも開いている。もう少しで神を信じそうになる。いずれにせよ、私はついさっきまで、間違いなく地獄の一歩手前にいたのだ。

食堂のなかはトンネルにおとらず煙たい。五十人ほどの運転手が、透明な――そして、べとつく――ビニールカバーのかかった大きな木のテーブルに着き、大盛りの麺やアーブグーシュトを食べながら、熱い茶を飲んでいる。私の向かいの席に坐った背の高い口髭男（みんなそうだが）は、にょろにょろした文字でなにか標語の書かれた、ぴっちりしたTシャツを着ていて、私はその意味を知りたく思う。彼は話しかけてきて、どっちから出てきたのかと聞く。顎で外を指すと、彼はもうひとつトンネルがあって、それはもっと長く、非常に危険で、歩行者の通行が禁止されている、と説明する。「そこは通ろうとしなさんな、命がけになるからね」。

皮膚に直接書かれているかのような、彼の掲げる標語の意味を尋ねると、彼は説明を始めるのだけれど、私にはほとんどなにもわからず、ただおおよそのこと、つまりそれはアッラーと幸運とアッラーを守護者としていただくこの上ない名誉を言ったものだ、ということは理解する。

恐怖のせいか、なみなみと注がれた軽油を飲まされたようなものだからか、トイレに駆け込んで、すさまじい下痢を排泄《はいせつ》する。茶とアーブグーシュトの後、テーブルのあいだを回って、つぎのトンネルを通るあいだ乗せてくれる運転手を見つける。驚いたことに、それはとても短く、せいぜい五、六百メートルしかない。この先にはまたトンネルがあるのだろうか？　ないよ、と運転手は言い、無論のこと、テヘランまで乗せていってやると言う。さっきの口髭男の誤解の理由がわかってから、礼を言って降ろしてもらう。彼は私がタブリーズの方向に向かっていると思ったのだ。私が命をかけたトンネル、それは私が通ったトンネルだ。運転手のレザーが笑う。「今日が祝日で、あんた運がよかったよ。ふつうの日なら、車の量がものすごいから、出口までには死んでるよ」。私も頭のなかで、ただただホメイニの足下にひれ伏すばかりだ。言ってみれば、彼のおかげで命が助かったのだから。

絶対にキャラバンサライへ

アスファルトとトンネルにはうんざりしたが、まともな地図がないのでしかたがない。時折、舗装していない迂回路がある。だが、それはどこに通ずるのだろう？　行き止まり？　名もなき村、あるいは目印になるものも、人の気配もないステップ？　ただのトレッキングなら、運試しもできるし、わざわざ不運をよびこんだっていい。しかし、いまは伝説のサマルカンドまでに踏破しなければならない三千キロ近くを前に控え、行く先の国々のビザにすでに書き込まれている日付に税関吏たちと会う約束もある。というわけで、束縛から解放されようと旅に出るのに、地獄のトンネルを出てみれば、また同じ道を続けざるを得ないことがわかってがっくりくる……。

一週間前、タブリーズの博物館の図書室で、このあたりの北のほう、あの丘のつらなりの向うに古いキャラバンサライがあると思わせる資料を見つけた。そして、私はそこを訪れたくてたまらない。肺がまだきれいになっていないので、中央のアーチが斧で断ち割られたかのように川のなかに崩れ落ちた——地震の結果だ——煉瓦造りの橋のそばの日陰でしばらく休むことにする。橋によじ登った子供たちが服を着たまま水に飛び込む。花をつけた芝の涼しいところに腰を下ろし、石塀に気持よくもたれて眠り込む。目が覚めると、どんなことがあっても例のキャラバンサライを見にゆこうと決心がついている。

道路はそこにある。私のできそこないの地図では点線で示されている。私はおよその見当で国道の北側に印をつけておいた。ジャマール・アーバード、ジャマール村だ。それは道路というより、白く、曲がりくねった小道で、丘の斜面にのたりくたりと続いている。下ってくるトラックが彗星の尾のような、きらきら光る土煙を上げ、それはしばらくするとゆっくりと舞い降りてゆく。ゆるい坂のように見えるが、日射しと昼食前の試練のせいで、登るには猛烈ながんばりが必要だ。太陽が首筋にじりじりと照りつける。たちまち汗が首をつたい、ザックと背中のあいだに流れ込み、尻のあいだから脚にそって滴り、ようやく靴のなかに水たまりをつくって止まる。丘には小麦がまばらに植わり、たまさか撫でて通るかすかな風に、かぼそく、丈の低い茎を震わせる。人家はなく、木もないが、斜面の中ほどに真新しい工場がぽつんと立っている。そこに着くまでに一時間かかる。ふだん石膏《せっこう》を運ぶトラックが通るのしか目にしない守衛たちの質問が、文字通り雨あられと降りかかる。

「国境から来たんです。二週間前にトルコのドウバヤズトを発って、サマルカンドに行くところです」

彼らは不審顔で、私をじっと見つめる。私は注釈をつける。

「ウズベキスタンのサマルカンドです」

彼らにはやはりわからない。イラン人はトルコ人におとらず地理に暗い。私はまた修正を加える。

「マシュハドの少し先です」

そこなら彼らも知っている、この国で指折りの聖地なのだ。日陰になった工場の玄関を離れ、炎暑のなかにもどる。暑さで息が苦しいが、まだ六月のはじめなのだ。七月のなかごろ、あの恐ろしいイランの砂漠、ダシュテ・キャヴィールのへりを行くときには、いったいどうなるのだろう？ そのことは考えないようにする。考えるたびに、今年のルートを最後まで行くという、ただでさえ覚束ない希望が少しずつしぼんでしまうからだ。

百歳じいさん二人組

苦しい歩きを半時間続けたころ、奇妙な音に振り返る。たぶん私と同じくらい年取った、ひと時代前の軽トラックが坂道をあえぎながら登ってくる。私が近づくと、トラックは二、三度しゃっくりしてから、蒸気のシューッという音を立てて静まる。車上のふたりの小さなじいさんが、入歯をそっくり見せて笑いかけてくる。歯の抜けた口を見せてくれるトルコ人と違って、イラン人は入歯を使う。彼らの入歯はすばらしく、数え切れない夏の太陽に焼かれた顔に皺を寄せさせる声を出さない笑いもすばらしい。ふたり合せると、二百歳にはなっているにちがいない。私がジャマール・アーバードに行くと聞いて、ふたりは喜ぶ。

そんな遠くまで歩いて行くのは、彼らの目には正気でないと映る。彼らの乗る自動車というものの発明以来、分別のある人間なら、七キロも歩くようなまねはしない。助手席のじいさんが、親指で、古びたドラム缶と農作業に使う道具でいっぱいになった荷台を指す。

「乗りなさい」

「いえ、私は歩くほうがいいんです」

ふたつの顔に言いようのない落胆の表情が浮ぶ。私はシルクロードを歩いていて、マークーから来て、行先は……テヘランです、と説明する。

彼らの目に嘘っぽく映らないように、行程の両端を切りつめる必要を感じたのだ。笑みがもどり、入歯がまた顔を出し、愉快な百歳じいさんたちは、とにかく乗ってゆけと言う。私は頑として譲らない。そして、決心の固さを示すために、彼らのあたたかい笑みに負けないよう精一杯心をこめて笑みを送ってから、背を向けて、坂道の登りを続ける。背後でスターターがうめき声をあげ、エンジンがため息をついてから咳き込み、いきなりふかしすぎになる音が聞える。汽笛を鳴らし、調子の悪くなった弁装置のカタカタいう音を立てながら、おんぼろ車が私を追い越してゆく。気のいいじんさんたちが、親しげに大きく手を振る。彼らを失望させたことにいささか後悔の念が湧くが、私はつねに断固としていなければならない、この道を歩き通すと自分に誓ったのであり、それは例外を許さない。さもなければ、すでにぐらついている士気が、ほんとうに崩れ去ってしまう。

丘の頂きでは、羊と牛の群が変幻自在の模様を描いている。谷から谷へ呼び合う羊飼いたちの声が、かすかに聞える。ここには牧歌的な平和が広がり、私はにこやかなじいさんたちを失ってしまったことを悔やんでいる自分に気づく。男たちと子供たちが木立の陰に集まって、泉の水が満たされた石鉢のそばで茶を飲んでいる。そのなかに……あのじいさん二人組がいて、立ち上がって大きく手を振る。「チャーイ、チャーイ!」彼らの立ち姿は、坐っているときよりいっそう老けて見えるが、その笑みと振り上げた手は、やはりすばらしい。私は喜んでザックを下ろす。農夫と羊飼いたちに旅物語をやらされる。日差しは和らいだ。羊たちが泉で水を飲み、子羊たちが母親を探して小さな声で鳴く。ここは、このあたりで働く者たちのたまり場になっている。彼らにとっても私にとってもきつかった一日を終え、いまこの時は不思議な魅力にみちている。つぎからつぎに魔法瓶から茶が注がれる。笑い声があふれる。

ふたたび出発しようとすると、ベフナームという、けばけばしい模様のシャツを着て、顎が三日の濃い鬚におおわれた二十歳の若者が、こちらに来る。

「おれはジャマール・アーバードに住んでるから、うちに泊ってくれ。家はキャラバンサライのそばだよ」

それを聞くと、百歳じいさん二人組がまた誘いをかけてきて、私も今度は断る気になれない。私はザックを運転席の屋根にのせ、三人して窮屈《きゅうくつ》な座席に身を寄せ合う。わがふたりの天使は有頂天《うちょうてん》で、美しい歯を見せた笑みを絶やさない。エンジンは抗議するが、やがてうなりをあげ、シューッと音を立てておんぼろ車を坂道に押し出す。人生を楽しむ彼らは、うるさい音にもめげず、震え声でおしゃべりし、その人のよい顔が私を喜びにはずませる。それからいきなり、運転手と私にはさまれたじいさんが、あらんかぎりの声で歌をうたいだす。もうひとりのじいさんも文句を言わず、ルフランにくると仲間と声をそろえて歌う。私は彼らの快活さに呑みこまれて、やっと緊張がほどけ、するとさっきまでの不安がふっ飛んで、トンネルの苦しみも消えてしまう。暮れなずむこの穏やかな日のなか、人生は美しく、このふたりの楽観主義は元気を取り戻させてくれる。運転手の注意は骨董《こっとう》車の運転より老友の歌に向いているが、この小さな道には私たちだけだ。私は埃《ほこり》の積もったダッシュボードをたたいてリズムをとり、歌が終ると拍手する。ふたりはこちらを向く。今度は私が歌う番なのだ。

早起きしたのは日曜日
馬車につけるは白い牝馬《めすうま》
市場に行って買物さ
伯爵さまのお膝元
将軍たちが売りに出てると聞いたのさ……

私はやんやの喝采を受け、運転手はハンドルから手を離してしまう。さいわい、彼のトラックが道を知っている。

カーブを曲がると、突然それが現れる。キャラバンサライが丘の頂きに誇らかに立ち、赤い煉瓦が夕日に燃えている。四隅と中央に塔の立つ、窓のない高い壁が、私たちが通る道を見下ろしている。昨年、イスタンブルを出発してから見たうちで、もっとも大きく、もっともキャラバンサライらしいキャラバンサライである。その年代を知るのに、それ以上近づく必要はない。アッバース様式で、十七世紀の建築である。すべて同じモデルに基づいて建てられたこれらの建物は、ペルシャの歴史家たちによると、千二百から千八百カ所のキャラバンサライの建築を命じたといわれるアッバース大王によるものだ。焼成煉瓦で造られているため、風雨で傷みやすい日干煉瓦造りの古い建物にくらべて時の流れによく耐えてきた。

じいさん二人組は、ベフナームが私を待っているキャラバンサライの入口で車を停め、私たちは心からたがいの健康を祈り合う。

旅の歓び

ベフナームの両親のテフムールとマラカが歓迎してくれる。茶の用意はもうできている。私は礼儀正しくゆっくり茶をいただくが、ほんとうはじりじりしている。キャラバンサライがそこに、手の届くところにある……。ベフナームと一緒にそこに行き、彼の友人のフーシャングもやってくる。この古典的な建物は、これまた古典的な設計図にそって建てられている。中央に貯水槽を置いた長方形の中庭。それを取り囲んで宿泊房、さらに厩と倉庫。この広々した空間は、農民たちが冬のあいだ羊を入れておくのに再利用されてきた。数カ所の壁はひどく傷んでいる。「ロシア人が遊びで銃をぶっぱなしたんだよ」と私のガイドが言う。第二次大戦の末期に、イランをイギリスと分け合ったソ連が北部地域を占領していたときのことだろう。

屋根からは東西南北、どちらを向いても、はてしなく眺めが広がる。安全な宿泊所を建てる場所として申し分ない。ここからは、近づいてくるキャラバン……と敵が見えたし、道に迷った旅人はこのキャラバンサライをはるか遠くから見つけられた。下のほうには、平らな屋根をのせたわずかばかりの家がゆるい斜面にそって並び、この村は全部で十五世帯くらいしかなさそうだ。ベフナームは私を夢想から引き出そうと、何度もやってみなくてはならない。

彼がしたいのは、先祖代々の所有地を案内することだ。私はそこで、これまで道々探してきたが見つからなかったガナートをはじめて目にする。イランの村では、ときに四十キロにも及ぶこの灌漑用水路によって水を供給されているところが非常に多い。そこにも庭園——パラダイス——と涼気に関係するものすべてに対するペルシャ人の天才ぶりがうかがえる。この驚くべき技術による水路を建設できたのは、技師にも人民にも、つねに冷たい波、オアシスという蜃気楼《しんきろう》に対する途方もない憧れがあったればこそである。

ベフナームは誇らしげにアンズ畑を見せてくれ、私は果樹園に足を踏み入れるたびに感ずる安らぎを幸福感とともに吸い込む——ノルマンディー人に生まれたのはだてじゃない……。この三週間ではじめて、この家族のあたたかさ、百歳じいさん二人組の伝染性の歓び、そしてこの美しいキャラバンサライの発見が、私を酔わせる。そして、十世紀前からほとんど変っていないにちがいないこのクルド人村——女はだれひとりチャドルを着けていない——の静けさは、国道ぞいの町にくらべると、まさに一服の清涼剤だ。ただひとつ現代らしいものは、ベフナームのオートバイだけ。

家の中庭では、アオイの花が目を楽しませ、キイチゴとサクランボが舌を楽しませ、三本の木が暑い時間にも楽しくおしゃべりできる心地よい木陰をつくっているが、夜の涼しさは大助かりだ。私たちはテラスで夕食をとる。テフムールは九人の子持ちで、うち五人は男だ。ベフナームは末っ子である。マラカは彼の母親だが、私による彼女の推定年齢――三十五歳以下――からすると、おそらく残りの八人の母親ではあるまい。ここの主人は複数の妻を持っているのか、離婚したのか、男やもめが再婚したのか？　私は聞いてみるが、それがあまりにめちゃくちゃな聞き方なので、相手は理解できない。どこでもそうだが、ここでも外国人が来るなりつけられたテレビで、集団で自分を鞭打つ光景を映している。モスクに通うテフムールではあるけれど、この光景は好みに合わず、こめかみに指をねじこむしぐさをして見せ、嫌悪を隠さない。

夕食後、テフムールとその息子は、テラスに大きな蚊帳《かや》を吊り、マットレスを二枚敷く。ベフナームと私の二人がここで寝るのだ。私はキャラバンサライのそばで、魅惑の一夜を過す。大気は熱いが、満天に星をいただく澄んだ空は、世界との仲をとりもってくれる。私はクリスマスイブの子供のように、何度となく目が覚め、そのまま目を閉じずに、この魔法の天蓋《てんがい》を眺めつづける。朝、東の空が白みはじめるころ、蚊帳を吊ったロープにとまった小鳥が、私のために独唱会を開いてくれる。テフムールが家から出て、谷と彼の土地を見下ろす塀のほうに行くと、塀の上に手を置いて、風景にじっと目を凝らす。やるべきことを考えながら今日の仕事の予定を立て、かくも牧歌的で、幸福をもたらさずにおかない場所に暮す歓びを嚙みしめているのだろう。半時間後には、寝ぼけまなこのベフナームが、父親とそっくり同じことをするのだった。家のなかで働くマラカは、寝具をかたづけ、茶の用意を終えている。谷間にゆっくりと光が満ちてゆくなか、私たちは揚げ卵、ヨーグルト、それに大きな椀に入った蜂蜜入りの牛乳で朝食をとる。

ベフナームは私に別れの挨拶をして仕事にでかける。私はザックを背負い、父親にもてなしの礼を言う。彼のがっちりした、たこだらけの手を握り、それからうっかりしてマラカにも手を差し出してしまう。彼女は混乱し、夫にすがりつくような目を投げるが、テフムールはにっこり笑って言う。「いいよ」。これが彼女の生涯で初めての握手であることは賭けてもいいくらいだ。

村の最後の一軒を通るころ、山並の向うに太陽が顔を出し、風景に光があふれ返る。早足で半時間歩くと、後ろからトラクターの音が聞える。私の出発に間に合わなかったのを残念に思ったフーシャングが、別れの挨拶を言いにきたのだ。彼は道中の無事を祈ってくれる。彼が来た道をもどってゆくのを目で追い、それから私の目は、キャラバンサライの足もとにひっそりとうずくまっているかのような村の上に長いあいだ留まる。トラクターが来たときにザックを下ろしてあった。またそれを背負い、ジャマール・アーバードを後にする。自然に歌が出てくる。

最初の日々の苦悩と後悔は終りを告げ、私はふたたび道を見つけた。絹のように心地よい道を。

4 渇き

六月三日　ジャマール・アーバード　五百十キロ

イランでもてなしの実習を！

歩きへの情熱を取り戻したとはいえ、六月に入ったいま、暑さは度を越している。それは暦のためばかりか、高度のためでもある。アナトリア高原を出発した私は、平地に向かって下りつづけているのだ。七月には最悪を覚悟している。そのもっとも暑い季節に、テヘランからマシュハドまでダシュテ・キャヴィールという砂漠のへりを行くことになるからだ。「なんにでも慣れるものさ」、それは知っている。だが、適応にも限度というものがある……。砂漠に棲む小動物は別として、私が心底恐れているもの、それは脱水症である。そうなったら致命的だ。

十時、すでに温度計は破裂しそうである。発汗を抑えるために塩の錠剤をなめる。水筒は軟らかいプラスチックの袋ふたつで、これにつけたチューブとバルブをシャツの衿に留めてあるので、歩きながら水が飲める。効率的な殺菌の方法も考えた。一方の袋の水を飲むあいだに、もう一方を一時間で飲用可能な水にしてくれる錠剤で殺菌するのである。タブリーズを出てからは、ひと袋に二リットルの水を入れるようになったので、朝の出発時にはザックが十七キロになる。悪循環だ。水の用意をふやせば、重すぎる荷物を運ぶことになり、よけいに汗をかいて、ますます飲む。一方の水袋の容量は五リットルだが、満杯にしないようにしている。補給できるところがあちこちにあるからだ。強力なディーゼル・エンジンで灌漑のための井戸水を吐き出しているポンプや、食堂の前にある小さな水場である。前に言ったように、イラン人は水の流れる音が大好きで、テレビでは休みなく滝や噴水の映像を流しているが、私は渇きを癒してくれる崇高な詩を唱える。

海をぜんぶ呑み干してもなお、われらは不思議に思う
唇がまだ砂浜のごとく乾いているのを
そして唇をひたすべき海を探しまわる
唇は砂浜、われらは海であることを忘れて

（アッタール）

午、私の影法師はすっかり縮み、その上を踏んで歩く。サルチャムでは、かつてキャラバンサライがあったはずだが、はるか昔に壊れ去り、だれも聞いたことすらない。サルチャムはジャマール・アーバードから二十五キロの距離にあり、これはキャラバンの通常の一日行程にあたる。彼らは一日に六、七「ファルサフ」進んだが、王の早馬は五十ファルサフを走破した。一日の歩行

時間はふつう八時間から十二時間だった。ひとりの老人が、二十五キロ先のニークペイにすばらしい状態で保存されたキャラバンサライがあると言う。ある考えが頭に浮び、やがて決心に変る。今晩はニークペイのキャラバンサライで寝よう。今日は五十キロ、長い行程になるだろう。猛暑にもかかわらず、早足で進む。ザックは何トンもあるかのようで、絶えずチューブから水を飲むが、渇きを癒してはくれない。いくらアンズの種をなめて唾液の分泌をうながしても、口のなかはカラカラだ。ガハーブで「ブーフェ」に入り、よく冷えたフルーツジュースを立て続けに二杯飲む。そのあいだ、この道で三十年間トラックの運転手をしていた主人が、ここからイスタンブルまでのすべての町、すべての村の名を得意げに唱えてゆく。その呪文を逆さまに言ってくれるように頼むと、私が去年から通ってきたすべての地名をやはりすらすらと並べ立ててゆく。

喉の渇きにくわえて、いきなり激しい下痢が襲ってくる。緊急停止を何度もしなくてはならない。道路から見えないように、アンズとマルメロを植えた畑を囲む棘《とげ》のある木の生垣の陰で用を足す。向うの畑で、だれかがわめき声をあげながら両腕を振る。「アーイ」と言っているように聞える。それは、生まれ故郷のノルマンディーで、仲良しのギーと農場のまわりを溝にそってぶらつきながら、栗やりんごを盗んだ子供時代を思い出させる。そういうとき私たちは、とっとと出てゆかんと尻を蹴っ飛ばすぞ、と怒鳴ったり、犬を放したりする農民に追いかけられたものだ。農民はみな似ている。いまここにいる農民は、自分の畑に私が足を止めているのがお気に召さない。でも、勝手にわめいててくれ、あんたは遠くにいるし、こっちは待ったなしの欲求で一歩たりと動けんのだから。彼はわめきつづけながら前に進み、ついにはこちらに向かって走ってくる。早く済ませてしまわないと、このみっともない恰好《かっこう》で談判せざるを得なくなる、それもペルシャ語でだ……。進退きわまった。腹は排泄をやめず、男は近づいてくる。「アーイ、アーイ」。孤独に耐えるほうがいいときにこのがなり屋の闖入《ちんにゅう》にあい、私は怒り狂うが、自分が犠牲になっているこの状況の滑稽さも十分にわかる。ところが、事態が一転する。男は同じ言葉をわめきつづけているが、今度はこう聞える。「チャーイ！」茶をふるまいたいのだ。十メートルのところで、私はしゃがんだまま、一時的起立不能状態にあったが、彼はテントのようなもの――三本のマルメロの木のあいだに布を張ってある――のほうに方向を変える。そして、ティーポット――というより数知れぬ炭火コンロで焦がされたただの金属容器――とコップ、それに後で砂糖入れと判明することになる小さなぼろ切れを持ってもどってくる。

年は四十そこそこ、黒く太い口髭を生やし、小さな毛糸の帽子で禿げはじめた頭を隠そうとしているジャラーンは、澄んだ目を細め、歯の抜けた口を見せて――門歯に三本の欠損あり――やさしくほほえみかけてくる。朝から飲みつづけた何リットルもの生ぬるい水よりよほど渇きを癒してくれる液体を何杯も啜りながら、私たちはおたがいの禿げ頭をからかい合う。出発したくなった私は、木の間隠れに見える太陽と紺碧《こんぺき》の空を見上げる。また暑さがこたえそうだ。ジャラーンは私の身振りを取り違える。彼は素早く立ち上がると、アンズの木の枝を一本下にたわめて、青い実を手の平に数杯分取り、私のポケットに詰め込む。それは下痢にはよくないかもしれないが、とても美味で、気分を爽やかにしてくれる。ノルマンディーの農民のいくたりかは、わが友ジャラーンのもとにやって、もてなしの実習を受けさせるべきではなかろうか。

ふくらはぎを露《あら》わにするのをけしからぬことと見なすイラン人だが、人が脱糞するところを目にしてもなんとも思わないことが、あらためてわかった。すでにイランのトイレにはほとんど鍵がないことは気がついていた。トイレでは完全にひとりになれることを当然と考えているわれわれとしては、これはちょっと落ち着かないが、私もそのうち慣れるだろう。脚を見せるのはだめだが、尻ならよいのだ。

十三時、暑さに負けて、木陰で眠り込む。けれども、あまりのんびりしてはいられない。ニークペイはまだまだ遠いのだ。日射による火傷を防ぐために、流水があるたびに帽子に水を満たし、引っくり返して頭にかぶる。しかし、気持のよさは長くは続かない。十五分もすると私は乾ききる、いやシャツは濡れているのだけれど、それは汗のためなのだ……。歩幅が狭くなり、この先の距離は果てしないように思える。毛足の長い絨毯の上を歩いているような感じがするが、それはアスファルトが溶けて、靴のすべり止めがめりこむせいだ。時間は過ぎ、私の影法師が伸びてゆく。今朝から十リットル以上の水分を取っただろう。もう精根尽き果てた。ようやくニークペイに通ずる道と交わる地点にたどり着いたのは、二十時三十分、日はとっくに暮れている。ブーフェに入り、サンドイッチを注文する。これが夕食だ。あまりに疲れて、ほとんど食欲もなく、ただひとつのことしか頭にない。ザックを下ろして眠りたい。ミミズクのような顔をした、おしゃべりで愛想のいい三十歳くらいの男が、私のところに来て尋ねる。

「キャラバンサライを探してるんだって？　うちのそばだから、連れてってやるよ」

セヤトは道で会う人ごとに、私が何者か等々を説明する。話に加われない私は、私を火星人であるかのように眺めまわす人々にほほえみを送る。村の反対側にやっとキャラバンサライが姿を現す。いや、正確に言うならば、その残骸だ。城壁は取り壊され、中庭だったところを道が貫いている。残っているのは、いくつかの広間だけだ。そのなかは丸天井になっているが、地震に抗しきれなかった部屋もある。農民たちはこうした部屋を倉庫や厩として利用していた。旅人の宿泊房は南京錠がかかっている。私の顔に失望が読み取れたにちがいない。セヤトが感想を尋ねる。はっきりけなすわけにはゆかない。

「とても美しいキャラバンサライのなごりだね。でも、ここじゃ寝られないな」

「うちで寝ればいいじゃないか、うちはここなんだから」

かつての城壁の唯一の証《あかし》にちがいない、崩れた壁のちょうど途切れるところにある門扉《もんぴ》を彼が開けると、私たちは庭に入り、そこにさながら王様の馬車のごとく堂々と鎮座しているのは、一台のトラックである。セヤトは木材の運搬をなりわいとしているのだ。彼は一度、北のほうを走っていたときに私を見かけたことがある。彼は自慢そうに二歳になる娘のマリヤムと、とても若く、とても美しい奥さん、十五歳のフェルクンダを紹介してくれる。彼女は結婚したときには、十三歳にもなっていなかった。夫婦の暮しは順調だ。客間にはテレビ、ステレオ、中にずらりと食器を並べた家具がある。夕食が終ると、セヤトに案内されて彼の父親のところに行く。そこは奥行が十二、三メートルはある、うなぎの寝床のような部屋だ。ふたつのドアと二つの窓が庭に面している。これ以上ないくらい飾り気のない部屋である。サモワールと、そばに置かれた数個のコップにティーポット。絨毯の上に三枚のござが敷かれている。部屋の端の一枚が私のベッド、反対側の端の二枚がセヤトの両親の寝床だ。彼のふたりの弟はテラスで寝ることにしたのだ。この人たちはみんな服を着たまま寝る。裸で寝るのが好きな私も、そのまねをする。朝、軒下の巣のなかで、たくさんの燕たちが日の出とともに鳴き出す。鳥たちを目覚まし時計がわりとする長老は、庭で身を浄め、一回目の祈りをしに戻ってくる。老人が頭にターバンをしたまま寝ているのが見えたが、ずいぶん邪魔くさいナイトキャップだ。

値段交渉はコミュニケーション

風景が変った。平原に果樹園と穀物畑が広がり、この地域は豊かだ。午《ひる》、食堂の主人で、お人好しの大男がおどけて、得意げに私の帽子をかぶり、私の物真似をし、ザックの重みにへたり込んで見せる。昼食後、彼は床一面を一枚の絨毯がおおい、クッションがいくつか置いてある小さな別室に私を案内する。昼寝にちょうどいい。支払いをしようとすると、友人からは金は取らない、と言って受け取らない。西洋では考えられない振舞いだ。つまり彼が私をからかいの種にしたのも、まったく悪気があってのことではないわけである。むしろ私に「なって」みたかったのだ。

二十時、ザンジャーンという大きな町に着くと、疑い深いホテルのフロント係が、私はドルではなくリヤールで払う、ということを五回も繰り返させる。彼の言うとおりなら、ドルを持っていない観光客に会ったのは初めてなのだ。これはお祝いしなくちゃいけない。そこで部屋代を半額に負けてくれる。それでもイラン人料金の二倍だけれども。

ザンジャーンという町は変っていて、売っているものは刃物ばかりだ。ポケットナイフから剣にいたるまで、何千、何百万もの刃物がショーウィンドーを埋めつくしている。私のラヨルのナイフが人々の興味をそそる。この国ではめったに見かけないものがついているからだ。コルク栓抜きである。バザールを見にいった私は、光と影が織りなすこの迷路を喜びにわれを忘れてさまよい歩く。ここでもペルシャの石工と建築家の天才が発揮されている。彼らはただの煉瓦から、百の建築を、千のアラベスクを、独創的な彫刻を思いつくことができた。ここではまた、もうひとつのまぎれもない天才が見られる。それは商いにかけての東洋人の天才である。先祖代々、彼らは孜々《しし》として限りなく細やかな商売の技をみがいている。ここでは二千五百年前から商いが行なわれてきたのだ。キャラバンの時代、商業を規制する法はコーランに基づいていた。それは不実さや卑劣さをすべて斥《しりぞ》けるものだった。売り手の言葉は名誉をかけた誓いの言葉だった。値切り交渉をたがいに近づき合い、知り合うためのひとつの手段として受け入れるなら、それはいまも変らない。そもそも値切り方のうまい者は、商人に兄弟として認められる……。私が絨毯を見ていると、あっという間に取り囲まれ、籠絡《ろうらく》され、店の奥で茶を飲んでゆけと言われる。私は旅物語をやらされる。ニュースは小さな店々を駆けめぐり、近くの商人たちが珍奇な人間、しかも、ひょっとしたら儲け口になるかもしれない人間に惹かれて押し寄せてくる。彼らの質問にも種がつきたころ、最後の質問が発せられる。「イランとトルコと、あんたどっちが好きかね？ 私は慎重に一般化してごまかす。「トルコ、フランス、イラン、中国、どこにもいい人がいます……。風景も同じことで……」。つまりは質問をはぐらかしたわけだ。そうしてよかった。「イランのほうが好きです」と言っていようものなら、この日最大のへまをしでかすところだった。彼らはクルド人かトルコ人で、口をそろえてムッラーたちの体制を罵倒するのだ。

若いコンピューター技術者のスマーイール・アーザーディーに誘われて、彼の友人たちに会う。彼らは男の子だけのグループで歩道をぶらつきながら、女の子を物色する。女の子たちもぬかりなく、外出するときはかならず名前と電話番号を書いた紙きれを持ってゆく。生涯の人と歩道で出会わないともかぎらない……。それから、私たちはチャイハネに行く。そうしたい者は水パイプを吸う。大きな疑問は、どうやって気の合う異性を見つけるかである。なにしろ娘たちに話しかけることは禁じられており、例外は……その女性と婚約している場合だけなのだから。ムッラーたちによって磨き上げられたこの完璧な悪循環には、ただひとつの目的しかないことは明らかだ。両親の役割に重きをおくことであり、これによって両親が主導権を握るのである。出会いに飢えた子供たちに、親たちはいつか伴侶となる人を紹介する。

一歩ごとに血液の奔流が

暑さが和らいだのか、私の体が慣れたのか？　ザンジャーンでの休息日で膝もしっかりし、私はソルターニエに向かって歩を進める。午、出発が遅かったにもかかわらず、いちおう今日の行程としてある三十五キロのうち十五キロを片づけた。木陰で短い昼寝をしてから、ふたたび道につく。しかし、国道のすさまじい交通量にはうんざりしている。昨日、バザールで五十万分の一の地図を買った。ペルシャ語で書いてあるので言葉は読めず、線だけを見ている。小さな道が南に向かい、ソルターニエに通じている。私はその道を行くが、百メートルも進まないうちに、農民たちに呼びとめられる。ソルターニエ？　この道はそっちには行かないよ。私は地図を見てもらい、彼らは細かく調べるが、結局なにもわからない。私は考えを変えない、私はこの道を行きたいのです。彼らは思いとどまらせようとし、説得の手段が尽きると、ひとりの男がなにか言い、腕を振るが、その意味は明らかだ。「行っちまえ、頑固者め、畑のまんなかで迷ったら思い知るだろうよ」。

高度がまだ千八百メートルあるこの高原に伸びる土の道はすばらしく、人けがない。三時間歩いて、車一台とすれちがっただけで、その車の運転手はこんなところで私を見た驚きのあまりエンストしてしまう。この空間は私のものだ。熱い体は重力から解き放たれ、私は広大な小麦畑や鋤《す》きかえされた畑の上を滑空する。私の精神は、いまトリルのようにさえずりながら、上昇するあのヒバリのように舞い上がる。やがてがんばりが尽きると、ヒバリは石ころのように真っ逆さまに落ちるがまま、その落下を懸命に目で追うと、ヒバリは地面に衝突しそうになった瞬間、翼を開く。私の精神はヒバリのように軽やか、目の前の熱せられた地面を勢いよく横切るトカゲのように溌剌《はつらつ》としている。歩きをするとき、私はときおり思うのだ、ある瞬間に私を満たす幸福はたしかに滑空感を与えるエンドルフィンによるものだ。しかし、私は自分の存在がよりはっきりし、血管のなかを生命が駆けめぐるのを感じるような気もする。十年ほど前、手術の前に血液循環の専門医のところで検査を受けた。医師は私の腿の静脈の上にマイクロゾンデをあてがい、足の裏を軽く押した。そのただのひと押しが、嵐のなかの風の音を思わせるようなシューともヒューともつかない鋭い音を引き起こした。なんですか、この音は？ と私は尋ねた。あなたの静脈のなかの血液の音ですよ。それ以来、歩きをするとき、私はときおり思うのだ、ただ地面に足を置くだけで、血液が心臓により強く送られ、動脈のなかをより速くめぐる。一歩歩けばそよ風が吹き、一日歩けば嵐が起るのだ。

サーリージャーロウという村のはずれで、狭い谷の底に住むサイード・モハンメディーの大家族に会う。練り土と石で建てた彼の家は、ドアと天窓から入るわずかな光に照らされた部屋ひと間きりである。平屋根を支える長い棒が玄関の上に突き出ている。サイード・モハンメディーはそこに妻と七人の子供たちと暮している。冬は雪のために家に閉じこめられるはずだが、そのあいだはいったいどうしているのだろう？　いまのところ天気はよく、子供たちは外で、どこから水が送られてくるホースを振り回して遊んでいる。ひとりの子が、歓迎のしるしにかぐわしいバラの花を一輪、私に差し出す。私はピンバッジを取り出す。部屋の隅でバラの花びらが干してあり、これは後で料理の香りづけに使われるのだ。外にはテレビのアンテナがある。サイード・モハンメディーは、みんなにテレビがあると思わせておきたいのである。

小さな村は人けがない。まったく耳の聞えないじいさん一人しか見つからず、このじいさんにさんざん道を聞いてくたびれきったので、あとは運を天に任せることにする。GPSでは、ほとんど平行で、両方ともソルターニエの方向に行く二本の道のどちらにすべきかを決めることはできないのだ。そこで、コインを投げて裏か表かで決めることにし、右の道を行くことになる。ゆるい坂道を上りきると、はっと息を呑んで立ち止まる。ソルターニエがそこにある、十五キロほど向う、平原にどっしりと身を置いている。十四世紀でも指折りの美しさを誇るそのモニュメントの由来は、モンゴル人王朝のオルジェイトゥ・ハーンと関係がある。彼はこの村に目をつけて首都とするが、それは単純な理由からだ。騎馬隊の何千頭という馬が、この自然の灌漑を受けた広大な平原で食物を見つけられるからである。イスラムに改宗した彼は、ムハンマドの女婿のアリーの遺骨を納める廟を建造しようと決意する。このシーア派の祖で、正真正銘の聖人、ほとんど神格化された象徴的な人物のためのものなら、どんなに立派な建物でも立派すぎるということはない。オルジェイトゥ・ハーンは、規模からいっても、装飾の質からいっても、その時代に比類のないモニュメントを建造する。とびきり美しいモザイクも、煉瓦のひとつひとつも、あらゆる様式でアリーの名をたたえている。この建築は巨大だ——丸屋根は高さが地上五十メートル、直径が二十五メートルあり、その大きさと建築術上の斬新さで、イスタンブルのブルーモスクとロンドンのサンポール寺院に肩を並べる。地下深い基礎と分厚い壁のおかげで、数世紀の時にも、その建設以来、この地方に大きな損害をもたらしてきた三十一回の地震にも耐えることができた。オルジェイトゥ・ハーンにとっては口惜しいことに、アリーの遺骨はソルターニエに来ることはなく、イラクに留まる。結局、この崇高な建物は、建造者とその家族の墓となる。

アリーの遺骨が来ていたら……

その建物が見えたとき、直線距離でまだ十五キロある。しかし、この真っ平らな土地では、空に向かって親指を突き立てたようなドームがいやおうなく目につく。それは地面から立ちのぼる熱気にゆらめき、あたかも立ち続けるのを諦め、いまにも崩れ去ろうとしているかのようだ。私は道選びで間違ったほうを選んでしまった。もしさっきの農民たちが地図製作者たちより正しく、どちらの道を選んでも間違っていたのでなければだが。道はどんどん細くなり、最後には小麦畑の入口まで来て突然消えてしまう。畑を避けて進む。農民の出の私は、土に生きる者たちの労働の成果を踏みにじることができない。しかし、この敬意は高くつく。これからは、向うのほうで熱気にゆらめく建物を見据えながら、少なくとも五キロはよけいに歩かなくてはいけないだろう。

作物の植わった畑の縁にそって、あるいは耕された畑のなかを通って、消耗するジグザグ歩きを二時間続けたあげく、ぐるりを小麦に囲まれてしまう。先祖の許しを乞いながら、思い切って小麦畑のなかをちょこまかと進むが、穂を折らないようには気をつける——まばらに植えてあるので、これは比較的簡単にやってのけられる。農民の一団がこちらにやってくる。やれやれ、言い訳をせずばなるまい。しかし、私がひと言も発する間もなく、彼らは質問を浴びせかけ、そんなに遠くから歩いてきたとは信じられないと言う。ほかのみんなと同じく泥だらけで、破けた麦藁帽を紐で頭にくくりつけている若い男が完璧な英語を話し、私の答を通訳してくれる。テヘラン大学の先生で、刈入れの手伝いに来ているのだ。イランでは、社会的地位がどんなに高くなっても、生れた村の人間でありつづける。

ドームはここから見ると、髪の毛が生えているかのようだ。青瓦の屋根を改修するために、まわりにパイプの足場が組まれているのだ。維持と修理のための工事はもう何年も続いているが、いっこうに終りそうもない。私はすっかり日が暮れてから巨大建築のもとに着き、五、六人の男がおしゃべりしている低い石塀にぐったりと腰を下ろす。はじめは一人が、やがて大胆になった男たち全員が輪をつくる。私がどこから来たかを知ると、彼らは拍手する。サンドイッチ屋を探して閉めた店をまた開けさせるために人をやり、その間に、ひとりの男が全速力で家に走り、熱々のティーポットとコップを持って戻ってくる。しばらくして、私が食べ終えると、レザーという、ソルターニエの中学校のアラビア語の教師で、けばけばしい色使いのシャツに、ぶかぶかの青いズボンをはいた小柄な男が、自分の家に泊ってゆけと誘う。眠りにつく前、私が日誌をつけるあいだ、彼は生徒の宿題に手を入れる。

朝、彼はガイドをしてくれる。ソルターニエの霊廟では、装飾のために二種類のモザイクの技法が使われた。ひとつは、ステンドグラスの技術にかなり近いもので、色とりどりの断片を切り取り、セメントの上に並べて豪華なアラベスクを描くというものである。より手早くできる、もうひとつの方法では、四角い土の板に直接モチーフを描き、それを焼成にまわす。石膏の上に直接描くという第三の方法もあるが、その出来栄えはがっくりくるもので、さいわいソルターニエの霊廟では、改修工事を急ぐあまり、これが使われるということはまずなかった。このやり方は美的効果ゼロで、色はくすんでしまう。入口を入ったところのこぢんまりとした展示品のなかに、十九世紀、この建物がいまだに輝きのすべてを失っていなかったころ見学に訪れた、ルイ・ドゥヴォーとジャン・シャルダンという二人のフランス人のデッサンを見つける。建造から六世紀が過ぎ、ソルターニエはふたたび人口数千人、巨大建築に圧倒された土の家数百軒の小さな村にもどっている。霊廟の高みからその家並を眺めながら、アリーの遺骨がナジャフに留まるのでなく、ここに運ばれていたら、この建物を中心にして、数百万人の人口を抱える大都市が広がっていただろうと想像する。町の運命の計り知れなさよ！

もてなし権争奪戦

つぎに選んだ道は焼けつくようだ。途中で迷い、二時間の回り道になる。太陽に灼かれ、汗まみれになって、ほとんど休みなく水を飲んでいると、こんな暑さのなかではサマルカンドまでたどり着ける可能性はないのではないかと思えてくる。夜までに水を十リットルは飲み、それでも小便は一度も出ないのだ。十五時、やっと食堂を見つける。アーブグーシュトを食べてから、くたびれ果てて、皿の横に顔をのせて眠り込んでしまう。にぎやかな長距離トラックの運転手たちのグループが来て、目が覚める。アリーがアブハルに来たら、自分の家に泊ってくれと言う。ホテルがあることを期待して、約束はしないでおく。

サーイーン・ガルエに到着したときには、四十キロを踏破していた。歩きよりも暑さのせいでくたくただ。町に入ったところの公園に木陰のベンチがある。そこにへなへなとへたり込む。手帳に、ザックを背負うのでなく、引っ張るようにできる小さな荷車のスケッチを描く。ザックが背中に触れると、たちまち耐えがたいほどの大量の汗をかくことになるからだ。テヘランの先で私を待ち受ける暑さを耐え抜くには、こういう車を使うしかないだろう。そこまで考えたとき、皮膚と毛が黒く、頭は丸刈り、顔を隠してしまいそうな太い眉をした小男が、笑みを浮べてバラの花を一輪持ってくる。奇妙な笑みだ。彼の顔は、真面目くさっているときは、つるつるしているが、にっこりすると、無数の細い皺が刻まれるのだ。真っ青な小さな目をしている。この内気な五十男は町の職員で、公園の維持管理を仕事にしている。なにも言わずに去ってゆき、花壇に水を撒いて、十分後にまたもどってくる。ジェスチャーと言葉が少し。家に泊ってくれれば嬉しいと言っていることがわかる。私が承知すると、皺くちゃの笑みが彼の喜びを表す。名前はアスカルといい、おなじみの質問を延々としてくるが、こういう質問にはそのうち聞かれる前に答えられるようになりそうだ。その後まもなく、頭を剃り上げたベフナームという青年がおしゃべりをしに来て、彼もすぐに自分のうちに泊ってくれと誘う。「無理だよ。アスカルと約束したんだ」と私は言う。ベフナームは私を説き伏せようとするが、やがて私のもとを離れ、小さな庭師に談判しにゆく。若者が何人か加わり、そのなかにマフマドがいる。二十歳より下、ぼさぼさの髪が顔を恐ろしげに、笑みをすごみのあるものにしている。彼もまた家に誘う。同じ返事。彼はねばり、すぐそばにある自分の家を指差す。

「だめだ」と私は言う、「アスカルが招待してくれて、私はそれを受けたんだ」。

マフマドはほかの二人のところに行き、話し合いが始まる。競い合うように果物や茶をどこからか持ってきてくれる若者たちと話をしながら、宿主候補者トリオのようすをうかがう。口調が激しくなる。マフマドはアスカルと肩を並べ、二人してベフナームと向かい合い、苛立ったベフナームは何度か私のほうを指しながら、ときおり声を荒らげる。とうとう彼は二人を置いて、こちらにもどってくると、自分の家に来い、と文字通り命令する。私は彼をなだめる。アスカルに約束したんだ、考えを変えることはできない。ただアスカルが……。

「アスカルはわからず屋だ、マフマドもだ」とベフナームは言い放ってから、冷笑する若者たちに対して平静を装おうとしながら去ってゆく。

この間に、マフマドとアスカルの取引が再開していた。マフマドは何度か大声で笑い出して、色黒の小男を小突き、こちらは独特の笑みで顔を皺くちゃにする。やっと二人がもどってくる。

「うちに来ると約束してくれたよね？」とアスカルが聞く。

親切にも、ぼさぼさ頭のライバルが通訳する。私は、そのとおりだと答える。そして、私のために争うことは絶対にやめてほしい、そうでなければ公園で野宿する、とつけくわえる。

「だけどアスカルは英語ができないし、あんたはペルシャ語ができない……」

「はっきり決めてくださいよ！」

ふたりは私から離れ、議論がまた始まるが、若者の何人かはマフマドのそばに行き、明らかに彼の味方をしている。とうとう二人の立役者が満面に笑みをたたえて戻ってくる。

「あんたはうちに来て、晩飯を食べて泊る」とマフマドが言う、「ただし、アスカルも晩飯と朝飯によんだ。こうすれば、彼はあんたに聞きたいことを全部聞けるし、ぼくが通訳できる。まあ言ってみれば、ぼくたち二人であんたを招待するわけさ」。

そう言うと、彼はザックをつかんで担ぎ、私たちは若者の一団を従えて、高い塀に囲まれた彼の家の庭の門扉に向かう。そこは花と果樹の植わった広くてきれいな庭で、大勢の人が動き回っている。マフマドは六十七歳で年金暮しの父親、ザホッラーを紹介してくれ、今度は父親が家族を紹介してくれる。これには時間がかかる。娘が六人、息子が五人、さらに孫がぞろぞろ続くのだ。近くの大学で先生をしている長男のアサドとマフマドの友人のマフディー、そしてぼさぼさ頭の私の発見者が、私に浴びせられた数えきれない質問への答を通訳する。私はこのにぎやかな一族を全員が写真に収まるように一列に並ばせるが、簡単にはゆかない。恐ろしく元気のいい子供たちが、ひっきりなしに庭に逃げ出してしまうからだ。ザホッラーは有頂天だ。「一週間は泊ってくださいよ」と彼は言う、「知り合いになるには少なくともそれくらいは必要だからね」。

アスカルは私から一メートルと離れようとしない。私は彼の客でもあるのだ。しかし、彼はあまりに内気で、ほとんど質問してこない。私のほうから彼に尋ねる。彼は独身で、町の公園の仕事をして三十年になる。夕食に男たちが集まる。隣の部屋から娘たちの笑い声が聞え、母親の声がおしゃべりを少し静かにさせようとする。床につく時間になると、娘たちは共同の寝室で、ザホッラーと私は夕食をとった食堂兼寝室で、結婚していない三人の息子はテラスで寝る。ほかの人たちは家族と自宅に帰ってゆく。

私たちは夜明けとともに起きるが、アスカルはもう庭の門で待っている。ザホッラーはぜひ何日か泊ってゆけと言うが、私は招待を辞退する。アスカルは彼が一日を過す公園の端まで送ってくれる。彼は目に涙をたたえている。外国人を彼の小さな家に迎え、彼ひとりで独占できるまたとないチャンスを失ってしまったのだ。イラン人よりも心をこめて人を迎えられるものだろうか?

ベールの女たち

フェレイドゥーンは、私がマシュハドに行くことを知ると、自分の家に連れ込み、ザックを下ろすのを手伝ってくれ、背中が汗まみれなのに気づくと、シャワーに押し込んで、その間に妻と妹が食事の用意をする。英語を少し話せる妹が、特別に男たちの昼食の席に加わるよう招かれるが、食事をともにはしない。アーブグーシュトを食べ終えると、主《あるじ》がイスラムの色である緑色の小さな四角い絹の布をくれようとする。彼が誤解していて、私をマシュハドのイマーム・レザーの墓に詣でるムスリムの巡礼者だと思い込んでいるのだとわかる。彼の失望は大きく、父親もそうで、父親は突然よそよそしくなって、カトリックかと聞く――もしそうなら、かならずザックに入れているはずの聖書を見せなくてはならない。二度目の失望。すると、フェレイドゥーンはホメイニ師の肖像を持ってきて、もったいぶって差し出す。私は感激して受け取る。この先どうなるかわからない雰囲気になっているのが、はっきり感じられるからだ。さいわいマットレスを作っている近所の若い男が訪ねてきて、その雰囲気を変えてくれる。彼は、看護婦で通訳をしてくれたこの家の娘にぞっこん惚れ込んでいると話す。彼は結婚したいのだが、娘をやってしまうと、若夫婦が自分を見捨てるのではないかと恐れる父親が、老後のために五百万リヤール（五千フラン）を要求している。マットレス屋に五百万の金はない。貯金が二百万あったが、中古のオートバイを買うのに使ってしまい、彼の貯蓄計画は一からやり直しなのだ。

ふたたび出発すると、バスの停留所で、申し分のない英語を話す若い女に呼びとめられる。どきどきするような美人で、服装は厳格な宗教の規律に従っているが、消し去りようもないものを隠して、欲望をかきたてる。そこはかとない色気だ。ゆったりと結んだスカーフから、豊かな漆黒の髪がのぞいている。芸術的なまでにゆったりとしたコートは、胸元のきめの細かい真珠のような肌を見せている。彼女は艶《なま》かしいほほえみを浮べて話をする。別れぎわにちょっと手を振った仕種にまた心をゆさぶられ、私はザンジャーンの歩道に現れたもう一人の女のことを思い出す。その女はチャドルをまとっていた。胸の前で布を片手で押え、頭はヘンナで染めた髪の毛の半分が見えるようなぐあいに布をずらしていた。一歩ごとに、陰気な黒い布からぴったりしたズボンに包まれた長い脚が現れた。その全身、その顔から雄弁なメッセージが発せられていた。「見て、わたしはこんなにきれいで、色っぽいのよ。コミテなんか鼻で笑ってやりましょうよ」。たとえば、一冊の剣戟《けんげき》冒険物語が子供の私を引きつけた。それは馬車に乗り込む貴婦人のくるぶしに目を奪われた騎士の話なのだった。というわけで、愛と官能への渇きはベールの下に隠れていられるものではない。それは眼差しのなかに読み取れるのだ。

不思議なほど青い空をした午後、だんだん風が強くなり、やがて激しく吹きすさぶ。負けないように足をふんばり、突風のなかをよろよろと進む。オートバイはゆっくりと走り、転ばないように脚を開いて乗っている。男たちが谷に落ちた車から血まみれの青年を引き上げている。ほとんどスピードを落さないトラックに轢《ひ》かれないように、道路の脇の軟らかい砂の上を歩くうちに、脚がすっかりくたびれる。跨線橋に上がると、猛烈な風に襲われ、手すりにつかまりながらでないと前に進めない。ターケスターンまで二キロしかないが、この休む間もない戦いでへとへとになり、その二キロが歩き通せるか怪しくなってくるほどだ。しかも、この悪天候にもかかわらず、朝から五十二キロも片づけてしまった。汗と埃で汚れきり、片脚に痛みがあるが、これは水分の不足と耳を聾《ろう》するばかりの唸りをあげるこの風との戦いのせいで腱に炎症が起りはじめているのだ。

ガズヴィーン見物

ガズヴィーンは北部のクルド人やアゼルバイジャン人と、ペルシャ語を話す南部のイラン人との言語の境界をなす。十六世紀、サファヴィー朝のシャーのもとでペルシャの首都となったこの町は、それまで首都だったタブリーズより防御が容易なために選ばれた。その後、この町もエスファハーンに都を移した同じ王朝によって見捨てられた。一泊百五十フランという目の玉の飛び出るような料金ですばらしいホテル「アルボルズ」に泊る。そこはあまり快適なので、もう一泊することにする。朝、フランスからのニュースを知ろうとインターネット・カフェを探すが、無駄骨に終る。電話局ではコンピューターを使わせてもらえない。世界的ネットワークに接続していないからだ。英語がうまいアフメト――彼もイラクで五年間捕虜になっていたので、赤十字のおかげで英語を覚えた――が、町の反対側にインターネットができるところがあると言う。彼の上司が、私の面倒を見るために彼に今日は仕事をしなくていいと言う。

フランスからのニュースはどれも吉報だ。パリから私を見守ってくれるやさしいソフィーは、テヘランの旅行会社「キャラヴァン・サフラー」の住所を教えてくれる。彼女が勤めるパリの旅行会社「オリアン〔オリエント〕」の提携先のひとつだ。そこに行けば、面倒を見てもらえるだろう。彼女は、これも私の希望によって、ラクダを借りようとしているのだが、問題の解決は難しそうだ。私は恐るべき砂漠ダシュテ・キャヴィールを、道路を通らずに横断したいと思っているのだ。そのためには、少なくともラクダ三頭とラクダ引きが一人、それにガイドも一人必要だ。

その後、アフメトがいつの時代にもシルクロードの商人たちで賑わっていた迷路のようなバザールを案内してくれる。そこはいくつものキャラバンサライが、入り組んだ網の目のような通路でつながったところである。ガズヴィーンは重要な宿駅であり、商人や巡礼者やイスラム修道者はここで宿と食事を見つけることができた。私たちは、かつては栄光に輝いていたサアドッサルタネというガージャール朝時代の大建築を訪れる。ずっしりした青銅の扉が、豪華な彩釉煉瓦《さいゆうれんが》で装飾された円形の入口を守っている。ここは家具工場の一部となり、いまも丸鋸の回る音が聞える。私は商人専用だった「スイート」を細かく観察し、写真に撮ることができる。最初の部屋は商品を陳列する店として使われた。外の通行を邪魔することなく、かさばる荷を運び入れられるように、また陳列のために広いスペースを提供できるように、扉は二枚の木の板からなり、開けるときはそれが天井に格納され、閉めるときはギロチンのように下ろされる仕組みになっている。もうひとつの部屋は休息に当てられた。丸天井には、採光と、夏には熱気を排出するための穴が開けられている。冬の暖房はごく小さな暖炉によっていた。

雨？　この季節に？　バザールを出ると、ぽつぽつと落ちてきた滴に驚かされる。この珍現象を確かめようと、店々から商人も客も外に出てくる。それどころか、だれひとり雨宿りしようとしない。けれども、この「にわか雨」は、シャツを濡らすことさえなかったのだった。

博物館は、公園の真ん中にあるかつての王族の邸で、おもに陶器、昔の武器、それに宗教書をいくらか展示している。アフメトによれば、ガズヴィーンは「カスピ海」を意味する語が変化したものらしい。この町は昔、現在では北東に百キロ以上離れたカスピ海の沿岸にあったという。この地域をしばしば揺るがす地震による変動で、地面が持ち上げられたということだ。展示品は全体にかびくさい感じだ。広間のひとつにある大きなフレスコ壁画は、破壊者の手で傷められている。一枚だけ、部分的に損傷を免れた壁画に、愚かな西洋の貴婦人たちがデコルテから豊満な胸をひけらかしている田園風景が見える。おそらくこの露わにされた胸元の眺めを見るに耐えないと判断した厳格な人々がいたのだろう。つぎの部屋への入口は、重々しい両開きの扉で閉ざされている。左右の扉に異なる槌が掛けられている。私のガイドが、女は軽いほうの槌でたたき、男は重いほうでたたくことになっていたのだ、と教えてくれる。訪問者はこうやって扉が開く前に性別を告げていたわけだ。

それから私たちは、中庭に五千人以上の信者を収容できるマスジェド・アンナビー（預言者のモスク）とマスジェデ・ジャーメ（金曜モスク）を見にゆく。後者は六三七年から一〇五〇年のあいだに建造されたが、壁の一部は今から約二千五百年前に築かれたものだといわれている。壁をおおいつくすモザイクとミナレットは、今日の職人には再現できないような繊細さと輝きを放っている。中庭の隅にある、十五世紀に彫られた銘板には、卵、牛乳、果物の価格が示されているが、インフレに縁のなかったこの恵まれた時代、その価格は三世紀のあいだ変ることがなかった。

町の老人と山の老人

私のガイドは最後に彼の敬愛する友人を訪ねようと誘う。モダッレシーという半身不随の老人は、旧市街の小さな家に住んでいて、クルミが一本、イチジクが二本、ザクロが一本植わった中庭で私たちを迎える。彼は絨毯職人だった。十二歳で働きはじめ、十八歳で十六歳の妻をもらい、ガージャール朝の最後の王たちの時代、パフラヴィー朝の統治、そしてイスラム革命を生きてきた。四年前に妻をなくし、教師をしている息子の一人とここで暮している。さかんにサクランボをすすめながら、彼は私の旅よりも家族のことを聞いてくる。私がやもめであることを知ると、自分の妻のことを長々と語り、それからアフメトになにか尋ねると、アフメトは吹き出して、その質問は通訳する勇気がないと言う。かまわないから言ってくれ、と私は励ます。

「その歯はあんたの歯かね？」主はこう聞いたのだ。

私はすでにその質問を受けたことがあり、それは私を面白がらせる。私は口を開いてモダッレシーのそばに寄り、人差指で歯をたたいて、全部自分の歯に間違いないことを示す。「あんた、運がいいな」と彼は言う。「わしのように、もう妻もない、歯もないじゃ、人生、生きる甲斐がないんじゃよ」。

私は町で最上のレストランに行き、自分の歯で豪華なホレシュトの夕食をとる。この肉の煮込み料理――この店では仔羊で、それが米、ヨーグルト、人参、乾燥漿《しよう》果《か》を添えて出される――には、薔薇《ばら》の花びらがあしらってあり、ふと自分が上等のボルドーを欲しがっていることに気づく。給仕の男は、十五年間、ソナー、つまり潜水艦探知機の専門家としてアメリカ海軍に勤務していたが、革命が起きると、愚かにも自分もその役に立とうとして帰国した。彼はアメリカに戻って妻と息子に再会したいが、旅費をまかなうだけの貯金がどうしてもできないのである。

ガズヴィーンは「山の老人」の城の近くに位置している。十一世紀、イスマーイール派の分派の指導者であったハサン・サッバーフは、アラムート峡谷とシャールード川の奥深く、いくつもの目くるめく断崖上の要塞に殺し屋からなる軍隊を擁していた。そこでは洗練された生活が営まれ、花咲く乙女たちにかしずかれながら、この上なく美味な料理を楽しむのだった。まことアッラーの天国であった。そしてまさに、ハサン・サッバーフは神に人の願いを伝えて天国の扉を開けてもらう力があると主張していたのである。この男は気に食わぬ者を必殺の刃にかけさせるすべを心得ていた。敵のもとへ忠実な若者の一人を送り込みさえすればよかったのであり、彼はその若者たちが必殺の一撃を下せるように、ハシーシュを常用させて高揚感を与えることを知っていた。帝国中で恐れられたハサン・サッバーフと、やはり「山の老人」と呼ばれつづけたその後継者たちの宗派は、麻薬のゆえに「ハシーシーン」という異名で呼ばれることになった。マルコ・ポーロによって、またエルサレムに赴いた十字軍によって語られた「山の老人」の物語は、西洋の世論に衝撃を与え、「アササン」〔暗殺者、刺客。英語ではアサシン〕という言葉を生むことになった。ハサン・サッバーフとその後継者たちは、二世紀以上にわたってペルシャを震え上がらせた。モンゴル人がこの地を征服し、チンギス・ハーンの孫のフレグが彼らの城を包囲して、そのなかで生き長らえていた全員を刃にかけた。「山の老人」は、自分よりも冷酷な男に出会ったのである。

泥棒警官

5

六月十一日　ガズヴィーン　七百九十三キロ

ムスリムの葬儀

朝食を食べながら、近くでフロート、すなわち板ガラスを製造する工場を建設しているベルギー人のエンジニアとおしゃべりする。彼はここに仕事にきた若い同僚の話をする。その男は、有利な交換率のおかげで、自分がリヤールの大金持になったことを面白がった。そこで、紙幣をベッドの上に並べ、ビデオに撮った。そして、高慢であさはかな成金のように、下に降りてホテルのロビーのテレビにビデオカメラをつないだ。五分後、警察が現れ、外国人たちのパスポートは押収され、若者はしょげ返るばかりだった。国を離れると、ちょっと間抜けな者は、行った先の現実や風習をせせら笑い、よくこういう振舞いをするものだ。自分の生れた社会に対しては、同じような批判の目で見ることを忘れているのだが、旅行というものはむしろ自分の国を距離を置いて判断するための最良の手段を提供するはずである。

町をずいぶんさまよったあげく、やっと道を見つけ、アルボルズ山脈のふもとに広がる黄土色の裸の土地を登ってゆく。ぶらぶらと歩き、ムスリムの葬儀を長いあいだ観察する。墓地では男女が別れて集まり、ひとりの男が墓から墓へ墓石に少しずつ水をかけて回っている。日射しと歳月が、刻まれた文字を見えなくしてしまったが、水はえぐられた部分に入り込み、蒸発するまでの数分か数時間かのあいだ、死者の名前を生き返らせる。ムスリムの葬儀にはきっちりした決まりごとがある。まず遺体を洗い、ほとんど間を置かずに埋葬する。日射しと暑さの厳しいイスラムの国々では、どうしてもそうせざるを得ない。それから、身内と友人とで、七日目、四十日目、そして一年目の命日に儀式が繰り返される。ロシアの正教徒たちも、近親者の死を受け入れやすくするための服喪の段階として、似たような死後の会合を行なう。

小さな店のなか、パン職人が窯のまわりで忙しく立ち働いているところを観察する。窯は大きな土器の壺のようなもので、底が一メートルで首がつぼまったピラミッドのような形をしている。彼は驚くほどの素早さで、丸めたパン生地を手に取ってたたき、円板の形になるまで延ばす。つぎにその円板を分厚い布のようなものの上に広げ、その下敷きにのせたまますっと壺の口に入れ、熱く焼けた内壁に生地を張りつける。一分でもう焼き上がりだ。彼は円板をはがして助手に渡し、助手は見るからに食欲をそそる円柱の上に積み重ねる。こういう身ごなしや窯はみな遠い昔から変らない。私はキャラバンサライで似たような設備を見つけた。昔の旅人は小麦粉を持ち運び、毎日自分のパンを焼いていた。イラン人は信じられないほど大量にパンを食べ、それ以上に浪費する。どんな安食堂でも、一枚か二枚の平パンが出され、口をつけたものが残されたら、それは捨てられるのである。レストランの裏口に、そういうパンが詰まった袋がいくつも置いてあるのを見たことがある。それは、このパンはとても薄いので、その日のうちに干からびてしまうからでもある。

ひと月歩いて

テレビでドイツに雪が降ったのを見た、ヨーロッパ中で寒さに震えている、と聞かされる。寒さ？　私はもうそれがどんなものだったかわからなくなっている。ここでは太陽が空高く上り、ぎらぎらと照りつけているのだ。こんなふうにぶらぶらと歩いているのは、今日は二十五キロという軽い行程にする予定だからである。ところが、目的地に着いてみると、食堂が一軒もないので、そこなら食事にありつけると聞いた十キロ先めざしてふたたび歩きはじめる。十キロくらいならまあいいか。そこに着いて昼食をとると、アーブイェクなら宿があると言われる。十五キロくらいならまあいいか。実際には、一日で五十三キロを歩き通し、私の影が地面にずんずん長くなり、ついには消えてしまってからやっとアーブイェクにたどり着く。ホテルは一軒もなし。私はレストランの奥の部屋で寝る。この夜、雪のなかを歩く夢を見る。

翌日、足を引きずるようにして歩く。昨日の行程でくたびれ果てた。背中が痛み、足の指が一本いかれ、足がむくんでいる。ばかみたいにがむしゃらに突き進んでしまった自分が恨めしい。私が探しにきた智慧《ちえ》はどこに隠れているのか？　これでも欲張らない控え目な目標を定めようと努力はしている。ところが、せっかくそうしても、私はチクタクと機械仕掛けで動いてしまう。

あとちょっとがんばれ、あとちょっとがんばれ……。間違いなく、私は死のなかにしか平安を得られないだろう。私の前には、積もりに積もった疲労を癒してくれる永遠がある。私は猟師に追い詰められて疲れ切った兎のようなものだ。ただ、その猟師が誰なのか、いまもってわからない。とはいえ、広々とした静かな浜辺を、安らぎとのろさを、救いとなる休止を夢見ることもできる。しかし、ふたたび地面に足を置くが早いか、私のなかのエンジンが急回転するのだ。決めた、今日は十七キロ先のハシュトゲルドで絶対に止まろう。なによりも骨休めをして昨日の疲れをとるためだが、祝うべき出来事があるからでもある。歩きはじめてから今日でひと月になるのだ。

ドゥバヤズトのすぐ手前でエルズルムからのバスを降りて以来、正確に言って八百五十九キロ前進した。当初、三十日間で歩く予定にしていた七百八キロを大幅に上回った……。はじめの沈んだ気分は、百歳じいさんたちと一緒に歌をうたい、そのすぐ後、私にとって最初の美しいといっていいキャラバンサライを発見したあの魔法の日に、不思議に消えてしまったようだ。そして、イランという国で、私は気分よくしている。メディアが、とくにテレビが伝えるこの国のイメージはおぞましいものだが、実際には、ここに暮す人々の親切さ、もてなし上手、外国人好きは、これまで訪れたどの国でも比類がない。また、何度となく確認できたことだが、ムッラーたちが根づかせようと努めてきた蒙昧《もうまい》主義は、人々の驚くべき知識欲を消し去ることはなかった。途絶えることのないペルシャの文化は、イスラム革命の灰の下にくすぶっており、ふっと息をかければ、また表に現れるだろう。体制の並外れた粗暴さと、その体制が二十年来植えつけてきた恐怖は、国民の圧倒的多数によって斥けられた。しかも、二カ月前に行なわれた総選挙で有権者の七十パーセントがそのうんざりした気持を示すことができたが、この拒絶は暴力に対する暴力を伴うものではない。イラン人は忍耐強く、反革命に頼ることなく民主主義に回帰しようと決心している。私はまた冷厳な現実を思い知らされることにもなった。イランの憲法が一九五八年のフランス憲法をそっくり真似ていることを知り、同じ法がどれほど異なる効果を生み出し得るものかがわかったのである。

砂漠という難題

ハシュトゲルドの小さな食堂のメニューを読むのに没頭していると、隣の宝石店から男が出てくる。ハリールは身だしなみのよい男だ。背が高く、がっちりとした彼は、みなぎる力を子供っぽいといっていいような笑みで和らげている。彼は英語で、うまいものが食べたいなら、ついてきなさい、と言う。そして、そこからほど近い店に案内し、主人の耳に一言ささやく。食事が終りかけたころ、彼が私の代金を払ったことを知る。礼を言いに彼の店に寄る。彼は奥の部屋で休んでくれと言い、今日の夜から明日まであなたは私のお客さんだと告げる。昼寝を終えると——この国では暑い時間は店も会社もすべて活動を停止する——、彼は私にゴザも枕も貸してしまったので、自分は昼食をとったレストランに行って昼寝をしたと白状する。ハリールは私の冒険に夢中になる。夜、彼は三、四カ月のあいだ、なにもかも捨ててどこかを放浪するという気晴らしの大旅行の夢を語る。そして、来年、私と一緒にシルクロードを数百キロ歩くことができないか考えてみる、とつけくわえる。客がたくさん来たので彼のもとを離れる。哀悼の期間中、すなわち二カ月にわたって、イランでは結婚式が行なわれない。だから、それが済むと埋め合せをする。また、チャドルの下にまとっている美しい衣装を披露できない優雅なイラン人女性は、金色の、あるいはきらきら輝く愛の証を自慢げに手につける。夫や家族から贈られた豪華な指輪である。

この日の午後はやることがあった。数日前から、テヘランの後にたどる旅程がとても気にかかっているのだ。砂漠横断という避けて通れない方程式は、いますぐ解かれねばならない。あさっての夜、首都に着いたときには、すでに決定を下している必要がある。三つの仮説がある。一番目は、人の忠告を聞いて……家に帰る。酷暑の時期を家で過し、暑さがしのぎやすくなる九月の半ばころにこちらに戻ってくればよい。人がすすめる二番目の解答は、伴走車を雇うというもの。そういうことが行なわれているそうで、費用はスポンサー持ちとのこと……。私が歩き、車に乗ったやさしい奴隷が、私の荷物と食料とキャンプ道具を運ぶ。宿泊地に着くと、夕食も寝床もすべて用意が整っている。まったくの散歩である。この計画のヴァリアントが、私が試みているように、砂漠地帯を横断するためにラクダを借りるというものである。しかし、これは実現が覚束ないようだ。ソフィーは、七月と八月は暑さが厳しすぎて、ラクダはダシュテ・キャヴィールを横断できないと言われた。ところが、あの動物たちさえ命を落さずには横断できないというのに、この私はあくまでもそれをやろうとしているのだ！　最後の解法、そして数日来、私の頭のなかを駆けめぐっているものは……一種のラバを作るということだ。

焼けつく喉

食堂に腰を据え、茶をすすりながら、ひっきりなしに人が来て浴びせてゆく質問に答える。ハシュトゲルドでは口コミが円滑に機能しているのだ。はじめのふたつの仮説をしりぞけるが、「ラクダ」ヴァリアントは可能になる場合に備えて保留にしておく。家に帰るのはいやだ、それはなんの解決にもならない。九月半ばに戻ってくれば、たぶん気候条件はよくなるだろう……一、二カ月のあいだは。だが、そうするとサマルカンドに到着するのは十二月、つまり冬であり、一難去ってまた一難ということになる。二番目の解決法は、ひとりで気ままに旅する、という初志を枉《ま》げることになる。

残るはラバだ。私の日曜大工の腕前と二十歳のとき短いながらしていた機械製図師の経験が役に立つだろう。ザックのほかに大量の水と、無人地帯での宿泊のための最低限のキャンプ道具を運べる車を三枚の透視図に描く。荷物の合計は二十キロから二十五キロになり、これだけの重量を背負って砂漠を歩くことなど考えられない。大雑把な設計図を描き終えようとしているところへ、目配せをしながら二人の青年が来て、私のテーブルに坐る。彼らにはさっきすでに旅行についての質問を受けている。ふたりはいわくありげなようすで、ひとりがシャツの裾をまくってビールと思える瓶を見せる。いっしょに飲まないか？　これほど気前よく大胆な申し出をどうやって断れよう？　すると彼らは水用のコップを三つ、缶入りのフルーツジュース、ヨーグルトを取ってくる。コップは順番にテーブルの下に回され、満杯になって戻ってくる。そのとき、それがビールでなく、ウォッカだとわかる。私はアルコールの禁断症状を起こしているわけではないし、この旅行を始めてから続けている禁酒は私にはとてもよく合っている。ワインで、あるいは強い酒でも、私が好きなのは、場をなごやかにするという側面である。ここにはそういう要素はかけらもない。冒した危険に胃を締めつけられながら、ふたりの不敵者はほとんどひと息にコップを空ける。アルコールの最初のひと口は、私の喉を焼けつかせる。だいたい私は冷やしたウォッカが好きなのだ。これは青年の膝の上でぬくまり、温かくなっている。もうひと口試すとやはり苦しいが、それを飲んでもコップにはたっぷり百ミリリットルは残っている。わが相棒たちのひとりは自分の分を飲み終っているので、彼とコップを交換すると、彼は思わぬ儲けものに喜ぶ。彼が気前よく隣人に分けてやろうとしていると、ドアが開き、格子縞のシャツを着て、頭には信心深い男たちがかぶる毛糸の帽子をのせた老人が現れる。わが共犯者ふたりの顔は蒼《あお》ざめ、私が自分の分を任せたほうは、それを一気に飲み干す。すると、むせ返って、息が切れ、顔を赤らめ、咳をこらえ、真っ赤になる。老人はこちらに来て、私の向いのふたりに言葉をかける。いま飲んだほうはひと言も口にできる状態でなく、もうひとりが善良なムスリムに向かってウォッカ臭い息を吐きかけないように、目と顔をそらしながら答える。この新来者は、この食堂の主人だとあとで聞いたが、私の横に坐り、茶を所望《しょもう》する。私は彼の質問に、全然理解できないという意味の否定の身振りで、もちろん口を開けずに答える。ムッラーたちの答を体験する気はさらさらない。だいたい私たちが捕まったら、真っ先にこのヨーロッパ人が他の者たちを堕落させたと責められるだろう。老人はいささか上の空のようだ。ふたりのイラン人はしゃべらないか、しゃべってもほんのわずか、私はひと言も口を利かない。気づまりな沈黙が訪れるが、さいわい給仕が飲物を持ってきて、それを追い払ってくれる。ウォッカで舌を焼いたふたりの若者は、その舌を熱い茶に浸し、ついでにこっそりと口中をゆすぐ。そうして、彼らは信心深いじいさんと話を始められるが、相変らず、用心のために天井を向いたり、わきを向いたりしながら話す。老人がやっと立ち上がると、私たちは犯罪の痕を消そうと、急いでジュースとヨーグルトにかかる。用心に用心を重ねるために、ひとりの青年がチューインガムを手に入れにゆき、しばらく後、私たちは反芻《はんすう》動物さながら一心不乱にガムを噛む。遠い昔に返ったような気がする、隠れて煙草を吸う年頃に……。国民全体の幼稚化だ。ムッラーたちによって布《し》かれた禁酒体制は、その歪んだ側面を示しつつある。酒の話を聞かされない日は一日たりとない。イラン人は、私が歩きながら飲めるように水筒につないであるチューブに気がつくと、袋の中身はウィスキーかと聞く。なかには私の答を信用せず、味見をする者もいる。革命前に酒の味を知る機会のあった者たちは、酒へのノスタルジーを育《はぐく》んでいる。私のふたりの共犯者のような若者たちは、甘美な罪の味を見出している。この国では、ウィスキー一本が二十ドルするそうだ。労働者のひと月半分の給料である。この法外な額は、リスクの代価であり、口をつぐませておかなければならない、いくつもの黙約の代価である。密造用の蒸溜装置を使って、もっと安い質の悪い酒もつくられている（この地方には葡萄畑が多い）。酒は社会を蝕《むしば》む、とムッラーたちは考える。酒の完全な剝奪は心を蝕む。

ハリールはハシュトゲルドでなく、私の明日の宿泊地で、三十五キロ離れたキャラジに住んでいる。私たちのあいだで、今晩は彼の家に連れて行ってもらうが、明日の朝、また連れ戻してもらう、という取り決めができる。なぜなら――周知のとおり……――私の伝説の道を一メートルたりと省くことは考えられないからだ。車のなかで、彼は質問を連発する。イラン人は、旅、ピクニック、キャンプ、山のなかで過す週末が大好きだ。このひと月、私の冒険が彼らのなかに遊牧民の心を目覚めさせることが確かめられた。すべてのペルシャ人のなかに修道者が眠っているにちがいない。

ハリールは裕福な男だ。彼の家には、金箔を張った木製家具があふれ、坐り心地のいいソファがいくつもある。しかし、彼の家のような「なにひとつ不自由していない」ところでさえベッドはなく、これは遊牧生活の名残りである。私は広々とした部屋の床に敷いたゴザの上で、とても気持よく寝る。朝食には、彼の妻のジャミーレがクークーの残りを出してくれる。家庭の主婦がそれぞれのやり方で作る野菜入りのオムレツだ。

ハリールはハシュトゲルドに連れ戻してくれ、私の出発を惜しむ。彼は店の入口に立ち、私が通りの角に消えるまで別れの手を大きく振りつづける。

政治と宗教の結婚

キャラバンサライを見つけるが、またしても鉄条網で囲まれ、いまは廃用になった軍の基地のなかに取り込まれている。兵舎として使われたにちがいない。頑丈な扉を取りつけ、窓に鉄格子をはめた部屋まである。監房だったのだろう。軍人たちは、アッバース様式の堂々たる煉瓦造りの建物を灰色のセメントでおおい尽くすという結構な趣味をしていた。キャラバンサライもまた監獄に閉じ込められている。

テヘランが近くなると、車の行き来が激しくなり、とくにトラックが多い。ハリールは中級車の価格を教えてくれた。一億五千万リヤール、すなわち労働者の給料百年分に近い。車の所有者たちが念入りに手入れするのも不思議はない。そして、キャラジが近づくと、故障車を修理する何百もの小さな工場が延々と軒を連ねているのも、なるほどとうなずける。

ここを歩くのは厄介だ。建物にはさまれた道路で、両方向二列ずつ、何百台という車が轟音《ごうおん》をあげ、クラクションを鳴らし、唸り、ノッキングする。歩道には、解体された車、オイルを吐き出すギアボックス、くず鉄、枯れ木の山、新品の冷蔵庫がところせましと並んでいる。歩道と車道のあいだでは、邪魔なものをなんでもかんでも放り込む、蓋《ふた》のないどぶの水がよどんでいる。そのすべてが発酵し、腐敗の進んだ緑がかった色を呈して、空気に吐瀉物《としゃぶつ》の臭いを放っている。

ガズヴィーンのわが友アフメトに、キャラジで英語の先生をしている彼の兄さんを訪問する約束をしてある。その兄さんは電話がないので、前もって連絡することができない。後で説明してくれたが、いまは年金暮しの父親が電話局に勤めていて、電話の権利を持っていたので、以前は電話があった。ところが、金の必要があって売ってしまった。その後、あらたに申込みをした、ただその申込みも例によってのろのろした扱いで……。マフムードは弟が私を寄こしたことにとても驚いたようすだ。

「私はなにをすることになってるんですか?」と彼は尋ねる。

「べつになにも」と私は答える。「弟さんから、あなたに挨拶しにゆくように頼まれたんです。ですから挨拶します……。それでは、ごきげんよう」

「待ちなさい、さあ入って」

マフムードはしなびたような男で、すぐに自分がどういう人間かわからせようとする。とても、とても信心深い男なのだ。それを疑ったとしても、彼の妻が家のなかでもチャドルに身を包んだままなのを見れば十分だ。外国人、それもカトリック――彼にまず聞かれたこと――を迎えることに彼はまったく喜びを示さない。それでも冷たい飲物を出してくれ、それから会話が始まる。私の計画は彼をびっくりさせる。彼にはそれがよく理解できない。突然、唐突な質問をする。

「ロジェ・ガロディをどう思います?」

この男の話を聞かされるのは初めてではない。タブリーズの友人たち、つぎにザンジャーンで、さらに昨日ハリールも、彼のことを話題にしたが、私がどう思うかよりも、彼は何者かと聞かれてきた。哲学者、共産党の有力党員、つぎにはネガショニスト〔ナチスによるホロコーストがあったことを否定する〕、若いときにはプロテスタントと手を結んだこともあり、キリスト教徒と共産主義者の対話の積極的な支持者であったこともあるが、晩年にはイスラムに改宗する……。それにしても、このターバン男たちの手先に説明するのはちょっと厄介だ……。それに私は変節者に好意を抱いたことはない……。それで、反対にこちらから質問することにし、彼がイランに来たときのことを尋ねる。こうして私は、ムッラーたちとイラン政府首脳部に招待された彼が、ハメネイにきわめて丁重に迎えられ、彼の発言が政府系の新聞に大きく取り上げられたことを知った。「彼はフランス人ですが、フランスの一般大衆には知られていません」と私は話し相手に言う、「何者かを知っているのは、彼ともめごとになった知識人だけです」。明らかに、彼の反ユダヤ主義がムッラーたちを大喜びさせるのだ。

マフムードは私の言うことに耳を傾ける。では、彼はどう思うのか？

彼は私の質問をはぐらかし、夕食に誘う。食事が終ると、いまいるこの部屋で寝てほしいと言われる。私はあまり歓迎されていない気がするが、ここは町の中心とホテル街から遠いし、もう夜になっている。

祈りをしている主の気配で五時に目が覚める。朝食をとっていると、彼がなんの愛想もなく質問を投げてくる。

「あなたがたはなぜロジェ・ガロディを苦しめるんですか？」

「私の知るかぎりでは、彼はネガショニストの主張のために告訴されたんです」

「迫害だ」

私はいくら客とはいえ、礼儀を忘れてしまいそうな気がする。そして、こう反論する。

「私たちの国では、だれかが間違ったことを書いたら、その人を裁くのです。その人には釈明の権利があります。サルマン・ラシュディはそうではなかった。彼は小説、つまりフィクションのために死刑を宣告され、一方、ロジェ・ガロディは歴史の本を書いていると主張するのです。彼には真実を書く義務がある。裁判所は民族的憎悪を教唆したとして彼に有罪判決を下しました。フランスでは、それは許されないことです」

だが、ユダヤ人に関して、民族的憎悪を煽ることは、私の面前の男にとっては、汚点というより美徳なのだ。

「サルマン・ラシュディは自業自得です。彼はわれわれの宗教を攻撃する。敵なんです。目の前に敵がいれば、議論するんじゃない、殺すんです」

もし彼が昨日の夜、こんなふうに話していたら、私はこの家を追ん出ていたろう。しかし、彼はおそらくだれにしろ意見を異にする者に抱く嫌悪を、私に対しても明らかに感じたにもかかわらず、私を泊めるのが主人としての義務と考えたのだから、私も客としての分をわきまえ、それ以上議論に深入りしないことにする。とはいえ、暇乞いするときにはせいせいする。いったいなんだってアフメトは兄さんに会いにゆけなんて言ったのか？

とにもかくにも、この朝、マフムードとのやりとりを終えて歩を進めながら、あらためて自問しないわけにゆかない。「千夜一夜」の東洋はどこにあるのだ？　ペルシャの詩人たちの詠《うた》う恋と酒の東洋はどこにある？　政治は論戦だ。宗教は信念、確信だ。しかし、このふたつの結婚が、男性優位主義、女性蔑視のムッラーたちの手で執り行なわれ、醜悪で怪物じみた子供が生れてしまったのだ。

厄日

キャラジを離れるときにはすでに日は高く、蒸し風呂のように暑い一日が約束されている。あいにくの偶然によって、首都到着は金曜日、休みの日になる。すべてが閉まり、会いたい人が少しはいるが、連絡を取るのに大変な苦労をしそうだ。ただ、金曜でよかったこともある。昨日あれほど激しかった車の往来が、今日はごくまばらだ。十時ごろ、小さな食堂で地図とにらめっこしながら、軽食をとる。テヘランに入るには、二本の道路のどちらかを選べる。一本は東に進み、もう一本は南にカーブするが、両方ともアーザーディー（自由）広場に至る。どちらとも決めかねていると、茶を飲んでいた客で、話を交わした人のいい男が一方の道を勧める。「南に行くほうだ」。

その道は殺風景きわまりない。男がしてくれた忠告はドライバーの意見であって、歩行者のでないのは明らかだ。ほとんど高速道路を歩いているようなもので、風景はどこの巨大都市の近郊でも見られるものだ。テヘランは約千三百万の人口があるのだから、これは驚くにあたらない。車はたまに通るだけである。行く手に現れるのは、灰色の塀、乗用車の工場、バスの工場、その他の工場、倉庫。それから、右にも左にも高い塀がそそり立ち、その上に鉄条網が針をとがらせ、監視塔が突き立っている。何キロにもわたって続く兵営である。

橋をくぐろうとしていると、首都方向から来た車が道端に停まり、助手席の男がこちらに来いと合図をする。こういう好奇心には慣れっこで、いつも期待にこたえることにしている。だが、男はにこりともせず、むしろ険悪そのもの。

「アイ・アム・ザ・ポリス」。私の鼻先にラミネート加工した身分証明書を突きつけて男が言う、「ユア・パスポート」。

男は私服で、三日前から髭を剃っていない。小太りで頭は禿げ、だらしのない五十そこそこ。座席に坐るというより寝そべり、いかにも粗暴な攻撃性を発揮しそうだ。とにかく、パスポートを要求しているのだから、私はそれを差し出す。ペルシャ語が読めないので、彼の身分証明書は読めなかった。眼鏡はポケットに入っているのだが、わざわざ取り出す気にはなれない。パスポートを返してよこすと、やはり攻撃的な口調で聞いてくる。

「ピストルを持ってるか、阿片、ヘロインは？」

私は笑う。

「いいえ、もちろん武器も麻薬も持っていませんよ」

「見せろ、見せろ。こっちに来てポケットの中身を出せ」

車から降りもせずにそう要求するのが、おかしいなと思う。しかし、それも結局、イランの警察のやり方なのだろう。私が中身を出すのを待ちさえせず、彼はポケットを上からさわる。

「これはなんだ？　それからこれはなんだ？　見せろ、見せろ……」

それは道路地図、それはペルシャ語を覚えるためのカード、それはGPS、そっちは老眼鏡、こっちはサングラス。向うの攻撃性がこちらの攻撃性を呼び起こす。私はポケットを空にするが、しぶしぶながらだ。隠すものなどない。それに署に連行する口実を与えたくない、そこでどんな目に合うか、いやになるほど聞かされてきたのだ。

今度はザックを見たがる。

「そこにあります。調べにきたらいいでしょう。隠すものはなにもありませんから」

「こっちに持ってこい」

今度という今度はあんまりだ。ケシ畑からの道がペルシャを通っており、この国をしばしば密売人や麻薬常用者たちが横切ったことは理解できる。そして、警察がよその国よりそれに敏感なのもわかる。さらに、アッラーの天国と競合し得る人工天国に類するものすべてを、ムッラーたちが駆逐しようとしていることも知っている。だが、この男の粗暴さ、その脅迫的な口調は我慢ならない。私はやましいところはない、ビザは規定どおりだし、禁制品はなにも持っていない。ザックは車から二メートルのところに置かれている、見たいなら、そっちが腰を上げれば済む。男は無言で私を睨んでいる。それで、私は荷物のところに戻り、誠意を見せるために開けようとする。

「さあ、開けますよ、ご自由にお調べください」

「こっちに運べ」

「いや、そこじゃやりにくい。こっちに来てください、調べてもらって結構ですから……」

すると男は前屈みになり、グラブボックスからピストルを取り出し、手首をひねってゆっくりと振る。それから、音節を区切りながら繰り返す。

「こっちに運べ！」

そして、銃身でドアのそばの地面を指す。これには、すくみ上がってしまう。こいつはいかれている。突然、眼前を暴力の光景がつぎからつぎによぎる。知ってのとおり、「神狂い」は単なる狂者を生むのだ。私がなにを言ったとて、彼の言葉の前になにほどのことがあろう？ 証人はいない、わずかな車は時速百キロで突っ走り、私は彼の意のままだ。運転手に目をやるが、死体置場の扉のごとく冷然としている。ザックを運ぶのを拒んだというだけで、この野獣に撃たれるはめになるのはごめんだ。それでもやはり怒りに駆られ、ザックをドアのそばに置くというより投げ出す。彼はピストルをグラブボックスにしまい、さっそくザックの横のポケットのジッパーを開けてカメラを取り出す。そして、ケースを開いて中身をあらためため、また閉める。私はまだ彼が麻薬を探しているのだと信じ、どうしてもっとていねいに調べないのかなと思う。いや、それどころか、彼はカメラを左手に持ち替えると、右手でザックを開けようと乱暴に引っ張りはじめる。この野蛮人はジッパーを壊してしまう。それで私は自分でつぎつぎに中の物を取り出すが、彼は私の手からそれをもぎとり、ちらっと目をやっては道端に放り投げる。私はかっとなる。このデブの卑劣漢の顔を殴り飛ばしたくなる。しかし、向うにはピストルがある……。

「あなたのやり方はひどすぎる」と私は言う。

相手は意に介さない。水筒、衣服、薬箱、サンダルが、つぎつぎに地面に放り出される。彼はまた同じ質問をする。

「ピストルは持ってないか、阿片、ヘロインは？」

「そんなものはなにもありません、見ればわかるでしょう」

「ドルも持ってないか？」

私は答えず、今度こそ疑念が生じる。私が相手にしているのは警官か、泥棒か、それとも泥棒警官か？　麻薬に関心を持つのはいい。しかし、ドルとなると……。

それから、わけのわからないことに、車が動き出し、私はその場に茫然と立ちつくす。散らばった持物をひとつひとつ確かめ、あわててカメラを入れてあったポケットをのぞきこむ。あの野郎……。車はすでに遠い。盗《と》られた！　あいつに盗られた。あたりを見回す。兵営の高い塀が続くばかりで、反対側ではトラックが一台、テヘラン方向に、「泥棒警官」とは逆向きに突っ走ってゆく。下司野郎め、盗人め、糞野郎め……。私は逆上し、やつが車のなかで盗みの成果を満足気にいじくり回している光景が頭に浮び、なおさらはらわたが煮えくり返る。ほんとうにいいカメラなのだ。まったくいいことずくめの一日だ。自分にも腹が立つ。なんだってあんなふうに、いいように操られ、冷静さを失ってしまったのか？　さっきのシーンを思い出すと、やつの手口がわかる。右手で私の持物を乱暴に扱い、私の注意をザックと散らばった物に引きつけているあいだに、左手でカメラを座席の下に隠したのだ。子供だましだ、あいつは子供だましで私を手玉に取りやがった！　そして突然、いちばん辛いことがのしかかってくる。カメラはまだいい、だがあのなかには四十枚撮りのフィルムが入っていて、あと一枚で全部撮り終えるところだったのだ。あのくそったれは、この二週間で出会った友人みんなを撮ったプレゼント用の写真を持っていってしまった。思い出せるかぎりでは、最初の写真はザホッラーの一家を十一人の子供と孫たちとともに庭で撮ったものだった。それから、アフメトやハリールに約束した写真、妻と歯をなくした老人モダッレシーの写真。消えてしまった、ガズヴィーンのすばらしいキャラバンサライの写真も、なにもかも消えてしまった。これは盗みでなんかない、私が道々つちかった友情に対する冒瀆《ぼうとく》だ。いまとなっては、友人たちに写真を送るという約束をどうして守れよう？　土埃のなかに坐り込んだまま、持物を拾い集める気にもなれない。やつのそばにザックを運ぶのを拒絶していれば、やつもカメラをちょろまかすことはできなかったはずだと思う。私は気づき、戦っていたろう。何発か殴っていれば、少なくとも後悔はしなくて済んだろうし、いまがいま息が苦しいくらい感じている怒りを吐き出すこともできたろう。

恨みを嚙み締めていると、暑さも渇きも感じない。ただ問題の整理にだけ努める。どうしたらいい？　訴えるべきか？　どこに？　中央アジアの警察については、給料が安いのでドルに飢え、一人旅の旅行者から金品を奪っても罰を受けないと確信している、と読んできたが、いまやその現実を知っているのである。ああいう手合いにまた出くわす危険のある警察署に、みすみす餌食《えじき》になりに飛び込むなんて真っ平だ。しかし、カメラなしでどうやって旅を続けられる？　私にとって、カメラはメモ帳と同じくらい大切なものだ。あいつに盗まれたAPSカメラは、写真一枚ごとに日付と時間を記録してくれる。これは大きな長所で、そのおかげで整理能力のない私も、自分の旅行を整理できる。それがなければ時とともに消えてしまう出会った人々の顔を、時間の流れに沿って思い出すことができる。そのうえ、客はプレゼントを持ってゆくことになっているこのあたりの国で、写真は私にとって、泊めてくれた人々に感謝するための手立てなのだ。それに、彼らがポーズをとり、住所を私がちゃんとメモしたか確かめるときの、ほんとうに嬉しそうなようすも考えないわけにゆかない。去年は、アナトリア横断の後、パリに帰ってから、私をあれほど歓迎してくれたトルコとクルドの友人たちみなに宛てて、百二十通の手紙と二百枚の写真を送ったのだった。

決心は固まった。子供たちに大至急カメラを送ってくれるように頼もう。テヘランには五日間滞在する予定なので、町を出る前に受け取れるはずだ。残念ながら、あの型のカメラはイランでは売っていないから、こちらで買うことはできない。

イランでは売っていない？　いままでそのことを忘れていた。こうして盗みに遭ってからはじめて、心のなかに意地の悪い笑みが浮ぶ。あいつは盗んだものをどうすることもできないのだ。やつの喜びも長くは続かないだろう。フィルムを手に入れることも、いま入っているのを現像することさえもできないのがわかったら、家具の上に置いて飾り物にするしかないだろう。ホテル探しを始めるころには、慰めにはならないものの、仕返しができたような気がする。

突然、一年前トルコで、六月十六日に三人の農民が同じカメラを盗もうとしたのを思い出す。一九九九年の旅で千キロを越えた日だった。運よく、泥棒どもは私のザックを奪うにいたらなかった。今日で私は出発以来、九百三十四キロを歩いた。そして今日は六月十六日なのである。

用心すべきだった。

テヘラン　6

ビザの問題

テヘランは巨大な急成長都市である。二十五年間で規模が約三倍にふくれ上がった。いたるところで建設工事をしている。車向きの都市であって、歩行者向きでなく、街区と街区は幅の広い空地で区切られ、そこは魅力のない無人地帯になっている。テヘランは自分の見かけを気にしないのだ。北部はブルジョワ、高級官僚、政治家の住む洒落た町。中央部は商業地区。南部は貧しい人々の町。かつては北地区は町と離れていて、富裕層や大使館が夏用の邸宅を建てていた。巨大化した都市がその地区を呑み込んだのである。山を背にしたそこは、暑さがしのぎやすい。六月のいまも、ところどころ雪をかぶったままのアルボルズ山脈の頂きが、遠くにくっきりと姿を見せている。

中央部と南部は燃え盛るかまどのなかだ。北部では、女たちは長い髪をちらりと見せてスカーフをかぶり、化粧している。南部ではチャドルが決まりだ。こちらでは西洋風に暮し、あちらではムッラーとこちこちの信者の天下になっている。

私はアーザーディー広場の近くにある小さなホテルに部屋を見つける。広場の中央には、ペルシャ建国二千五百年を記念してシャー時代に建てられたモニュメントが堂々とそびえ立ち、家族連れが見学に来ている。

翌日には旅行会社のキャラヴァン・サフラーを訪ねる。社長のシールース・エッテマーディーが気さくに迎えてくれる。彼は向いにあるホテルに泊ったらどうかとすすめる。気を引かれる誘いだ。この会社のコンピューターを使わせてもらえば、パリと連絡を取り合えるし、フランス部門を担当するパルニヤーンとパリーナーズという二人のすてきな若い女性が、これからの旅の手助けをしてくれるからだ。

大至急しなければいけないことが三つある。トルクメニスタンのビザの取得、砂漠横断のための「ラバ」の購入、新たなカメラの受け取りである。

トルクメニスタンのビザの取得は問題ないはずだ。出発の二カ月近く前にパリで手続きを済ましてある。はじめの交渉はがっかりするものだった。領事は、イランから来てウズベキスタンに行くのであれば、旧ソ連の共和国だったこの国に三日の滞在を許可する、いわゆる「トランジット」ビザしか申請できない、と言うのだった。私は忍耐強く、慇懃《いんぎん》に答えた、トルクメニスタン領横断は約五百キロの距離があり、一流の陸上選手でもお国をその法定期限内で走破することはできませんよ、と。さんざん奔走して、やっと一カ月のビザをもらえることになった。こうして、私の書類は回送され、テヘランでビザの交付を受けることに話が決まったのだ。

タクシーはトルクメニスタン大使館の前で私を降ろす。領事部はそこにはない。もっと先か？　先に行っても、明らかに閉め切ったままの呼び鈴もないドアがあるだけだ。私は堂々めぐりする。ここに来たのが三度目というトルコ人が「領事部」を教えてくれる。それは頑丈な鉄格子のはまった窓で、重たげなカーテンが閉まっている。「受付時間」は原則として九時からのはずだが、九時半になった今もカーテンは引かれたままだ。列ができていて、そこに並んだ私たちはすることもなく、おたがい本気で待っているのか疑わしくなって目顔を交わす。やっと窓が開く。男——どうやら領事らしい——は英語を話す。私はパリから書類が届いているはずだと説明する……。いいえ、なにも受け取っていませんよ。ビザの有効期間は？　一カ月です、そして私は歩いて横断するという計画を伝える……。

「ウズベキスタンに行かれるんですね。トランジット・ビザ。三日間です」

彼は申請用紙を差し出す。

「いえ、三日のビザではお国を歩いて横断するには足りませんし……」

彼は用紙をひっこめ、窓を閉める。私はパスポートと写真を手に、その場に立ちつくす。途方に暮れ、絶望しているように見えたのだろう、列に並んでいた、領事の横柄さには慣れっこになっているらしい青年が助言してくれる。「三日間のビザを取って、後で延長してもらうんだ。国境まで行ったら、なんとかなるさ。でも、あいつと議論してもむだだよ、なんにもなりゃしないから」。

その助言は常識にかなっているように思えるが、そういうやり方でうまく行くか疑わしい。領事に目の前で窓を閉められたなら、入国管理官の理解が得られると期待すべきではない。とにかく、窓がふたたび開くのを半時間待って、申請用紙をもらう。それは英語とロシア文字で書かれている。さらに半時間がたち、「窓口」がもう一度開いてくれたとき、記入した用紙を提出する。

愛想のいい領事は私のパスポートをざっと調べてから、ばかにしたように放り出す。彼に必要なのは、最初の四ページのコピーなのである。しかし、ここにコピー機があるとしたら、話は簡単すぎる……。あちこち駆けずり回り、気力が萎《な》えかけたころ、やっと見つけたコピー機は、すでに攻略を受け、二十人以上がくっつき合って順番を待っている……。そんなわけで、私は待っているあいだに、客待ちに飽きた隣の家具屋の主人と知り合う。彼は茶を飲みながら、自分はシャーの警察で大佐だったと語る。もちろん、イスラム革命で失業した。そこでベッドとソファの世界に転職したのである。

「あの時代はものすごく荒っぽかったんでしょうね」

「荒っぽさが足りんかった。シャーが病気だったんだから、どうしようもない。シャーは闘争心に欠けてたんだ。秩序を回復するには決然とした男が必要だったんだが……」

シャーの陰険な政治警察サヴァクがほしいままにした暴虐のことを思って、背筋が寒くなる。「決然とした男」が統治していたら、どうなっていただろう？　たしかに、私が聞いた話を信じるなら、イスラム警察のほうがもっとひどく、それはアッラーに守られ、なにをしようと罰を受けることはないと確信しているからだ……。そして、タブリーズで、さらにザンジャーンでもガズヴィーンでも目にしたあの灰色の密告ポストを思い出す。茶を出してくれた目の前の男は堂々とした風采で、人をまっすぐに見る裏表のない目をしているが、その目には抜け目のなさも光り、ひょっとしたら拷問官であったことを示しているのかもしれない。しかし、人はどこで拷問官を見分けられるのだろう？

愛想のいい領事部に戻ると、列がずいぶん長くなっている。たまたま見つけたのだが、窓口のずっと上のほうに灰色の汚れたプレートがあって、よくよく注意して見ると、「ビザ・セクション」と刻まれているのがわかる。トルクメニスタンがめでたく独立を果たしてから、一度も拭かれたことがないにちがいない。鉄格子の向うから言葉を話すというより投げつけている、がさつな男をしばらく観察する。この不作法な男が通りで待ちつづける申請者に応対するとき以上に、人をばかにした横柄な態度を取ることは難しい。彼の国で権力を握っている者たちの典型なのだろうか？　ソ連の体制の継承者にふさわしい、トルクメニスタンとウズベキスタンの警察のおぞましさについて読んだことがあるのだ。このふたつの国の観光省——反観光省といったほうがいいくらいだ——の役人はというと、旅行者を、とくに一人旅の旅行者を手荒く扱うという嘆かわしい評判を得ている。国境を越えることができたら、毎日こんな熊みたいなやつらに付き合わされるのだろうか？　領事はドルやリヤールをさっとつかみ取るが、釣り銭を返さないといけないときは、さすがに相手の顔に投げつける勇気はないものの、窓口の端に文字通り放り出す。こんなひどい扱いを受けても相手はへりくだっているので、よけいに人をばかにした態度を取るのにちがいない。しかし、スタンプを押してもらえなくなる危険を冒して、文句を言うことなどできようか？　果てしない待ち時間が終って、私の番になる。今度は彼も必要な書類がそろっていると認める。私はまた自分の主張をしようとするが、むっつり男は一言も口を利かぬまま窓がピシャリと閉まる。

笞打ち刑

その日の夜、私はフランス大使館で夕食をとる。大使館はイラン中が名前を知っているノーフェル・ロシャトーという通りにある。これはノーフル・ル・シャトーのイラン式の音訳である。亡命中のホメイニ師が暮したのが、パリの西にあるこの町なのだ。多くのイラン人が、このカリスマ的指導者を迎え入れたことでフランスに感謝しており、私がときおり受けてきた熱烈な歓迎もその感謝の念の賜物《たまもの》だろう。フィリップ・ド・シュルマン大使とその奥さんは、私の前にシルクロードを歩いたフランス人がいると語る。その人のことを耳にしたのは初めてではない――マルコ・ポーロのことを言っていたあのじいさんは別としても。彼はフィリップ・ヴァレリーといい、テヘランに数週間留まらねばならなかった。絵の描かれた壁――テヘランにはたくさんある――を写真に撮ろうとしたのだが、フレームのなかに警察署が入っているのに気がつかなかった。彼はカメラとパスポートを没収され、持物を返してもらうまで大使館に泊めてもらった。ただし、フィルムは警察の手に残った。彼はしっかりと歩きつづけ、中国のカシュガルでその旅を終えたそうだ。

庭園で小さなテーブルに分かれてとる夕食は気持がいい。フランス人の居住者たちとフランス語を話すイラン人たちがなごやかに話を交わしている。この国に――そしてこの階層の人々に

――たとえば「パーティーの禁止」に見てとれる厳格主義を押しつけ続けるターバン男たちに対して、ここにいる人たちはきっぱりと背を向けている。たとえば、私はこのパーティーのイラン人の客のひとりが、フランス人の友人に「だれだれさんの家のパーティーは中止になりました。警察が許可を出さなかったんです」と知らせるのを耳にする。「体制側は抑圧のための法律を山ほど持っているから、まったく合法的にしたい放題のことができるんです」と人は私に言う。ダモクレスの剣がひとりひとりの頭上にぶら下がっている……。けれども、政治組織というものは汚職システムがすべてのレベルで行き渡っている仕組みなので、法律と折り合いをつけることもしばしば可能なのだ……分厚い封筒が必要なことはさておいて……。少しでも権力を握っている者ならだれでも、それを行使することも、金に換えることもできる。比較的リベラルなムッラーであるハタミが大統領に選ばれてから、前者はなおざりにされ、後者が盛んになったように見える。同胞から搾り取るのは、このシステムの得意とするところなのだ。(「仲人」ムッラーが、思い切って言ってしまえば、まさに売春宿の主になって懐を肥やしているのは、すでに見たとおり……)。

だが、だからといって、暴力がすっかり影をひそめたわけではない。あるムッラーが敵を抹殺することに決めたら、信仰の篤い殺し屋をよんで、これは神のお望みなのだから、おまえは罪を引き受ける必要はない、と言いさえすればよい。アッラーの御前でその責任を負うのはムッラー自身である。そこで死刑執行人は、心安らかに実行に及ぶことができる。抑圧的な法律について言えば、もしそれがなければ、それを作る。今年の総選挙の前に、保守派が新聞に関する法律を成立させた。翌日、彼らはその法の名において、リベラルすぎると判断した十八紙の新聞を発禁にし、社主と記者たちは投獄された——あるいは、もっとひどいことに暗殺された。こうして抑圧は続いているが、ひとつだけ違ってきたのは、いまではこうした権力の濫用《らんよう》が世論の反発を引き起こしていることである。いまや恐怖が口を閉ざすことはない。

若者たちが話してくれたことだが、五年前、彼らは不意打ちパーティーをやるために六十人ほど集まった。平均年齢は十六歳だった。パーティーが始まると警察が乱入し、全員がしょっぴかれて、警察で一夜を明かすことになる。翌朝、親たちが娘を引き取りに来て、罰金を払う。男の子は三十回の笞打ちが言い渡された。笞刑《ちけい》には、軽い刑とされるタージールと、もうひとつ非常に残酷なハッドとがある。そのやり方は恐ろしく洗練されている。笞は同じだが、タージールの場合は執行人がコーランを脇にはさむのである。「ぼくはタージールだったんですが」とある青年が私に語った、「執行人は背中から打ちはじめ、それから少しずつ打つ場所を下にずらしてゆきました。脚にくると、我慢しやすくなって、ふくらはぎで終ってくれるんだと思いました。ところが、まだ二十三回目だったので、また背中からやり直しになったんです。一週間のあいだ、あざが消えませんでした。麻薬をやって逮捕されたやつらは、ハッドを百八十回受けました。どうやって死なずにすんだのか不思議ですよ。彼らは戻ってくると、大威張りで、ぼくらも拍手で迎えました。あんな刑を受けた後では、みんなが彼らを英雄視するんです」。さらに彼はこうつけくわえる。「五年たちましたが、いまもまだ笞が肩甲骨に食い込んだ傷がうずくんです」。

大使に暇乞いするとき、領事部での災難を話す。大使は、トルクメニスタンのむっつり男に電話しておくと約束してくれる。石の橋もたたいて渡れ、というわけで、パリにある私の後方基地にも、パリのトルクメニスタン領事に約束を思い出させておくように頼む。さてあとは、インシャーアッラー！

エヴニー誕生

カメラの配送を請け負ったDHLは、三日で届けると約束した。その三日のあいだ、荷物と水を運べる小さな荷車を見つけようと思って荷物運搬用具を扱う店を何軒か回る。しかし、置いてあるのはごく小さな車のついたご婦人用の小型のものばかりで、こういうのは駅のプラットホームや空港の駐機場では大活躍するだろうが、砂漠の道にはあまり合っているとはいえない。探しているものがなく、それなしで済ます気にもなれないときは、自分で作るしかない。話は決まった。バザールで、フレームは傷んでいるが、車輪はふたつともいい状態に見える子供用自転車を買う。ふつうは棚を作るのに使う、穴のあいたL字形の金具も買う。大荷物になるが、さらに金鋸、やすり、ドライバー、自在スパナ（フランスでは「イギリス・スパナ」ともよぶが、こちらでは「フランス・スパナ」とよぶ）、そしてナットを加える。三時間で、ザックを入れられ、車体から切り離した自転車の車輪をつけた籠のようなものを作り上げる。梶棒《かじぼう》にベルトをつけたから、両手を自由にしたまま歩ける。あとはこれに名前をつけるだけだ、この「未確認奇怪車両」〔エトランジュ・ヴェイキュル・ノン・イダンティフィエ〕に……。よし、「エヴニー」で決まりだ〔未確認飛行物体を頭文字をとってオヴニーと略するのにかける〕。

テヘランのキャラヴァン・サフラー、パリのソフィー、提携先に緊急手配を求めてくれた旅行会社エクスプロラトールのシビル・ドゥビドゥールは、私を助けるのに最善を尽くしてくれる。だが、どうしようもない、ラクダもラクダ引きも見つからないのだ。私が当たってみた人は、だれもが心臓の上に手を置いて首を振る。「いかなる神の創造物もこの季節に砂漠に危険を冒しに行くようなことはいたしません、みずから死にたいと思うのでなければね——それは信仰に反する望みでして……」。「ラクダでさえ？」と私がねばると、「ラクダでさえです」と答が返ってくる、「それにあの地獄で危険に身をさらすほど阿呆なラクダ引きはひとりもおりませんよ！」私は、幸運にもビザがもらえたならだが、トルクメニスタンのカラクム砂漠に希望をつなぐことにして、いまのところは、友人のアーヤトに案内されるがまま、炎熱地帯に足を踏み入れる前に体と心を冷やすつもりで、バザールの薄暗がりを歩き回る。

テヘランの登山

シールース・エッテマーディーが、テヘランの町を北側から見下ろす山にダルバンドという地区から登ろうと誘う。私たちは午ごろ出発する。ものすごい暑さだ。だが、登るにつれ、すぐに息のつける空気になる。道は険しく、急流が谷底めざして下り落ち、その川ぞいに生えるクルミの木が、冬の寒気と夏の日射しに焦がされた赤茶けた風景に気持のいい緑の彩りを添えている。標高二千六百メートルにあるシールパラーという小屋からの首都の眺めは壮大だ。だが、すでに十八時、もう下りにかからねばならない時間である。シールースは六十歳、こめかみに白髪が混じっているのに、さっさか駆け下り、まるでダンサーのように軽やかで優美だ。急流に沿って色つきの蛍光灯に照らされた小さな食堂が並び、肉を焼いている。パン屋がくれた焼き立てのパンをむさぼり食いながら、バザールの通路なみの人込みのなかを抜けてゆく。河原の石の上に設けた桟敷が食事席となり、そこに腰を落ち着けた家族連れが、滝の音と涼しさを楽しんでいる。

私が仕掛けた友好的圧力が効を奏して、トルクメニスタンのむっつり男は折れ、ビザが私を待っている。彼が要求するドルを喜んで渡す。ところが、私が嬉しそうにしているのが気にさわり、私の手にした一カ月有効のビザは、「日付どおりきっかりひと月、一日短くても、一日長くてもいけませんよ」と言う。そう言うなり、こちらの鼻先で窓をピシャリと閉め、私は思わず閉じられたガラスに向かって叫ばずにいられない。「この石頭め！」

ホテルに帰るのに乗ったタクシーの運転手は、カナダに移住したいと言う。

「どうして？」

「一歳の娘がいるんです。二年後にはその娘がチャドルを着けなきゃならない。私はムスリムで、信心深いほうですが、この押しつけには虫酸が走るんです。娘には自由であってもらいたい。そうなるためなら、なんだってしますよ」

よき人、よき父親、その気持はよくわかる！　この地でつねに宗教的理想のもっとも真摯《しんし》な部分を体現してきたのはスーフィズム〔イスラム神秘主義〕だが、それに対して怒りの矛先を向ける厳格な伝統主義をどうやって耐え忍ぶことができよう？　私に心の中を打ち明けた男はムスリムで篤い信仰を持っているけれども、自由を尊重する。ムッラーたちの狂信、彼ら自身の無知と偽善と権力欲しか肩を並べるもののないその狂信を我慢することは、彼にはできないだろう。そして、彼らの陰険な監視を厄介払いできないなら、いっそ移住したほうがいいということだ。

関税交渉

六日が過ぎたが、パリからの小包はまだ届かない。ＤＨＬに電話すると、「担当者」がいない。しばらく後、やはりいない。さらにしばらく後、その人は出かけてしまった。戻られますか？　一時間後にもう一度電話してください。一時間後、事務所は閉まっている。翌日は金曜で休日だ。私はじりじりする。忍耐力のあるところを示せと自分を励まし、平安を求めて東洋に来たんじゃないかと何度も言い聞かせて、苛立ちを抑える。土曜日、電話がつながらなくなる……。窮地から救い出してくれたのは、バザールでの友アーヤトである。

「さあ、行きましょう」と彼は威勢よく言う。

私たちはそうする……。そしてわかったのは、カメラは四日前から税関で足止めを食っているということだ。ところが、それを私に知らせようと思いつくものは、だれひとりいなかった。

「どういう理由で止められているんですか？」

「税関は三百ドル払えと言ってるんです」

「わかりませんね、これは輸入じゃなくて、トランジット貨物なんですよ」

DHLにもわからないが、彼らはそんなことはまるで気にしてない。ご自分でなんとかしてください。アーヤトは頼りになる。イランではなんにしろ電話では片がつきません、と彼は言う。じかに話さなきゃだめです。わかった。

タクシー運転手のモルテザーは、おかしな山羊鬚《やぎひげ》を生やした沈着な若者で、私はいまではちょっと長い距離を乗るときは、いつも彼の車を使うことにしている。すべてのドライバーが潜在的殺人者であるこの国にあって、彼は歩行者を通すために停まり、ウィンカーを使い――しかも正しい使い方で――、急いでいそうな車には喜んで道を譲る。変り者である。私たちは仲よくなり、彼は家の夕食に招待してくれた。若く、とてもきれいな奥さんで、従妹でもあるファリーバーは、青い絹地の優雅なアンサンブルを着て迎えてくれ、挨拶として手を差し出してきた。モルテザーは落ち着いた柔らかい声で話す。彼に税関のある空港まで一緒に行ってくれるよう頼む。前もってルールを決めておく。私はタクシー代をちゃんと払う、これがルールだ。というのは、友達なんだから、今後は二人のあいだに金の問題はなし、とモルテザーが決めてしまったからである。

私は彼にひどい脅しをかけねばならず、くたびれきってしまった。極度の気前のよさは、しばしば人を疲れさせるものだ……。

私がかけあった最初の税関吏は、机から顔を上げずに数字を確認する。三百ドルです。「いったいなぜなんです？」

「輸入関税です」

「じゃ、なぜ三百ドルなんですか？　それはカメラの値段ですよ」

「カメラの値段だからです。関税は百パーセントです」

「でも、輸入なんかしてませんよ。一カ月後には私はカメラを持ってイランを離れるんだし、カメラがまたイランに戻るとしたら、私がそれを持って戻る場合だけです」

「証拠がない、払うか、ここに置いていくかです」

私は誠意の証としてイランのビザにカメラの製造番号を記入しておくことを提案する。これはまるでばかげた提案で、男ははなから聞く耳を持たないようだ。DHLの税関担当者に相談すると、自分にはどうにもできないと言い、明らかにこの件から手を引いてしまう。ほかの税関吏に聞いても、同じ答が返ってくる。どうやら彼らは示し合せているらしく、私は悪巧みが仕組まれているような気がしてくる。

「あなたのボスと話したい」とついに私は最後の税関吏に言う。

ボスは取り込み中だ。税関の入った広大な倉庫の真ん中にあるガラス張りの小さな事務室で、彼は茶を飲みにきた大勢の職員や友人に囲まれている。延々と待たされるが、天使のようなモルテザーのおかげで我慢できる。異議の申し立ての後、ボスが裁きを下す。

「七十ドルです」

「どうしてその額になるんです？」

「なにがご不満ですか、二百三十ドルおまけしてあげたんですよ」

「……それでも、いわれのない七十ドルを要求なさってる。もう一度言いますが、私はトランジットなんです。輸入ではありません。ですから、あなたがたには関税を要求する理由はまったくないんです」

男は私の話を何度もさえぎる。モルテザーが、悠揚迫らぬ態度で、慇懃に、落ち着き払って、おおよそのところを通訳する。やっと主張が通りそうだと思ったとき、三百ドル払えと言った最初の税関吏が来てボスのそばにぴったり張りつき、額をまけないよう説得にかかる。

それで私は苛立ち、ボスの目を睨みつけながら繰り返す。

「一ドルだってだめだ、あなたがたには一ドルだって払いませんからね。それがいやなら、カメラをパリに送り返してください」

そして、モルテザーに言う。

「もう一段上の階級にのぼらないといけないな。ボスのボスに会いたいと言ってくれ」

わが友の話し方は彼の運転の仕方のようだ。落ち着いて、控え目で、威厳を失わず、ほとんどもったいぶっているといってていいほどである。彼のやり方が効を奏し、別の建物に案内されるまで十五分しかかからない。

その部屋はエアコンが効いていてありがたい。ボスのボスは、小さないたずらっぽい目をした穏やかな太った男である。モルテザーが冷静に状況を要約する。

「君の友達かい？」

「そうです」と彼はためらわずに言う。

ボスのボスは、茶を一杯どうかと言う。彼の目は面白がっていることを示し、私の返事を待たずに、コップをふたつ私たちの前に置き、茶を注ぐ。そして、大事なことは別にあるかのような調子で言う。

「三千リヤール。わたしどももいくらか費用が要ります。これでいいですか？」

三千リヤール、三フランだ。私たちは茶を飲みながら打ち解けて話し合い、そのようすを見たら、再会を果たした幸福な親友たちのように見えたにちがいない。

それからさらに手続きに一時間以上かかった。三千リヤールを払いに行かされたところはえらく遠く、しかも書類が一枚足りない。もう一度来なくてはいけなくなる。それから、何千もの荷物が山と積まれただだっぴろい建物のあちこちに置いてある、数え切れないほどの書類をそろえる。そして、何枚もの申告用紙の記入を終えると、それはハンコを押され、サインされ、用紙の山に重ねられる。チャドルをまとい、気品のある、すんなりとした手をした年取った女が、ついに切り取り式台帳に控えが残るようにしてある最後の書類を出してきて、私はそれにサインすればいい。ところが、なんたること、その書類は違っていて、ほかの荷物のものだったことがわかる。私の書類を見つけ出すのにものすごい時間がかかる。サイン。やっと終った。

しかし、この「失われた」日々が、いまや私の予定に重くのしかかる。トルクメニスタン国境に言われたとおりの時期に着こうと思えば、もう出発すべき時である。「一日短くても、一日長くてもだめですからね」。親切な領事の言葉が、脅し文句のように頭のなかをこだまする。キャラヴァン・サフラーの若い女性たちに打ち明けると、こう提案される。

「ガイドを雇って、車でダシュテ・キャヴィールを訪れてはいかがですか？　いまはものすごい暑さですから、あそこを歩くのは死にに行くようなものですよ。でも、あのへんはすばらしいところです。ガイドがテヘランに連れ戻してくれますよ……」

「だめです、その旅行中に少しでも問題が起きたら、期限を守れなくなってしまう」

「それなら、途中で降ろしてもらえばいいでしょう、セムナーンかダームガーンのあたりで……」

板ばさみになってしまった。私の行程を二百キロ省略してまで、憧れの砂漠を見に行って自分を喜ばすべきか？　歩きのアヤトラたるこの私が車に乗る？　だめだ！　だが、よくよく考えると、問題となる部分の道路は高速道路のようなもので、地理的にも歴史的にも面白味はない。この都市の巨大さからすると、首都圏を抜け出すまでに一日、いやそれどころか二日も排気ガスの悪臭のなかを歩かねばならないだろう。一方、エスファハーン街道にあるすばらしいキャラバンサライのことや、二千五百平方キロに及ぶ乾湖で、世界でも有数の露天掘り採塩場であるナマク湖のことは話に聞いてきた。

ビザはある、カメラもある、エヴニーもある。いま解決しなければならない最後の問題は、贅沢な問題だ。どちらか選ばないと……。

砂漠　7

ガイドと車

その日の午後にアクバルに会った。私のガイドは五十がらみ、控え目で、無口といっていいくらいの男で、冬の楢《なら》の木のように肉が落ち、がっしりした体つき、目には思いやりと誠実さがうかがわれる。翌朝、日が昇りかけたころ、私たちはすでにテヘランの南にある聖都ゴムに向かって走っている。彼の「ペイカーン」はイギリスの技術をもとにイランで組み立てられた頑丈な乗用車だが、屋根の上のエヴニーのせいで、スクラップを集めて帰る屑鉄屋の車のように見える。昨日の午後、テヘランでは四十六度だった。これから行くところは、さらにずっと暑い。アクバルはこの地域に詳しいが、彼がいちばん詳しいのは山である。おそらくイランには、彼ほど数多くの山頂をきわめた者はいないだろう。二十年ほど前、彼はアンナプルナ登頂をめざして登山隊を組織した。彼はそのときのことを苦い思いで振り返る。資金不足のために、彼と仲間たちはポーターを雇うことができなかったのだ。それでポーターなしで登ったが、肉体の酷使と高度のために疲労困憊《こんぱい》し、登頂断念を決意することになった。洞穴学にも情熱を燃やすアクバルは、彼がアルボルズ山脈で発見した一連の洞穴について論文を書いたばかりである。私たちは行程を決めてある。ダシュテ・キャヴィールのへりに沿って南下した後、北に向かって砂漠を縦断するのである。

最初の宿泊地は、陶器と絨毯で有名なカーシャーンの町である。(ペルシャ語ではそもそもタイルのことを「カーシー」という）。この町にあるタッペ・シアルクは、六千年前に人間が住みついた土造りの砦のようなところだ。この一帯は繁栄し、ファラオ時代のエジプトに小麦を供給していた。形のはっきりしない盛土と化したこの建造物は、学術的な発掘を行なっていたフランス人研究者たちがイスラム革命で追い出されてしまったところでもあるが、私はそこで小さな土器のかけらを拾った。二世紀前、十世紀前、それとも二十世紀前のもの？　ほかの数多くの発掘物のように、ルーヴルやテヘランの博物館で陳列してもらえるようなものだろうか？　数キロ行き、オアシス全体をうるおすフィーンの湧水のおかげでつくることのできた「王の庭園」の大木の葉陰で茶を飲む。アッバース一世の時代に造営されたこの庭園はすばらしい。陶の器のなかで水がさらさらと音を立て、それが木の葉の繁みに囲まれたコバルトブルーのタイルの上を流れてゆく。この地上の楽園で、十九世紀、ペルシャ社会を近代化しようとした高名な改革派の宰相ミールザー・タギー・ハーン〔アミール・キャビール〕が処刑された。どうやら、芸術と詩人なしではやってゆけないこの国――それが西洋の作家たちを魅了したのであり、その例としていま頭に浮ぶのは、ゴビノー、ジャーヌ・デューラフォワ、グレアム・グリーン、ピーター・フレミングだが、さらにたくさんの名前を挙げることができよう――では、流血によってしか物事は動かないようである。

たとえば、ナーセロッディーン・シャーを見るとよい。この寛大な心を持った君主は、十二歳の息子が兄をねたんでいるところを見せたというので、その目をくりぬくことを命じた……。たしかに、その決心がぐらつき、恩赦を与えたのも事実だが……。この国民の曖昧さと二重性のすべてがここにある。彼らは一日のほとんどを庭園で薔薇の香りをかぎ、その香りを比べ合って過すのだが、夜明けには自分の家族の半分を殺してしまう。

野宿とサソリ

たどり着いた小さな町は死んだような町だ。私は火と燃える太陽の洗礼を受ける。気温はゆうに五十度を超えている。十八時、通りは活気を取り戻す。最初に開いた店でクーフィーヤを買う。これは目の粗い四角い木綿の布で、よく水を吸うから、日陰にいても流れ出る汗を拭うのに使うつもりである。私たちはガナートを掘る二人の「モガンニー」とおしゃべりをする。この危険な職業は、ヤズド地方出身の男たちの専売特許である。毎日、トンネルのなかで腹這いになり、平均二メートルの地下道を掘り進む。三百メートルごとに、ガナートの通風と土の排出に使う竪穴《たてあな》を掘る。山のふもとから水を引くガナートは、平均して四、五キロの長さになる。なかには四十キロに達するのもあり、何世代もの辛い仕事が必要だった。

夕食とキャンプのために公園に陣取る。コンクリートを大きく円形に固めたところがあり、その上で家族連れが野外での夜の食事を楽しみに来ている。星のまたたく闇のなか、女たちの黒いチャドルや子供たちの色物の服のあいだで、男たちの白いシャツがランプの光に浮び上がる。例によって、人々は引越なみの荷物を持ってきている。ゆらめく炎の上で肉が焼け、サモワールの

1989年11月創立　1990年4月創刊

一九九五年二月二七日第三種郵便物認可　二〇一六年六月一五日発行（毎月一回一五日発行）

月刊
機

2016
6
No. 291

発行所　株式会社 藤原書店©
〒一六二-〇〇四一　東京都新宿区早稲田鶴巻町五二三
電話　〇三・五二七二・〇三〇一（代）
FAX　〇三・五二七二・〇四五〇
◎本冊子表示の価格は消費税抜きの価格です。

編集兼発行人
藤原良雄
頒価 100円

四〇年に亘る研究の集大成。大転換の書、世界に先駆け完訳！

「家族システムの起源は、核家族である」

――エマニュエル・トッド『家族システムの起源』発刊――

石崎晴己

エマニュエル・トッド氏（1951-　）

E・トッド氏による四〇年に及ぶ家族構造研究の成果と、二〇年以上もの資料調査の結果をまとめた『家族システムの起源』第I巻がいよいよ世界に先がけて邦訳刊行となる。第I巻はユーラシア地域（メソポタミア・古代エジプトまで遡り、中国、日本、インド、東南アジア、ヨーロッパ、中東の各地域）を、第II巻は原書未刊行だが南北アメリカ、アフリカ、オセアニアを扱う。これまでの方法を大転換させて、原初的な家族類型は核家族であることを突き止めた、人類学者としてのE・トッドの集大成。　**編集部**

● 六月号目次 ●

集大成かつ大転換の書

エマニュエル・トッドの畢生の大作『家族システムの起源』は、近年、フランスや世界のアクチュアリティに関する地政学的な発言で名声を広めているトッドが久しぶりに世に問うた、本来のディシプリン（専門分野）たる家族システム研究の大著であり、四〇年にわたる人類学者としての研究活動の集大成であると同時に、実はそれまで世に知られていた己の体系を根底的に揺るがす大転換の書でもある。

周知の通り、トッドのディシプリンは、家族システムの研究（世界各地の家族システムを定義し、その地理的分布を確定する）であるが、それは同時に、家族システムと心性、さらにはイデオロギーとの関連の研究という側面も含んでいる。例えば『新ヨーロッパ大全』（一九九〇）では、絶対核家族、平等主義核家族、直系家族、共同体家族という、ヨーロッパの主要な四つの家族類型が、それが生み出す自由、平等、権威、不平等という四つの価値の組み合わせによって定義され、その上で、過去五〇〇年の近現代に登場した政治的動向とイデオロギーが、それらの価値の組み合わせによって解読される。例えば、自由と平等を標榜するフランス大革命は、パリ盆地の平等主義核家族が孕む自由と平等という価値の政治的現実化であり、権威と平等という価値に立脚する共産主義イデオロギーは、権威と平等という価値を生み出す共同体家族の政治的具現化に他ならない、等々。

こうしてトッドは、ヨーロッパ近現代史を縦横に解釈していったわけだが、その際、説明要因としての家族システムは、不動のものとして設定されていた。つまり、家族システムの共時態の土台の上に、近現代史という通時態が展開するというのが、『新ヨーロッパ大全』の基本的結構だったのである。この共時態の設定は、同時にまた、五〇〇年前、一六世紀初頭の宗教改革の直前、より具体的には西暦一五〇〇年には、ヨーロッパ各地域の家族システムは現在と同じものになってい た、という付随的仮説を必要とした。トッドは、それ以前における家族システムの変化を否定しないが、「紀元前六世紀（エトルリア文明の絶頂期）から一四九二年（スペインのレコンキスタの終了）までの間のいずれかの時点で」家族システムは安定化を見た、と述べている。

家族システムの起源は核家族

要するに、家族システムは安定的で不変である、というのが、これまでのトッ

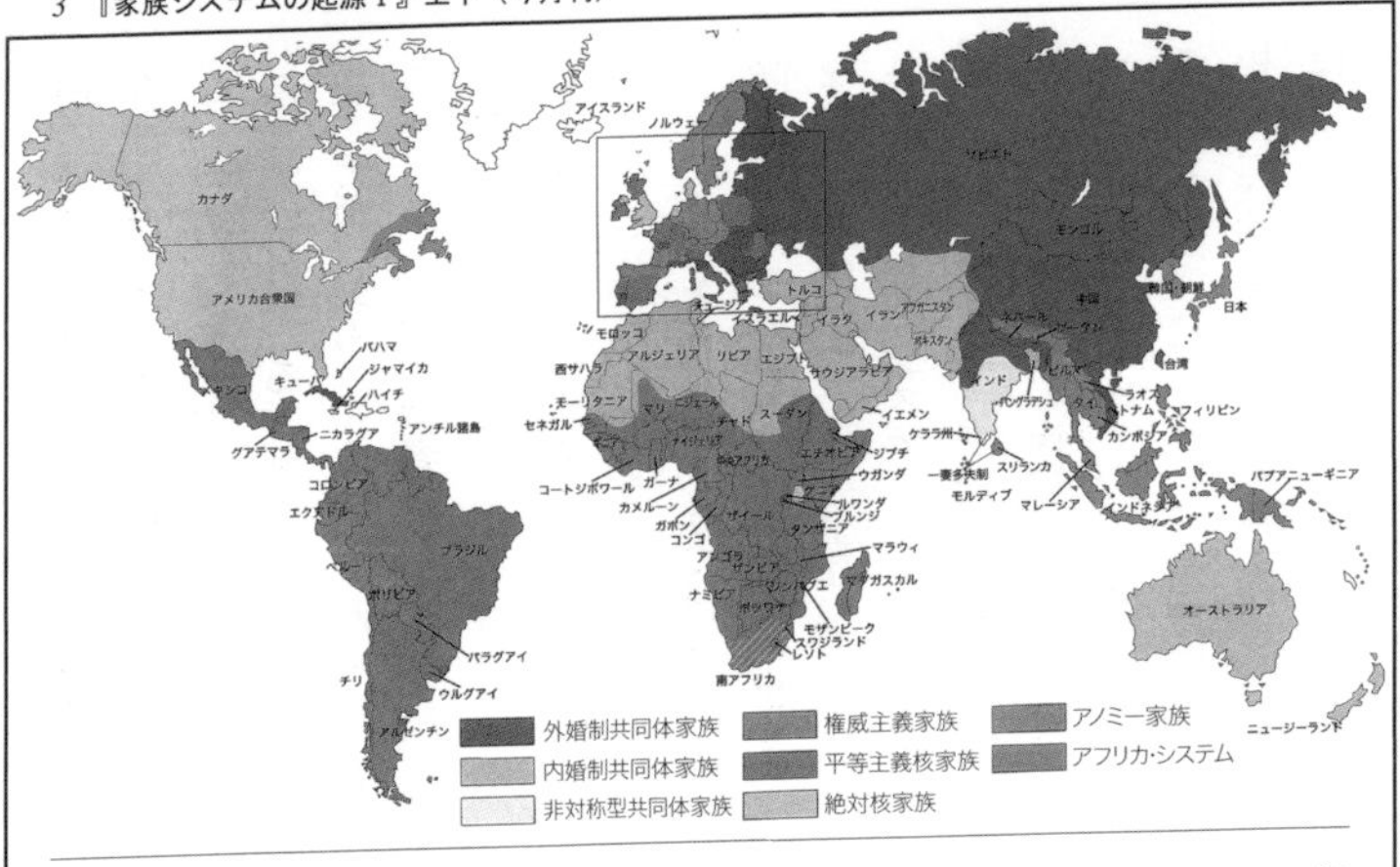

ドの人類学の基本的立場であった。しかし、人類の歴史が閲《けみ》した長い時間の経過を思うなら、少なくとも「安定化」以前に想定される変動について、いつまでも判断停止を続けられるものではない。人類史、少なくとも現在の人類学＝民族学の資料が可能にしてくれる限りでの人間の歴史を通しての家族システムの変遷を探究することは、人類学者たるものの責務ではないか。これが、トッドを「家族システムの起源」を求める新たな研究の道へと駆り立てることになったわけだが、その直接的きっかけは、実はよく知られている。

リセの頃からの親友である中国語研究の泰斗、ローラン・サガールは、『第三惑星』（一九八三、邦訳では『世界の多様性』に所収）の「家族類型の分布図（世界）」（上図）を眺めると、言下に喝破した。その地図上のユーラシアの大部分は、「外婚制共同体家族」を示す赤い色で塗られていたが、このような分布の形状は「ユーラシアのどこかで共同体家族への転換が起き、それが周囲へ広がっていったことを」明白に示している、と。これに触発されて、トッドは直ちに、サガールと共著で論文「共同体家族システムの起源についての一仮説」（一九九二、邦訳は拙編『世界像革命』に所収）を執筆した。すなわち、ユーラシアの中心部の広大な空間を占める共同体家族は、のちに現れた革新に他ならず、周縁部に残る直系家族や核家族はより古い形態である、と主張したのである。ここからトッドの新たな探究がスタートしたわけだが、そうなると当然、直系家族、もしくは核家族が、「家族システムの起源」により近いアルカイックな形態ないし類型であることは、理の当然であり、共同体家族が家族的複合性（夫婦という家族構造の最小単位を複数含むこと）の極致であることを踏まえるなら、その対極たる単純性の極致たる核家族こそが、最もアルカイックなものであろう、とする推定は容易に生まれるのではないか。果たして本書におけるトッドの結論は、まさにそれである。

ただし、今日イングランドやフランスで目にするような核家族ではない。危険に満ちたこの世界で、夫婦と子供からなる単純な核家族には、生存の余地はない。幅広い親族システムの中に組み込まれ、それに保護されている核家族であり、往々にして、親族の複数の核家族が柵をめぐらせた「囲い地」の中に集住して生活し、各核家族は、互いに緊密に協力し相互に扶助しながら、基本的な生活要素は己の責任で自由に行う、といった柔軟な形が想定される。「純粋」な核家族は、そうした親族の扶助機能が、地域社会や、最高審級的には国家によって保証されるようになる中で、初めて登場し得るのである。

核家族が、最も古い形態であるとするこの命題は、果たして世界の、少なくともヨーロッパの人類学界に衝撃を与えた。というのも、大家族（例えば家父長に支配される）が最も古い形態であり、近代が進行する中で核家族が生まれて来た、というのがヨーロッパの常識だったからである。トッドの立論は、その既成観念を引っくり返したことになる。一方で、核家族は、近代性の具現にして極致であるとの自負が、当の核家族の担い手たるイングランド人やフランス人にはあったが、それが最も「原始的」な民族の家族システムと同じであるとなると、彼ら「近代人」の優秀性の自負は地に落ちてしまうではないか。トッドの衝撃は、広く一般市民にまで及ぶことになる。

従来の家族類型の大転換

トッドは、本書においては、従来の類型体系（『第三惑星』では、類型の名に値しない「アフリカ・システム」を除いて七つの類型）を一変し、夫婦という最小単位がどの方向に所属するかを示す「父方居住」、「母方居住」、「双処居住」の三つの概念を組み込んだ一五類型からなる類型体系を提唱し、家族類型の進化・変遷、さらにその伝播のメカニズムをも解明しようとする。その意味で、不変のシステムの作動振りを解明しようとする、大まかに言うなら「構造主義」的と言えるアプローチから、進化・伝播主義的アプローチにトッドは大転換を果たした、ということになる。果たして本書には、**レヴィ＝ストロースへの批判**が、一つの主調低音として流れているが、それについては本書解説で詳論することにしたい。

本書は実は、全世界を網羅する大著の第I巻にすぎない。この第I巻はユーラシアを扱い、サハラ以南のアフリカ、オセアニア、南北アメリカを扱う第II巻が予定されている。ただし、それはまだ執筆されていない。この第I巻は、中国とシベリア、日本、インド、東南アジア、ヨーロッパ、中東について、現況の記述と歴史的分析とを順次行なっていくが、もちろん歴史的には、古代メソポタミアやエジプト、インド、中国における文明の発祥から分析と解釈を始めており、まさに**トッドによる人類史・世界史**と言うべきものとなっている。その中で、他の地理的単位に伍して、日本に一章が割かれているのも、特筆すべきことであろう。「日本語版への序文」でトッド自身が語っているように、日本の家族システム研究史の充実がその一つの理由であるが、『トッド　自身を語る』（拙編、二〇一五）の「日本の読者へ」で彼自身が述べているように、彼において日本への参照が特別の重要性を帯びていることの、予兆のようなものをそこに読み取ることもできるのである。

（いしざき・はるみ／フランス文学・思想）

▲石崎晴己氏（1940-　）

家族システムの起源 I ユーラシア 上 下

E・トッド

石崎晴己監訳

片桐友紀子・中野茂・東松秀雄・北垣潔訳

日本語版への序文
序説　人類の分裂から統一へ、もしくは核家族の謎
第1章　類型体系を求めて
第2章　概観――ユーラシアにおける双処居住、父方居住、母方居住
第3章　中国とその周縁部――中央アジアおよび北アジア
第4章　日本
第5章　インド亜大陸
第6章　東南アジア
第7章　ヨーロッパ――序論
――以上　上巻
第8章　父系制ヨーロッパ
第9章　中央および西ヨーロッパ――1　記述
第10章　中央および西ヨーロッパ――2　歴史的解釈
第11章　中東　近年
第12章　中東　古代――メソポタミアとエジプト
訳者解説／参考文献／地名・人名索引　他
――以上　下巻

A5上製
上　四二四頁　四二〇〇円
下　五三六頁　四八〇〇円

大好評を博し、隣国中国でも刮目されている歴史家の『岡田英弘著作集』（全八巻）、遂に完結！

「完結」に際して思うこと

岡田英弘

前代未聞の学会報告集

私の著作集もついに最終巻にたどりついた。三度の大病を乗り越え、満八十五歳を迎え著作集の完結まで見届けることができて、心底嬉しく思う。生涯にわたる著述のほとんどすべてがまとまってふたたび世に出るだけでなく、それを自分で読むことができるとは、なんと幸せな学者人生だろう。

正直に言うと、二〇一三年六月に私の著作集第1巻『歴史とは何か』が刊行されたときには、最終巻の第8巻『世界的ユーラシア研究の六十年』は刊行されないのではないかと思っていた。なぜなら、国内外の学会参加報告や専門分野の学界動向や日本人になじみのない外国人学者の紹介文は、とても商業出版の採算には合わないだろうし、編集作業が終わらないうちに私の寿命が尽きて、計画は頓挫するに違いない、と考えたからである。

ところが、私の予想に反して、前代未聞の学会報告集が無事に刊行されることになった。英断を下した藤原良雄社長と、耳慣れない外国人の名前や専門用語に悪戦苦闘してくれた優秀な編集者諸君には衷心よりの謝意を表したい。

三年前に始まった本著作集の予告や広告で、題名がすべて『世界的ユーラシア研究の五十年』になっていたのは、第8巻の白眉と言える常設国際アルタイ学会（Permanent International Altaistic Conference、ＰＩＡＣ）に初めて参加したのが一九六四年だったので、そこから数えておよそ五十年と考えたせいである。国際学会に参加して報告を書くようになってからは五十年だが、朝鮮や満洲やモンゴル研究に従事し、最初の論考を世に問うたのは、優に六十年以上経た昔だったことを思い出した次第である。思えば遙けくも来つるものかは、という感慨がわく。

常設国際アルタイ学会（ＰＩＡＣ）

第1巻で述べたように、私は一九五〇年、旧制最後の学生として東京大学東洋史学科に入学し、朝鮮史で卒論を書いた。就職先はないから、誘われた満洲語講読会で、アルバイトをしながら清朝初期の満洲語文献の日本語訳注をして、二十六歳で学士院賞を受賞した。それでも職はないから、フルブライト奨学金を得てアメリカ合衆国シアトル市のワシントン大学に留学し、ソ連から亡命した著名なモンゴル学者ニコラス・ポッペからモンゴル語を学び、中国から亡命したダライ・ラマ十四世の長兄ノルブと親友になってチベット学も学んだ。帰国してもなお半失業状態なので、今度は西ドイツに留学してボン大学のヴァルター・ハイシヒに師事し、モンゴル年代記研究を続けた。

私が初めてＰＩＡＣに参加したのは、このボン大学滞在中である。この学会は、オーストリア生まれで第二次世界大戦中に南モンゴルで調査研究をしたハイシヒの創設になる。一九五七年、ソ連でフルシチョフ党第一書記が東西平和共存を呼びかけ、デタント（雪融け）が始まった。その機運に乗じて当時大部分が共産圏に属した中央ユーラシア研究の分野において、緊張緩和に貢献しようと、一九五八年、当時西ドイツだったミュンヘンで第一回会議が開催され、初代書記長には学会を提唱したハイシヒ自身が選ばれた。

アルタイ学会という名称は、トルコ諸語、モンゴル語、満洲・トゥングース語など、中央ユーラシア草原の真ん中にあるアルタイ山脈の東西に広がる言語をアルタイ語族と総称することから来ている。言語学だけでなく、これらの言語を母語とする人々の文化や歴史の研究も含めてアルタイ学と呼ぶのである。

常設は英語のパーマネントの訳である。国際学会は一度限りのものが多いのに対して、ＰＩＡＣは事務局が常設され、このあと毎年、中央ユーラシアの歴史・言語・文化研究に従事する世界各地の学者たちが、所属する大学や組織からほんのわずかな援助を得て、経費節約のため学

▲岡田英弘氏（1931-　）

歴史学者。シナ史、モンゴル史、満洲史、日本古代史と幅広く研究し、全く独自に「世界史」を打ち立てる。東京外国語大学名誉教授。1953年、東京大学文学部東洋史学科卒業。1957年、『満文老檔』の共同研究により、史上最年少の26歳で日本学士院賞を受賞。アメリカ、西ドイツに留学後、ワシントン大学客員教授、東京外国語大学アジア・アフリカ言語文化研究所教授を歴任。

年が終わって学生が退去した寮や、宿泊費の安い修道院などを会場として、毎年夏に持ち回りで開催してきた。

ＰＩＡＣ書記長の役は、デニス・サイナーが一九六〇年にハイシヒから引き継ぎ、五年ごとの書記長選挙に再選され続けて、二〇〇七年の五十回会議までこの任にあった。サイナーは、戦前ハンガリー領だったトランシルヴァニアに生まれ、ブダペシュト大学でモンゴル語・トルコ学・中央アジア史を学んだあと、ドイツとフランスに留学し、戦後、三十二歳で英国ケンブリッジ大学東洋学部アルタイ学講師に招かれて教鞭を執った。一九六二年に米国インディアナ大学に招聘されてウラル・アルタイ学科を創設し、この地をアメリカの中央ユーラシア研究の中心とした。それでＰＩＡＣ事務局は、半世紀の間インディアナ大学に置かれたのである。

これら、私のユーラシア研究にとって甚大なる恩のある三名の師、ポッペ、ハイシヒ、サイナーの伝記も、第8巻第Ⅴ部に収録してある。

ＰＩＡＣの目的は、設立の趣旨からもわかるように、世界各国の研究者が自由に参加し情報交換を行なうことにあった。毎年の会議でもっとも重要な行事は、参加者全員が出席を義務づけられている「コンフェッション（Confessions 告解）」で、この場では誰もが出身国や年齢や地位にかかわりなく平等に、自己紹介と最近の業績について報告できる。サイナーは、学会が政治に利用されることのないよう、東にも西にも偏らない、純粋に学問的な会議になるように、つねに細心の注意を払っていた。

学閥や長幼の序を重んじる日本の学会とはまったく異なるＰＩＡＣの雰囲気がたいへん気に入った私は、できるだけこの会議に参加しようと考え、また、なるべく多くの日本人学者に、海外の研究事情はもちろんのこと、国際学会とは学者仲間の社交場であるということを伝えたいと、参加した会議については必ず報告を書いてきたのである。

ＰＩＡＣ第三十八回会議を日本に招聘するにあたって私がもっとも心を砕いたのが、欧米で毎年開催されているのと同じような、格式張らない会議にしたいということだった。それで、あえて日本の学術団体の後援や公的資金の援助を求めず、学会開催準備は、私と妻の宮脇淳子の二人だけで行なった。一九九五年に川崎での開催を成功させた顚末については、ぜひ第8巻で読んでいただきたい。

野尻湖クリルタイ

わが日本にも、ＰＩＡＣに影響を受けて始まった学会がある。それが野尻湖クリルタイ（クリルタイとは、大集会という意味のトルコ語／モンゴル語）で、私は初期の十四回分の報告を書いているが、一九六四年に始まって以来、毎年夏に欠かさず開催され、二〇一六年には第五十三回を迎える。ＰＩＡＣ同様、旅館に泊まり込み、教授から学生まで長幼の序を無視した五十音順に、自己紹介と最近の業績を皆の前で告白し懺悔する「コンフェッション」が売り物である。

要介護になった私は、もはやＰＩＡＣにも野尻湖クリルタイにも参加できないが、六十年を超す私の経験をこのような書物の形で伝えることができて満足である。私の意志を若い学者たちが継承し、日本の学問を発展させて世界に寄与し続けるだろうことを信じて疑わない。

著作集の第１巻はすでに三刷になり、第２巻、第３巻、第４巻も二刷になった。しかも、著作集全八巻に対しても、中国北京の出版社から翻訳権入手の要望が入り、藤原書店と正式な契約書が交わされた。

じつは著作集の刊行が始まって以来、同じ題名の新書や文庫が増刷された上、『世界史の誕生』は台湾版新版と大陸版が刊行され、学術論文集『モンゴル帝国から大清帝国へ』（藤原書店）もまもなく台湾から漢語訳が出版される。『日本史の誕生』と『倭国』も中国大陸で漢語訳が刊行されることが決まった。中国人が将来、私の学説に影響を受けるだろうと考えると、たいへん愉快である。

（おかだ・ひでひろ／歴史学者）

沖縄守備軍司令部の直属隊として、沖縄戦に出陣を強いられた鉄血勤皇師範隊。生存者の壮絶な手記。

沖縄健児隊の最後

大田昌秀

鉄血勤皇隊の結成――司令部の直属隊として

一九四五（昭和二十）年三月三十一日、沖縄師範学校男子部の教官と生徒は、沖縄守備軍司令部の命令によって全員、留魂壕の前面広場に集合させられました。そのとき、私は、同校の本科一年の課程を終えたばかりでした。

留魂壕というのは、師範隊の独自の壕で、旧首里王城の物見台あたりの地下をヨの字型に掘り抜いてつくられ、同じく首里城地下に構築された沖縄守備軍司令部の壕からは、二、三〇〇メートルの距離にありました。安政の大獄で獄死した吉田松陰が、死を前にして「身はたとひ武蔵の野辺に朽ちぬとも留め置かまし大和魂」と書き留めた『留魂録』にちなんで命名されたのでした。

ほどなくして私たちの前に姿を現わしたのは、第三二軍野戦築城隊の隊長、駒場鎌少佐でした。彼は、腰に吊った軍刀を片手で押さえながら隊列の前方中央部へつかつかと歩みよると、直立不動の姿勢をとり、よく透る声で言いわたしました。

「みんなよく聞け。沖縄師範学校の職員・生徒は、本日ただいまより第三二軍司令官の命令により、全員、鉄血勤皇隊として軍に徴された。いまや敵のわが沖縄への上陸は、必至である。諸子は、全力をあげて軍に協力し、一日も早く醜敵を撃滅して、『気を付け！』畏れ多くも天皇陛下の宸襟《しんきん》を安んじ奉るよう、この場で決意を固めねばならぬ。

諸子の郷土を防衛する責任は、諸君一人びとりの双肩にかかっている。諸子は、すべてをなげうって皇土防衛の任に殉ずる覚悟をきめなければならない。なお、各自の任務その他、細かいことについては、隊編成がすんだ後、各指揮官をとおして指示する。おわり！」

井口一正配属将校の「頭中《かしらなか》ッ」の号令を聞いた瞬間、私は、恐怖とも興奮ともつかぬ戦慄が体を突き抜けるのを感じました。

こうして沖縄守備軍司令部から派遣された一将校の簡潔な命令によって、沖縄師範学校男子部の教官二十数人と三八六人の生徒たちの運命は、決まってしまったのです。鉄血勤皇師範隊は、沖縄守備軍司令部の直属隊として、沖縄戦の最初から最後まで、同司令部と戦闘をともにする羽目になりました。

十代で戦場に駆り出された私たち

「健児隊」は、鉄血勤皇師範隊の別名です。一九五三年、私が大学三年の時、私は沖縄戦を体験して生き残った学友たちの何人かの体験談を『沖縄健児隊』という本にまとめて公刊しました。すると松竹がこれを映画化して広く一般国民に知らせてくれました。あれから六〇年余の歳月が過ぎましたが、私たち十代で戦場に駆り出された者にとって、今だかつて一日たりともあのおぞましい戦争体験を忘れることはできません。

▲沖縄師範学校の制服を着た大田昌秀（右）

太平洋戦争さいごの一大決戦の沖縄戦のとき、沖縄県下には十二の男子中等学校と十の女学校がありました。これらすべての学校の十代の生徒たちが法的根拠もないままに戦場に駆り出され、多くの犠牲者が出ました。**男子生徒たちは、一七八七人以上が軍に動員され、九二一人以上が戦死。女子生徒は七三五人中、二九六人が犠牲になっています。**

そもそも十代の若者を戦場に出すには、先ず国会でそれなりの法律を制定してやるべきはずですが、沖縄戦のときは、それがなされないまま強行されました。同種の国民義勇兵役法が制定されたのは、沖縄戦で守備軍司令官の牛島満中将と長勇参謀長が自決した昭和二十年六月二十二日の翌二十三日のことです。この法律によって男性は十五歳から六十歳、女性は十七歳から四十歳までを戦闘員として初めて戦場に出せるようになったのです。

つまり一たび戦争ともなれば、このように超法規的なことがまかり通るので、絶対に戦争は避けねばなりません。戦争世代の私たちは、生きているかぎりそのことを後世の若人たちに強く訴えて止みません。

（構成・編集部）

（おおた・まさひで／元沖縄県知事）

イスタンブール〜西安、シルクロード一万二千キロ全行程を徒歩で！

サマルカンドへ

――『ロング・マルシュ　長く歩く』II――

渡辺　純

歩く人

ロダンは「歩く人」を作り、ジャコメッティも「歩く人」を作った。ロダンのは、大地を踏みしめ一歩一歩前に進む力強い肉体。ジャコメッティのは、とことん肉を削ぎ落しながら、存在を否定する力に抗するかのように歩くのをやめない姿。どちらの像も「人」という字に似ているのは偶然ではない。二足歩行を始めて、人は人となった。歩くことによって人は人に立ち帰り、苦難に立ち向かうことができる。『ロング・マルシュ』の著者ベルナール・オリヴィエが、歩くことを忘れてしまった現代のわれわれに教えてくれるのはそういうことだ。

救い

オリヴィエは歩くことで救われた人である。妻の死を十年かかっても受け入れられず、退職して孤独な年金生活に入るや、いよいよ虚無の深淵を覗き込んだ。自殺？　できなかった。ええ、ままよ、信仰はなかったものの、リュックを背負ってパリを逃げ出し、スペイン西端の聖地サンティアゴ・デ・コンポステラに至る二千三百キロの巡礼の道を歩き始めた。不思議なことに、歩きに歩くうちに肉体は甦り、生きる意欲が戻ってきた。将来やるべきことがはっきりと見えてきた。ひとつは、非行少年を長い道を歩くことを通して立ち直らせる活動。もうひとつ、イスタンブルから西安までの一万二千キロのシルクロードを四つに分け、四年をかけて独りで歩きとおす。

旅と本の成り立ち

六十一歳（一九九九年）の五月、一年目の旅に出発。トルコを横断し、イランに入る直前、病に倒れ、道半ばで帰国を余儀なくされた。この旅の記録が『ロング・マルシュ　長く歩く――アナトリア横断』（藤原書店、二〇一三年）である。翌年五月、前年に意識を失って倒れた地点から旅を再開し、イランを横断してトルクメニスタンの砂漠を歩き、ウズベキスタンに入って、少年時代から憧れていた「青の都」サマルカンドまで歩いた。この旅を綴ったのが今月刊行の第二巻『サマルカンドへ』である。

以後の二年も歩き続け、二〇〇二年七月に最終目的地の西安に到着した。この二年分の旅は一冊にまとめられ、第三巻『ステップの風』として出版された。

これで『ロング・マルシュ』は完結したはずだったが、実はつい先月、第三巻の出版から十三年の時を置いて、第四巻『ロング・マルシュ　完結編』が刊行されてしまったのだ。この意外な展開には現在七十八歳のオリヴィエの「老いらくの恋」が関係しているらしいのだが、詳しいことは『サマルカンドへ』の訳者あとがきに書いたので、そちらを読んでいただきたい。

トルクメニスタンの人びとと筆者（中央）

道の出会い

『ロング・マルシュ』には道々出会った愉快な人たちがたくさん出てくる。たとえば、イラン東端の道で出会った「旗持君」。大きなリュックに緑色の旗を差し、太った体を揺らしながら千キロも離れた故郷に歩いて帰るという彼は、あれからどうしているだろうか。歌をうたい合った「百歳じいさん」はもう死んだろうなあ……まるで自分の友達であるかのように、訳者は時折思い出すのである。

『梁塵秘抄』には「足の裏なる歩き神」という神様が出てくる。『ロング・マルシュ』に出会った人は、目を覚ましたこの神様に足裏をくすぐられて、ついつい歩き出してしまうことだろう。

（わたなべ・じゅん／校正業）

『ひとりヴァイオリンをめぐるフーガ』著者の来日公演報告

一音一生――パパヴラミさんとの出会い

内田純一

建築と音楽の出会い

建築は凍れる音楽と言われている。そしてまた音楽は流れる建築だとも言う。薬師寺を再建した棟梁西岡常一は若い頃、祖父から「水鏡の塔」と称えられた東塔が大池の水面にゆらぐ姿をよく見とけと云われ、その凍れる音楽が奏でる韻律を心と技を磨く糧としてきたと回想している。建築と音楽が人のこころにふかく溶け込み、魂のなかで生きて繋がっている……。このような出会いは専門に徹すればする程いつのまにか、人生から遠のくのが常なのかも知れない。

アルバニア生れのテディ・パパヴラミ著『ひとりヴァイオリンをめぐるフーガ』出版を記念する一夜で、ソロヴァイオリンの演奏に接したとき、私は尋常ではない胸騒ぎを覚えた。内なる建築と音楽が呼び覚まされたようだった。藤原書店主の藤原さんからお誘いがあるまで氏のことは全く知らなかった。ストラディバリウスのヴァイオリンと奏者が紡ぎ出す響きが拡がり、背後にスピリットが共に居るような印象を受けた。一生に一度しか出会うことが出来ないほどのパパヴラミ氏の演奏をぜひ聴いてみたい、とつよく思った。

ソリテュードの音楽

テディ・パパヴラミ&萩原麻未（ピアノ）共演『震災復興のためのチャリティーリサイタル』の会場「白寿ホール」は、音響の良さが評判だ。パパヴラミさんは黒っぽい動きやすい服装で現れた。藤原書店でお会いしたときも、謙虚でやさしくも内に秘めた強い情熱を感じさせたが、その印象はステージでも変わらなかった。まったく揺るぎない。

公演はバッハの『シャコンヌ』ではじまった。プログラムの全体に「ロマ」＝旅の民への尊厳が感じられた。ラヴェルの『ツィガーヌ』も「ジプシー」を意味すると言われるが、サラサーテ『ツィゴイネルワイゼン』においても同様に、民謡と舞踊の要素が会場に拡がり、緩急を交えた進行と共に多様な色彩に包まれた。どこか日本人の魂の故郷を思わせる響きがこころに染みこむ。震災の地と熱い血で繋がっているからかも知れない。ドビュッシー最後の作品『ヴァイオリンとピアノのためのソナタ第一番』では、印象派的な甘美なムードとはかけ離れ、未来永劫すると表現すれば良いのだろうか、ヴァイオリンが伴奏するピアノと織り成す世界は、力強くそして柔らかい。釘や金物を用いない、古の寺院建築のような構築と彼岸世界への祈りを感じた。

▲テディ・パパヴラミ氏（1971-　）

　私がとりわけ感動を覚えたのは、フォーレの『ソナタ』である。はじめて経験することだが、亡き父・内田義彦と一緒に聴きたいと思った。フォーレの内面に漲るディオニュソス的な霊感が会場を包み、九／八拍子のソナタ形式が美しい二楽章を涙無しには聴いていられなかった。父の文章にも同質の旋律を感じさせたからである。ピアノによる主題と絡み合うヴァイオリンは歌うようでもあり、優しく厳しく美しい。

　『ひとりヴァイオリン……』の「ひとり」はソロ・ヴァイオリンだと思うが、その「ソロ」は孤独や孤高とは別様の、ソリテュード＝「ひとり」が存在する意味を問うている。ひとりひとりが一人であること。パパヴラミさんの音楽には、内田義彦が追い求めた主題が息づいている。このときはじめて、爽やかに確かに、その「ひとり」を感取できたように思った。

　この文章を記しているとき、熊本で大地震が起こった。地震による建築の破壊はおそろしい。日本は地震多発国であり、原発も開発も真っ先にいのちに直結する。ふとその熊本でリサイタルを開けないだろうかと思った。ヴァイオリンの響きが「一音一生」のフーガとなり、一人ひとりの心と自然に染みいる風景を私は想像した。

（うちだ・じゅんいち／建築家）

中内敏夫という人
――逝去を悼んで――

北田耕也

二〇一六年三月二十二日
肺炎のため　畏友・中内敏夫君が亡く
なった
行年・八十五
三月二十五日
遺志に従って　御家族だけで葬儀を済ま
されたと伺っている
その死を知った時　反射的に心に浮かん
だことばがある
「虚心　つくる　とき　なし」
作家・尾崎士郎の没後　縁者・知友に届
けられた箱入りの「湯飲み」だが「グイ
呑み」にも使えそうな二個の茶碗の一つ
に　本人の書いた文字で焼きつけられた
ことばである
他方には「梅花　一時　開」とある
自分はこれを　親交のあったA新聞学芸
部の記者K氏に譲っていただいたのだが
「虚心云々」の方の本義は知らぬまま勝
手に解釈して大切にしてきたが　氏の歿
後は折にふれて　これを「グイ呑み」と
して盃を献じている
作家であれ学者であれ　およそ「物書
き」の心中には「虚点」あるいは「虚
心」とも言うしかない「冥《くら》がり」があっ
て　彼らはその「闇」を見つめその「う
ずき」に促されて　目には見えぬそれぞ
れの「モノ」を書き継ぐのではあるまい
か……
中内君の故郷の先達・中江兆民も　末期
のことばに言う
「吾はこれ虚無海上の一虚舟」
余命「一年半」と告げられた業病に耐え
て『一年有半』を書き　さらに残った命
を傾けて『続一年有半』を書き継いだの
も
その心中の「うずき」の促しに相違ある
まい
中内君がその存在を世に知らしめた若き
日の著作の白眉は『生活綴方成立史研
究』（一九七〇年）であろう

「生活綴方・北方教育運動」の中心的人
物であった国分一太郎は　この九九四頁
に及ぶ大冊を母親の墓前に供え　そして
あのいまわしい戦時中　多くの仲間と共
に獄に投ぜられ「非国民」とののしられ
「国賊」とさげすまれた子の行末を案じ
　世を憚って暮した母御に　こう語りか
けたという
――年若い教育学者が　自分たちのやっ
たことをキチンとまとめてくれた　まち
がったことをしたのではないことを証明
してくれたんだよ　と
国分は述懐の詩に言う

▲中内敏夫氏
（1930–2016）

北に向いし
枝なりき
花咲くことは
おそかりき

自分は中内君に　国分さんの感謝の思い
耳で聞いたその直話を伝えたことがあっ
た　喜ぶかと思ったが……彼は
別に何とも言わなかった
その心はもう内なる自らの「虚心」　次
なるとりくみに向っていたのだろう
その「うずき」は『民衆宗教と教員文化』
等　数かずの異色作を余すところなく収
めた全八巻の『中内敏夫著作集』（藤原書
店）に実を結んでいるが　果して
この結実を以て　彼が心中のおさえ難い
「うずき」は収まったであろうか……
そうではあるまい
そんなことのあろう筈がない　その

虚心　尽くる時無し
――。

（きただ・こうや／社会教育）

リレー連載　近代日本を作った100人　27

勝海舟――近代日本の光と影を背負って

松浦　玲

西郷を最も良く知る

江戸総攻撃阻止談判で勝海舟は、暴走する西郷隆盛を、徳川慶喜大政奉還の線まで押戻した。徳川藩を存続させ、廃藩置県で薩摩や長州と同時に消えるやうに扱はせた。岩倉具視や大久保利通が米欧巡覧の旅に出たとき、留守政府首班の西郷を海舟は助けた。苦況から救ひだしたこともある。

大使岩倉より一足先に副使の大久保が帰国すると、西郷は鹿児島に引くつもりだつた。それを大久保に頼まれて海舟が東京に留まらせた。止めないはうが良かつたのだが、海舟の困つた性格で難題を持ちかけられると悪知恵が出る。大久保一翁に手伝はせて利通の希望を叶へた。これが一八七三年（明治六年）六月、同年十月には征韓論で廟堂大分裂。海舟は征韓論に反対だが、西郷を引止めて、新政策を攻撃する島津久光の矢面に立たせ続け、朝鮮行き願望に追込んだ責任は免れない。短く参議兼海軍卿、久光対策の目途が立つと、一切の職を退いた。

もともと海舟は、徳川政権を西郷に引渡したつもりだつた。下野隠遁させる羽目になつたのは目算違ひである。西南戦争で西郷が出陣すると、自分なら参戦しない知恵があるのにと嘆いた。戦争中は東京から西郷寄りに観望してゐた。

西郷敗死後、海舟は追悼と顕彰に徹した。『亡友帖』を作り留魂碑を立てた。碑の裏には「あゝ君よく我を知れり、而して君を知る亦我に若くは莫し」（前後略・原漢文）と刻んだ。弟従道や共に行かなかつたと悔む吉井友実らを差置いて、自分が大西郷を最も良く知ると断じた。

海舟の西郷追悼は、長子菊次郎の世話に続いて嫡男寅太郎を天皇に逢はせることで一段落した。その過程で宮内大臣を兼ねてゐた伊藤博文と接触する。伊藤が海舟を伯爵に叙し枢密顧問官に任ずるのを断りきれなかつた。伊藤に頼まれて米沢藩上杉家の家臣だつた宮島誠一郎が押しきる。しかし海舟は枢密院に欠席がちで伊藤を困らせた。肥前出身の大隈重信外相の条約改正が難航したときは、進むも引くも薩長一致で遣れと強調した。薩摩好き長州嫌ひだけれども、大西郷亡き後は薩長一致しかないとの立場は、長く動かなかつた。

二つの時代の証言者

　薩摩の海軍大臣樺山資紀に『海軍歴史』編纂を頼まれたときは喜んで承知し木村喜毅ら旧幕臣を集めて手伝はせた。この先例が効いて陸軍省から『陸軍歴史』、大蔵省から『吹塵録』、宮内省から『開国起原』と次々に頼まれ、膨大な記録集が出来上つた。海舟自身は細かい作業が得意ではなく考証技術も甚だ怪しいのだが、誰に手伝はせれば良いのかといふことは克く解つてをり今も役立つ資料集が残つた。旧幕府が何処まで仕事をしたかといふ実績が後世に伝はつた。話や時期が少し違ふが、足尾鉱毒事件のときは、野蛮と言はれる旧幕府だがこんなに百姓を泣かせはしなかつたと対比。その発言が説得力を持つのは海舟なればこそだ。

　第二次伊藤内閣陸奥宗光外相で強行した日清戦争には反対だつた。「隣国交兵日　其軍更名無」、無名の師だ、不義の戦争だと詠んだ。戦後すぐに大蔵大臣を辞した松方正義に好意的で、第二次松方内閣（松隈内閣）には大いに協力した。大隈重信と進歩党（旧改進党）には関心がなく、松方は大西郷の志を継いで後進の政治家を育てよと励ます。しかし大隈に逃げられ松方は内閣を投出した。

　第二次松方内閣崩壊の後、海舟は全く政界に口出ししない。国民新聞を松方内閣の機関紙として生き延びさせていた徳富蘇峰が困り海舟に動いてくれと願つたが応じなかつた。蘇峰と国民新聞は桂太郎首相と組んで日露戦争を戦ふ。それはまう海舟の知らない世界である。海舟は上野に大西郷の像が建つ（一八九八年十二月）のを見届け、その翌年の正月に没した。

（まつうら・れい／歴史学者）

▲勝海舟（1823-99）

江戸に生る。麟太郎義邦。剣術につゞき蘭学を学び長崎海軍伝習を経て咸臨丸で太平洋を往復した。文久2年（1862）軍艦奉行並、将軍や幕府高官を蒸気船で大坂に運ぶ。元治元年（64）神戸海軍操練所創設、軍艦奉行安房守。大坂の宿で西郷隆盛・吉井友実と会見。江戸召還罷免。慶応2（66）再任、厳島で長州代表と停戦交渉。イギリス海軍伝習を担当中の68年、鳥羽・伏見戦争で蹉跌した徳川慶喜の帰府を迎へ陸軍総裁・軍事取扱、西軍の総攻撃を阻止し江戸無血開城。69年安芳。72年海軍大輔。87年伯爵。88年枢密顧問官。晩年の談話『氷川清話』は原編者吉本襄の改竄が甚だしいので講談社「学術文庫版刊行に当って」（拙文・文庫巻頭にあり）参照。

連載 今、世界は（第Ⅲ期）3

ソビエト同盟（連邦）の歴史的役割

田中克彦

フランス革命から約一二〇年をへて生じたロシア革命は、多くの点でフランス革命をモデルにしようとしたけれども、どうしてもそうは行かなかった。まず言語・宗教・文化における、諸民族の多様性であった。言語について言えば、インド＝ヨーロッパ語に属するロシア語、アルメニア語のほか、テュルク、モンゴルなどのアルタイ系、ウラル系、カフカス諸語などというように、一〇〇をこえる言語の巨大な生きた博物館の様相を呈していた。

それにもかかわらず、ボリシェヴィキ党は、マルクス主義の教義をかたくまもり、フランスを模した「単一の中央集権国家」をめざしていた。いわく、「無政府主義のプチ・ブルジョワ的観点からは、原理的に連邦主義が出てくる。マルクスは中央集権論者である」（レーニン『国家と革命』一九一七年）

このような態度をぎりぎりまで維持しつつも、他方では、多民族多言語の負担に悩む、オーストリア社会民主党の民族政策に耳をかたむけ、その研究を怠らなかった。ウィーン亡命中の、三三歳のスターリンが書いた『マルクス主義と民族問題』はその成果であり、そこで与えられた「民族の定義」は後々まで規範的な影響力を与えつづけた。

実現した「ソビエト連邦」の「連邦」は、ロシア語原文ではソユーズ（＝同盟）となっており、「連邦」よりははるかに拘束力の弱いものである。同盟を構成する一五の共和国は、「ソ同盟から自由に脱退する権利を留保する」（ソ同盟憲法第七二条）のみならず、「外国と外交関係を結ぶ権利」すらも保障されていた（第八〇条）。

それが虚構であったことはソ同盟の歴史が明らかにしている。この虚構の条項が遂に現実となったのが、一九九一年のソ同盟の解体であった。この解体は、バルト三国のソ同盟からの「脱退の権利」の合議的な行使によってはじまり、これによって帝政ロシアへの隷属状態から最終的に解放され、ソ同盟の役割はここで完ぺきに実現されたのである。

（たなか・かつひこ／言語学）

■連載・花満径　3

大物と小物

中西　進

『ガリバー旅行記』といえばアイルランドのジョナサン・スウィフトが一七二六年に書いた風刺小説だが、それを元に同名のアメリカ映画が二〇一〇年に、デイヴィス・エンターテインメントで作られた。監督はロブ・レターマン。

もう六年もたつのにまだ見ていなかったのは「何も今さら『ガリバー』を」と思ってしまったからだが、見るに及んで大いに驚き、感心もした。

主人公は同じガリバー。しかしニューヨークの新聞社のメール係をしている気の小さい男。恋人のダーシーから誘われたものだからバミューダ海域の取材に出かけると海流の異変によって小人の王国リリパットに漂着する。

そこで戦争が起こる。巨人の彼は大活躍して一躍英雄となる。

ところが後に、またまた敵国のブレンスキー王国軍が攻めてきて、リリパット王国は滅亡の危機に瀕するが、ガリバーが割って入って、ベトナム戦争時代に流行った反戦歌を歌い、踊る。すると両国の全員が合唱し共に踊り、仲好くなる。

小人の国とは小っぽけな人間の集り、だから争い合うのだ、という次第。当然大人の国とは大物の国で、争いなどしないことになる。

背丈の大小を人物の大小におきかえて戦争を痛烈に風刺するのが、新版の『ガリバー旅行記』であった。

これまたコロンブスの卵で、いわれてみれば何のこともないが、このパロディはまことにみごとで、改めてスウィフトの風刺が三〇〇年近くも生きていることに気付いた。

しかもこのことを日本語で言い直す時「人物」と「物」を添えていう「もの」が含有する本質にも、改めて思い及んだ。

また、ガリバーは生還、元の新聞社に戻るが、同僚の「小っぽけな仕事」ということばに、ひっかかる。「いや、仕事に大小はない。これも大事な仕事だ」と。

日本は原作に唯一、実在の島として登場するが、可もなく不可もない異俗の国である。今度は「大物のいる島」として認められるようにしようではないか。

（なかにし・すすむ／国文学者）

〈連載〉生きているを見つめ、生きるを考える ⑮

菌も身の内、を知るべしです

中村桂子

微生物の話が続いた。眼に見えないので日頃の意識にはなく、興味もわきにくいだろう。しかし、微生物が生物界全体を支えている事実は見逃せない。人間など存在しなくても誰も困らないが（むしろいない方がよいかも）、微生物なしでは死骸の始末もできず、生態系は成立しない。

そこでもう一回、近年注目されている人体の中の多種多様な細菌たちをとりあげる。常在菌と呼ばれ健康を支える重要な存在である。

身もふたもない言い方をするなら、人間の体は口から肛門までつながった管であり、口腔、鼻咽頭、気道、消化管は皮ふと同じく外と接していて、多くの細菌がいる。全部で一〇〇兆個以上と人体の細胞数より多く、重さは一キロ近い。ゲノム解析によって種が同定され、その役割も明らかになってきた。胎児は無菌だが、出産途中に母親から、出産後は家族からも移り、生後三年ほどでその種類がほぼきまる。家族の常在菌は似ている。腸内細菌は、人間の消化酵素が分解できない繊維などの分解、病原菌の侵入防禦、乳酸・短鎖脂肪酸など重要な物質の生産の他、免疫系のバランス維持の役割までしている。

ここから常在菌のありようが健康に影響するであろうことは容易に想像でき、各種疾病との関連の研究が進んでいる。たとえば肥満。食欲を制御するホルモンであるレプチン欠損マウスは極端な肥満になる。その常在菌を同じ母親から誕生した非欠損マウスのものと比べると明確に異なる。そこで肥満マウスの菌をそうでない無菌マウスに移植したところ、速やかに脂肪が蓄積し始めた。他にも糖尿病やアレルギーなど、更には自閉症まで常在菌との関わりが見えてきた。そこで今、糞便移植療法、つまり健康な人の細菌を病人に移す療法が急速に進み、多くの人を助けた「よい提供者」も知られている。

抗生物質の乱用で常在菌に変化が起き、上記の疾病を増やす原因の一つになっている。外だけでなく内の生態系も壊しているわけで、成長促進のための家畜への投与など考え直す必要がある。

（なかむら・けいこ／JT生命誌研究館館長）

連載　力ある存在としての女性 3

「歴史を振り返れ」

メアリー・ビーアド『歴史における力としての女性』を読む

三砂ちづる

メアリー・ビーアドが一九四六年にあらわした『歴史における力としての女性』の第四章には、「私たちがとりつかれている考え方はどのようなもので、どこから来たのか」というタイトルがつけられている。

近代における書物や論文や論説などにおいて、一体どういう考え方が男と女を論じるにあたって重要視されていて、影響を及ぼしている考え方なのか。そして私たちがその考え方にとりつかれているのか。それを知るためには、メアリー曰く、わざわざシャーロック・ホームズのような探偵にお出まし願う必要すらない。その考え方とは、女性たちは、過去を通じて一貫して、抑圧されているか、何者でもないか、というふうに扱われてきた、というもの。それが過去から一貫している女性のイメージである、というものだ。

そのように考えられ、扱われてきた恐らくは「かわいそうで気の毒な」女性たちは、光り輝くようなこの時代（念のために繰り返しておくが、これは一九四六年にアメリカで書かれた本である）になって初めて、やっと、解放され始めたのである……などという、まことしやかなストーリー。

一体このストーリーは何なのか。それまで、女性には何の力もなかったというのか。そんなストーリーに自分たちを閉じ込めていることこそを、歴史的事実から問いなおさなければならない、とメアリーはいう。

どこかで聞いたようなストーリーではあるまいか。戦前、ずっと女性たちは抑圧されてきて、家庭の役割に縛り付けられていたが、戦後、家父長制のくびきから逃れることが可能になり始め、やっと女性たちは男性の抑圧から逃れて活躍できるようになった。今は女性が活躍できる時代で、それでもまだまだ足りないが、江戸時代などの封建的な時代と比べると今やずっと良い時代なのだ、というストーリー。

歴史を振り返れ、冷静に分析せよ、とメアリーはいう。女性が力を持っていなかった時代など、どこにもありはしない、と。

（みさご・ちづる／津田塾大学教授）

連載　女性雑誌を読む　98

男女品行問題号
――『女の世界』52

尾形明子

一九二一（大正十）年六月、第七巻六号『女の世界』の表紙は、花瓶に挿された二輪の薔薇と蝶をあしらい、「男女品行問題号」と大書している。口絵にはロセッチの「モンナ・ポモナ」(原色版)が使われ、まさに大正モダニズム全開である。

野添秀一「現代の男子は処女を望む資格なし」、伊藤野枝「貞操観念の変遷と経済的価値」、山川菊栄「現代の婦人雑誌と貴女と売笑婦――現代の婦人は何故に腐敗堕落せる婦人雑誌を手にする乎」、堺利彦「所有権の道徳と聖化」、秋田雨雀「近代劇と男女関係の推移」などの論文を並べている。

さらに懸賞募集「夫の不品行に泣く婦人の実話」特集、名流夫人四七名による「良人が若し不品行したら」のアンケート。時評では江口渙が妾と逃避行する足尾銅山社長の古河虎之助男爵を厳しく批判する。自由な思考と言論が許されていた時代だった。

日英同盟を根拠に第一次世界大戦に参戦し、パリ講和会議では人種差別撤廃案を主張、国際連盟に加入し常任理事国になるなど、日本の急激な国際化が、国内にも大きな影響を与えた。大戦は西欧の列強を衰退させ、各国の革命運動を激化させていた。国内は、まもなく暗殺されるが平民宰相・原敬の時代で、つかの間の言論と思想の自由の風が、『女の世界』にも吹き渡っている。

この大衆運動の高揚期に、大日本帝国憲法下、民法が規定した「戸主」を頂点とする家制度によって、無能力者とされた女性、特に妻の立場の理不尽さに男たちもようやく気がついたようだ。野添秀一は「男も女も同じ人間である」とし、女に処女や貞操を求めるのならば、男もそうでなくてはならないと言い切る。伊藤野枝は「私が貞操を不必要なものだと云ふのは当人同士の自由意思により結婚したものでなくてはならぬ」から、と書く。

江口は、「婦人解放の戦は、同じ虐げられたる階級に属する男子に対する戦であるよりも、婦人と男子を併せ虐げるところの資本家階級、権力階級に対する戦」である、と結成されたばかりの赤瀾会にエールを送る。もちろん伏字はない。

（おがた・あきこ／近代日本文学研究家）

■〈連載〉沖縄からの声　12　最終回

無駄な法律

川満信一

二〇世紀末から二十一世紀初めにかけて、日本国の進路は大きく舵が切り替わった。北朝鮮のテポドン実験に国民の目を釘付けにして、その間に軍事国家への基礎を固めてしまった。「周辺事態法」、「通信傍受法」、「国旗国歌法」、「改正住民基本台帳法」が一九九九年、「テロ対策特別措置法」が二〇〇一年、「イラク特別措置法」、「有事関連法」が二〇〇三年には上程されている。

社会の秩序を維持するには、一定の法律は必要であろう。しかし、法律をつくることを職業とする国会議員の役割を肥大化させるとロクなことはない。やることがなければ昼寝でもしておればよいものを、手柄を立てるために余計な法律を山積みする。法律に否定的な発言をすると、すぐアナキズムなどと烙印を押すが、現在二重三重にわたしたちを抑えつけている法律を、一つ一つ意識すると、海底へ潜って呼吸もできない状態になっている気分である。

特に「守るべき」という法律は国民に対する統治者の不信感の表明でしかない。自分を守るのは生命本能であり、余計なお節介である。国防という国民総動員の法律が、敗戦の際、どんな矛盾と悲劇を展開したかを国民は歴史認識として共有している。

必要のない法律を見分けて廃棄することが国会の仕事であって欲しいと思う。訴訟は、人間の悪知恵の勝負だということを弁護士帝国のアメリカで発言している人がいた。法の正義という仮面の下で舌を出し合っている悪知恵を、知性の所産として浪費するのは人類史的に見て罪悪でしかない。意味のない法律を廃していく、それが当面する課題だと思うけど、日々のニュースは新たな立法ばかりである。

安倍政権は憲法改正に着手しているようだが、改憲なら、九条二項だけ残して他の条文は削除してもよい。あとは国民の知恵で、情況を切り拓く方法を保障しておくこと。憲法は公私の倫理だ。夏目漱石の憲法は「則天去私」だけで良いし、国民の憲法は聖徳太子憲法の一部で足りる。私めの憲法なら「離脱偏計所執性、覚醒依他起性、得度円成実性、是即菩薩道」だけで十分だと思っている。

（かわみつ・しんいち／詩人）

＊次号からは大田昌秀・元沖縄県知事です。

五月新刊

「都市思想の変革者」の全体像！

別冊『環』㉒ ジェイン・ジェイコブズの世界 1916-2006

編集＝塩沢由典・玉川英則・中村仁・細谷祐二・宮﨑洋司・山本俊哉

アサダワタル／荒木隆人／五十嵐太郎／石川初／宇沢弘文／内田奈芳美／大西隆／岡部明子／岡本信広／片山善博／窪田亜矢／佐々木雅幸／佐藤滋／塩沢由典／管啓次郎／鈴木俊治／玉川英則／中野恒明／中村達也／中村仁／平尾昌宏／細谷祐二／槇文彦／牧野光朗／松島克守／松本康／間宮陽介／宮﨑洋司／矢作弘／山形浩生／山崎亮／山本俊哉／吉川智教／吉永明弘／渡邉泰彦

菊大判　三五二頁　三六〇〇円

「いっしょに食べる？」海は、私の原点。

自分を信じて

佐藤初女
朴才暎

生前最後の遺作

食は、いのちの原点――「いのちを支えるのは食」と、自然の恵みを活かす手づくりの料理の大切さを示し、心を病む人、悩める人を、心こもる食で迎え入れた〈森のイスキア〉の活動で広く知られる佐藤初女さんの、最後の言葉。津軽というふるさとを同じくする二人が、日本と朝鮮半島とのむすび合いの道を探る。

四六上製　二三二頁　一八〇〇円

“上田史学”の内実。

古代史研究七十年の背景

上田正昭

書き下ろし遺作！

先月急逝された上田正昭氏が、渾身の力で生前に準備した、最後の書き下ろし。常に朝鮮半島、中国など東アジア全体において日本古代史の実像を捉え、差別に抗する歴史観を構築してきた自らの人生の足どりを、研究生活七十年を経て、つぶさにたどり直す。

B6変上製　一六〇頁　一八〇〇円

〈言葉―イメージ―音〉が炸裂する！

心に刺青をするように

吉増剛造

著者撮影写真多数

前衛吉増詩人が、〈言葉―イメージ―音〉の錯綜するさまざまな聲を全身で受けとめ、新しい詩的世界に果敢に挑戦！　奄美、ソウル、ブラジル等への旅、また小津安二郎、ベケット、イリイチらとの出会いに折りたたまれた〝声〟を渾身の力で浮かびあがらせた、類稀な作品集。

A5変上製　三〇八頁　四二〇〇円

読者の声

アルメニア人の歴史■

▼ヨーロッパと中東の歴史の行間をうめるため購入。

（大阪　会社役員　**岡本貞雄**　78歳）

珊瑚礁の思考■

▼私は著者の喜山さんと同郷（与論島生まれ）、友人です。自分の生まれ故郷に関することを同郷人の書く文章で読んでみたかった。

　いずれ自分も書きたい。

（埼玉　会社役員　**川内恵司**　59歳）

ふたりごころ■

▼読みやすく美しい文体に取り込まれ一気に読み進める。著者の母親シズコさんは命の限り筆を執って運命と闘い、命をかけて意義ある生活を送ることを自らに課した。親に死が忍び寄ったときに著者の様に親の弱さと強さを丸ごと受け入れて動じない冷静さとタフさを持ち、「死に向かう生のプロデュース」を果たすことができるだろうか。著者とシズコさんが死に向かう「意義ある生」を共に駆け抜けたかけがえのない日々が静謐で穏やかで何と美しいものか。シズコさんは志からすると動けない身体が辛くとも、生のときも死してもなお娘の内に共にあり続けることが実感できて、安心で幸福だったのではないか。

　「ふたりごころ」は亡き人々の魂が溶け込んだあらゆる自然、あらゆる命の繋がりを表していることを知り、その言葉の深さ、敬虔さに心が震えた。

（岐阜　高校講師　**岡部千智**　29歳）

▼著者がお知合いなので直接出版の案内を頂き、近くの書店にお願いして取りよせて貰いました。とても感動しました。

　母と娘の、息づまるような闘病の様子がくわしく書かれて素晴らしいご本だと思います。

（岐阜　**上杉くみ**　98歳）

龍馬の遺言■

▼『坂本龍馬と刀剣』という書物で著者の小美濃清明氏に注目し始め、今回も期待して購読しました。この新刊で新事実が紹介され、龍馬ファンとして、大変な感銘を与えていただきました。

（香川　会社員　**野藤等**　65歳）

まなざし■

▼私にとって、鶴見和子、俊輔の姉弟は近くて遠い存在でした。社会学者の鶴見和子さんが宇治市に住んでいる事は知っていましたが、ついぞ、会う事はなかった。若い時の私は向こう見ずで、山梨県大月市在住の頃、北軽に野上弥生子女史を別荘に訪ねた事もあったのに。御姉弟の死が惜しまれる。

（京都　**中村久仁子**　60歳）

▼俊輔氏の姉上に対するあたたかいまなざしに感動する。このあたたかく深いまなざしは俊輔氏の鋭い批評や深い思索の底流に共通して流れている。

（佐賀　**小松義弘**　75歳）

「フランスかぶれ」の誕生■

▼大変面白く、読ませて頂きました。特に大杉栄の勉強ぶりに、堀口大學へのかぶれ同志の鞘当てなど。私もフランスかぶれの一人として、この年齢で最初から今日までの勉強をさせて貰いました。

（東京　会社役員　**はっとり・よしを**　82歳）

古代の日本と東アジアの新研究■

▼まだ読んでいませんが、現代の難民問題と古代の渡来人(帰化人)の問題とがよく似た状況にあるという判断から購入。

（和歌山　詩人　**武西良和**　68歳）

米軍医が見た占領下京都の六〇〇日■

▼この本は娘聟が私のためにもう一冊、買い求めて持ってきてくれました。
　昭和二十一～二十三年のこと、私は十九～二十一歳でした。731部隊のこと、私の友人（假名）、大学の恩師も文中にあり、数年前の出来事のようで感慨無量でした。
　あまり売れそうにない書物、何年もかけて発刊されました著者と藤原書店に敬意と感謝を申し上げます。
（京都　元医師　**杉本順一**　88歳）

※みなさまのご感想・お便りをお待ちしています。お気軽に小社「読者の声」係まで、お送り下さい。掲載の方には粗品を進呈いたします。

書評日誌（四・六～五・二五）

(書) 書評　(紹) 紹介　(記) 関連記事　(TV) テレビ　Ⓜ メールマガジン

四・六　(TV)BS朝日「遠藤実」（「昭和偉人伝」）

四・九　Ⓜ宮崎正弘の国際ニュース・早読み（通算第4866号）「台湾と日本のはざまを生きて」（「羅福全元駐日代表の波乱万丈の物語　逆境を逆手にとって自在に闊達に生きた」／宮崎正弘）

四・一五　(記)中日新聞（岐阜県版）「ふたりごころ」（「岐阜の文筆家　篠田さんエッセー出版」／「母の最期　みとる日々描く」／「死への向き合い方考えるきっかけに」／北村希）

四・一七　(書)週刊読書人「佐野碩―人と仕事」（「身体と社会の感性の革命のために」／「演劇には何が可能か」／本橋哲也）
(書)毎日新聞「アルメニア人の歴史」（「サローヤンとアルメニア人の運命」／三浦雅士）

四・二〇　(書)朝日新聞（夕刊）「ひとりヴァイオリンをめぐるフーガ」（「文芸・批評」／「音楽と亡命の半生を描く」／「バイオリン奏者　パパヴラミ氏自伝」／高重治香）

四・二四　(書)読売新聞「アルメニア人の歴史」（出口治明）
(記)朝日新聞／東京新聞／毎日新聞「定本竹内浩三全集」（「意見広告」／「平和といのちと人権を！　5・3憲法集会」／「明日を決めるのは私たち」／5・3憲法集会実行委員会主催）

四・二五　(記)毎日新聞「上田正昭」（「悼む」／「上田正昭さん　歴史学者・京都大名誉教授」／「胸部大動脈瘤破裂のため　3月13日死去・88歳」／「人権問題に目を向け」／佐々木泰造）

四・二六　(記)毎日新聞「石牟礼道子」（「余録」）
(書)婦人公論（No.1446）「ふたりごころ」（白石公子）

四月号　(書)月刊書道界「ふたりごころ」（「書巻の気147」／「書を糧とした母の最期と向き合った愛しい時間」／臼田捷治）
(記)ベクトルライフ（vol.188）「ロンドン日本人村を作った男」
(記)関東高知県人会 会報誌 きいてみいや（vol.4）「龍馬の遺言」
(書)変革のアソシエ（No.24）「佐野碩―人と仕事」（「佐野碩についての詳細で包括的な研究書」／大澤真幸）

五・一　(記)読売新聞「レンズとマイク」（「著者来店」／「通じ合う思い、1冊に」／前田啓介）

五・九　(記)東京四季出版プレスリリース「石牟礼道子全句集　泣きながが原」（「第15回俳句四季大賞受賞」）

五・一五　(TV)NHK総合「大石芳野」（「NHKアーカイブズ」／「チェルノブイリが語ること――原発事故30年の教訓」(再)

二〇一〇年に亡くなった多田富雄さんを偲ぶこぶし忌

多田富雄七回忌追悼能公演 こぶし忌

演出家・能楽プロデューサー　笠井賢一

多田富雄さんの七回忌追悼能公演『生死の川――高瀬舟考』が命日の四月二十一日に国立能楽堂で上演された。こぶし忌がそれに引き続き催され一二〇人が参加した。多田さんは安楽死がテーマの作品を二〇年ほど前に書き下ろし、浅見真州師に上演を委託されていた。病苦の切なる表現と生死への深い問いかけに満ちた能本と、作意を生かした浅見師の演技は、満員の国立能楽堂の観客に感銘を与えた。

撮影　前島吉裕

こぶし忌では多川俊映興福寺貫首と作家加賀乙彦氏による故人を偲ぶ話がされ、真州師の音頭で献杯が行われた。最後に刊行が始まる「多田富雄コレクション」について藤原良雄社長の話があり、プレ企画の書籍「多田富雄のコスモロジー」が出席者に手渡された。多田富雄三回忌以後に四回催されたこぶし忌は今回をもって一区切りとし、著作集の刊行により多田さんの多方面での仕事が次世代に広く継承されていくことを願う。

（『生死の川』は六月二十六日午後九時
NHKTV　Eテレで放映予定）

別冊『環』㉑「ウッドファースト！」発刊のシンポジウム

シンポジウム　木造の未来

ウッドファーストを考える
五月十日(火)　於／新宿明治安田生命ホール

建築史家　田中充子

公共建築協会主催の本シンポジウム、前半は尾島俊雄・遠山幸太郎・北川原温・筏島亮各氏からロンドン・ミラノの木造建築調査報告、後半は上田篤(＝写真)・榎本長治・腰原幹雄・藤田伊織各氏による討論が行われた。

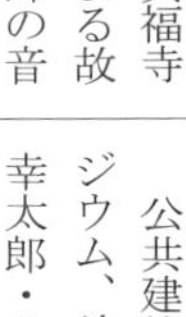

印象に残った一点目は「ウッドファースト運動」が木を合理的・科学的に見直す試みということ。たとえばペラペラ建築の長屋は火事に遭うと簡単に燃えるが、太い柱や梁で建てられた民家の木は表面が炭化しても中まで容易に燃えない。二点目は、現在の日本の山は歴史上かってないほど木が育っているが、その木が使われずかなりの割合を外材に頼っている。何十年かけて育てたA材(太い直材)が二束三文にしか売れない。山林・製材業者が悲鳴を上げている。三点目は、とはいうものの木の立場からすると樹齢何十年の太い木もチェンソーでアッという間に伐採される。虎は死んで皮を残すというが「木は死んで家を遺すべき」という主張。そのために川上産業(森林業)、川中産業(製材・運搬業)、川下産業(建設業)の連携が必須ということだ。

(写真提供・公共建築協会)

七月新刊予定

＊タイトルは仮題

謎の鳥の研究に捧げた数奇な半生

絶滅鳥ドードーを追い求めた男

空飛ぶ侯爵、蜂須賀正氏

村上紀史郎

幼少時から生物を愛し、十七世紀に絶滅した「ドードー」の研究に生涯を捧げ、日本初の自家用飛行機のオーナーパイロットにもなった侯爵、蜂須賀正氏（1903-53）。鳥類学者として世界に知られ、膨大な標本を遺しながら、国内では奇人扱いを受け正当に評価されてこなかったその生涯と業績を、初めて明かす。

歴史認識における「時代区分」の意味とは

時代区分は必要か？

「ルネッサンス」を問い直す

J・ル＝ゴフ　菅沼潤訳

我々の歴史認識を強く束縛する「時代」という枠組みは、いかなる前提を潜ませているのか。アナール派中世史の泰斗が、「闇の時代＝中世」から「光の時代＝ルネッサンス」へ、という史観の発生を跡付け、「過去からの進歩」「過去からの断絶」を過剰に背負わされた「時代」概念の再検討を迫る。

柳田の祖母は、漢文をものする女性医師だった！

柳田国男の祖母の訓え

幕末の女医　松岡小鶴 *1806-73*

門　玲子＝編・訳注　西尾市岩瀬文庫蔵 小鶴女史詩稿

柳田国男の祖母、松岡小鶴は、病弱な少女時代、父の教えを傍らで聞いて儒・仏・和学・算学を学び、独学で医術を習得した。一人息子を育てつつ診療し、寺子屋を営みもした。遠地の息子を想う「南望篇」、優れた天分を発揮した漢詩、心こもる手紙など、知られざる小鶴の世界を、読み下し、注、現代語訳で読み解く。

多くの俳句を収録した、渾身の評伝

杉田久女

美と格調の俳人

坂本宮尾

『ホトトギス』同人を突然除名されたことから、根拠のない伝説でしか語られてこなかった杉田久女の実像に、初めて迫る。俳人協会評論賞受賞作、待望の再版。旧版出版後の新資料をふまえて加筆された決定版。

本誌大好評連載！

ル・モンド紙から世界を読む

加藤晴久

その報道姿勢が世界的に高く評価されているフランスの日刊新聞『ル・モンド』。その記事を紹介しながら、日本および世界の動向や報道を客観視する、本誌好評連載の書籍化。

6月の新刊

タイトルは仮題、定価は予価。

家族システムの起源
Ⅰ　ユーラシア（上）（下）＊
E・トッド　石崎晴己監訳
A5上製　㊤四二四頁　四二〇〇円
　　　　　㊦五三六頁　四八〇〇円

岡田英弘著作集（全8巻）
8 世界的ユーラシア研究の六十年　＊　完結
月報＝倉山満／楠木賢道／杉山清彦／ニコラ・ディ・コスモ
四六上製布クロス製　六九六頁　口絵四頁　八八〇〇円

沖縄健児隊の最後　＊
大田昌秀編
四六判　四六四頁　口絵三二頁　三六〇〇円

サマルカンドへ　＊
ロング・マルシュ　長く歩くⅡ
B・オリヴィエ　内藤伸夫・渡辺純訳
四六上製　四四八頁　三六〇〇円

7月以降の予定

絶滅鳥ドードーを追い求めた男　＊
空飛ぶ侯爵、蜂須賀正氏
村上紀史郎

時代区分は必要か？　＊
「ルネッサンス」を問い直す
J・ル＝ゴフ　菅沼潤訳

柳田国男の祖母の訓え　＊
幕末の女医　松岡小鶴　1806−73
松岡小鶴　門玲子＝編・訳注

杉田久女　＊
美と格調の俳人
坂本宮尾

ル・モンド紙から世界を読む　＊
加藤晴久

往復書簡　**白川静―石牟礼道子**
白川静・石牟礼道子

好評既刊書

心に刺青をするように　＊
吉増剛造
A5変上製　三〇八頁　四二〇〇円

自分を信じて　＊
佐藤初女・朴才暎
四六上製　二三二頁　一八〇〇円

別冊『環』㉒　**ジェイン・ジェイコブズの世界 1916−2006**　＊
塩沢由典ほか編
菊大判　三五二頁　三六〇〇円

古代史研究七十年の背景　＊
上田正昭
B6変上製　一六〇頁　一八〇〇円

別冊『環』㉑　**ウッドファースト！**
建築に木を使い、日本の山を生かす
上田篤編
菊大判　四一六頁　カラー口絵一六頁　三八〇〇円

「大正」を読み直す
幸徳・大杉・河上・津田、そして和辻・大川
子安宣邦
四六上製　二六四頁　三〇〇〇円

多田富雄のコスモロジー
科学と詩学の統合をめざして
多田富雄　藤原書店編集部編
四六判　二七二頁　二二〇〇円

〈清朝史叢書〉監修・岡田英弘
大清帝国隆盛期の実像
第四代康熙帝の手紙から　*1661-1722*
岡田英弘
四六上製　四七二頁　三八〇〇円

レンズとマイク
永六輔・大石芳野
B6上製　二四八頁　写真八八点　一八〇〇円

黒い本
O・パムク　鈴木麻矢訳
四六変上製　五九二頁　三六〇〇円

＊の商品は今号に紹介記事を掲載しております。併せてご覧戴ければ幸いです。

書店様へ

▼4／3(日)『毎日』、4／5(火)『産経』、4／10(日)『読売』など各紙絶賛紹介に続き、5／22(日)『日経』書評欄「この一冊」欄でも**羅福全『台湾と日本のはざまを生きて』(陳柔縉＝編著)**が福田円(法政大学准教授)さんに絶賛書評！「本書を通して読者は、羅福全氏の人生だけではなく、台湾の現代史についても改めて思いを巡らすことができるだろう」。▼『週刊東洋経済』5／21号で『**現代中国のリベラリズム思潮』(石井知章編)**が遠藤乾(北海道大学大学院教授)さんに絶賛書評！「ラディカルで画期的」。「今の中国を相対化し、複眼的に見つめ直す絶好の機会を与えてくれる、お薦めの一冊」。▼4／20(水)『朝日』、5／14(土)『毎日』「人模様」欄での紹介に続き、5／15(日)『読売』「著者来店」欄でも、先日来日を果たし東京や福島でのチャリティ・コンサートも大成功を収めた**テディ・パパヴラミの『ひとりヴァイオリンをめぐるフーガ』**が大きく紹介！▼5／19(木)『東京』「筆洗」欄で**金子兜太・鶴見和子『米寿快談』**が大きく紹介！　**（営業部）**

二〇一六年度「後藤新平の会」

【授賞式】
第10回 後藤新平賞

本賞　**福澤武氏**（三菱地所株式会社 名誉顧問）

大手町・丸の内・有楽町地区を高度情報化時代、成熟社会に相応しい都心地区として発展させた。

【日時】7月9日(土)11時開会
【場所】日本プレスセンターABCホール

【シンポジウム】
鶴見俊輔と後藤新平

〈パネリスト〉
赤坂憲雄（民俗学）
加藤典洋（文芸評論家）
加藤陽子（歴史学）
鎌田慧（ノンフィクション作家）
（司会）**橋本五郎**（読売新聞特別編集委員）

【日時】7月9日(土)13時開会
【場所】日本プレスセンターABCホール
【定員】三〇〇名（申込み先着順）
【会費】一五〇〇円
＊お問合せは藤原書店内の「後藤新平の会事務局」まで。

J・ジェイコブズ生誕百年記念

シンポジウム

〈講演〉**清成忠男**／**塩沢由典**
〈報告〉**細谷祐二**／**宮﨑洋司**／**吉川智教**
【日時】7月16日(土)13時半開会
【場所】早稲田大学11号館901号室

国際ワークショップ

〈講演〉**ロバータ・B・グラッツ**（逐次通訳）
（ジャーナリスト、The Center for Living Cityメンバー）
〈報告・討論〉**内田奈芳美**／**岡部明子**／**玉川英則**／**吉川智教**／**吉永明弘**
【日時】7月31日(日)13時半開会
【場所】明治大学(駿河台)グローバルホール
＊ジェイコブズ研究会主催／会費無料・申込不要

鶴見和子さんを偲ぶ集い

山百合忌

〈鼎談〉**金子兜太**＋**永田和宏**＋**黒田杏子**（司会）
〈公演〉**演出・笠井賢一**
【日時】7月24日(日) 12時半開会
【場所】山の上ホテル（御茶ノ水）
【会費】一万円
＊申込み・問合せは藤原書店内　係まで

出版随想

▼六月四日、約二ヶ月ぶりに、熊本の地に立った。この間、熊本は激しい地震に襲われ、今もまだ余震が続いている。四月一四日夜九時二六分震度7、翌日は余震が続いたが、日付けが替わり皆が寝静まった一時二五分に、地の底からうなり聲を起てながら前より大きな地震が、熊本に襲いかかった。

▼当地の方に聴くと、もうこれで終わりかと思ったという。それ程この連続大地震の衝撃は大きかった。その傷痕は、今も生々しい。特に被害が大きかったといわれる西原村、益城町を回った。西原村は、仮設住宅建設もどんどん進んでいるようだったが、益城町は殆んど壊れた状態のままのように見えた。行政が俊敏に動けるか否かがその鍵を握っているのか？　とにかく、被災された方々が少しでも早く楽に過ごせるように配慮してあげることが大事なことだ。その後、沼山津の横井小楠記念館に行った。晩年の小楠塾は、木端微塵に破壊され、隣接の記念館も、建っては居たが、ロープが張りめぐらされ立ち入り禁止。恐らく中は、相当ぐちゃぐちゃの状態ではなかろうかと思う。入口廻りの床が少し歪んでいるのが気になった。こんな大地震は熊本では百数十年ぶりと聞く。

▼夜、在住の方々らと杯を傾ける。全壊・半壊の方も居られ、かける言葉もない。「危機はチャンス」（宮脇昭）と励ますくらいしかなかった。石牟礼さんや渡辺さんの元気なお姿を拝見し、一安堵。お元気で。ありがとう。（亮）

湯が沸く。私たちの夕食はパンとチーズの質素なものだが、小さな女の子が大きな碗に入ったアーブグーシュトを持ってきてくれる。私があんまりがつがつ食べていたのだろう、今度は父親がスープ鉢ごと持ってきてくれる。ここに外国人がいるという噂が広まっていて、「ゼイノッディーン・ゼイダーン」というささやきが聞える。気後れを振り切った少年がやってきて、フランスはサッカーのユーロカップでまだ勝ち残っていると教えてくれる。少しずつほかの人たちも寄ってきて、英語のできる人たちが、パリ、フランス、私の旅について質問してくる。私たちはあっというまに野次馬の群に取り囲まれる。ひとりの男が、自分の家に泊ってくれないかと言う。大きさと形からふにゃふにゃの棺のように見える私のビバークザックを指さして、ここよりずっとましですよと彼は言う。私たちは、それはできないと納得してもらうのに、十分間もやり合わねばならない。私たちはナマク湖に行くために朝四時に出発するので、とにかくできるだけ早く寝たいのです。すると、人々は名残り惜しげに去ってゆくが、その前に私の手を熱烈に握ってゆくのを忘れない。

ところが、険しい顔つきをした四人のいかつい男がチャドル姿の娘を連れて近づいてきて、どうやら私に難癖をつけようと決めているらしい。私はただちに警戒態勢に入る。娘は英語を話し、ふたつの質問を通訳する。あなたの宗教は？　イラン社会をどう思いますか？　疑いもなく、伝統主義者たちが見え見えの罠をかけてきたのだ。私は彼らの訪問に感謝してこの場を切り抜ける。でも、アクバルも私も疲れてますし、早起きしなくてはいけません、あなたがたの質問はほんとうに興味深いですが、話があまりに長くなってしまいます。彼らは去ってゆくが、時間をむだにはしない。十分後、警察が現れる。制服の警官がひとり、私服ひとり、そして銃をひけらかすのが嬉しくてたまらない軍人ひとり。身分証明書！　彼らは気のない詫びの言葉を口にしながら引き下がるしかない。

アクバルは四人用の大きなテントで眠り、私ははじめて使うビバークザックで寝る。六百グラム、防水、布が顔にかぶさらないようにする小さな半円形のフレームと小さな蚊帳《かや》がついている。そのなかに入っていると、めちゃくちゃに暑い。抜け出して、草のなかで朝を迎える。後になって知ったが、アーラーンはイランのなかでもサソリが文字通りうじゃうじゃいるところだそうだ……。

砂漠を突っ走る

私たちの案内人モクタルの目印は、彼が嬉しそうに見せびらかす銀の指輪にはまったとびきり大きなアメシストと、彼をひとかどの人物らしく見せる突き出た腹である。彼は順風満帆の会社社長で、小さな町のモフタル（長）でもある。夜が終ろうとするいま、彼は大きな四輪駆動車を駆って町をひと回りし、あちこちで弁当を手にしてこの小型トラックに乗り込む作業員を拾ってゆく。私たちは彼の息子をふくめて四人で運転室に乗っている。ナマク湖に向かって砂丘のあいだを蛇行する砂の道は穴だらけで、ふつうの車なら壊れてしまうだろう。ところどころに棘《とげ》のある草が生え、この広大な空間のなかで運命の手にゆだねられたラクダの群の餌になっている。有名なバクトリアのラクダ〔フタコブラクダ〕である。キャラバンの荷を運んでいたのはこのラクダたちだ。いまでは毛と肉のためにしか飼われていない――その肉もイラン人はあまり好まない。話に聞いたところでは、このラクダたちは六十五リットルもの水を飲み、ひと月のあいだ水を飲まずに生きられるという。実際には、四、五日おきに水を飲むのである。モクタルに尋ねると、こうしたラクダの番人たちはキャラバンのラクダ引きではなく、砂漠に行ってくれと言われても、困ってしまうだけだろうと言う。ラクダのゆっくりした足並みでリズムを刻まれた静寂に包まれながら、ダシュテ・キャヴィールを歩いて渡るという夢とはひとまずお別れだ。

車はスリップしたり、横すべりしたり、そのたびに大量の砂を吹き飛ばしながら立ち直っては走り出す。私たちはマランジャーブに着くまでに、さんざんゆすぶられ、ぐったりしてしまう。そこは非現実的なところである。眼前にナマク湖がどこまでも広がっている。何世紀ものあいだに干上がり、いまではひびの入った塩が平らに広がるばかりだ。この曇った鏡の縁に、アッバース様式のキャラバンサライが赤煉瓦の壁を堂々とそびえさせている。モクタルの話では、シャー時代にホテルにするための改築工事が始められたという。しかし、ムッラーたちがその計画を中止にし、工事現場には荒廃、放棄、なんであれ途中で投げ出されたものからにじみ出る宙吊りにされた時間という印象が漂っている。崩れゆく煉瓦、埃におおわれて眠るパン焼き窯、左官の鏝《こて》が戻ってくるのを待つ半ば建て直された壁……そのすべてが、この場所を占拠し、私たちが来たので慌てふためいたヤマウズラの群に眠りを破られる。根元を水にひたした竹が、風が吹くたびに紙を丸めるときのかさこそという音を立てる。ここには静寂と平安が満ち、エスファハーンからカスピ海に向かって北上するキャラバンにとって理想的な宿泊地であったにちがいない。ガナートで水を送りこまれる池のそば、年老いた木々の涼しい木陰で、私たちは黙々と食事をとる。私はアクバルに聞いたことを思い出す。北に二十キロほど行ったところに、この塩の砂漠で生き延び、なによりも人間から逃れることのできた三組か四組の豹《ひょう》の夫婦が暮しているそうだ。

トラックに戻り、湖上に乗り出すと、どこに向かって走っているでもないような奇妙な印象につつまれる。目の届くかぎり、塩しか見えないからである。湖は干上がりながら、場所によっては厚さ四十メートルにもなる塩の層を残した。モクタルはこの塩を数台のブルドーザーを使って採取し、十五台ほどのトラックでアーラーンまでピストン輸送している。春には一年の大部分干上がったままの五本の川に水がもどり、三千平方キロ近いこの広がりをおよそ十センチの水の層がおおう。暑さが訪れると、その水は蒸発する。上層部は太陽熱の作用で酸化し、栗色を帯びている。この完全な水平面をモクタルは時速百キロで飛ばしている。照り返しがあまりにきついために、地平線は白いもやもやのなかに溶けてしまう。ようやくなにかが見えてくる。戦争中に撃墜されたイラクの飛行機のエンジンだ。塩が屑鉄を腐蝕し、人間が機体と使えるものすべてを持ち去った。私の記憶では、たしかイラク軍はフランス製のミラージュを装備していたはずだ……が、それを話題にするのはやめておく。その後まもなく、塩の層からせいぜい一メートル盛り上がったにすぎない小さな丘のうえに、モクタルの会社の食堂、共同寝室、修理工場、事務所となっている建物が見えてくる。

若鶏と米の昼食をとる。飲物はドゥーグ、トルコではアイランとよぶ、一種のバターミルクのようなものである。私が酒を飲むかどうか、みんな興味津々だ。では、彼らは飲んだことがあるのだろうか？　その場にいる八人のうち、一度も酒を口にしたことがないのは一人だけだ。暑さにぐったりした私たちが、そのへんにある毛布を適当に使ってひと眠りしようとしていると、ひとりの男が、この湖の上では十四時の気温が日陰でも五十五度近くになっているはずだと言う。

夜はナタンズでキャンプ。サソリを挑発しないほうがいいので、アクバルのテントで一緒に寝させてもらう。

地下の貯水池

ナーイーンという町では、土造りの古い砦ナーレンジ・ガルエが完全に風化しようとしている。氷の城をオーブンに入れて取り出したところを想像してもらいたい。その隣のバザールになっているキャラバンサライは、この時間は閉まっている。だが、そのそばで、アクバルに教えられて、この地方でしか見られないアーブ・アンバールをはじめて目にした。このあたりでは、地上の水はたいてい塩分をふくんでいるので、生活用水は春に大量に降り、たちまち砂漠に吸い込まれてしまう雨に頼っている。その雨水を貯蔵するためにこうした地下の貯水池が建造され、雨が降り出すと水が導かれるようになっているのだ。私たちはそのひとつを見学した。マスーム・ハーヴィーという建造者の名前が刻まれた煉瓦造りの円形の建造物で、地下十八メートルまで下り、円周は十五メートルある。長い階段（六十五段）が竪穴の下まで下りている。水は薄暗がりのなかで光る銅の大きな蛇口をとおって送られ、飲用のみに充《あ》てられる。水はとてもひんやりしていて、ほとんど冷たいといっていいくらいだ。アーブ・アンバールの地上部分はタイル張りの分厚い屋根でおおわれた小さな塔になっている。もう少し北に行ったところで、これと同じようなセメント塗りの竪穴だが、壁がずっと厚く造られているところをいくつか見つけた。そういうところはヤフチャールとよばれる冷凍庫の先駆けで、冬のあいだに氷を貯蔵しておくと、夏の盛りまで融けずに持つのである。

暑さは猛烈で、「こりゃまるでジャハンナム（焦熱地獄）だ」とアクバルが言う。ここでは気温が零度より下がることはけっしてないが、二十キロ北ではときに氷点下に下がることがある。けれども、そんな凍てつく夜が明けると、正午の気温は真冬でも四十度から四十五度に達するのだ。停まらないことに決めたアナーラクのオアシスにはナツメヤシが繁り、絵本に描かれたオアシスそのままに、緑豊かで、魅力に満ち、心をなごませる。アクバルが、そこは鉱山中の鉱山だと教えてくれる。地下には、鉛、金、銅、亜鉛、アンチモン、コバルト……が眠っている。

チューパーナーンというつぎのオアシスで民家に泊めてもらうことにする。そこもヤシの木におおいつくされている。マスウードが私たちの宿を引き受ける。絨毯のデザインをしている彼は、丸い瓦屋根をのせたすてきな家の床と壁を、すばらしくシンプルで明るい色づかいの自分の作品で飾っている。「この屋根は、地震がきたらすごく危険だ」とアクバルは言う、「安全のためには、丸太と藁を混ぜた土の屋根がいちばんなんだ。そういうのはぼろぼろ崩れるだけで済む。ここのは落ちてきて、頭を割られちまう」。アクバルは現実的な考え方で、マスウードの家のあっさりした調和や趣味のよさには関心がない……。

改宗のすすめ

遅い時間だったにもかかわらず、私たちが来たというニュースはあたりを駆けめぐった。夕食を終えるころ、四人の訪問者が現れる。地元の有力者二人、まばらな顎鬚を生やした若いムッラー、そしてペルシャ文学の教師だと名乗るカラスのような目をしたひょろ長い男である。一同で茶を飲み、私は旅物語をするように頼まれる。

それから、ムッラーが尋ねる。

「あなたの宗教は？」

この質問は予期していた。

「カートリーク」

「ロジェ・ガロディをどう思いますか？」

これも予期していた。それで、以前マフムードに言ったことを繰り返し、だれを納得させることもできないが、そうなることもわかっていた。

今度は大先生が発言し、私はアクバルが通訳してくれるのを待つ。だが、してくれない。

「どうしたの?」

「英語でしゃべったんですよ」

とても低い声で、しかも強い訛《なま》りがあったので、私はペルシャ語で言ったと思ったのだ。頼むと、今度はわかりやすくなったとはいえないものの、大きな声で繰り返す。

「あなた、天国に行きたいですか? そりゃもちろん、だれもが天国に行きたいですよね。毎日数回こう唱えなくてはいけません。『アッラーホマ・サッレ・アラー・モハンマド・ヴァ・アーレ・モハンマド』。これを繰り返せば、問題はなくなり、健康で、けっして病気にならず、願いがかないます」

「でも、私は問題なんかありませんよ。それに、それはムスリムの祈りですが、私はカトリックで、私たちにも私たちなりの祈りがあるんです……」

「これをたびたび唱えないかぎり、問題が起きます……」。そう言って、彼は祈りの言葉を繰り返し、ほかの男たちも一緒にぶつぶつと呟く。

そこで私は気づいたのだが、この四人の男たちは、私を手っ取り早くイスラムに改宗させようという、はっきりした目的を持ってここにやってきたのだ。その証拠に、英語のできないほかの男たちも、カラス目の男が私になにを言っていたかすっかり心得ていた。この攻撃はちょっと手ごわい。男は神がかりに近い状態でしゃべり、その目で私を屈服させようとしている。

「私の後について言ってください、アッラーホマ・サッレ……」

突然、カトリックという宗教が無性に恋しくなる。ムッラーは無言のまま、じっと私を見つめている。間違いなく、私がアッラーの名をたたえながら、がばとひれ伏すのを待っているのだ！　ばかげている、しかし私は落ち着いていられない。客人という自分の身分を考えれば、彼らを追い出す勇気はないが、かといって、この男が私をいいカモと見ているのを黙って許しておくわけにはゆかない。なんにせよ、後について言うなんて真っ平だ。かりに私が少しでも宗教心を持っていたにしろ、幻覚につきまとわれたような目つきをして、こんなたわごとで私を改宗させようというばかげた願いにあくまで固執しているこの男は、かえって私を宗教から遠ざけることになるだろう。まったく大道香具師《やし》の口上そのものだ。「さあ天国を持ってきな、百フランなんて吹っかけないよ、五十もいらない、二十も十もいらん、たったの九フランと九十五で持ってけ泥棒」。

アクバルはしょんぼりしている。教師は魔法の言葉をまた繰り返す。そうしながら、舌と脳を喜悦にひたらせている。徹底的な攻撃が果てしなく続く。声を張り上げて、そこから救い出してくれたのは私のガイドである。「彼はゆっくり考えてみますよ、ひとまずもう寝るとしましょう、私たちは疲れてるんです」。そして、私がイランでは別格扱いの人間である客人としてそこにいるということを一座に思い出させる。最初にムッラーが立ち上がり、ほかの者たちが続く。天啓を受けた男は神がかり状態から脱したようだ。それから、彼は突飛な振舞いに出る。ポケットから五千リヤール札を一枚取り出して、私に差し出すのだ。自分のやったことをあがないたいのか——言葉の本来の意味で？ 五千リヤールなら、安いものだ。私はこの男に劣らず下品なところを見せる。こっちは一万リヤール札の束を取り出して、男に差し出してやる。彼はそれまで見せていた尊大な笑みを消し、自分の金をしまう。

男たちが暇乞いをしているとき、私はムッラーに彼と同じような猫なで声になるように努めながら尋ねる。「テヘランで私のカメラを盗んだ警官は、よきムスリムだったのでしょうか？」相手は質問が呑み込めない、たぶん、小競り合いはもうおしまいにすべきだと考えたアクバルが、自分なりの通訳をしたのだろう……。

結局のところ、この論戦はおもしろかった。国境を越えたらうじゃうじゃいるだろうと思っていたこの手の神がかりに、これまで一度も出会っていなかった。この手合いは陰険で狡猾、危険な輩だと想像していた。彼らの仲間たちもひっくるめて言えば、たしかにそのとおりではあるが、私が目にしたのは、鈍重で冴えない男たち、お粗末な作戦しか持ち合せず、要するに愚かで、取るに足らない者たちにすぎなかった。一世紀前なら、私はあっさりと、ムスリムとして生きるか、キリスト教徒として死ぬか、と迫られたろう。フランスのカトリック教徒が異端のアルビジョワ派に対して迫ったのと同じである。もちろん、十三世紀近くにわたって戦ってきたユダヤ人やゾロアスター教徒——マズダ教徒ともいう——は、ムッラーたちを取るに足らないなどとは考えないだろう。ゾロアスター教は、サーサーン朝で国教になっていたあいだ、宗教的マイノリティを迫害することはなかった。ヤズドではいまも三万人のマズダ教徒が残り、永遠の火を守っているそうだ。おなじく、アゼルバイジャンのバクーの寺院でも、三千年前から炎が燃えつづけている。ナタンズでアクバルと私は、とがった岩山の上にあるゾロアスター寺院を見たが、火が守られていたときには、遠くからもそれが見つけられたにちがいない。われわれキリスト教徒は、少なくとも三人のゾロアスター教の司祭を知っている。秣桶《まぐさおけ》のイエスに贈物をもたらした三人のマギ〔東方の三博士〕である。

イラン人が好き

しかし、なぜかわからないが、なにがどうあろうと、私はイランが、まずなによりイラン人が好きだ。彼らは嘘をつくこと、質問からずれた答をすること、澄ました顔で隣人からくすねることにかけて卓越した技量を有しているが、彼らの手は助けを必要としている旅行者にかならず差し伸べられ、彼らほど、通りがかりの外国人と知り合いになるだけで楽しくなれる者はいない。

朝、食料品店の主人がロシア製のオートバイ「イージュ」に私を乗せ、村の高台に連れて行ってくれる。すばらしい眺めだ。家々の平らな屋根が、風にそよぐ緑のヤシの植わった谷の底まで階段状に下ってゆく。空に向かって突き上げられた拳のようなものは、バードギールといい、側面のひとつが開いた四角い煙突のようなものであり、風を取り込む塔のようなものであって、開いた部分は卓越風の吹いてくる北に向けられている。バードギールは微風をとらえ、それをダクトの下部でつねに濡れた状態に保ってあるヤシの葉をくぐらせ、家の中まで導く。これぞ船の通気筒やエアコンの驚くべき元祖である。人間は創意工夫によって、なかでもアーブ・アンバール、ヤフチャール、そしてバードギールによって、これほど苛酷な気候を居住可能で我慢できるものにする手段を見つけたのだ。

ちょうど人々が野良仕事にでかける時間に下にもどる。ロシア製のオートバイが驢馬《ろば》に取って代ったが、驢馬の背にかけていた振り分け袋はそのまま受け継いでいて、色あざやかな絨毯を縫い合せた、たっぷりした袋が使われている。驢馬がそうだったように、オートバイもびっくりするほどの荷物を積まれるし、しばしば家族全員を乗せ、奥さんと子供たちがしがみつき合うことになる。五人が乗ったオートバイを見たことがあるが、奥さんはチャドルも押え、子供たちも押えるで大忙しだった。

私たちは北の砂漠に向かって道を続ける。アクバルは自分の車に取り付けられた装置の実演をしてみせる――その車はテヘランでは天然ガスで動くのである。テヘランの大気汚染と戦うために、政府はガソリンでも天然ガスでも動く自動車を奨励した。半年ごとに五十フラン相当の額を支払う運転者は、そのほかには一銭も払わずに、一日に何度でも天然ガスを満タンにできる。つまり燃料はただも同然である。石油をできるかぎり輸出のために確保したい国としては賢いやり方であり、厖大《ぼうだい》な交通量によってとてつもない大気汚染が引き起こされているテヘランにとっては必要な施策である。

砂漠の前の最後の村であるジャンダグでは、喫茶店で出会ったメフディーに、家にある織機を見にきてくれと誘われる。妻、子供たち、そして彼自身が交代で織り仕事をする。ダールという垂直に立てた枠にチェッレとよばれる経糸が目を詰めて固定され、そこにこの家族の器用な手が毛糸を結んでゆき、一列分が終るたびにダフティーンという先が櫛の形をしたハンマーのようなもので目を詰める。織りかけの絨毯が仕上がると、一・四×二・二メートルの大きさになる。毎日十時間の仕事で、六カ月かけて作品が完成する。材料費に二千フラン相当の額が必要で、商人はそれを六千フランで買い取る。この村ではどの家にも少なくとも一台の織機が備えられている。

最大の危険

私たちはダシュテ・キャヴィールの完全な砂漠地帯にとりかかる。絨毯職人にも言われた。そこでは最近何年かで数人が行方不明になっている、と。完璧な直線をなす道路が、あまりに広大でどこに果てがあるかもわからない平地のなかを黒色火薬の筋のように続いている。その道の両側で、あるときは赤く、あるときは灰色の塵のように細かい砂が、横向きの風に巻き上げられる。それはかすみのようなもので、アスファルトをたたくが、積もりはしない。このぼんやりしたものがやが地面をおおい、そのために地面はつかみどころのない、ふわりとしたもののように見える。目をとめていられるような砂丘もなく、小山もなく、草一本なく、岩もない。これがダシュテ・キャヴィールの真っ只中のありさまだ。目印になるものがないせいで、アクバルの勇敢な小さな車は時速百四十キロで突っ走っているというのに、おなじところにいるような気がする。ときおり風が渦を巻き、どこへともなく消えてゆく砂のミニ竜巻を起こす。それは空間に酔ってふらつく物質感のない塔のようで、熱い空気のなかを逃げてゆく。絶えず動き、茫漠《ぼうばく》として、死につながるこの広大無辺さに私は魅了され、同時に恐怖も覚える。私たちは黙り込む。こんな光景を前にして、言葉がなんの役に立つだろう?

二時間走ると、突然地平線に黄土色の壁のようなものがそそり立ち、どんどん近づいてくる。道路はそれをよじ登り、赤土の丘のあいだをすり抜けてゆく。アクバルの運転はすべてのイラン人と同じで、猛スピードで突っ走り、アッラーが道を開けてくれると信じて、この世には自分一人しかいないかのように、カーブの内側を突っ切り、ときには坂の上で追い越しをすることもある。私は人から受けた忠告を思い出す。危険な国々に行くんだから、気をつけてね。小心者と思われないように、すべてのイラン人と同じく、シートベルトをしていない。この国の人々は、どうして自動車会社はわざわざ車にこんな無用な飾り物をつけるのかと不思議に思っているのだ。疑いなく、いま、私はこの旅行を通じて、もっとも生命を危険にさらしている。

本来なら、セムナーンに行くにはモアッレマーンで西に向かってななめに曲がらなくてはならない。ところが、セムナーンに通ずるその唯一の道路を軍が閉鎖してしまった。そこで、私たちはダームガーンに向かって北に突き進む。アクバルは私の靴がすりへらないように気をつかって、セムナーンでなくダームガーンから再出発するよう説得を試みる。そうすれば、と彼は言う、百二十キロ近く歩く距離が少なくてすむ。だめだめ、本来の行程を二百キロ「カット」してしまったことで、もう十分後ろめたい気持になっているのだ。ああ、ビザというものさえなければ……。

セムナーンで私たちは小さなホテルを見つけて泊るが、外国人という私の身分のおかげで、オーナーたちが特別にシャワーを使えるようにしてくれる。

徒歩旅行の再開

六月二十九日　セムナーン　九百三十四キロ

アクバルと別れたのは八時、すでに日は高く暑い。彼はエヴニーの準備を手伝ってくれた。ザックと水筒を積み込んで、計二十キロほど。わがロバ君は少しゆがんで、ぐらぐらするが、誇らしげなようすである。そして、私は荷物を指一本で「運ぶ」という幸福を発見する。これで今後は、ラクダたちと並んで歩いていても、荷物はなにひとつ運ばなくてよかったシルクロード商人たちと同じだ。自分の意思でとった休息――それにカメラのせいで余儀なくされた休息――で、いささか体がなまってしまった。しかも、この区間の地形は「再ウォーミングアップ」向きではなく、町を出ると始まった坂道が、いっこうに終りがこないまま、まっすぐ登り続けるのだ。

梶棒につけたベルトを腰のまわりに結んで出発したが、すぐにそれを外さざるを得なくなる。

一歩進むごとに、車が暴走し、梶棒が腰に食い込むからである。どうもうまくゆかない。おまけに、ひっきりなしに止って車から水筒を取り出し、飲んで、もとの場所にしまって、再発進しなくてはならない。ややこしいこと、この上ない。水筒はどちらもストラップがついているから、ひとつは背負うようにする。そうすると水はまた少しぬるくなり、なにより困ることに、ゴムが背中に触れている部分で大量の発汗を引き起こしてしまうだろう。だが、しかたがない。そのかわり、飲みたいだけ飲むことができるのだから。そして、私は喉が渇いて死にそうなのだ。

十三時。チューパーナーンの狂信家の魔法の言葉を口にしなくても得られる、いつもの奇跡によって、一軒のレストランが日陰と食べ物を与えてくれる。支配人はアフガニスタン人で、イラン人に国外へ追放されるのではないかと怯《おび》えながら暮している。実際、イラン人は内戦を逃れてくる難民の波があまりに大きくなったと考え、バスに難民を詰め込んで、国境に送り返しているのである。マフマドはアフガニスタンでは教師をしていたが、そこで起きていることを思い出すと、涙がこぼれそうになる。「アーザーディー・ニースト」(自由がないんです)と彼は言う。彼は隣の部屋に椅子を八つと毛布一枚で間に合せのベッドを作ってくれ、暑さと今朝の登りと、ここで出された特上の昼食とでぐったりした私は、二時間ぐっすり眠る。

午前中に二十六キロ歩き、残りは五キロだと人は請け合うのだが、ほんとうは十五キロあることをGPSと私は知っている。最初の故障。エヴニーからボルトが一本なくなってしまった。自在スパナ、ドライバー、空気入れ、予備のボルト、パンクを修理するための道具。こうしたいっさいが重荷になるが、いまや私には関係ない、運ぶのはエヴニーなのだ。日が暮れる。路肩を歩かねばならず、その軟弱な地面で荷車を引くにはよけいにがんばりが要る。この日の四十キロ目を越えるころ、広大な谷を見下ろす小さな峠を越える。谷をおおいはじめた闇のなかで、谷はますます大きく見える。ゆるやかで、でこぼこもない斜面の中ほどに二つの塊が肩を並べて立っている。遠くからは、キャラバンサライが二つあるように見える。疲れをすっかり忘れて、斜面を駆け下る。残念、二つの建物のひとつは傷みの激しい城砦で、もうひとつは状態のよいキャラバンサライだが、太い鉄の鎖で錠をかった分厚い扉で閉ざされている。今夜はまだ、この古い宿のひとつで寝るというわけにはゆかない。アーフーアーンというところには、この二つの建物のほかに、祈りの時間のいま、バスやトラックが駐まっているモスクと、敷地の真ん中に無線送信用の鉄塔が立つ大きな建物しかない。白いひげを生やした、やや動作のぎごちない小さな男が来て、いろいろ聞いてくる。こちらからは、ひとつだけ尋ねる。ここでは食事をして泊れるところはどこにありますか？　相手は答えずに、曖昧に東のほうを指して、急ぎ足でモスクのなかに消えてしまう。私は石の上に坐って待つ。サソリと一緒にビバークザックで寝なくてはならないのだろうか？　鉄柵に囲まれた敷地のなかでは、二匹の大型犬が番をしている。建物にも土木機械をしまってある納屋にも灯りは見えない。

半時間のあいだ、石の上にサギのようにじっとして、疲労が体中に広がるがままにまかせる。さっきの小柄で痩せた男がモスクから出てくるのが見える。敷地に入ると犬たちが喜び迎え、それから男は家のなかに入るが、しばらくすると姿を見せ、私のところにやってくる。好奇心がわずかながら警戒心に勝ったのだ。名前はヴァリー、年は五十六歳、ここのただ一人の住人で、施設の管理人であることがわかる。この大きな家に私を泊めてくれるだろうか？　彼はためらい、パスポートを見たいと言う。ひとたびそれを「読む」と——私の説明つきで写真を見ただけだが——、緊張がほどけ、茶を飲みにこいと誘ってくれる。それから、おたがいのことを知るにつれて、食事を一緒にしてゆけと言い、ついにはベッドが四つある隣の部屋で寝たらいいと言う。土木機械は、私が理解できたと思うところでは、道路の保守と峠が雪に閉ざされたときの除雪に使われるとのこと。安心しきったヴァリーは、面白い男であることがわかる。真っ青な小さな目が、象牙色の顎鬚とともに、いたずら好きの小人のような魅力を与えている。

石のように眠る。七時、ヴァリーに起こされる。彼はセムナーンにある自宅に帰らねばならず、もうじき交代要員が来る。彼が上司と面倒なことにならないように、私はさっさと出かけなくてはいけない。別れの挨拶をして、彼のいちばん小さな孫のためにピンバッジをあげてから、キャラバンサライにもどる。重たい扉をわずかに押し開けると、中のようすがうかがえる。マランジャーブのキャラバンサライと同じように、かつて改修工事に手が着けられたが、それは革命で中断したままだ。ヴァリーは五世紀の建築だと言っていた。とんでもない、これはサファヴィー朝様式の典型で、おそらく十七世紀初頭、アッバース大王によるものだろう。しかし、古いキャラバンサライの廃墟の上に建てられたということは十分ありうる。この荒涼とした寂しい土地では、山賊の襲撃から商人と巡礼者を護ることのできる建物が不可欠だったにちがいない。隣の要塞は、追剝ぎたちがキャラバンに襲いかかり、金品を奪って消えてゆくということがないように、必要があれば、武装兵が護衛についたことの証だ。北方から来た恐るべきトルクメン族が人間と家畜を襲ったのであり、地方長官たちは旅行者の安全を確保するために強力な守備隊を擁することが利益にかなった。地方の責任者は金品を奪われた者たちに身銭を切って補償する義務があり、捕えられた強盗たちは、後に続く者が出ないように、拷問を受けたうえで処刑された。

あと二千キロ歩くだけ

ふたたび道につくが、これから三十五キロのあいだは、なにもないことがわかっている。渇きが私を苦しめ、口いっぱいに水をふくんでいてさえ、喉と口がカラカラのような気がする。私はつねに脱水症すれすれの状態にある。ステップは黄土色の流れとなって北に向かって高まり、アルボルズ山脈の峰々に達する。そして、南側にはもうひとつの山脈が盛り上がり、ダシュテ・キャヴィールから私をへだてている。道路の両側に、驢馬の引く荷車とトラクターのためにアスファルトの歩道がつくられていて、エヴニーはおとなしく私の後に従い、楽々と進んでいる。ザックの重みから解放された私は速度を早め、GPSを信じるなら、無理をせずとも、時速六・二キロから六・三キロの速さで歩いている——少なくとも午前中は。昼食の時間が近づくと、日射しをよけるために橋を探す。道路が上を通っていて、その下で昼寝をしながら暑さの厳しい時間をやりすごせるような、いつも使っている橋である。だが、今日は特別の日だ。今朝、メモ帳を見ると、午ごろにはエルズルムからのバスを降りてから千キロ目を越えることになると計算できたのだ。橋を見つけ、パンひと切れの昼食を取る。ナツメヤシの実が残っているのを二つの山に分ける。一方は今夜の宿も食事もない宿泊地に備えて取っておく。これがささやかなお祭、あとは疲労回復の昼寝をすれば終りだ。私の隠れ家の石造りの天蓋を仰ぎ見ながら、千キロ目はちょうどそこ、アーチの要石《かなめいし》のあそこがそうなのだ、と確信する。そうして、静かに眠りに落ちる、あとはこれまでの二倍、二千キロを歩けばいいだけだ、と自分に言い聞かせながら……。

十八時を回ったころ、幸いにも緑の島が目に入り、木々の陰に食堂にちがいないものが見えてくる。残念、閉まっている。ひとりの青年が来てドアをわずかに開け、交渉の結果、フルーツジュースを本来の値段の十倍で売ってくれる。その液体の冷たい感覚をよりよく味わうために椅子に坐り、ひと口ひと口を口のなかに長いあいだためておく。しかし、こういう渇きを感じなくなるまでには、少なくとも二時間は必要なことはわかっている。今日は水を六リットルしか飲んでいない。私の体はもっと少ない量で満足するようになり、暑さに適応してゆくものだろうか？　そうなるかもしれない。

長距離トラックの運転手が二人、駐車場に三十トン車を停めると、やっと食堂が開く。運転手のひとりは、ガズヴィーンとテヘランのあいだで私を見かけたことがあり、私が歩き通した長い距離に驚嘆する。私たちは夕食のあいだおしゃべりをし、運転手たちは二人とも意見が一致して、顎鬚とターバンを示すジェスチャーをまじえながら、「モッラーズ、ビッグ・プロブレム」と言い切る。彼らが出発し、私が勘定を頼むと、主人は二人が私の夕食代を払ったと言い、倉庫で泊れるようにしてくれる。コーラのケースと米の袋のあいだに敷かれた毛布の上で寝る。主人はエヴニーを中にしまいこんでいて、もっと注意をするように、盗まれるかもしれないから、と言う。こんな砂漠の奥でも？　では、どこに行ったら安全があるのだろう……？　たしかに私の荷車は、大人たちには興味と好奇心を、子供たちには欲望をかきたてる。そもそも私と話を始めるのは、この荷車を通してなのだ。人々は近寄ってくると、そのまわりを一周し、ほとんどつねに、探るような親指でタイヤの空気圧を調べる。その後、彼らは私がどこの国から来たのか、どこに行くのか……を尋ね、こうした慣れっこになっている質問に加えて、明らかに彼らにとって肝心要の質問をする。エヴニーはイラン製、それともフランス製？

朝五時、ここのコックで、寝るときでさえ脱いだことがないにちがいないベトベトした毛糸の帽子を頭にのせた髭面の小柄なおやじさんが、脂と乾いた血がこびりついたまな板の上で鶏をたたき切る音に目を覚まされる。この時間、ゴキブリたちは匍匐《ほふく》前進で厨房を横切り、配水管のほうへと寝にゆくところで、また夜が来て、鶏の味見にでかけるまで、管の陰で光を避けながら昼間の時を過すのだろう。私はいま目にしたことを考慮して、コックに目玉焼きをふたつ頼む、よく焼いたやつを、と念を押して。

六時、丘の向うから太陽が跳ね出てくるのを眺める。私はできるだけ早い時間とできるだけ遅い時間に歩き、十三時から十六時の暑さの厳しい時間にはもっと長く休むように努めなければいけない。そうでないと、塩の錠剤があろうとも、脱水症に狙われる。驚いたことに、雲が広がって空が暗くなる。はじめは、雲が日射しのきつさを和らげてくれるだろうと喜んだ。だが、すぐに期待を捨てる。雲は湿度が上がったことを示し、暑さは昨日よりも耐えがたいのだ。かつてなかったほど汗をかく。汗に濡れた衣服が、歩行のリズムに合せて皮膚をこする。腰、腿、尻が痛く、肉がむき出しになった感じだ。

ダームガーンの十五キロ手前で、堂々とした練り土造りの要塞が平原を見下ろしている。二重の城壁は、地震と冬の雨をものともせず、いまも誇らしげな外観を保っている。剣を振り回す輩をなんと多く目にしなければならなかったことか、この平らな広がりは！　フン族、アフガン族、オスマン・トルコ人、モンゴル族、トルクメン族が、幾度となくこの土地を荒らし回り、仕事の仕上げを比較的静穏な時代に起きる地震に任せていった。しかし、この土地はまた二千年以上にわたって何千というキャラバンと巡礼団も目にしてきた。かつてのヘカトンプュロスすなわちサド・ダルヴァーゼ（百門の都市）であったといわれるダームガーンの町は、パルティア王国の首都であると同時にシルクロードの要衝でもあった。しかし、繰り返し攻撃を受け、チンギス・ハーンによって徹底的に破壊されたこの町は、廃墟から完全に立ち直ることはついにできず、田舎町の規模にとどまってきた。ここには二つの塔墓が残っている。ゾロアスター教徒が遺体をさらすために使った塔だろうか？　今日では消えてしまった二つの風習が、ゾロアスター教徒の宗教儀礼の特徴となっていた。彼らは土、空気、火を汚さないように、土葬や火葬を禁じていた。そこで、死者を高い塔の上に置き、それをハゲタカが来て食い尽くしたのである。もうひとつの風習は、学者たちが「近親相姦的内婚制」とよぶもので、言い換えれば、ある者たちに自分の家族のなかから妻をめとることを課した義務であった。ダームガーンの塔のひとつは「四十人の娘」という名である。だれひとりこの名前の由来を説明できない。私は、ムーア人に征服された北スペインの小国の敬虔《けいけん》なキリスト教徒だった王たちが、クラビホでの勝利にいたるまで、アラブの征服者に毎年捧げる義務を負っていた「百人の処女」の話を思い出す。

歩きに酔う

夕食時、ホテルの広いホールに二つのグループができる。一方はイタリア・チームのサポーター、すなわちホテルのオーナーと二人の客で、客のひとりにはミラノに移住した兄がいる。もう一方はフランス・チームの応援、すなわち私ひとりである。サッカーのユーロカップ決勝戦をやっているために、通りには人っ子ひとりいない。数日前から、フランスはムスリムのゼイノッディーン・ゼイダーンのおかげで決勝戦に進めるのだ、とひっきりなしに言われてきた。ふたつの試合が進行中だ。ひとつはテレビで、もうひとつはこのホールで。時がたつにつれ、フランス・チームが一対〇で劣勢なので、相手側がばかにする。世界チャンピオンのくせに力を見せつけることさえできないわがフランスは、いったいどうなってるんだ！　いやいや、事実を認めなくてはいかん、イタリアのほうが強いんだ。審判が試合終了のホイッスルを吹き、フランスが勝つと、私は勝利の喜びを控え目にしようと努力する。

休息日をとったのは、この勝利を祝うためでなく、自分を使い果たさないようにするためである。なぜなら、またしても私は歩きに酔っているのだ。長い距離に酔った私は、きちんと管理しないかぎり、どんどん歩きつづけてしまうだろう。一種の興奮状態、もっと先へ、もっと速く行きたいという欲望のようなものが、私を捉えてしまった。私の体は細胞のひとつひとつから湧き出す肉体の幸福と喜びを感じながら、前へ前へと突き進みたがる。私はこの状態をよく知っており、それが危険であることもわかっている。昨日からベルトの穴をまたひとつ詰めた。まだ残っていた脂肪の一グラム一グラムが、歩くというただひとつの目的だけをめざす私の体によって燃料に変えられたのだ。歩きは、なしで済まされぬもの、麻薬になってしまった。対策を講じないと、この肉体の至福感によって消耗しきってしまうことだろう。どんなことがあろうと、壊れやすい均衡を保ち、自制し、立ち止まり、冒険に酔った精神を制御しなくては。

「四十本の円柱のモスク」ともよばれるターリーハーネは、見学者にも信者にも公開されていないが、せめて遠くからでも、八世紀初頭、アラブ人が来てすぐに建てられたイラン最古の寺院を眺めてみたい。運よく、壁の補修をしていた二人の男が、紙幣一枚と引き換えに、モスク見学を許可してくれ、さらに高額紙幣二枚で、隣にあるミナレットの八十段の急な階段を昇り、ダシュテ・キャヴィールを見渡す息をのむばかりの眺めを堪能できる。

ある建物の庭の奥で板金加工をしている若者たちが、彼らの目にはぐらぐらして危なっかしく見えるエヴニーに補強材をつけてやろうと言う。見違えるような大変身である。私の旅の道連れは、ひとたび補強されるや、われわれとサマルカンドをなおもへだてる二千キロを踏破する用意がすっかり整った。若者たちは金を受け取ろうとせず、あんたの長い旅を一緒にやっているような気になれるよ、とやさしいことを言う。もっとも、彼らは記念写真に収まるのは大歓迎で、かならず評判をよぶはずの試作品を完成させたばかりのエンジニアのように誇らしげにポーズをとる。なんといっても、エヴニーは珍しいどころか、この世にたった一台きりなのだ。

芸術家たち

8

私はスパイ、巡礼、それともカモ？

五時三十分、ホテルを出るとき、ダームガーンでは店はまだどこも開いていない。外国人嫌いの主人が言った。「先に行けば食べるところがありますよ」。はっきり言ってくれればよかったのに、「四十二キロ先で」と。けれども、出発するときの私は、賢明にも二十六キロという穏当すぎるほどの行程にし、ガーデル・アーバードで夕食をとって泊るつもりでいる。昨日ミナレットに登った後遺症で、腿に痙攣《けいれん》が起きる。向かい風のせいで歩きは辛く、エヴニーを引くにもよけいに力がいる。そんな不都合も、メフマーンドゥーストの平原にかかると忘れてしまった。そこはナーディル・シャーがアフガン族を撃破したところで、彼は後に声望を活かしてサファヴィー朝から権力を奪取する。騎兵隊が旋風《つむじ》のごとく駆けまわり、槍と三日月刀がきらめくさまが目に見え、兵士たちの喊声《かんせい》と、疾駆する馬の蹄に踏みつけられそうな負傷兵のあえぎが聞える。ナーディル・シャーは、合戦の前夜、おそらくこの廃墟と化した古い練り土のキャラバンサライで寝たのだろう。この思いやりに満ちた帝王は、前王の息子を死に至るまで拷問にかけさせたが、その残忍さの当然の報いとして、暗殺者の刃にかかって命を落す。当然ならざる報いによって、彼の孫シャーロフ・ミールザーは、猜疑心《さいぎしん》に富んだもうひとりの君主アーガー・ムハンマド・ガージャールに拷問を受けて死ぬことになる。

ガーデル・アーバードで——予期すべきことだったが、そこには食堂もホテルもない——、新しいカメラを使って廃墟と化した練り土造りの要塞の姿を写真に残そうとしていると、ひどく興奮した、背の低い丸々した老人が、私のそばに来てわめき立てる。眼鏡には瓶の底のようなレンズがはまり、右の目はまぶたが垂れてふさがり、洗ったことのない入歯がいまにもはずれ落ちそうだ。どうして私がこの男をこんなに怒らせているのかわからない。そのとき不意に、ミナレットのように痩せて背の高いもうひとりの老人が現れる。彼もどなり声をあげるが、一人目の老人に向かってだ。ドン・キホーテ対サンチョ・パンサである。ふたりをいがみ合せている原因がやっとわかる、私だ。パンサは私をスパイだと思い、パスポートを取り上げて、すぐに警察に通報したい。キホーテは興奮した相手に言い聞かせようとしている。要塞の写真を撮ってる観光客だよ。

「どこの国から来た?」

「フランス」

「ほら見ろ、アメリカ人じゃないんだよ!」

ミナレット老人は灰色地のズボンをはき、栗色のビロードのチョッキを着ている。懐中時計――大切な財産にちがいない――には、彼の羊たちを杭につないでおけそうな鎖がついている。入歯は、もうひとりの老人の入歯とどっこいどっこいだ。口角泡を飛ばしての舌戦の後、パンサが引き退がり、たぶん彼は私をこの城砦の地下牢にぶち込むことを思いついて浮き浮きしていたことだろうが、それはできぬまま、しぶしぶながら私が立ち去るのを見送る。私の生命を救えて、とても嬉しそうにしている老キホーテに、ほほえみをどっさり送って感謝する。これはお祝いをしなくちゃ、腹が食い物を要求していることでもあるし……。

商売の場所を日射しから護ろうとして、汚れた洟《はな》たれ小僧三人と一緒に、せっせと木の枝で小屋を造っていた農民が、西瓜《すいか》を一個やろうと言う。彼は子供たちに断定的な口調で、この人はマシュハドにあるイマーム・レザーの聖廟の前にひれ伏しに行く巡礼なのだと説明し、彼の信ずるところでは聖人にも等しい人間であるはずの私から一銭も受け取ろうとしない。

デフモッラーでは、道路の下のほうにある、すばらしいキャラバンサライに人が住んでいるように見える。あそこで泊れるだろうか？　ひとつしかない入口の堂々としたポーチの下で、チャドルに身を包んだ少女が、私の近づくのを見守っている。

「中に入って見ていいですか？」

「バレ（はい）」とだけ言うと、少女はチャドルをひるがえして逃げてゆく。

そこはほんとうに人が住んでいる。二人の女が中庭で料理を作っている。年上のほうが、少女を叱り飛ばす。二人の女は、私に気がつくと、スカーフをかぶっているのに、チャドルをまといに飛んでゆく。彼女らにも許可を求めてから、少し見てまわる……。女たちはとくに反応を示さないが、オートバイがやってきて、どういうわけか、私を見るなり殺したくなったように見える二人の男がそこから降りると、ばあさんのほうが私を指でさしてわめきはじめる。

「パスポート！」と口々に叫ぶが、私が危険な前科者であるかのように、だれひとり近寄ってこない。

パスポートを見せることは、私の原則に反する。この国では、ことのほか大切なものだからだ。コピーを差し出すと、彼らはがみがみ女がわめきつづけるかたわらで、それを調べる。そのとき、ハッピーエンドで終る悪夢のように、情熱的な目をした若い娘が、中庭に面した部屋のひとつから出てくる。ばあさんが怒鳴るのを面白がっているようだ。この娘は人間らしいようすをしているので、彼女に向かって自分が何者で、どこから来て、どこに行くのかを説明する。このキャラバンサライは、ほんとうに忌わしい雰囲気が満ちている。ここでは不誠実や復讐心が養われ、平気で傷つけ合い、行きずりのカモに襲いかかるにちがいない。だから、男のひとりに泊ってゆけと言われても、私は断り、そそくさと退散する。

食堂で主人に、あんたの勘は当たってるよ、と言われる。「やつらは泥棒だ。あんた、あそこを出るときにはシャツ一枚になっているところだったよ」。とにかく、私はたらふく詰め込む。二十時をまわっているが、今朝の五時から西瓜半分しか食べていないのだ。トラック運転手の昼寝に使われる小部屋に泊る。

貴重な出会い

シャールードに通ずる道路は、北側の山と南側の砂漠との中間の高度を走り、非常に交通量が多い。東のほうに、オアシスがつらなって黒っぽいしみを描いているのが見分けられる。そこに下ってゆく細い道路は、地図には出ていないけれど、幹線道路を離れて、その道を試してみることに決める。半時間後、行き止まりになる。悪態をつきながら、回れ右をする。だが、ノルマンディー人にふさわしく頑固な私は、また少し先で、最初の道と並行する細い道路を行くことにする。幸いなことに、一キロしか進まないうちにオートバイ乗りに警告される。「このオートバイでも、オアシスづたいに行くことはできないよ」。というわけで、幹線道路に逆戻り。

シャールードへの入城は、いっこうに終りがこない。町の名を告げる標識のあった後、ジュース売りの露店や自動車整備工場のあいだを五キロ近く歩いている……。

「うちの工場《ファクトリー》を見に来ませんか?」と、気がつかないうちにそばに来ていた、目に隈《くま》のできたきれいな若い女が聞いてくる、「すぐそこなんですよ」。

なにを売りつけたいのだろう? 私はためらう。疲れ切っているので、シャワーを浴び、食事をして眠りたい。通りに沿ってメロン売りたちが並べた布張りの露店の陰になって見えない場所を指しながら、彼女はやさしい口調でなおも誘いかける。私はなにひとつ買うことも持ち運ぶこともできないと釘をさす。「なにも買っていただこうなんて思ってません、見ていただきたいだけなんです」と彼女はとても率直な笑顔を見せて言うので、警戒心がすっかり消えてしまう。

彼女の後についていってほんとうによかった。私はここの人たちと英語で話をしながら一日を過した。メフディー――陶芸工場のオーナー、奥さんのモニール、朗らかな笑みをたたえた、大柄の肉づきのいい女性で、この会社の経営に当たっているナヒール、通りで私を見つけたマーリー。好意と温かみにあふれ、飾り気なく、しかも気前よくもてなしてくれる。しかし、メフディーは私をテーブルに迎え、アトリエの見学をさせ（私の大好きなターコイズブルーは、砂漠のへりに生える「ショーネ」という植物から得られることを知った）、ボルジェ・カーシャーネという、かつてゾロアスター教の聖火を守っていた寺院で、後に天文台になったところに建てられた塔墓まで連れていってくれたが、彼はそれだけでは満足しない。彼はモスクの管理人と交渉し、私が至聖所を見学できるよう許可をもらう。そこはごく狭い場所で、床には何枚もの絨毯が敷き重ねられ、壁はここで日夜瞑想にふけったイスラム神秘主義の賢者バーヤジード・バスターミーの言葉を伝えるスタッコ装飾のモチーフにおおわれている。この聖域の敷居をまたいだカートリークはほとんどいないだろう。メフディーに心から礼を言おうとしていると、彼は私のために急遽《きゅうきょ》準備された王様のような巡行はまだ終っていないと誇らしげに告げる。これからさらに、町の美術学校が彼をたたえるために計画した催しに出席し、ナヒールの家で開かれるパーティーの夜食をともにしなければいけない。カスピ海の魚介類のスープ、アールバールー・ポロウ（ベリーとクーフテ〔肉団子〕の入った米料理）、そしてつぎはバーガーリー・ポロウ（ソラマメ入り炊き込みごはん）……。腹がはちきれそうで、この家の小さな娘ハスティーの部屋で、横になるというよりは、ばったり倒れ込んでしまう。

世界に向かって心が開け、かくも献身的で思いやりにあふれた人々と別れるのは、このうえなく辛いことだ。だが、トルクメニスタンのビザは待ってくれまい……。あっという間に発たなくてはならなくなった私を慰めようと、メフディーとモニールが彼らの住むマシュハドで会う約束をしてくれる。

消えた村

午、よく歩いたが、いくら目を見開いても、休憩をとる予定にしていたファッラシュ・アーバードらしきところは見つからない。GPSのおかげで非常に精密な位置測定ができるのだから、村があることになっている場所を、一軒の家も目にせずに通りすぎたことになる。現実を認めなくてはいけない、地図に出ているこの村は、もはや存在しないのだ。村に水を供給していた水源が涸れてしまったのだろうか？　GPS、地図、そして私の脚の意見ははっきりしている。食べて寝るためには、二十八キロから二十九キロ先まで行かねばならない。そこに着いたら、休息日を一日とろうと心に誓う。ふたたび出発する前に、水がなくなったのでトラックを停める。運転手はアイスボックスの中身をほとんど全部、私の水筒に入れる。彼はおしゃべりだが、積荷の配達が遅れないように、そそくさと去ってゆく。

十三時を少しまわったころ、チャイハネで私の出現が驚愕を引き起こす。無言のまなざしにさらされながら私は思う、汗に濡れ、塩の筋がついた私の青い帽子、本格的にくたびれはじめ、ほころびつつある私の服、そして私のエヴニー、そのみんながこの人たちを驚かすに足るものなのだろう。

ボーイは一杯のソーダに十倍以上の代金を取り、二万リヤールで藁布団を貸すことに同意する。運と不運、善意とずる賢さ、旅に出ると、そのどちらにも思いがけなく出会うものなのだ。

平原は日に焼け、果てしなく、木もなく、道路に橋もない。今朝から十リットル以上の水を飲んでいるが、一度も小便が出ない。息を吐くと、帽子のつばとサングラスで護られた目だけを残して顔をそっくりくるんだクーフィーヤがかすかに湿る。息を吸うときは、「外」の乾いた熱気がその湿り気を通ってくるので、口の乾きが和らげられる。いわばダシュテ・キャヴィールのバードギールの技術を自分用にアレンジしたわけである。

キャラバンサライに泊る夢

マヤーメイに着いたときには、日が暮れかけている。そこは眠ったような大きな田舎町だが、ホレシュト〔煮込み料理〕とベッドを見つけられる望みが十分ある。若いジュースの売り子が、いきなりここがどんなところか教えてくれる。「ここは自由な国じゃない。ビールを飲むことさえできないんだ」。もっと悪いことに、宿屋もホテルもなく、一軒の食堂もない。かつては椅子だったものに馬乗りになった陽気なじいさんが、三キロ先で食事ができると言う。

マジードの店の敷居をまたいだときには、すっかり夜のとばりが降りている。そこは工場地帯とバス・ターミナルに似ている。あたりには倉庫が並び、大型トラックがずらりと駐まっていて、レストランの前の五、六台のバスの運転手たちは、エンジンをかけっぱなしにしておくという忌わしい癖を持っている。たぶん彼らは、自分の車のエンジンが一発でかかるかどうか自信がないのだろう……。それにこの国では、軽油はただ同然なのだ。大勢がにぎやかに食事をとり、テレビがわめいている。マジードは私を見るとすぐに出迎えにきて、日替り定食を持ってこさせる。それから、外の野外音楽堂のようなところ、円を描く縁石に大勢の人が坐っておしゃべりしているところで寝てはどうかと言う。私は雄弁なしかめ面を見せたにちがいない、彼は中二階のタイル張りの床を提案し、男の子に枕を取りに行かせる。彼は、一週間前にマシュハドに巡礼に行く三人のムスリムのフランス人が寄ったと言う。私の寝場所はテレビから二メートルのところだが、今日歩いた五十七キロでくたびれ果て、ばったり倒れたなり、見事になにも耳にしないまま眠りおおせる。

朝、マジードの顔が見えない。家で寝ているのだ。彼は、この店の後、私は地獄に入るのだと言っていた。サブゼヴァールまでの二百キロ以上にわたって、業火と戦うことになる。

ミイラのように顔を包み、この時間、正面から照りつける日射しを避けられるように帽子を目深にかぶり、だぶだぶのシャツの袖で両手をおおって、走ってくる車を見据えながら進む。昨日の行程は長かったが、今日も長くなる。地図では四十四キロだ。ミヤーンダシュトに、大きなキャラバンサライが改修されてホテルになったところが間違いなくあると聞いた。私はそこで休む、なんなら二日間ゆっくりするという計画を胸に温めている。

この展望——キャラバンサライだぞ、しかも——に支えられた私には翼が生え、疲労回復のための午の休憩も無視する。シャワーを浴びてから寝ればいい、キャラバンサライでだ。十五時を少しまわったころ、その赤煉瓦の高い城壁が見えてくる。それは巨大で、道路から百メートルほどのところに堂々と建っている。道路沿いにガナートの水が小さな池となってあふれ出て、木立が濃い影を投げている。そこにバスが駐まっていて、巡礼たちが昼食を終えようとしている。私は疲れ切って、キャラバンサライまで行く気力がなく、小さな池のそばにへなへなと坐り込む。帽子を池に入れ、水をいっぱいに汲んで頭にひっかぶる。気持いい。生き返るようだ。巡礼たちが、一度はしまった食べ物を私のために出してくれるが、私は礼を言い、キャラバンサライで食べますから、と言う。

アッラーの熱烈な信者たちは、ぽかんとする。

「でも、あそこは閉まってますよ！」

「じゃ、ホテルはどこにあるんです？」

「二十キロは行かないと、なにもありませんね」

「まさか。もう百メートルも歩けない。なにか食べるものを買えるところはないんですか？」

「ごらんのとおり、道路のあちら側の放りっぱなしの工事現場とキャラバンサライしかないんですよ」

万策尽きる

まいった。運転手が温度計を見ていた。日陰で五十二度。こんなところで、どうやって生き延びられるのか？　ゴム草履をはき、大きな麦藁帽をかぶった男が、キャラバンサライの管理人だと名乗り出る。そこに泊るのを許可してくれるだろうか？「もちろん」と愛想よくほほえんで男が言う。背は低いが、がっしりとして、やたらに腕っぷしが強そうだ。私は床で寝なければならないと言う。ちょうど巡礼たちの毛布の上に坐っていたので、それを譲ってくれないか聞いてみる。五万リヤール、実際の値打ちよりはるかに高いのは明らかだが、かまわない。ひとりの男とじいさん（男の父親のようだ）は売るのに賛成、一方、彼らの妻らしき二人の女は反対で、両者のあいだに激しい口論が始まる。旅はまだ先が長いんだから、わたしたちに必要なんですよ。しかし、じいさんが私に手を差し出す。五万よこしな。取引成立。私は毛布をエヴニーのなかのザックに載せ、管理人のアリーについてゆく。私はキャラバンサライの堂々たる玄関に向かうが、彼はぐるっと回り込むように言う。側面にも入口を設けてあるのだろうか？　そうだとしたら、はじめてのことだ。どこのキャラバンサライも、入口は正面にひとつあるだけなのだ。エヴニーのことも気にかかる。昼食のとき、たえず熱いアスファルトの上を回っている右側のタイヤが、文字通り溶けてしまったことがわかった。タイヤの裂け目のできたところから、チューブが鼻をのぞかせ、いまにもパンクしそうである。

大きなキャラバンサライが、もうひとつの崩れ落ちたキャラバンサライを隠していた。アリーは壁の足下で止まり、よじ登らなくてはいけないと合図する。鍵を持っていないのか？　彼は、なくしたと言う。この男は私をばかにしている。これが管理人なら、私だって管理人になれる。このままついていったら、どうなってしまうのか？

壁の上には有刺鉄線が張りめぐらしてある。しかし、アリーはチンパンジーのように身軽に登って、有刺鉄線にすきまをつくり、手招きする。私はこの建物の中を見たくてたまらない。壁の角にエヴニーを停めておき、彼の後に続く。だが、警戒は解かない。こいつはなにを狙っているのか、金を少しばかり奪いたい、あるいは罠をしかけようとしている？　私はひそかにナイフをいつでも攻撃に使えるようにしておく……。私たちは新しく葺《ふ》きなおした屋根の上を歩く。その高みから、ふたつのキャラバンサライがつながっていて、扉を通って行き来できるようになっているのがわかる。上から見ると、その全体が巨大に見える。腰を下ろし、それぞれ中央にアーブ・アンバールを備えた大小の中庭や、そこに面して並ぶたくさんの宿泊房をじっくり眺める。

大広間のにちがいない丸屋根に坐った私は、夢想が広がるのにまかせる。すると、シルクロードの魔法が力をふるう。大勢の雑多な商人たちが見え、荷を下ろされる何百頭というラクダが見え、周囲の草原で草を食《は》む、さらに多くのラクダが見える。宿泊房のそれぞれの前につくられた小さなテラスに、中国の絹地の巻物、アラビアの香の壺、ヴェネツィアのガラス製品が並べられ、人目をはばかるように宝石の値踏みがされる。

ニセ管理人のアリーが戻ってきて、限りない忍耐力を示す。あれこれと気を配り、見るからに私を喜ばせようとしている。だが、それでもここに泊るのは気が進まない。まず、エヴニーとザックという荷物を外に置いたままにしておくことなどできない。たしかにアリーの助けを借りれば、荷物を壁ごしにこちらに運べるだろうが、出発するにも彼に頼らなければならなくなる。それに、私に対する最初の言葉が嘘だった男を信用することはできないのだ。ひとりになって、現状を分析してみる。いまの状況は、あまりかんばしいとはいえない。道路わきの池の水は使える。しかし、ザックのなかにはパンひとかけと干しアンズがいくらかあるだけだ。夕食と朝食をまかなうには物足りない。キャラバンサライの中とアリーの家を除外した以上、どこで寝ればいいかもわからない。最後に最大の問題、エヴニーは走行できる状態でなく、これで機械化するとどうなるかを思い知った。荷車のふたつの車輪は、私の暮しを楽にはしてくれるが、私はそれに依存し、もはや自分の力だけではやってゆけないのだ。ヒッチハイクの誘惑に屈しないことは心に決めている。解決策を見つけなければならない。エヴニーをあきらめる？　考えられない。逃れようのないここの暑さと、運ばなくてはいけない水の重さからすれば、それは旅の続きを断念することになる。なぜなら、一日にせいぜい二十キロしか歩けなくなるが、宿を見つけられる村と村は、三十キロから三十五キロ離れているのだ。

小さな小屋がわずかな希望を与えてくれる。扉は針金で留められているだけだ。中は一方の側が草を積み上げた寝床のようになっているから、寝泊りする小屋として使われていたにちがいない。だが、部屋に光があふれると、毛むくじゃらの大きな蜘蛛が逃げてゆく……便所としても使われていた部屋のなかを。私は扉を閉める。あたりには、ほかになにもない。外で寝る？　いいだろう。でも、この暑さでは、ビバークザックの口を閉めるわけにはゆかない。ところが、アーラーンのサソリの記憶がいまも私につきまとっているのだ。もはや万策尽き、このミヤーンダシュトで足止めを食い、釘づけにされて、安らぎの場所として思い描いていたキャラバンサライは、じつは牢獄なのだった。周囲の世界が崩れ落ちるとき、人はなにをするだろうか？　私は石の上に腰を下ろし、拳に顎をのせて、物憂い無気力に沈み込み、もはやなにものも、そこから私を救い出すことはできない。

「ベルナール！」

9 タリヤーク

タイヤは東に日は西に

近くにメフディーとモニールの車が停まっているのを発見して、びっくり仰天した。息子のエスカンダルが、身をよじって後ろの座席から出ると、こちらに走ってくる。なんで彼らがここにいるのか？　奇跡が起こったのか？　彼らは私が目を丸くしているのを面白がり、シャールードに予定より一日長くいたのだと説明する。今日の昼、彼らはマヤーメイのマジードの店で昼食をとり、マジードは彼らに、けったいなヨーロッパ人を飢えから救ってやり、タイル張りの床に寝かせてやったと話した。私がミヤーンダシュトにいるのは間違いない、と結論するのはたやすいこと。彼らはちょっと挨拶してゆきたいと思ったのだ。モニールはアイスボックスから果物を取り出し、私は自分の窮状を語る。ひょっとして車のトランクにチューブが入っていないかな？　もちろん、ない。けれども、彼らにはちゃんと走る車があり、善意があり、ほんとうに人を思いやる心がある。彼らの決意は固まった。チューブとタイヤを買えるように、つぎの村まで送ってくれるのだ。エスカンダルは車輪をはずすのを手伝い、メフディーは一本足のエヴニーを預かってくれるようアリーに掛け合いに行き、モニールはトランクに場所をあけて、ザックと使い物にならなくなった車輪を詰め込めるようにする。こうして私たちは、三十三キロ先のアッバース・アーバードに向かってひた走る。抜け出しようのない窮地から私を救い出すために全力を尽くしてくれたわが守護天使を思って、胸が熱くなる。ところが、この天使は、快挙をやってのけた後、私にはかまわないことに決めてしまった。アッバース・アーバードには、修理工場も自転車屋もなく、自転車のタイヤなど、どこを探してもない。私たちは、三十六キロ先のダーヴァルザンまで行かなくてはいけないと言われる。そこに行っても、見つからない。エヴニーと車輪の大きさが同じくらいの自転車を持っている男の子がいるが、そのタイヤはぼろぼろで、私のよりひどいありさまだ。サブゼヴァールというミヤーンダシュトから百キロ近く先になる大きな町まで道を続けるしかない。そこに着いたときには、日が暮れかけている。やっと幸運に出会い、車輪はあっというまに組み直される。さて、今度は戻らなくてはいけない。私は友人たちに、バス・ステーションで降ろしてくれるように頼む。ミヤーンダシュトまで私を運んでくれるバスがあるはずだ。「まずは夕食にしましょう」と彼らは答える。そして、腹がくちくなると——エスカンダルはすばらしい食欲で、つぎからつぎに皿を平らげた——、私がいくら抗議しても、友人たちは私を出発点に連れ戻すことに決めてしまう。

「でも、ホテルはないんですよ。あなたがたはどこで寝るつもりですか?」

「必要なものはトランクに入ってます」

アッバース・アーバードのチャイハネの前に彼らのテントを張ったときには、夜はすっかり更けている。テントのなかは広々して、私たち四人は快適に眠る。目が覚めると、さらさらした砂と死の空間が果てしなく広がるダシュテ・キャヴィールの光景に息をのむ。夜が明けそめたいま、砂漠の上に靄《もや》のようなものが漂っている。目は大地と空のあわいをさまよう。薄明のなか、その茫洋とした地平線の上に大きな岩山が不気味な輪郭をそそり立たせている。

ザックを背負い、新しくなった車輪と新品のタイヤを手に持って、サブゼヴァールとダームガーンのあいだを毎日運行している小型バスに乗り込む。いや、「もぐり込む」といったほうが正確だろう。座席が十席しかないところへ、三十人がすし詰めになっているのだ。窓は開けてあるのだが、暑さはすでに厳しく、車内は息が苦しいほどだ。私がバスに乗り込むあいだに、メフディーは運転手に「ブリーフィング」を行ない、私をミヤーンダシュトのできるだけキャラバンサライに近いところで降ろすように頼んでいた。私はたちまち話題の中心になり、だれもが訳知り顔でほほえみかけてくる。もう少しで、私に敬意を表して「万歳」を叫びかねないくらいだ。「あんたがいれば楽しいから」、シャールードまで乗ってゆかないかとさえ言われる。もうお別れとはあんまり寂しい、というわけだ。それは親切心で言われたことだが、いくらこういう旅が癖になるからといっても、もう一度やる気はしない。

ミヤーンダシュトでバスが私を降ろすと、窓から差し出されたたくさんの手が翼のようにはためき、まるでバスは飛び立ってゆくかのようだ。アリーはエヴニーを家の前に置いていた。十時近いが、まだ寝ており、起こすのは遠慮する。もう一本のタイヤをはずすためのタイヤレバーになる金属片をふたつ見つけたのはいいが、昨日修理を受けた一本目のタイヤの空気が抜けているのがわかる。下手くそな修理工がチューブを工具で傷つけていたのだ。イランのバルブの仕掛けを理解するのにえらい時間がかかる。時が過ぎ、日が高くなる。私の荷車が動ける状態になってから、まだ寝ているアリーの家の敷居に数枚のお札を置いてゆく。正午だ。アスファルトが溶け、日射しが肌に食い込む。

阿片吸飲者

四時ごろ、例によって橋の下での休憩を終えて歩き出すと、一台のトラックが私を追い越してから停まり、運転手が親しげに大きく手を振る。二日前、アイスボックスの中身をくれたメフメトである。彼はマシュハドに行くところだ。五歳の娘と、髪を金髪に染め、ほほえみを浮べたときに歯根がむき出しになった黄ばんだ歯が現れるのでなければ魅力的だったはずの奥さんを連れている。彼はアイスボックスからメロンを取り出し、厳かな、もったいぶった手つきで大きく切り分ける。大型トラックの陰でそれを味わっているあいだに、奥さんがどんな運転手でも運転台にのせているガスコンロに火をつける——イランのトラックは正真正銘の移動家屋なのだ。そこは寝室にもなり、氷もあれば、茶もいれる。私は旦那と話をしながら、奥さんのようすを観察する。彼女は鉛筆を軸にして紙を巻き、真ん中をセロハンテープで留めて、針金を火にかざす。

「タリヤークを吸うんだ、あんたもやるかい?」

前にもこういう誘いを受けたことがあったが、そのときは「吸う」という言葉しか理解できなかった。その後、タリヤークとは阿片のことだと知った。

「体にとても悪いですよ」と私は奥さんに言う。

彼女は私の言ったことがわからぬまま、ほほえみを返してよこすが、いまや彼女の口が惨憺たるありさまを呈している理由がわかる。彼女は指で額をたたいて保証する。

「これは頭に効くんです」

旦那は言う。

「おれはモルヒネのほうがいいな」

私は、座席の上で人形と私がさっきあげた小さなプラスチックのフィギュアで無邪気に遊ぶ娘を見やる。母親は紙の筒を口にくわえ、阿片の小さな玉を針金に刺す。それから、ガスの炎で白熱したもう一本の針金を手に取り、麻薬に押し当てる。ジューッという音がし、白っぽい濃密な煙が立ち昇ると、彼女は紙のチューブを通してそれを吸い込む。彼女と夫は、明らかに第一段階、すなわち快楽の段階である。私は苛立ちと憐れみをふたつながらに覚える。結局、この場から逃げることを選び、エヴニーをつかむと、彼らに挨拶してから、ずんずん道を行く。四十分後、トラックが私を追い越し、私は盛大な身振りと、イランのトラックならみんなつけているサイレンの陽気な演奏を送ってもらえる。

修理の腕

まったくこの日はついてない。新品のタイヤをつけたエヴニーの右の車輪がつっかかえ、動かなくなる。自在スパナ、分解。回転をなめらかにするボールベアリングの鋼球が二個、消えてなくなっている。覆いの鉄の板が割れてしまったのだ。残りの球も、いつなんどき落ちるか知れず、そうなると、今度はタイヤではなく、車輪そのものを探し回らねばならなくなる……。固定用のボルトをきつく締めることでうまくゆくことを期待しつつ、なんとか出発するが、車輪はまた三、四回動かなくなる。どうしようもない、すべて分解するしかない。けれど、私の守護天使がもどってきた。二度目の奇跡、トラックの運転手がタイヤのパンクを直しているところに行き当たったのだ。旅に生きる者同士の連帯で、彼はグリースとウエスをくれる。貧しかった子供時代の賜物《たまもの》、いまそれを役立てる時がきた。私は機械のことなら、自分でなんとか工夫することを覚えたのだ。私は七歳、夢見ていた――「夢見ていた」というのは、つまりはそれしか考えられなかったということだ――自分の自転車を持つことを……。だが、子供は大勢いて、それは優先事項には属さなかった。とはいえ、その夢はかなえられた。スクラップのなかから自転車を拾い出し、兄の賢い助言に助けられながら、それを修理したのである。

日が暮れた。トラックの数は減ったが、その代わりにバスが増えた。旅行者たちは、暑さの和らぐ夜のほうがいいのだろう。クリスマスツリーさながらに明々と照らされた満員のバスが突っ走ってきて、ばかみたいに荷車を引きながら歩くこのヨーロッパ人《ルーミー》をかすめてゆく。あんないかれぽんちのために、だれが軌道を変更してやるもんか！　ヘッドライトに目のくらんだ私は、いつ穴ぼこにはまって、足をくじくか知れない危険を冒しながら前進する。遅い時間だというのに、相変らず耐えがたい暑さだ。

友人たちと朝食をとったチャイハネにやっとたどり着いたときには、十一時になっていた。くたびれ切って、テラスでメロンのピラミッドを背にして寝る。朝、パニックになる。エヴニーが消えてしまった。なんのことはない、用心深い店員が、納戸にしまってくれたのだった。

砂漠を歩く

上りと下りの道二本に分かれていた街道は、缶詰三個とパンをふたつ買った村の手前で合流していたが、ふたたび別々の道になる。私はいつもどおり、走ってくる車に向き合える道を選ぶ。暑い、とても暑い。十五キロほどしか離れていないサドル・アーバードが目的地なので、今日はのんびりと遅い出発にした。いわば、散歩みたいなものである。

ところが、おととい車で前を通ったキャラバンサライが見えないのが、どうも妙だと思えてくる。道路からさほど遠くない、砂漠のなかに打ち捨てられた堂々とした建物だ。地図上でのその位置からすると、半時間前には着いていていいはずだ。GPSを見ると、私はそこから離れつつあることになるが、このGPSはいままで一度も嘘をついたことがない……。道路は北へと進路を変えるが、GPSの針は南を指す。でも、私は幻を見たのではない、メフディーとモニールと一緒にサブゼヴァールからアッバース・アーバードに行く道で、あのすばらしい建物をたしかに見たのだ！　もしかして……そうだ、そうにきまっている、あれはアッバース・アーバードからサブゼヴァールに向かう道、もう一本の道だったのだ。そこまで戻らねば。いまいるところからは、なにも見えないが、カメラのズームを使うと、ようやくそれが目に入る。この距離と焼けつく地面のせいで、それは砂漠のなかでダンスを踊っているようにも、陽炎《かげろう》の海を漂っているようにも見える。ゴマ粒のような蟻たち——三十トンのトラック——も、なまこ板の上を走っているように見える。

どうすべきか？　モニールは、このあたりには流砂があると言っていた。チャイハネでは、この砂漠には蛇とサソリがうじゃうじゃいると聞かされた。しかし、砂漠を通って近道しないかぎり、十七キロ離れたアッバース・アーバードまで戻ったうえに、目的地に達するまで、もう一度それと同じ距離を繰り返さなければならない。ここまで歩いてきた十七キロに足し算してほしい、だれだって、大変な、あまりに大変なことだと思うだろう。というわけで、私は思い切って砂漠に足を踏み出す……。エヴニーはすぐに地面に腹をこするようになったので、ザックを肩にかつがねばならない。水が六リットル残っており、重さが身にこたえる。このひと月、ザックを背負っていなかったので、この感覚を忘れていた。空になったエヴニーは砂の上に軽やかな航跡を残してゆく。一歩一歩、足を置く場所を注意深く見る。荷物がのしかかるところを汗が滝のように流れ、その埋め合せに呑んだくれのように水を飲む。水の蓄えは見る間に減ってゆく。砂のなかを歩くのは、ものすごくくたびれる。足の支えになるものがなく、脚に送られたエネルギーの大半が、一歩踏み出すたびにずるりと滑ることで帳消しになってしまうのだ。安定を増すため、それにザックの重みもあるから、小股で歩く。いやなことに、進めば進むほどキャラバンサライが遠ざかるような気がする。黄金色の砂漠ははるか彼方に広がり、ターコイズブルーの空と溶け合う。もう一本の道と私をへだてていた五キロを片づけるのに二時間以上かかってしまう。舗装道路に足を置いたときには、今朝用意した水の蓄えの半分を空けていた。私は空になった水筒を振って、車を停める。運転手は水をくれるが、用心深く、まず車のラジエーターを満杯にしてから、その残りをくれるのだった……。

キャラバンサライの一夜

苦労の甲斐があった。キャラバンサライはすばらしい。それぞれ奥の間のある、中庭に面したテラスつきの部屋が二十ばかりの小さな建物で、アッバース様式の典型中の典型といえる構造をしており、二世紀半の時をものともしていない。たしかに、ここでは雨に浸食されることはないのだ――ここから数キロのところでは、冬の短い期間のあいだ、数日間、「絹の河」が流れると読んだことがあるのだけれど。中庭の中央にある小さな四角い池は、ガナートで送られた水をたたえていたにちがいない。ガナートはもう池まで届いていないが、木が何本か生えているところを見ると、水の供給は絶えていないのだ。丸天井は地震によく耐えてきた。厩《うまや》はとても広い。中庭の奥、便所から遠くないところにある二つのパン窯は、よい状態で残っており、いまでも使えそうだ。巡礼者たちにメッカの方角を示していた「ミフラーブ」と思えるものもある。

中庭に面したテラスつきの部屋をひとつひとつ見回る。ほとんど汚れていない部屋がひとつある。固い草を束ねてほうきを作り、「自分の」部屋を掃除する。二メートル四方と狭く、横になるのが精一杯だ。だが、バーヤジード・バスターミーは似たような小部屋で一生を暮したのだし、たとえ私が聖者でなくても、一夜を過すくらいはできる。膝のあたりまでゆったりふくらんだズボンをはく。これだと涼しいのだ……。シルクロードを歩きはじめてから初めて、キャラバンの一員らしい暮しになった。商人たちはそれぞれこうした小部屋と、それに隣接し、商売の場となったテラス――いわば彼らの店である――を使うことができた。マッチがなくなったので、キャラバンの隊員たちが自分でこしらえていた食事に思いを馳せながら（火打石のついた点火器は馬一頭と交換されたという）、冷たく、まずい缶詰を半分食べ、シャツを枕がわりにして、大いなる満足を覚えながら眠りに落ちる。

眠りを破ったのは、私を上からのぞきこんでいる髭のターバン男である。テラスに上ってくる音に気がつかなかった。まだ幼いのにスカーフをかぶった二人の少女が、離れたところから不安げに私を見つめ、その向うの入口に立つ、チャドルに身を包んだ女が、こっちに来てなさい、と子供たちに怒鳴る。ムッラーも落ち着かないようすだ。私は彼に向かってほほえむ。「パスポート」と彼は言う。私はそれを探すそぶりさえしない。ただ、シルクロードを旅しているフランス人だと自己紹介する。相手はほっとして、子供たちに、こっちにおいで、と合図する。今度は私のほうから尋ねる。相手は英語ができない。彼は私の地図を手に取り、マシュハドを指す。そして、両の手首を振り、それを切るしぐさをして見せ、さらに首を突き出して、引けば締まる縄の輪を手で作って見せる。ユーレカ、わかったぞ。彼は私の首を絞めたいのではなく、手振り身振りで示したのは彼の職業、マシュハドの裁判官なのだ。この国のもうひとつの聖都であるゴムと同様に、そこでも裁きはムッラーによって下されるのだ。自分の職業を象徴的に演じてみせたときの嬉しそうな顔と、生き生きした目から見ると、彼は天職を見つけた男と言える。別れのとき、彼は親愛の情を込めて、私の両頬と額に口づけしながら、祈りの文句のように繰り返す。「アイ・アム・ハッピー、アイ・アム・ハッピー」。

その後、今度は長距離トラックの運転手が私のもとを訪れる。破裂しそうなタイヤが冷えるまで待たなければならないのだ。私が今夜、ひとりでここに泊ったりしたら、寝首をかかれることになるぞ、と彼は言う。午後遅く、二人の男がガスコンロを手に、そばの部屋にそっと忍び込む。二人が出ていった後、調べてみると、やはり思ったとおりだ。床の上にある二本の針金の切れ端と紙筒が、彼らのやっていたことを示している。私はこの犯罪の証拠物件を埋める。なぜなら、ムッラーかトラックの運転手が、私がここにいたことを警察に漏らしたら、この身がどうなることか知れたものではない！……。この一帯は、アフガニスタンから来てヨーロッパに運ばれる阿片とヘロインが、大量に闇取引されているのである。

日はゆっくりと暮れる。落日が中庭の反対側の壁と宿泊房を燃え立たせる。私はテラスで寝ることにする。マッチも火打石ライターもなく――それも悪くない――、感動的に深い空に、星がひとつ、またひとつと燃え上がるのを眺める。コウモリが三匹、住処《すみか》から出てきて、暗く静かな飛行で闇に縞模様をつけてゆく。ここは乾燥しきった暑さのために昆虫はほとんどいないというのに、彼らはどうやって食物を見つけているのだろうか？　私は眠りが訪れるのを待つ。

五時、夜明けの光が城壁の高いところを白ませる。コウモリたちが、最後のビクトリーランを終えて、寝に帰る。りんご一個とオレンジ一個の朝食をし、歓びに胸がはずむ。空から炎熱が降り注ぐまで、二時間は涼しさを楽しめるだろう。

麻薬の蔓延

休憩に寄った食堂をやっているのは、すぐさま私の気に入り、向うもそれにこたえてくれた三兄弟である。三人はムッラーの息子で、陽気で、でっぷりしている。悲嘆と禁欲が徳として祭り上げられ、死への欲動が定期的に盛り上がるこの国にあって、この三人の太っちょに会えたのは大きな喜びだ。すさまじい快楽主義者で、猥雑とさえいえる彼らは、生きる歓びに輝いている。とはいえ、なかでもいちばんのおデブさんは、冠動脈バイパス手術を二回も受けたことがあり、私の目の前に透明な袋に入った、毎日生き延びるのに必要な、ひと握りほどもある色とりどりの錠剤を誇らしげに並べて、滔々《とうとう》と手術について物語る。

午後、食堂の客に誘われて、小さな町をひとめぐりし、彼の友人の家についてゆく。その友人はまず私たちを茶でもてなしておいてから、びっくりするものがあると言い残して座をはずす。持ってきたものは、水パイプ……だが水は入っていない、そしていつもなくてはならぬガスコンロ。どういうことかわかった。二人してパイプを吸うようすすめるが、私は断る。私は二十五年間、ゴロワーズ「中毒」だったが、六カ月かけてそれを治したのである。ここでは阿片はいくらするのだろうか？　六十粒ほどの丸薬――つまりパイプ六十回分ほど――がとれるスティックが、四万リヤールである。パイプ一回分は、七十五サンチームになる。われわれには呆れるほど安い値段だが、彼らにはそうではない。「ヤク中」は一日に四回から六回パイプを吸うが、その一日分でレストランの給仕たちが教えてくれた彼らの日給の半分に当たるのである。水なしの水パイプを使うのは巧妙なやり方だ。警察が踏み込んでも、空手で帰るしかない……。

　タリヤーク〔阿片〕を吸う人を指すには、両手の人差指を交差させる。二本の針金をくっつけ合せていた女の手つきが思い出される。事情をのみこんでいれば、この手振りの意味はすぐにわかるのだ。しかし、ここでは麻薬をやる人を非難したりはしない。それが当り前で、麻薬をやることを隠しもしないし、この手振りも見慣れた光景になっている。

　一昨日、茶を飲んだときに二人の男と相席になった。年上のほうが私の年を尋ね、自分の年を当ててみろと言う。六十歳、と私は言う。その男は七十歳だった。もう一人が同じことを聞く。五十くらいに見えるが、自信がないので、おだて気味にしようと思う。そこで、四十歳、と答える。男は三十歳だった。

「タリヤークのせいだろうな」と彼は説明するのだった。

　阿片の愛好者はたくさんいるのだろうか？　シャーの時代、テヘランのブルジョワ社会では、粋がった人々が周囲をあっと言わせるために阿片を吸った。現在では、吸うのは大衆である。タブリーズで廟を訪れた詩人のシャフリヤールは、有名な阿片常用者だった。彼は革命と抑圧体制で愛用の麻薬を奪われたが、確かなこととして聞いた話では、ムッラーたちがひそかに手を回して、彼は三年前の死にいたるまで阿片を手に入れることができたそうだ。では、禁酒体制はどうか？　私が聞いたところでは、イラン人の七十パーセントが少なくとも一度はアルコールを口にしたことがあるが、自分からそれを認めることはけっしてないだろうという。水筒の中身が水かウィスキーかと、舌なめずりするような口調で百回は聞かれた。なかには私の答を信じず、味見させてくれという者もあった。アルコールの禁止が、宗教的禁忌の対象となっていない阿片の消費を促しているのか？　麻薬使用者に対する罰が厳格であるのはたしかだ。しかし、麻薬の流通ネットワークは明らかに存在する。イランは、アメリカの禁酒法が示したように、禁酒体制は人々の飲酒を妨げられないどころか、アルコール依存症よりさらに根絶が困難なマフィアを生み出す、と苦い思いで認めることになりそうだ。

〔原注　二〇〇〇年二月、改革派の新聞「モシャーレキャット」にアブドルレザー・ハザーイーが書いている。「この国には麻薬の中毒者が三百二十万人、非習慣的使用者が八十万人いる。使用者の六十四パーセントが三十五歳以下で……刑法犯の六十パーセントが麻薬がらみの事件で刑を受けている。イランはアフガニスタン産の麻薬を年間二千トン消費している。」（「クリエ・アンテルナショナル」三二八三号、二〇〇〇年二月）〕

サヴァク　10

七月十一日　ダーヴァルザン　千三百十六キロ

食堂の三兄弟

三兄弟のひとり、アリーはびっくりするほどフランシス・ブランシュに似ている。小柄、肥満体、口髭、丸眼鏡、いたずらっぽいほほえみ、そのどれもがあの俳優とそっくりだ。彼は隣町のマジーナーンに二つあるキャラバンサライのひとつを見に行こうと私を誘う。サーサーン朝時代のはひどい状態だが、アッバース様式のは保存状態がよく、市による改修工事が行なわれている。二世紀以上前に掘られたガナートが、十八キロ離れた山並のふもとから、澄み切った水を運んでいる。市長は私を賓客扱いする。数人の有力者が私たちに会いにきて、泉水のそばに緋毛氈《ひもうせん》が敷かれ、涼しさをよぶために水が撒かれる。それから、メロンを味わい、茶を飲む。

夜、三兄弟はテーブルからテーブルを回って、ファラーンセ（フランス）から来た男の冒険譚を客に語り聞かせる。彼らは尾鰭《おひれ》をつけ、面白おかしい話をでっち上げている。今年はサマルカンドまでだとはっきり言ってあるのに、彼らの話を聞くと、私はアフガニスタンとパキスタンに行くのだそうだ。人々は、私が天から落ちてきて、いまにもまた空に舞い戻るのではないかというように、しげしげと見つめてくる。私は笑いをこらえながら、皿の上にうつむいて食べる。寝場所は祈りに使う部屋だ。もちろん、二回の食事と翌日の朝食の代金は払わせてもらえない。三人とも、でっぷり突き出た腹のせいで息を切らしながら、駐車場まで送ってくれ、そこで友情の汗を流しながら、こちらの姿が見えなくなるまで手を振りつづける。

名前を変えた秘密警察

中国の西安から走ってきたトーマス、トルステン、フランクという、三人のドイツ人サイクリストは、ライン川ぞいのケルンに行く途中だ。彼らはシルクロードを四カ月で、すなわち一日平均百キロのペースで走破する予定である。キルギスタンと中国の国境に連なる天山山脈をトルガルト峠を通って越えるときに使った地図を送ると約束してくれる。そこは来年、私が歩こうと思っている道である。私たちは、メールで連絡を取り合えるようにアドレスを交換して別れる。

夜が明けようとするころ、メフルを発つ。小さな狐が私の脚のあいだをすり抜けて、砂漠のなかに消えていった。弱い風が起こり、砂と灰褐色の埃の柱をいくつも巻き上げる。一度に八本まで数えられる。さいわい私の顔はクーフィーヤで護られているが、こんな恰好をした私は、「燃える水の国」を冒険するタンタンのそっくりさんといったところだ……。

リーヴァンドという、人家が三軒の「村」で泊る予定だったが、食堂の主人があまりに感じが悪いので、十五キロしか離れていないエスティールまで行くことにする。十三時、到着。そこには宿屋などなく、すれ違った三人のなにがしさんは、私が質問しても、まるで取り合ってくれない。というわけで、サブゼヴァールまで行くしかない。またもや気違い沙汰の一日だ、なにしろ五十キロ歩き通すことになるのだから！　けれども、正直に言えば、私を支えるひとつの希望からエネルギーが湧いてくるのだ。シャワーを浴びられる……。

十七時ごろ、到着。残念、このあいだメフディーとモニールと一緒に夕食をとった、いちばんいいホテルは満室だ。翌日になって、フランス語がとても上手な女の人から聞いたが、これは大学入試のせいだそうだ。サブゼヴァールの大学は、イランのなかで評判が最悪の大学である。では、子供に入試を受けさせるために、これほど多くの家族が詰めかけるのはなぜか？　理由は簡単である。大学のレベルが平均以下なので、入試の程度は低い。いったんサブゼヴァールの大学の入学許可が得られたら……親のコネを使って、入試の難度が非常に高いテヘランかどこかの大学に転学する。これで一丁あがり、というわけ。

支配人が、そこもよいところだと言うホテルの名前と住所を、ペルシャ文字で紙に書いてくれ、私は歩道の上をエヴニーを引いて出かけた。

私の後をぴったりついてきた見知らぬ男が、あまり愛想もなく言葉をかけてくる。

「ついてきてください」

丸ぽちゃ気味のすべすべした生きのよい顔をした若い男である。この「ついてきてください」がどういう意味なのか、すぐにはわからない。これまでイラン人は進んで助けてくれることがしょっちゅうだったから、この言葉が命令だとは思えない。そこで、手に持った紙切れを見せる。ところが、相手はこう言い直す。

「ついてきてください、私は警察の者です」

テヘランの泥棒警官以来、私には私服警官を用心すべき理由がある。私はきっぱりした口調で、復讐心を込めさえしながら、話を切り出した。

「警察？　あなた、警察の人ですって？　でも、制服を着てない」

「そうですが、私は警察に所属しており、あなたに同行を……」

「身分証明書は持ってるでしょ？」

彼は私が役割を逆転させようとしているのを察して、威嚇にかかる。大きな赤ん坊のような顔に少しばかり皺を寄せ、私の疑惑を黙らせ、自分の身分を認めさせようとして、自分では有無を言わせぬつもりの口調で繰り返すが、どうも迫力がない。

「私は警察の者です、あなたには同行の義務があります」

「だめです、あなたは警察だと言うけれど、それを証明していない。制服か証明書を要求します。さようなら。もし私に用があるなら、このホテルにいますから」

男は木立の向うに見える建物を指差す。

「あれが警察の本署ですよ」

もう少しで、「一杯やりに来てください」と誘いかねない調子だ。だが、私はそんな調子のよさには乗せられない。私はエヴニーをつかみ、さっさと歩き出した。男は向うから見えるように、警察署の前の葉むらの下に身をかがめて、大きな身振りで合図を送ってから、猛ダッシュで私に追いつき、腕をつかむ。私は激しく身を振りほどくが、同僚に合図をした以上、この男は本物の警官であり、私は自分の立場をややこしくしているということはわかっている。男は行く手をふさぎ、武装警官が一人、こちらに走ってくるのが見える。わかった、英雄気どりはよしにしよう。私は二人の警官にはさまれて、警察署に向かう。エヴニーは制服警官にあずけるように言われ、私たちは三階まで上る。若い警官はとても礼儀正しく、ほとんどうやうやしいほどで、弁解の言葉を口にする、とにかく命令なもので……。私たちは、やはり私服の警官が二人、話をしている部屋に入った。赤ん坊顔の警官がそのひとりに話しかけると、その男は手を差し出しながらこちらに来て、茶をどうかと言う。私はパスポートを出そうとポケットをまさぐり、握手を避ける。

「私をどうしたいんですか?」

「ただこれを調べるだけです。ほんとうに茶はいりませんか?」

彼は同僚とともに机の上の電気スタンドのそばに坐り、私の身分証明書のページをめくってゆく。「あなたのビザは有効期限が切れてますね」と彼は言う。私は笑って、パスポートを手にとり、入国日、五月十四日というところと、有効期間、三カ月というところを指でなぞって見せ、したがって私のビザは八月十三日まで有効である、ところが今日は七月十三日である、と結論を下す。たしかに事は簡単でなく、キリスト教暦に従った日付もあれば、イスラム暦に従ったのもあるのである。彼はそのふたつがいささかごっちゃになってしまったのだ。彼は勘定をやりなおし、私と同じ見解に落ち着く。そして、部下に私のホテル探しを手伝ってやるように命じてから、私には、サブゼヴァールで楽しい滞在を、と言い、放免してくれる。丸ぽちゃ警官はさらに親切だ。私はちょっとからかってやりたくなり、車のトランクにエヴニーを詰め込むという大変な仕事を彼ひとりに任せた。笑って見ているのは私だけでなく、同僚たちも彼をからかう。おまえ、引越屋かよ、とかなんとか言っているにちがいない。車に乗っているあいだ、彼の身分、私に応対した男たちの身分を知りたいと思う。警察か、警察でないのか？ 私はこの赤ん坊警官を徹底的に取り調べることにする。

「あなたはどういう警官なんですか？ 制服も着ていない、身分証明書も持っていない、それでも警察署のなかで働いている」

彼は明らかに私の口調や話題をいやがっているが、こう答える。

「私は警察……情報警察に属しているんです」

私はゆっくりと相手の傷口を広げてゆく。

「情報警察？ それはどういうものですか？ どういう情報を扱うんです？ 新聞や出版物を対象とする警察かな？」

それはフランスの総合情報局、つまり情報を収集して当局に提供する警察官たちに相当するのではないかと私は想像する。しかし、フランスではこの人たちは通行人を呼び止めたりはしない。

私は皮肉っぽい笑みを浮べながら、そのことを彼にぶつけてみる。彼は英語の文をひとつ、ふたつ作文しようとするが、うまくゆかず、ついに思い切る。

「こう言えば、おわかりになるでしょう。『サヴァク』です」

これはもう冗談事ではない。つまりムッラーたちは、シャーの支配した時代に、もっとも忌わしい評判を得ていた警察を自分たちのために再利用したのだ！　まったく強権体制はみなそっくりだ。ツァーリとその政治警察の暴虐の犠牲者だった共産主義者たちは、そこから解放されると、死刑執行人を復活させ、それをはじめはＮＫＶＤ、ついでＫＧＢと名づけた。名前は変っても、やり方はおなじだ。ムッラーたちはサヴァクという名前は消し去ったが、その組織は変らない。

恐怖の経験談

ガズヴィーンである女性が、いまからわずか五年前、ハタミがまだ大統領の座に就いていなかったころには、恐怖が蔓延していたと私に語った。ある日、彼女の夫が子供たちを訪ねるために汽車の切符を買いに行った。夜になっても夫は帰らず、彼女は不安にさいなまれながら夜通し待ちつづけた。翌日、彼女は朝一番に地区の警察署に行った。だれも、なにも知らない。コネがあったので、友人たちにある省に働きかけてもらった。すると、夫は「特殊警察」すなわちいたるところで、やむことなく反対者を探しつづけている警察に逮捕されたということだった。そしてついに、彼女は悲劇的な知らせを聞く。夫は某刑務所の独房におり、そこからはだれも生きては出られないというのだ。罪状はわからない。とにかく一斉検挙で捕まったのだった。

コネのおかげで、いくらか情報が得られた。夫はドルとポンドを持っているのが見つかったのだった。その事実の意味ははっきりしていた——スパイだ。「でも、それは当然のことです」と彼女は叫んだ、「夫は貿易会社で働いていて、ヨーロッパ出張から帰ったばかりだったんですから」。しかし、どうしようもない。夫は死の独房にいるのだ。見たところ、そこから出られる可能性は皆無である。ひと月のあいだ、彼女は八方手を尽くした。方々のドアをたたき、大臣の控え室で何時間も待ちつづけ、夫が親切にしてやったことのある人たちすべて——大勢いた——のってを頼った。夫は政治にはまったく関心がなかったということを示す証言を大量に集めた。四週間のあいだ、なんの成果もなかった。そして、ある日、彼女は夫が別の刑務所に移されたことを知った。死に至る独房から出ることができたのだ。数日後、夫は釈放された。裁判まがいのことをして見せる手間さえかけられなかった。当然のことながら、情報警察は誰が体制の敵かを「知っている」のだ。それに、もし情報警察が誤りを犯したとしても、文句を言える者がいるだろうか？　政治家などまるで頼りにならない。この警察が見張っているかぎり、だれも釈明を要求したりはしないだろう。ハタミが選挙で選ばれてから、事態は変化した。先だっての国会議員選挙は希望を生み出した。

しかし、もうひとつの、より密かな、さらに恐ろしい脅威がある。いかなる国家機構にも属さない一部のムッラーたちが広めている脅威である。かれらのやり口は、二世紀間にわたって恐怖を蔓延させた「山の老人」のそれに近い。神に仕える人が求めることすべてに盲従するように教え込まれた者たちを利用するのである。確かな話として聞いたところでは、最近あった芸術家やジャーナリストの殺害事件のいくつかは、心の弱い者を操り、ためらうことなくその手に武器を握らせる、こうした良心のかけらもないムッラーたちの仕業だという。もちろん、問題はアッラー自身によって解決されるのだから、これらの犯罪は地上ではまったく罰せられないままである。

ホテルいろいろ

わが警官ガイドは推薦されたホテルまで送ってくれた。そこも満室だ。私たちは三軒目に向かう。彼は問い合せに行き、戻ってくると、「だめです、ここには泊れません、汚なすぎます」と言う。だが、従順な兵卒である彼は上司に電話する。「部屋が空いているのはこのホテルしかありません。ですから、ここでおいとまします」。上司は、彼が外国人の相手で十分時間を浪費したと考えたにちがいない。

「汚い」はぴったりの言葉ではない。このホテルは垢じみて、不潔きわまりなく、不衛生で、胸が悪くなる……。頭に浮ぶ形容のどれも、ここの不潔さを言い表すまではゆかない。床のはがれた陰気な廊下の両側に並ぶ十ばかりの部屋が「浴室」として使えるのは、水漏れする水道一本きりである。しかも、その下には、料理くず、缶詰の空き缶、赤ん坊のおしめ、汚れた紙など、客のごみを入れるバケツが置いてある。もう満杯なので、客たちはそのわきにごみを捨てている。

ただひとつの空室は、このごみ捨て場に接した部屋である。そこまで私を案内した支配人がドアを押す――ノブも錠もなく、留め金で開かないようにするしかけだ……が外側からだけである。二つあるベッドの一方はもう借り手がいる、と男は言うが、どちらがそうなのか彼は知らない。ここにはなんとも言いようのない積もりに積もった腐敗臭が充満している。シーツはしわくちゃで、もちろん、薄汚れているどころではない。ドアが外側からしか固定できないのを不思議がると、「どの部屋もみんなそうです」と男は素っ気なく言うのみ。あとでわかったが、トイレもそうなのだ。これなら外で寝たほうがましだ、私はザックをつかんで出てゆこうとした。だが、十倍の料金で二日分の宿代を前払いさせた支配人は、ちょっと待ってください、なんとかしますから、と言う。待っていられるように、私は通りに面した窓を開け、たぶん久し振りのことだろうが、新しい空気がこの汚い部屋に入ってくる。主人は南京錠と鍵を持って戻ってくる。そして、ドアとドア枠に輪っかをひとつずつ取り付ける。これで出かけるときは閉められるが、寝ているあいだは無防備だ。

隣人のいびきを聞きながら過した夜のことは忘れたい――感じのよくない学生で、私はおとなしくしていたのだが、向うは私がいることでいらいらしているようだった――、それから朝食――牛の頭を煮て、それがまだ煮くずれつつあるスープ――のことも忘れたい。それはカトリックの主人がやっている食堂で、壁に聖母子像やキリストの磔刑《たっけい》像やその他の絵を誇らしげに飾り、そうした絵が等身大のホメイニ師の肖像と仲よくやっているのだった……。そうだ、こうした胸のむかつく思い出、地獄のような辛い苦しみの時間は引出しの奥にしまっておくのがよい……その日の午前中に私のためにとっておかれた幸福をよりよく味わうために。「外国人用高級ホテル」の一室が空いた――第三の奇跡――のであり、私が熱いシャワーの下にそっと身を置いたときの恍惚感は、けっしてだれにもわかってもらえないだろう。私は皮膚を徹底的に磨き上げ、無数の細かな皺が浮び上がるまでシャワーを浴びつづけた……。

サブゼヴァールには見学すべきものはなにもない。この地域の多くの都市と同様、チンギス・ハーンによって見事なまでに破壊しつくされた町は、まったく面白味がない。とはいえ、全ペルシャで最大のキャラバンサライがあったのはここなのである。千七百室だ！　どでかいと思ったガズヴィーンのキャラバンサライは、二百五十室しかなかった！

郵便局での疑惑

アクバルという白い顎鬚を生やした年寄りの修理工が、組立て中の子供用自動車をほっぽり出して、エヴニーの車輪にかかると、またたく間に新品同様に直してしまった。言い値の千リヤールよりもっと多く払いたいが、それは無理、料金は料金なのだ。

この二週間ほど、一日の行程の後、毎晩つけているメモをザックのなかに溜め込んできた。郵便局で手紙の封筒といっしょにフィルムを入れた封筒を差し出すと、三人の職員がそれをさわって、困った顔をする。それも「情報」に属するのだろうか？　テヘランで検閲官が通さないだろうと言われる。この体制は、フィルムになにが秘められているかを知らぬまま送り出すことはしないのだ。写真はまだなんとかなるが、フィルムはだめだ。フィルムはここに送り返され、職員はそれをどうしていいかわからなくなるだろう。そこで、フィルムは手元に取っておくことにする。切手代を払い、局員が出してくれた茶を飲む。それから外に出ようとすると、すれちがった男がこちらを見た目つきに注意を引かれる。この男は見たことがあるが、どこでだったろう？　昨日の不潔なホテルでもないし、今朝から投宿しているホテルでもない。警察署でしかありえない。慌てて局に戻り、郵便物を出した階に上った。男はそこにいて、私に背を向ける。カウンターの上に、局員が消印を押してから箱に投げ入れるのをこの目で見た私の十五通の封筒が取り出されている。私は急いでそれをかっさらう。

「明日出します、忘れたものがあるので……」

「でも、もう消印を押しましたよ」と三人の職員のひとりがびっくりする……。「料金もいただきましたし……これから発送するところなのに……」

発送するって、どこへ？　それは私なりに見当がつく。例の男はじっとしたままだ。私はその場の一同ににこやかに挨拶して、さっさとずらかる。赤ん坊警官との一件以来、妄想が昂じてしまったのか？　そうかもしれない、だが危険を冒したくないし、冒すわけにもゆかない。私はうっかりして、見たことを何気なくそのまま記してしまったので、麻薬に手を出した人たちとか、一緒に酒を飲んだ人たち、体制を批判せずにはいられない人たちといった反抗的な人々を捕まえるのはそんなに手間のかかる仕事ではないのである。結局のところ、これらの封筒はそんなに重いわけではなく、人を巻き添えにしかねない詳細の一切を消してから送ったって遅くはないのだ。

七月十八日になってから、そのようにして送ったが、パリで受け取ったのは……十二月二日だった。封筒は湯気ではがされ、湿り気のためにインクがにじんでいた。それでも、検閲官は几帳面だった。一度無断で開けられた封筒は、ちょっと風が吹いても開きかねないと心配したのだろう、たっぷりと糊を塗りたくり、中の紙の裏までべたべたに糊づけされていた……。

理不尽な要求

休息日を取ることにした。マシュハド到着予定日まで一週間あり、歩行計画には余裕がある。この二週間、宿泊予定地をいくつか飛ばしたのだ。ホテルの支配人に、料金は同じでいいから、庭園に面した三部屋の豪華なスイートに移ってはどうかと勧められる。しかし、引越しは一日一回でたくさんだし、私は部屋のなかにはほとんどいないのだ……。

パリに電話し、自分のメールボックスをのぞけるコンピューターを見つける。私が客となったコンピューター関連会社は、できて間もない。創立者は情報通信に熱意を燃やす医者である。しかし、電話回線のぐあいが悪く、二時間かけてメール二通を読み、その一通に返事を書くことしかできなかった。

ホテルにもどり、支配人に明朝五時に出発するが、朝食は食べたいと言っておく。それは可能ですか？　ええ、もちろん。イラン人は「できない」とはけっして言わない。彼は、ただその前に、パスポートをお預かりして、追加料金をお支払いいただきますと言う。

「追加料金ですって？　あなたは昨日の朝、私に二泊分、つまりイラン人料金は二万五千リヤールなのに、五十万リヤール（五百フラン）も払わせたじゃありませんか！　それに、すべて込みだと保証しましたよ。その『追加料金』というのはなんですか？　私はここでは電話も使っていないし、食事もしていない。パスポートは昨日あなたの要求どおり渡しましたから、警察はゆっくり調べる時間があったはずですよ」

支配人は、パスポートについては激しい口調で要求を繰り返し、金については弱気で、金額――十五万リヤール――をアラビア数字で書いてみせるだけである。私が主張を譲らないので、彼は勝負を投げて、どこかに消えてしまう。マシュハドに住む客が、町に着いたら自分の家に泊ってくれと言いにくる。私たちが話し合っていると、支配人が戻ってきて、要求を繰り返す。

「金は払いませんよ、どうして払わなきゃいけないのか、あなたがちゃんと説明できないかぎりはね。パスポートもだめです、制服の――この点を強調する――警官が要求するのでなければね」

口調が激してくる。すぐそばの食堂から幻影のように現れた若く美しい女性が、口論を耳にしていたにちがいなく、なにかお役に立てることはありませんかと言う。彼女は英語が達者で、フランス語も少しできるから、最適の通訳になる。さて、その後の展開は――

「でも、パスポートを要求しているのは私じゃなくて、警察なんですよ……」

「そんなら、警察が来て私に要求すればいい、あなたはもうひっこんでてください」

「しかし、あなたのビザは有効でない」

反論する気にもなれない。レストランの人たちが寄ってくる。いまや十人以上の人が私を取り囲んでいる。私はいらいらしてくる。

「あなたの言う警察はどこにいるんです？　ここに来ればいいじゃないですか？」

「ここにいますよ」

支配人は野次馬の後ろに隠れている私服の男を指す。こいつなら知っている。郵便局の男だ。

「あなたですか、警察ってのは？」――男はぎこちなく笑い、私が信じられない思いでいるのももっともだという顔をするが、なにも言わない。「では、交換にしましょう。あなたは警察の身分証明書を見せてください、私はパスポートを見せます」

男は欠けた歯をむきだして作り笑いを浮べながら、首を振って拒否する。支配人が助太刀にくる。

「まちがいなく警官ですよ、信じていいです、私が知ってるんですから」

「それなら、私はチンギス・ハーンだ」

二人組をのぞいて、みんなが笑う。それでも、警官が合図を送ると、支配人はまた要求を繰り返す。

「パスポートを渡してくだされば、一時間後にはお返しします」

「いますぐ返すという約束でも、渡しはしません」

激しいやりとりが続き、うら若い通訳は大わらわだ。だが、彼女はかえって昂揚してくる。明らかに、彼女は私の味方になり、ますます数を増やした野次馬の群も、慎重に沈黙を守りながらも、こちらに向かって激励のほほえみをつぎつぎに送ってくるようになる。

「では、警察署に来てください」

それが男の最後の手段だったが、それは有効であり、拒むわけにはゆかない。支配人、通訳、群衆、そして私が行列をつくる。この時間、どの部局も閉まっているが、煌々《こうこう》と灯りに照らされた窮屈な部屋で、数人の当直警官が時間が過ぎるのを待っている。ホテルの警官はすでにその片隅にいて、黙っておとなしくしている。ほかの人たちは、一人も通すまいと入口に立ちはだかる警官に押し返される。私は若い女性通訳を介して、制服の男たちに、パスポートを見たいというのは本当かと尋ねる。チーフらしき男がびっくりする。私はせっかくここまで来たのだから、この男にパスポートを突き出して、衆人環視のなかで私のビザが有効なのを確認してもらうことにする。彼は、たしかにすべて規定どおりだと認めざるを得ない。

それで彼はもう帰りなさいと言い、私は喜んで命じられたとおりにする。階段の下で、握手を求める手が差し出され、警察に対する私のあっぱれな抵抗ぶりが拍手で迎えられる。人々は頑固者の私の強情さによって、代理勝利を収めたのだ。そして私は人間が狭量で、ちまちました意趣返しをすることをよく知っているから、翌朝、玄関番が——明らかに支配人に言いふくめられて——自分は厨房に入ることが許されていないと言うのを聞いても驚かない。というわけで、私は空きっ腹をかかえたまま出発する。けれども、堂々と胸を張って……。

桃源郷

この二日のあいだ、地図を詳しく検討して、道草を食うことに決めた。いまや国境到着まで時間はたっぷりあり、トルクメニスタンとその恐ろしいカラクム砂漠には元気よくとりかかりたい。そこで短い行程に組み直し、当初の計画より一日よけいにかかる回り道をするつもりなのである。こうして私は心おだやかに、サブゼヴァールから十八キロのバーグジャルという小さな村に通ずる上り坂にかかった。距離はごく短いが、登りはきつい。この二週間、平地を引くのに慣れてしまったエヴニーが重たくなる。風景はすばらしい。日に焼かれ、赤茶けた大きな谷が並び、そのあいだを道路がジグザグに走っている。車はごく少なく、私はひさしぶりに落ち着いた山歩きの幸福を、かくも美しく、かくも過酷な自然との一体感を取り戻す。焼けた大地から木々が伸び出すには、ひと筋の水の流れで十分だ。こんな奇跡を前にすると、アラブ人がイスラムの象徴として緑色を選んだことが当然のように思える。

南を向くと、恐ろしいダシュテ・キャヴィールが果てしなく広がるのが見える。風に巻き上げられて砂の柱ができ、砂漠に向かって突き進んでゆく。十階ほども高さのあるそれは、ちっぽけな村の上を通って、束の間、灰色のベールで村をおおい尽くしてから、地平線に向かって暴走をつづける。

　バーグジャルに着いたときはすばらしかった。五時間、汗だくで登りを続けた後、カーブを曲がると、突然山腹にきれいな段々をつくる村が姿を現すのだ。道路の真下で平屋根をのせた煉瓦造りの小さな家々が斜面にしがみついている。その周囲は、練り土の塀に囲まれた何百という小さな畑に、葡萄や杏、桑や柘榴《ざくろ》の木が植わっている。地面近くの作物はピーマンの実の強烈な色に明るく照らされ、いたるところで野生のタチアオイが花を開いている。道端の木陰で二人の子供が、ひとりが捧げ物のように顔の前に持ち上げている大きな葡萄の房にかぶりついている。日に焼かれっぱなしだった私は、こうしたものを目にして生き返った心地になり、自分も木の陰に腰を下ろし、心ゆくまで眺め渡す。この回り道はなんとよい思いつきだったろう。頭のなかを自分が通ったすべての村々がよぎるが、バーグジャルがもっとも美しく、もっとも幸福で、山々の衣をまとったその姿がもっとも魅惑的に思える。ほど遠からぬところに泉が湧き出て、果樹園に水を送っている。バスが停まり、込み合った車内に何人かが乗り込む。運転手とひとりの農民が羊を一頭屋根に上げ、恐怖におののき、か細い脚を踏ん張った羊を頭上に乗せたままバスは走り出す。過熱状態のラジエーターに水を入れるために木陰に車を停めた夫婦とおしゃべりをする。彼らが言うには、坂道を上がった峠のそばに、アリヤークという小さな村があるそうだが、私の地図には載っていない。

そこに行きたくなる。自制しようとはする。なぜまた脚がうずうずするのか？　このバーグジャル村に泊って、平和を味わい、畑のあいだをぶらぶらして、明日の朝、砂漠に日が昇るのを見ればいいじゃないか。けれど、アリヤークはたぶん同じくらい美しく、もっと美しいのかもしれない。それになにより、もっと高く、もっと遠くに行ける。例のごとくまたしても、手もとにあるこの平和を、周囲から隔絶された静けさを、元気を与えてくれる緑を楽しむよりは、道の魔力にそそられる。迷いは長くは続かない。汗をどっさりかいたその先で、アリヤークは峠のそばの木のない平地に固まった四軒の陰気な家を見せてくれた。バーグジャルの桃源郷のようなイメージは消えてしまう。しかたがない。ありのままを受け入れ、そしてもちろん先を続けるしかない。悪魔が耳にささやくのだ。「すぐそこだぞ。下り坂を二、三時間歩くだけだ。すべるように下ってゆくだけでいいんだぞ……」。明日の夜泊るはずだったソルターン・アーバードまでだ。十三時を回ったころ、葡萄畑のへりにある、最後の収穫のときに造られたにちがいない木の枝の屋根の下で、缶詰を食べる。それから、安らかにぐっすり眠る。道は鉤《かぎ》のようにとがった山々に囲まれた広い盆地に至るまで、ゆっくりなだらかに下ってゆく。斜面は一面使われていない葡萄畑だ——ムッラーたちのおかげである。枯れた葡萄を植え替えもせず、畑全体が虫に食われている。若枝の剪定《せんてい》さえもうやっておらず、私にはこのなげやりさが許しがたいことに思える。

進んで車に乗る

ソルターン・アーバードは谷底にあり、黄土色の土地にまっすぐな黒い線を描く道路が北と東に続いている。道端に腰を下ろす。急いではいないのだ。日が暮れるまで二時間はあり、私は村まで歩いて一時間のところまで来ている。味わったことのないけだるさに包まれ、しばらくそこでぼんやりする。自分は宇宙のなかの一匹の虫けら、宇宙の塵なのだという、幾度となく抱いた印象が全身を浸し、文字通り私を無化する。どうして私はここにいるのだろう、そもそもこの二〇〇〇年七月十六日、イランの空の下でただひとり、ぼろをまとって坐っているこの私は、いったいなにをやっているのだろう？

こうした存在論的メランコリーから私を引き戻したのは、坂を登ってきて、私を見て急ブレーキをかけたジープである。ゼイノルアーベディーン・ノミーネが車から飛び出し、手を差し出しながら、こちらにやってくる。口髭は黒、顎鬚は白と、ヒゲの色がはっきり二色に分れた大男だ。ふたつのヒゲのあいだに、よくしゃべり、何本か歯の抜けた顎をむきだしにして、おおらかに笑う口がある。この男は、あふれ出てくるかのような思いやりをつぎからつぎに見せる。挨拶すると、お決まりの質問をする前にジープにもどり、氷の塊の上から葡萄の大きな房を三つ取り上げて持ってくる。やれやれ、また下痢か……。

彼はこの氷をサブゼヴァールに運ぶところだ。

「乗せていってやろうか?」

「サブゼヴァール?　私はそこから来たんですよ!」

「ソルターン・アーバードなら、おれの村だ。乗せてってやるよ」

サブゼヴァールへの往復は少なくとも一時間かかる。そのあいだに私は村に着いているだろう。

そこで、はっきり断らないようにしながら、うまいこと言っておく。

「いや、サブゼヴァールからの帰り道に喜んで乗せてもらうよ……」

彼は歯抜けの大笑いを見せて、ジープに行き、後部ドアを開け、軽々とエヴニーを持ち上げて氷の上に置くと、私のためにドアを開ける。

「さあ行くぞ、サブゼヴァールは後回しだ」

驚いたことに、私は自分がこう答えるのを耳にする。

「バレ」

こうして、私は自分から進んで車に乗ってしまった！　しかも、これまで何度もしたように、なにがなんでも一キロたりと失うまいとして、明日の朝、村から今いる高いところまで戻ってこようなどとはまったく考えていないのだ。これで今後は楽しませてもらえるだろう。というのは、「……それで、あなたは一度も車に乗っていないんですか？」と疑い深く、絶えず尋ねてくる人たちに、これからは「乗りましたとも、ソルターン・アーバードの建築業者ゼイノルアーベディーン・ノミーネのジープに乗って六キロ片づけましたよ」と答えることができるからだ。

モスクの夜

昼食から時間がたっていたので、私はモハンマド・アリー・フォカロイという、髪を寸分のすきなく刈り込んだ身だしなみのいい若者の店でサンドイッチをぱくついた。だぶだぶの白いシャツが彼の赤銅色の顔をきわだたせ、やや細長い目は、モンゴル人がこの地に足跡を残したことを物語っている。彼ははるか遠くから歩いてきた外国人を目の前にして大いに感激する。急いで友人のダディヤールを呼びにゆき、この友人は自分たちの頭に浮ぶ、まるで突拍子もない質問を下手糞な英語で通訳する。日が暮れようとしている。宿を見つけなければならない。何軒かで断られると、わが友モハンマド・アリーは私をモスクに案内し、隣に住む気難しい小柄な老人に扉を開けさせた。私はやわらかい絨毯の上ですぐに眠り込む。目が覚めると、ティーポットとコップと砂糖をのせた盆が置いてある。寝ているあいだにモハンマド・アリーが置いていったにちがいない。ほかにも寝ている人がおり、二人の老人がドライフルーツをつまみながら、コンロで茶を沸かしている。カトリックになじんだ私は、ミサのときにしか生彩を放たない、われわれの教会の尊大な冷たさにくらべて、モスクにあるこの団欒《だんらん》の雰囲気にあらためて驚いた。チャドルをまとった三人の娘たちが、わざわざこの機会に買った新しいノートを「記念帳」にして、私にサインを求めにくる。彼女らは写真撮影を承諾し、テヘランのはすっぱ娘たちのように、チャドルをずらして髪の毛を見せる。老人たちも私を「見物」にくる。職業は？　元教師です。カートリークかね？　バレ。

モスクを出て、やさしいほほえみを浮べ、天使のような目をしたモハンマド・アリーの店に二つ目のサンドイッチを食べに行く。彼が代金を受け取ってくれるまで、十分間交渉しなくてはならない。礼拝所に帰り、一日五回の礼拝の最後である夜の祈りを参観する。両の手の平を天に向け、一心に祈りながら、忘我の境に浸った信者たちは、捧げ物を持っているようにも、受け取っているようにも見える。女たちは、広いホールの反対端、カーテンの向うにいる。祈りが終ると、女たちはカーテンを開いて、遠くから外国人を見つめる。男たちはみんな、帰りぎわに私に挨拶し、おやすみなさいと言ってゆく。ムッラーの服は着ていないけれど、ターバンを巻いたリーダーとおぼしき男は、安全のために錠を下ろしたほうがいいと言う。

ぐっすり寝ていると、叫び声と扉をたたく音で目を覚まされた。興奮した若者たちが大勢いて、掛金をはずすとすぐに入ってくる。

「ぼくはアリーといいます。いま案内しますから、うちで泊ってください」と大男が言う。

「しかし、私はここでとても気持よくしてますよ……」

「いや、一緒に来てください」と言うなり、彼は私が止めるより早くエヴニーをひっつかむ。

別の男が毛布をたたんで、やはりさっさと抱え込む。それで、この件では私の快適さなど関係ないことがわかる。伝統主義者にはカートリークがモスクで寝ることが耐えがたく、穏やかではあるが断固として私をモスクから排除しようとしているのだ。寝ぼけ頭の私は、アリーの家に引っ張られてゆく。

世の中には、確信を持ち、自信満々で、傲慢に生きられる幸せな人々がいるが、アリーはそのひとりだ。彼は経営学の教師だと自己紹介し、気難しそうで脚の不自由な友人のバラトは地理を教えている。ふたりは自分たちの言葉しか話せないが、アリーはある人を起こしに行っているところだと告げる。それはムーサーという英語教師である。こうして耳の聞えないもの同士のような会話が始まる。「通訳」は私のペルシャ語程度の英語しか話せないので、役に立たないのだ。「どうして私はモスクから連れ出されたんですか?」と何度聞いても、答はいっさい得られない。彼らはじっと自分の足を見つめたり、ぜんぜん別の質問をしてきたりする。たとえば、「なにが食べたいですか?」。やっと「責任者が恐れた……」ということが理解できる。だが、その男がなにを恐れたのかはわからずじまいだ。彼らが黙りこくってしまうからである。私は腹はへってなくて、ただ眠いだけだ、といくら言っても、アリーは台所に行って、姿を見せない彼の妻が作った食事を持ってくる。

それから、会話はイラン・イラク戦争をめぐって交わされる。この話題は会話のなかに非常にしばしば現れ、とくに何カ月か戦争に行った若者たちのあいだではそうで、決まって最後にはこの話になる。一九一四年から一八年の第一次世界大戦もおなじように、われわれの故郷の生命を大量に奪った。この村の通りで、私はこの恐ろしい紛争のあいだに命を捧げた二十歳以下のシャヒード(殉教者)の巨大な肖像画を十六枚見た。村で最初の死者は、当時十六歳だったムーサーの兄だった。
私は立て続けに質問を受けるが、それはどれもプロパガンダの文句といってもいいようなもので、私には教養があるように見え、物事を距離を置いて見られてよいはずの人たちから発せられるのは驚きだ。この三人の男たちは、戦争に苦しみ、恐怖を体験し、いまや宗教にすがって、その行き着く先として、ムッラーたちの政治に頼っている。「どうしてロジェ・ガロディを迫害するんですか？」「どうしてイスラエルを援助するんですか？」私は答えようとするが、ムーサーはアリーの質問は訳しても、私の答は訳していないことに気がつく。アリーは続ける。「われわれはあなたたちフランス人が好きです、ホメイニを受け入れてくれたんですからね、でも戦争のあいだ、われわれを爆撃したのはあなたがたの飛行機なんですよ」。彼はアルバムを取りにゆくが、そこにはカーキ色の軍服を着た狂信的な若者たちしか写っていない。彼らは二十歳にも満たず、遊びに夢中の子供たちのように軽機関銃を高々と掲げ、恐ろしげにも、楽しげにも見える。バラトが脚を引きずっているのは、戦争の傷によるものだろうか？　いや、オートバイ事故のせいだ。私にとっては幸いなことに、それはフランス製のオートバイではなかった……。私は彼らの攻撃に疲れ、もう遅いから寝なければいけないと気づかせる。

ソルターン・アーバードからの道は美しい。一時間歩いて、小さな峠を越えると、灌漑された広大な平地が見えてくる。見渡すかぎり、小麦やトウモロコシの大きな四角い畑が続き、そこここでポプラのカーテンに区切られている。砂漠から一転して田園地帯に入ったのだ。これほどの木を目にしたのは何週間かぶりのことだ。北にはクーヘ・ビーナールード山がそびえている。ニーシャープール〔ネイシャーブール〕のトルコ石の採掘場があるのはそこである。

すべて順調なら、二日後にはニーシャープールにいるはずだ。

巡礼者たち II

七月十八日　ヘンマト・アーバード　千四百七十七キロ

にぎやかな歓迎

イランの十八時ごろ、それは祝福された時間、太陽の激しく熱い抱擁が愛撫に変り、老人たちが玄関先の葡萄棚の下に集まる。いよいよおしゃべりの時だ。おしゃべりにもひととおりの決まりごとがある。まず場所の選択。ふつうは、この時間にみんなが通る食料品店のそばが選ばれる。つぎに快適さ。地面に撒かれた水が、日中にたまった土埃を押え、ひんやり湿った涼気をつくりだして、人々の口はいっそうなめらかになる。昼間は死のような沈黙が支配しているが、影が長く伸びると、生命と、いつ果てるとも知れないおしゃべりの時がやってくるのだ。

ヘンマト・アーバードに着くと、十人ほどの人がプラスチックの箱に腰かけて車座になっている。幹線道路から離れたこの村にヨーロッパ人が現れたとは、今晩の、いやこれから一週間の、いやおそらく今後ひと月分の話題を提供する大事件である。こんな機会を見逃せるはずがない。人々は私に椅子がわりの箱をすすめ、荷物を下ろすのを手伝い、急いで冷たい飲物を取りにゆく。好奇心満々の少年たちが自転車に乗ってやってきて、ひとこと情報を仕入れると、村の反対側にニュースを伝えにすっ飛んでゆく。食料品店の前にイギリス人（イラン人にとっては、すべての外国人が「エンゲリーシー」なのだ）がいるよ。十人だったのが、たちまち五十人にふくれ上がる。人々は押し合いへし合いし、私にはぜんぜん理解できない質問を浴びせてくる。しかし、彼らのいかにも嬉しげで、この訪問に満足しきったようすを見ると、私も酷暑のなかで歩いてきた三十六キロのことをすぐに忘れてしまう。にぎやかな歓迎ぶりで元気が出てきた。私はこう聞かれるときが来るのを待つ。「どこで食べて寝るんだい？」そしてその十五分後、いちばんやさしい人がこう言いにくるときを。「ついてきなさい」。

今晩、私を家に泊めてくれるのは、アッバース・アリー・ベイレマダディーである。私たちはひっそりと夕食をとる。彼は英語もフランス語もひとことも話せず、私は知っているかぎりのペルシャ語を食料品店の前ですべて使い果たしていた。朝、茶の後で、私は彼のたこだらけの頑丈な手を握った。おたがいの眼差しのなかにあるメッセージに翻訳はいらない。「友よ、わが家に泊ってくれてありがとう」「友よ、私のような異邦人を迎え入れてくれてありがとう」。私はおずおずと金を出そうとした。彼は天に向けて両腕を上げた。「禁じられてる、禁じられてる」。

詩人の墓

道に出て、この地の王の起床の儀式に親しく立ち会う。一日中、主人として権勢をふるう太陽のことである。まずそれは、ターコイズブルーの山々の頂きを虹色に輝かせる黄色がかったほのかな光だ。やがて光はオレンジ色に変り、いまやそれは炎となる。山々が燃え立つ。そしてついに、巨人の手で持ち上げられたかのように、黄金の円盤が姿を現し、風景を血のような光で照らし出す。王の光臨への敬礼として、軍事演習のように整列したポプラ並木が道に線影を落としてゆく。

それまで薄闇のなかにいて見えなかったクルド人の農婦の派手な色の服と、夫たちの白いシャツが見えてくる。前の日に刈った草を干しているのだ。ここにいるクルド人は、故郷から遠く離れている。十九世紀初頭、彼らはこの地に定住させられた。有能な戦士である彼らしか、略奪者のトルクメン族に抵抗できる者がいなかったからである。遠くからこちらに向かってくる土埃の雲、あれは牧草地をめざして駆ける羊の大群だ。驢馬にまたがってうとうとしている羊飼いに導かれ、豆粒のような子驢馬が母親のそばで跳ねまわっている。

十一時ごろ、千五百キロ地点を通過する。私は足も心も軽やかだ。二カ月前には、ここまで来られるとは思わなかった。それでも、こうしてニーシャープールに着き、殺人的な日射しのもと、ホテルを探して二時間ぐるぐる歩きまわる。例外的に空室のあるホテルの主人が、狭くて不便な部屋にほどほどの料金を提示して私にすすめる。それから彼は、同じ料金で三人用で天井に扇風機のついた部屋に私を泊めることに決める。「こんなことをするのは」と両手の人差指をひっかけ合せながら言う、「あんたがフランス人で、われわれの国が友人同士だからだよ。だが、もしあんたがアメリカ人だったら……」。そして、二本の人差指が離れる。

ニーシャープールは、いまも存在するというだけで大した町である。十二世紀初頭には目をみはるような経済の中心地——絹と木綿の織物を生産していた——であり、壮麗な知の中心地であった——当時、この町のスーフィーたちと学校は、中央アジアから中東全域に燦然《さんぜん》と光を放っていた。しかし、二度にわたる地震のために町は灰燼《かいじん》に帰した。立ち直ったかと思うと、モンゴル軍に包囲された。抵抗した罰として町は焼かれ、生き延びたものは犬や猫までも殺され、土地は耕されてライ麦が播《ま》かれた。一二六七年、また地震が起こり、再建された町が崩れ去った。それからティムール軍がやってきて、またしても町を破壊しつくした。四十年ほど前から、この町はかつての威光を取り戻そうと決意している。まずやったのは、この町自慢の詩人の名誉を、それにふさわしくたたえることだった。

オマル・ハイヤームは十一世紀の末に女と酒を見事に詠《うた》った。つまり彼は、ムッラーたちにとって、とんでもなく悪魔じみた男なのである。だが、ニーシャープールは彼をほとんど宗教的といっていい崇拝の対象としてきた。人々は彼の質素な墓に詣でようと、ずいぶん遠くからもやってくるし、詩人たちを愛し、そこに数日間留まりたいと思う人たちのために、廟のある公園の隅に三十張りほどの大きなテントが設置されている。スピーカーが、この偉大な詩人のルバイヤートの録音を流している。大きな木の陰で、家族連れがその四行詩を唱えながら野外の食事を楽しんでいる。

明日は誰にも約束されない、だから
狂おしいこの心にいま悦びをあたえよう
月光のもと酒を飲もう、おお月の女《ひと》よ、月は
いくたびも照り、われらは消える

私はこの町の文化めぐりの一日を、芸術工房に改築されたキャラバンサライの見学で締めくくりとした。そこはまるで蜜蜂の巣のなかのようで、工芸家たちがリーダーが前もって厚紙に描いた図案にしたがってモザイクの細片を丹念に並べている。いまつくっているパネルは、建設中のモスクを飾ることになっている。その技法はキリスト教のカテドラルのステンドグラスをつくる職人たちのものに似ている。しかも、目的は同じであって、礼拝の場所に美と色彩と光をもたらすことにある。

私は妄想狂になってしまったにちがいない。道々出会った友人たちに危険な情報はなにひとつ含まれていないはずの封筒を郵便局で出して、外に出ると、静かに話をしている二人の男のそばを通った。そこまではなにも心配することはない……が、一方の男が別れぎわに「ファラーンセ」（フランス）という言葉を口にし、もうひとりが郵便局のなかに駆け込んだ。それはたしかに窓口の自分の席に戻る局員だった。私にも私の郵便物にも関係なく、ものすごい偶然でこの二人がフランスのことを話していたということはあり得るが、私はこのとき、用心のために今後イラン

からはいっさい手紙を出すまいと決めた。このときの封筒が、前に書いたような状態で五カ月かかって届いたのである。

水曜市の雑踏

ニーシャープールでは毎週水曜日に市が立ち、この日は店を開く余裕のない人々が商売することを市当局が許可する。その雰囲気は、いつでも安心感を与えてくれるバザールとは違う。バザールでは迷路のような細い通路を、頑として変らないものが支配し、商人の振舞いや戦略も万古不易《ばんこふえき》、なにもかもそのあり方をあまりにも変えようとしないので、もう少しで永遠とはなにかがわかりそうになるくらいだ。ところが市では、一時しのぎを受け入れ、時の流れと折り合いをつけ、木箱や広げた布の上に並べられた、ありとあらゆるものを売りさばこうと躍起になっている。新品の服に古着、果物や土のついた野菜、練り歯磨きや電気器具、靴や本、かまどの煙突、ぎざぎざの刃のついた鎌……。ぶつかってくる人波のなかで、クルド人の女たちのスカーフや服の色彩が炸裂し、チャドルの黒が、あちらこちらに漂う伝統に忠実なじいさんたちの真っ白のターバンと好対照をなしている。壇の上で男たちがゴムのサンダルを競りにかけて売っている。年老いた農民が、野菜をどっさり積んだ驢馬を連れて、場所を見つけるために人波をかきわけようとし、ほかに適当なものがないので驢馬の背を売り台にする。チャドルの女たちが、はでな色の服を買っているが、それを着た姿は近親者しか拝めないだろう。地面の上で、はるかな昔から評判の高いニーシャープールの果物の香りが、肉を焼く匂いや、片隅で日を浴びて腐ってゆくごみの山の臭いと競い合う。それらのすべてが振動し、話し、動き、叫び、押し合う。フィルムの貯えは減っているが、いくつかの顔を写真に残しておきたいという思いを抑えきれない。ここではすべてを燃え立たせている生の輝きが、冷たく青白い像となって、また今度もがっかりするのはわかっているのだが。この間、バザールの路地では商人たちが時をやりすごそうとして、茶を飲みながら物思いにふけっている。水曜の市が彼らの客の大部分を奪ってしまうのだ。

ズールハーネで力自慢

テヘランに滞在していたとき、イランでもいくつかの都市の大衆のあいだでしか行なわれていないスポーツを二度も喜んで見物した。それは「ズールハーネ」というものだ。それはペルシャがアフガン族の侵略を受け、占領されていた時代に考案され、発展した。抵抗精神を養うために、力自慢たちを生み出す養成所がつくられ、大衆に占領者に抗して立ち上がる準備をさせたのだ。このスポーツは、深さ一メートルの八角形のくぼみをしつらえた広い道場で行なわれる。腰巻を半ズボンのように股のあいだを通して巻いた競技者がくぼみに下り、床をなでた自分の手にくちづけする。競技者たちの恰好は、慎み深いこの国では異例である。腿から足はむきだしで、腰から上も裸のことがある。壇上でひとりの男が太鼓でリズムをとりながら単調な歌をうたう。それぞれの体操に、それぞれ専用の歌がある。

肩幅の広い堂々たる体格の指導者が、鍛錬の指揮をとり、型を指示してゆく。まったく体操的な一連の動作と踊りのような動作が交互に行なわれる。太鼓の要求するリズムについてゆくのは大変だ。見る見るまに、顔もパンツも汗びっしょりになる。ウォーミングアップが、張り詰めたテンポで一時間近く続く。それから棍棒《こんぼう》競技になる。一本が最大二十五キロにもなる木製のボウリングのピンのようなものを使い、これを競技者が驚くべき速さで肩から肩に回し、同時に音楽に合せて腰のひねりを入れるのである。力士のバレエのようなものであり、体力を消耗する競技だ。ズールハーネのメンバーたちは、その一員であることに誇りをもっている。ホテルの主人は、はるか遠くから歩いてきた私に、自分もスポーツマンであり、軟弱な男ではないことを証明しようとして、食堂の大きな鏡に向かって立つと、二十分以上にわたたって棍棒競技をやって見せるのだった。

巡礼の若者たち

午前四時三十分、ニーシャープールの家々の中庭で飼われている数え切れないほどの雄鶏が優美なコンサートを開いてくれ、私は休息を妨げるこのバカな家禽《かきん》たちが急に憎らしくなる。いっそ出発したほうがいい……。

ところが、たちまちのうちに、旅の出発以来つきまとってきた下痢よりさらに激しい下痢に腹をよじられて、やむなく生垣の陰とか橋の下とか溝のなかに駆け込まずには、五百メートル以上続けて歩くことができなくなる。脱水症があまりにひどいので、抗生物質を飲むことにする。毎日飲んでいる下痢止め薬は、もうまったく効かない。エヴニーを道端にほったらかしにし、生垣の陰で落ち着かなく腰を落としていると、私の邪魔をするのはいまや鶏ではなくて、ここから百二十キロ先のマシュハドにあるイマーム・レザーの霊廟におもむく巡礼の一行である。二十歳前後の五十人ほどの若者たちが、ニーシャープールまでバスで来て、残りの行程を三日で歩こうとしているのだ。小型トラックが彼らの荷物を運んでいる。主催者たちはスピーカーがなり立てる宗教歌の音量を絞ることなど考えもせず、その一方で書道の書体で文字が書かれた黒と緑の二、三旒《りゅう》の旗が熱狂的に振られている。

やかましすぎるこの連中と一緒に歩きたくないので、ズボンを引き上げ、歩を速めるが、何度も停止を余儀なくされるためにリードがなくなり、やがてはずっと遅れてしまう。足はテニスシューズ、頭には赤い鉢巻きを締めた若者がのろのろ歩いていて、オックスフォード英語で、自分たちは全員カーシュマル〔マシュハドの南西百五十キロの町〕から来て、マシュハドに行くところだと言うが、それはもう知っている。私は自分のことをあれこれ説明する気にはなれず、静かにひとりでいたいので、その若い信者が驚くのをよそに、だまって近道をすることにする。こうして私は、ぶどう、りんご、いちじく、あんず、ざくろ、もも、マルメロの木が、たくさんの細い水路で灌漑されて、隣り合って繁る広大な果樹園を抜けてゆく。

ガダムガーフ（「足跡の場所」という意味）で巡礼たちは聖遺物を見るために足を止めるが、

私はコンポステラへの道でそれと同じようなものを見たことがある。それは足跡を残した石で、ここではイマーム・レザーの足跡であり、あちらでは聖ヤコブの足跡である。よくあるように、こういう場所にはほかの御利益もある。ここでは、すべての病気を治すという泉だ。人々はその水を飲み、ルルドとおなじように、奇跡の水を詰めた大切な瓶を持って、また道を続ける。カトリックとイスラムの足跡をざっと比較してみると、この聖人たちはふたりとも自分の足に合う靴を見つけるのに苦労したにちがいないということがわかる。サイズが三十四センチはあったはずだから。

夜、ガルエヴァジールに泊るが、ここのモスクはいつも人でいっぱいだ。三十キロ四方で唯一のモスクで、草一本生えていない、太鼓腹のような黄土色の丘がつらなる風景のなかにある。たくさんのトラックが、祈りをして、礼拝所の隣にある三軒の店のどれかでサンドイッチ休憩をとっている運転手を待っている。食堂の一軒のテラスで寝支度をしていると、巡礼の一行が到着し、昼間の元気はなくなっているが、相変らず信心深く、全員モスクに急ぎ、さいわいにも私に休息の時を残してくれる。

しかし、彼らとの縁が切れたわけではなく、翌日、湖のほとりで二人のすてきな小柄なじいさんがやっている食堂に入ると、また彼らがいる。オックスフォード英語の若者が、私の噂をそこら中に広めていた。どこへ行っても、みんな私のことを知っているのだ。後で彼が言うには、英語の勉強は、ＢＢＣを聞き、文法書を一冊熟読しただけだという……。

ひとりでいたいという気持も結局この威勢のいい若者たちには負けて、彼らとしばらく一緒に歩くことにする。そのついでに、団体旅行の恩恵にも浴し、炊事係が鍋いっぱいに用意した麵料理をみんなしてあっというまに平らげてしまう……。若者たちは知識欲も旺盛で、なかでもフランス、サッカー、トルコ、「ゼイノッディーン・ゼイダーン」のことを知りたがる。彼らはイスラムはほかのどんな宗教よりも優れていると確信しているが、彼らの年長者のような攻撃性はまったくなく、私がアッバース・アーバードのモスクから追い出されたことを聞くと、ちゃんと守ってあげるから、今晩すぐにでも自分たちと同じモスクに泊ればいいと言う。私はさっそくその誘いに乗る。

彼らのとことん親切な心遣い、仲間同士の絆、他人に対して見せる同情は、人を励ましてくれるものだ。彼らは信心深いが、それをわざと見せつけるようなことはしない。私たちが一緒に泊ったモスクのミフラーブに向かって、アカペラの朗誦で私を午前四時に目覚めさせた青年の澄み切った声が、いまも耳に残っている。天上から降ってきた声……。

それればかりか、彼らのリーダーたちが強制をしないことにも驚かされた。だれもが自分の気分と自分の時間の都合にしたがって祈る。集団礼拝に参加できなかった者は、数分間、ひとり離れて神の御加護を祈る。祭司がいないこの宗教は、信仰を同じくしない者にはしばしば横暴と見えるが、礼拝の実践を強制することはけっしてない。道々出会った友人たちとの話が宗教に及んだとき、彼らが口にした言葉が思い出される。「われわれにはムッラーはぜんぜん必要ないんです」

と彼らは言う、「私と私の神のあいだにはなにもなく、私の祈りに仲介者は要りません」。

イスラムの別の顔だ。本来あるべきは、この顔だけだろう。聖都に向かって歩を進めるあいだ、私の後を歩く若きムスリムたちのことが頭から離れない。宗教と古人への敬慕の念を柱として社会が組み立てられているこの国は、そのような価値観が西洋では崩壊しつつあり、グローバリゼーションや地球村ということが叫ばれる時代の流れのなかで、どのように変ってゆくのだろうか？

マシュハドの歓待

三百万以上の人口を数えるイラン第二の都市マシュハドのすごいところは、なによりも毎年千五百万人の巡礼が、九世紀にひと房の葡萄で毒殺された第八代イマームのレザーの墓にお参りにやってくることにある。墓のまわりでは、アフガン人やイラク人やトルコ人がイラン人と肩を並べている。

私はこの町では落ち着き先に不自由しない。メフディーとモニールが招待してくれているし、今朝は一台の乗用車が私のそばで急停止した。父親と二人の魅力的な娘が私を追いかけてきたのだ。彼らは「ニーシャープールの歩くフランス人」のことを話に聞き、それ以来、私を招待しようと探していた……。このほかにも、三日前、ある人が名刺をくれて、自分の家に好きなだけ泊ってくれと言った。

モニールとメフディーの歓待ぶりは、以前の二度の出会いのとき同様に熱がこもっている。彼らの暮しは、彼らの仕事と同じく調和のとれたものだ。二十年前、彼らは砂漠の小さな村に最初の陶房を開いた。いまでは三カ所の製造所を持っている。私はマシュハドの工房を見学する。彼らの作品のうち、私がとくに好きなのは、長い脚と、しなやかな首さしをした馬だが、メフディーがラスコーの洞窟で見た牡牛にヒントを得て作った牡牛もとても美しい。この人たちは、手で触れたものを詩的にし、物質から精神を湧き出させる術を心得ている。ひとことで言って、本物の芸術家だ。そのうえ彼らには、三つも工場をやっているのに、足手まといにすぎない通りすがりの外国人のために時間を空けてくれるという、並々ならぬ美徳が備わっている。私は彼らのもとで、忘れられそうもない一週間を過ごした。

トゥースという村に詩人フェルドウシーの廟を訪ねる。九四〇年ごろに生まれた彼は、ハーフェズやハイヤームと並ぶイランでもっとも有名な文学者のひとりだ。西洋では彼の名はとりわけ四十歳から三十年かけて書かれ、アラブ人到来以前のペルシャの歴史をたどった叙事詩『シャーナーメ（王書）』によって知られている。五万の対句からなり、アラブ人の侵略者たちがもたらした表現やアルファベットのうちのいくつかの文字がまだ入り込んでいないペルシャ語で書かれたその詩は、宮廷で激しい論争の的になり、作者は宮廷から追放されてしまった。しばらく時がたってから、シャーは誤りを認め、詩人のもとに贈物を積んだラクダのキャラバンを差し向けた。それが到着したとき、フェルドウシーはすでに死んでいた。

聖廟の熱狂

さて、なんといってもいちばんすばらしい場所は、イマーム・レザーの廟だ。町のなかでこの聖域を探し回る必要はない、この都市は文字通りそれを中心として建設されており、すべての通りがそこに通じているからだ。ほとんどどの街区からもティムールの息子の嫁が建てたゴウハルシャード・モスクのターコイズブルーのドームと、もうひとつ、聖人の亡骸《なきがら》を納めた金箔におおわれたドームが見える。

入口でカメラとパスポートを預け、簡単なボディチェックを受けなければならない。用意のいい私のガイドは、おたがいを見失った場合の集合場所をペルシャ語で書いてくれている。用心しすぎだと私は思ったが、二ヘクタールもあり、礼拝のために一度に十万人の信者を収容できる第一の中庭に入るとすぐ、納得がゆく。後で聞いたが、この建物群全体は六十ヘクタールの広さがあるそうだ。私たちはいくつかの中庭とモスクを抜けるが、モスクはどれも、軽やかに舞い、心を魅了するあの青を基調とし、シーア派の始祖たちの名とコーランの文句を果てしなく繰り返すモザイクで飾られている。どの中庭もヘクタール単位の毛足の長い羊毛の絨毯が、白い大理石の舗石をおおいつくしている。しかし、舞台装置もすごいが、逃すべからざる見物は、急ぐでもなく、かといってぶらぶらとでもなく、黄金のドームに向かって集まってゆくシャツ姿の男たちとチャドルをまとった女たちである（ここではスカーフだけでは入場を許可されない）。そここで信者たちが祈っている。男と女、そして彼らの赤ちゃんが日陰の絨毯で眠っている姿は幸福そのものだ。その向うでは、黒いチャドルに縁取られた端整な青白い顔を見せた女が、立ったまま天を仰いで一心に祈り、内に秘めた感動で体をゆすらせている。大きなイーワーンの下で、白く長い顎鬚を生やしたムッラーが、ぎっしりと並んで坐った信者たちを前に、コーランの説法をしている。静かに心を集中させた群衆は、詰め合うにもあまりに数が多く、直射日光にさらされた中庭にまであふれ出ている。はだしの足が敷石の上で焼かれ、絨毯の上でほっとひと息つける、そんな道と空間の迷路のなかで私は方向がわからなくなり、迷ってしまう。水場のまわりに信者たちが集まり、身を浄めている。もうじき祈りの時間なのだ。

この空間、宗教的情熱、建築群はけたはずれだ。ゴウハルシャードの青いモスクでは、人の群がごった返している。祈りの声、おしゃべり、そしてときには子供の泣き声が重なり合ったざわめきが、人込みから湧き上がっている。恍惚状態になった男が、うやうやしくコーランに口づけしている。満員のホールから廊下に人があふれ出て、前に進むのがますますむずかしくなる。聖人の亡骸が置かれた黄金の屋根のモスクでは、雑踏が頂点に達する。さらにひとがんばり、さらに数メートル人をかきわけて、私たちはやっとイマーム・レザーの墓から十メートルのところにたどり着く。

墓のあるホールの天井は鏡と光を反射する色ガラスでおおわれている。壁には灰色と黄金色のモザイクが張られている。青く浮き出た飾り文字が、地の色からきわだっている。しかし、ここでもまた、ホールで繰り広げられる光景に魅了された目は、装飾をかすめるだけにすぎない。金と銀の格子で保護された聖なる棺をぐるっと囲んで、何百人もの人が押し寄せている。熱狂的な雰囲気のなか、一部の人はヒステリー状態といっていいくらいで、みんなが納骨所に近づき、触れ、撫で、口づけしようとする。人を押しのけ押しのけ、ついに格子にさわることのできた人たちは、二重に墓を保護するためのガラス板のあいだから奉納物を差し入れようと無我夢中になっている。窒息しないように親たちが頭上に差し上げた子供たちは、人の群の上を這って、聖なる檻を撫でて口づけすると、あえぎ、うごめき、昂ぶり、哀願する群衆の上を泳いで戻ってくる。

私はごくわずかの「異教徒」しか見ることを許されないこの光景に心を奪われた。この宗教的情熱は毎日繰り返される。毎年、何百万もの人が信仰心と金銭を捧げる。霊廟、というかむしろそれを管理し、アースターネ・ゴドセ・ラザヴィーという名をもつ組織は、黄金色の恵みが降り注ぐのを見るのである。人々はこの聖所に富を、工場を、店を、美術品のコレクションを、すべての財産を遺贈する。敷地内にあるふたつの美術館では、至宝名宝の五十分の一しか展示できない。情報筋によれば、アースターネ・ゴドセ・ラザヴィーは少なくとも六百の企業、学院、コングロマリットを所有しているという。また、世界でも例のないことだが、イラン・トルクメニスタン国境に近いサラフスに非課税事業ゾーンを持っている。その富の大部分は慈善事業あるいは宗教的事業につかわれるが、特筆すべきは、それがムッラーたちの莫大な軍資金になることであって、ムッラーたちの力が精神の領域にとどまらないことは、すでにそれを知っていたにせよ、ここでまざまざと証拠を見せつけられるのである。その富は十世紀から十七世紀にかけてカトリック教会がためこんだ富にくらべられるように思える。当時、大規模な修道会がヨーロッパに勢力をふるい、君主たちに指図を下して、間接的な支配を実現していたのだ。

国境 12

七月三十日　マシュハド　千六百二十五キロ

イラン社会を考える

マシュハドで一週間じっとしていたので、体が錆びついたような気がする。また動きたくなる。体力も回復し、体重ももどった。モニールとメフディーの娘キーミヤーが、数日を過しに夫のベフザードとテヘランからやってきた。医師のベフザードはとてもよい助言をしてくれ、効き目のありそうな抗下痢剤を処方してくれる。イランの薬はすべてジェネリック医薬品で、含有成分が薬の名前になっていることを知る。

私を怖気づかせる情報を読んだ、あの恐ろしいカラクム砂漠の横断に備えてテントを買った。それから、間抜けなことに、テヘランであれほど苦労して手に入れたカメラをなくしてしまった。けれども、マシュハドはアッバース・アーバードとは違い、三台目（！）を買うことができた。

この数日間、イラン社会をよりよく理解しようと努めた。わかったことは、たとえば、偉人や聖人の廟を訪れるのはごくふつうのことだが、それはムッラーたちの乱暴で息のつまる権力に対して距離を置いていることを表現できるからなのだ。そして、墓地が家族愛の場所であり、家族連れが近親者の墓のそばで食事をし、半日を過す姿がよく見られるのは、押しつけの崇拝の対象を受け入れるより、親族という自分で選んだ対象をいちずに敬愛するほうがいいからである。ベフザードとキーミヤーと一緒に、ほったらかしにされた古い墓地を訪れる機会があった。昔の人たちは、墓石の上に道具をかたどり、故人が存命中についていた職業を示した。櫛《くし》のついたこの墓は、床屋だったのかな？　いえ、織物師だったんですよ、櫛は織機の毛糸の目を詰めるために使われた道具なんです。ええと、床屋は、ほらあった、鋏のついてるやつです。

イラン社会は、この世にあり得るかぎりでもっともピューリタン的な社会である。身体は絶対に隠されねばならず、とくに女性の身体はそうである。男にはある程度自由があり、ことにTシャツのおかげでそれが味わえる。だが、私の確認したところでは、男は例外なくズボンをふたつはいており、二つ目の薄いほうはパジャマになるのである。私は社会の序列における女性の地位に興味がある。われわれの傲慢な西洋文化がしたり顔で提供する偏った見方と、黒いチャドルに包まれたこの国の女性がわれわれに与えるイメージのせいで、私はイランの女性たちは社会のなかでもっとも尊敬を受けることが少ない存在だと思っていた。保守主義者やムッラーたちにとってはそのとおりである。しかし、世の中には彼らしかいないわけではないし、シーア派の女性たちは、トルコ、ましてやアラビアのスンニー派の女性たちとは対照的に、この国で重要な役割をになっている。男たちが女たちにあてがおうとする地位を象徴するものについて、イランの女性はその大多数がただひとつのことだけを願っている。チャドルやスカーフやマグナエの類を箪笥《たんす》の奥にしまうことだ。宗教的理由からそうしたものに固執する女性は、われわれの国でキリスト教のチャドルをまとう修道女より多くはない。聞いた話では、外国に行く女たちは、外の世界に連れ出してくれる飛行機に乗るが早いか、あっというまにこうした邪魔くさいアクセサリーを外してしまうそうである。

家庭やオフィスでは、イスラムの不名誉なベールが思わせるほど女性の地位が否定されているわけではない。イスラム法では妻を四人まで娶《めと》ることが許されているにもかかわらず、重婚がきわめて少ないという事実は、妻たちがおとなしく言いなりになってはいないということを証明している。重婚を濫用《らんよう》しているのはムッラーたちだけである。男女同権にはほど遠いにしても、企業で働く女性はどんどん増えている。そして、大学では女子学生が男子学生を圧倒している。

その一方で、イスラム「革命」は階級差を解消したどころか、その反対であった。金がすべての扉を開くのである。たとえば、兵役は義務であり、それを済ませていないと、職を見つけるのがむずかしくなる。だが、軍隊で一年半を過す必要はまったくない。千二百万リヤール（一万二千フラン。この国では大金だ）を出して、兵役を完了したことを証明する公式の文書を軍から買いさえすればよいのである。このやり方はインチキではない——相手がだれでも価格は同じだ——が、貧乏人には無理である。大学を卒業して学位を取った若者たちは、くだんの証明書を買ったほうが得になることが多い。一年半で千六百万リヤールを稼ぐ中学校教師になれば、エコノミストたちが言うところの「投資の見返り」をたっぷり得られるのだ。

時代は移り、ムッラーたちの行き過ぎは、イスラム革命の勃発を可能にした細民とブルジョワジーの同盟関係を断ち切る一因となった。ターバン男たちを支える信心深い人々は、二十年前に自分たちが築いた秩序を維持するために、いまでは軍と警察に頼るばかりである。ところが、新世代、少なくとも高等教育を受けられた者たちは、コーランの戒律にますます我慢がならなくなっている。そのよい例が、今年の春、キャンプをしに行った若者たちに振りかかった災難である。彼らは山のなかに酒を何本か持って行ったのだが、コミテのメンバーにその現場を押えられ、告発された。裁判の判事はムッラーたちであり、いささかの恩情も期待できない。ひとりの若者が自ら犠牲となり、酒を持って行って飲んだのは自分ひとりだけだと宣言した。彼は禁固二カ月、罰金五百万リヤールの刑を受けた。あっというまに彼は有名になり、募金で金が集まって、罰金の支払いにあてられた。刑の宣告でその若者は英雄となり、募金によって若者たちがこぞって体制に反対しているということが示されたのである。

夜が明けるころ、タクシーにマシュハドの出口で降ろしてもらう。すべての通りがイマーム・レザーの聖所に通じているのだが、町を出る通りは見つけるのがむずかしく、夜明け早々から交通量もすさまじいからだ。ザックはモニールの詰め込んだ食料でいっぱいだ。標識が「サラフス百八十キロ」と告げている。この距離は無理せずに行って六日かかるだろう。途中にホテルは一軒もなく、小さな山脈を越さなければならない。この山脈は越せないはずはない。幾世紀にもわたってペルシャに侵入した軍隊の大半が、その道を通ってやってきたのだ。

この国で驚くべきことは、自然の国境がなく、波瀾《はらん》の歴史を経てきたにもかかわらず、統一性を保持できたということである。紀元前四世紀のアレクサンドロス大王から先の世界大戦中のソ連にいたるまで、これほど侵略と占領を受け、脅かされた国はおそらくあるまい。そんな国がアイデンティティと文化を保持できたというのはパラドックスにほかならない。まるで二千年以上にわたって、国を守りつづけるためには、この国の人々がもつ帰属意識だけで十分であったかのようである。最近そのことを確認できたのは、対イラク戦争のときであった。

警察を引き連れて

十時、イチジクの木の下に坐って、南に広がるマシュハドの豊かな田園風景を眺める。緑濃いトマト畑とたがいちがいになった、刈り入れのすんだ黄金色の小麦畑のあちこちで、小さな土埃の雲が湧き上がる。それは羊の群が移動しているか、風で平原に立ち上がったミニ竜巻で、これまで道を歩きながら、何度となく目にしたものだ。

十三時、すでに三十二キロ歩いたところで警察の車とすれちがい、車はUターンしてくると、路肩に停まって私の行く手をはばむ。運転手が降りて、パスポートを要求する。彼はそれを同乗者のもとに持ってゆく。数珠《じゅず》をつまぐりながら、のんびり坐ったままでいる大きな口髭の男だ。彼らは車に乗ってくださいと言う。

「それはできません、この荷車を放ってはおけませんから」

「それはトランクに入れましょう」

「だめです、私はシルクロードを歩いているんであって、車には乗らないんです」

彼らは譲らず、私は拒み、彼らは相談する。運転手は運転席にもどり、今度は彼が「カーピターン」とよぶ上官が降りてくる。そして、五キロ先の次の村、アーブラヴァーンまで私と一緒に行くと言う。私をどうしたいんですか？　相手は聞えないふりをする。太鼓腹のへなへなした男で、愛想が悪く、いかにも覇気のなさそうな顔をしている。彼は身振りでついてくるようにとうながす。後についてゆくか、先に立つか？　私は二番目の選択肢を選び、鍛え上げられた歩き屋の足取りで歩き出す。男は数珠をポケットにしまい、短い腕を懸命に振ってついてくる。しかし、たちまちあえぎはじめ、汗だくになる。私は内心でほくそ笑みながらも、偽善的に愛想をふりまき、年齢をたずねると四十歳というので、私は六十二歳だといってやり、その間にもそしらぬ顔で歩調を速める。相手の自尊心をちょっとばかりいたぶってやろうと思い、彼が卒中の発作に襲われそうになって立ち止まるたびに、わざとらしく待ってやる。そして、彼が追いつくと、息をつく間も与えずに歩き出し、少しずつ速度を上げる。彼の苦難は三キロ近く続いたが、彼にとってはさいわいなことに、部下が助っ人を連れてやってくる。すらりとして筋骨たくましい若い警官だ。カーピターンは車のやわらかいクッションにへなへなと倒れ込み、抑えようもない安堵の溜息をもらす。こんなことならさっさと車にもどって、私がアーブラヴァーンに立ち寄ったところをやすやすと捕まえればよかった、とほぞをかんでいるにちがいない。

「カーピターン、大丈夫ですか？」と運転手が心配顔をよそおって尋ねる。

「ふーむ」。彼は弱々しく唸るが、この弱々しさが彼の性格らしい。

一方、若い警官はのろのろしていない。警察署に着くまで、彼は骨身は惜しまなかったろうが、私の質問には答えなかった。気に入らない。私をどうしたいのか？　なぜこんなふうにぴったりついてくるのか？　逮捕するのか、だとしたらどんな口実で？　制服の警官たちが私を監視下に置こうと決めたらしいのは、これがはじめてだ。中庭へどうぞ、という警官の誘いを断って、マシュハド行きのバスを待つ人たちがいるバス停のそば、飲物売りの庇《ひさし》の陰に坐る。警官はまた中庭に入ってくれと手招きする。

「いや、結構」

彼はしつこく繰り返す。同じ答。もうひとり警官が助太刀にくる。私の抵抗ぶりを見て、見世物を予感した野次馬が寄ってくる。目論見どおりだ。警察署のなかでみすみす罠にかかるのはごめんだ。三人目の警官も加勢にきて、片言の英語で要求を繰り返す。私も同じ言語で答える。相手はさっぱり理解できない。そこに現れた四人目の警官は階級が上だ。

「入ってください」と彼は中庭に通ずるドアを指しながら言う。

「なにをするためですか？　パスポート？　ここにあります。カーピターンがもう見ましたけどね。さあ、よく調べてください」

「いえ、中に入って水を飲んでください」

「水なら水筒に五リットル入ってます」。私は水筒をたたきながら言う。

「では、食事を」

「腹は減ってませんし、食べ物もたっぷりあります」。私はザックを指す。

彼は私の肩に手をかけ、連れて行こうとするが、私は身をふりほどく。サブゼヴァールの警官にしたように、彼に対してパスポートに関する演説をやる。有効期限、入国日、滞在許可期間、イラン滞在の最終期限日……。突然、五人目の警官が現れる。この男はがっちりしたつくりで、私を威圧しようとする。それで私は立ち去るそぶりを見せ、上官に告げる。

「これからアーブラヴァーンで昼食を食べに行きます」

一同唖然として、その場に釘づけになったままだ。私は彼らがなにを望んでいたのかわからなかったし、私を逮捕しにきはしないかと心配になる。だが、どうしようがあろう？　私は彼らの意のままで、明日の朝、出発するときには警察署の前を通らざるを得ない。インシャーアッラー。

私はまさにアッラーの守護のもとに身を置いた。警官たちとの口論のことを聞いたのだろう、家に泊めてやろうと駆けつけてくる村人がいないからである。それでモスクの中庭の壁の陰に坐り込み、ノートをつけてから毎日やっている疲労回復の昼寝をする。

子供たちに目を覚まされた。十五人ほどの子供が私のまわりに半円を描いて立ち、静かに様子をうかがっている。汚れたTシャツに破けたズボンという恰好だが、みんな素直そうな顔をしている。質問が降り注ぎ、がんばって答えていると、子供二人に引っ張られてアッバースというじいさんがやってくる。彼は今夜泊めてやろうと言って、帰ってゆく。

日が暮れ、アッバースは私のことを忘れてしまったが、老人の約束を覚えていた子供たちが彼の家に案内してくれる。アッバースは留守だが、奥さんがコンクリートのテラスにござを引きずってくる。モニールのくれた食料を取り出し、りんごの皮をむいていると、ばあさんがいい匂いのするスープを大きな鉢に入れて持ってきてくれる。すばらしい夜だ。私は外で寝るのが気に入った、石垣を越えてきた大きな犬が、親しげに私の寝床に入って眠り、気前よく蚤の大群のおすそわけをしてくれたけれども。

空が白みはじめるのを待たずに、雄鶏と驢馬たちが、ひと晩じゅう「プエップエッ」という音をまき散らしながら灌漑用の水を井戸から汲み上げていたディーゼル・エンジンに代って、合奏曲を演奏し出す。

警察署の前を通るときにはどきどきするが、見張りの警官はこちらを見ても反応を示さないので拍子抜けだ。シューラケマレキーにはすぐに着くつもりでいたが、強い風が吹きはじめ、トルコ人の荷かつぎのように体を折り曲げて進まざるを得ない。さらに悪いことに、血のように赤い土埃の竜巻が私を取り囲む世界に一瞬のうちに襲いかかり、近くの村を包み、車が当てずっぽうに走りつづける道路をおおい尽くす。激しい風に平手打ちを食い、息もままならなくなった私は、土手の上にしゃがんで丸くなるしかない。頭はクーフィーヤでくるんでいるが、さらに身を護るために帽子を顔にあてがう。砂粒が両手をたたく。そして、砂嵐は五、六回襲ってきた後、起きたときとおなじように突然やむ。

モスク泊

シーア派のモスクの前で箱の上に売り物を並べたセッイェド・レザーから、マグロの缶詰とメロンを買い、昼食にする。シューラケマレキーは人口千人の変った村だ。モスクが三つもあり、そのうち二つはスンニー派、イランではどこでも多数派のシーア派がここでは少数派なのである。セッイェド・レザーはシーア派のモスクの主であり、モスクをケース入りのフルーツジュースを置いておく倉庫としても使っている。彼はモスクの中で休んでゆけと言う。深々とした二枚の絨毯の上で昼寝をし、その後、一夜をここで過す。だが、その前に、セッイェド・レザーが私の夕食に大皿に盛った米料理を持ってきてくれたとき、一緒に連れてきた村の代表者たちの前で旅物語をしなくてはならない。コブラーという、なかなか英語のうまい私の宿主の娘が通訳をする。彼女にエッフェル塔の絵葉書を送る約束をさせられる。父親のほうは、私がムスリムでないことに納得できず、ひょっとして改宗する気はないかね、と何度か聞いてくる。

朝五時、窓ガラスを小さくたたく音で目が覚める。ガラスに張りついて外に出ようと無益な努力をしている蛾を、窓の向う側から鳥がくちばしでつつこうとしている。眠りなおそうとしたところへセッイェド・レザーが来て、自分はこれからバスに乗ってマシュハドに行かなければならないので、と言い訳しながら、私の出発を急《せ》かせる。気をつかって嘘を言っていることはすぐにわかる。信仰を同じくする者たちが、キリスト教徒をアッラーの神殿に泊めてやることにした彼を非難したのだ。

すばらしい風景

村を出ると、美しい平原だ。平行する線路と道路が、はるか遠くの地平線の上、黄土色の土に映える青い山のふもとで一本の線になってしまうまでまっすぐに走っている。私は早足で、なにも考えず、靴の唄う歌に運ばれて進む。かかと―あしうら―つまさき、やすやすと、長距離走をするときのように歩を繰り出す。左の靴がズルッといい、右の靴がバチッという。ズルッ、バチッ、ズルッ、バチッ……。今日は千七百キロ目を越えるが、エヴニーのタイヤとちがって、靴底は燃えるようなアスファルトに耐えてきてくれたのがありがたい。峠を越えてから、白々と日を浴びた広大な谷を下る。向い側の斜面のなかほどに、マルズダーラーンの小さなオアシスが黒っぽいしみをつくっている。そこはかつてモズドゥーラーンとよばれていた。「人足」「日傭い」「にこよん」である。しかし、この名は侮辱的だったので、綴りを変えた。以来、村は「国境警備隊」という意味になっている。

いま私の正面にある小山から、何世紀にもわたって繰り返しペルシャを侵略し、揺るがしてきた騎馬の軍団が押し寄せてきた。そしてそのたびに、この国は粘り強く鋼の剣と槍を呑み込み、同化させ、消化してきた。谷のくぼみの軟らかい赤土に春の雨が小さな峡谷をうがち、そこにひょろひょろしたタマリスクが生えている。道路の上で鷲が死んでいる。この空の支配者はなぜこんな低いところにきて最期を遂げようとしたのだろう？　トラックにはねられたのか、あるいはそばの電線で感電死したのか？　誇り高いくちばしを車が轢《ひ》いてゆき、ぐちゃぐちゃにしてしまった。たいした鳥で、翼を広げるとゆうに一メートルはある。私は人間によって命を奪われたこの空の王者を前にして、いたたまれない気持になり、気がつくと鷲を拾い上げ、眼を天に向けさせて大きな石の上に置いているのだった。こんな墓は彼にふさわしくないのはたしかだが、ふにゃふにゃした黒いアスファルトよりはましだ。

十三時、太陽が私をアスファルトにめりこませ、背を焼き腕を焼く時間だが、登りに挑む。エヴニーが鉛のように重くなる。登りは一向に終りがこず、私はやっとの思いで前に進む。最後の二キロをかたづけるのに一時間近くかかってしまう。最初の家は食料品店だ。キンキンに冷えたソーダを二本飲むが、ちっとも渇きを癒してくれない。もう立ち上がることもできない。「食堂は二軒あるけど」とあぶく水を売った男が言う、「二軒目まで行きなさい、そっちのほうがいいから」。だが、一軒目の食堂の前で――二軒目はまだ見えない――先を続けるのを断念する。テラスで木製の縁台――タフトという――に身を落ち着け、食事の注文をする。ところが、疲れてふらふらで、料理が運ばれる前に寝入ってしまう。給仕は私の睡眠を尊重して、二時間後、私が目を開けてから食事を持ってくることになった。ここで食わせる料理はひどいものなのだろうが、委細かまわず呑み込み、すぐにまた眠り込む。

朝の五時、元気よく目覚めた私は、新調なったふくらはぎとともにまた登りにかかる。八時ごろ頂きに達し、いっとき腰を下ろして風景を眺める。すばらしい。二日前に後にしたマシュハドのへんまで見晴らしがきく。手前には禿山がいくつか跳びはね、すでに灼けつくような日射しに沸き立つ大地の広がりへなだらかに続いてゆく。

子供が王様

バザンガーンの食堂の主人は、剣戟《けんげき》映画にスープ売りの役で出られそうだ。小柄でころころ太り、服は全身黒ずくめ、頬は一週間の髭で炭を塗ったよう、そんな彼が私を迎えにもろ手を挙げて走り寄り、抱擁し、テラスの日陰に席をとらせ、アヒルを肥育するように食物と飲物を詰め込ませる。泉のすぐそばにその食堂がある寂しい谷間の後、灰の風景に入る。廃墟があり、岩をくりぬいて造った家々が打ち捨てられているのは、人々がこの草木も生えず起伏の激しい不毛な断崖地帯から逃げ去ったことを示している。地面の軟らかい土は風と、まれに降る雨によって運ばれてきたが、高いところの皺を刻んだ岩は浸食に耐えてきた。その結果はというと、背中がぎざぎざで、ピカピカした鱗におおわれたドラゴンの怪異な軍団が、空に攻めのぼろうとしているように見える。

風景の厳しさのせいだろうか？　ジープ、ついで軽トラックが、どうしても私を国境の町サラフスまで乗せてゆこうとする。もう何度も何度もしてきたことだが、歩く権利を守るために必死に戦わなくてはならない。

垂直の断崖にはさまれ、日陰になった谷間で、向うから一組の夫婦がやってくる。男はかわいい子供を乗せたすばらしい栗毛の馬の手綱を引いている。トルコでは馬にまたがるのは大人の男だが、イランでは子供が王様だ。それは美しい光景、心を奪われる伝説の絵画であり、私はやさしい気品をただよわせるこの家族に感謝をこめて挨拶する。

山羊はどこへ？

シュールログという村は、マルコ・ポーロが近くまで行ったという僻遠《へきえん》の地との境目にあった巨木のあたりに位置するのかもしれない。しかしいま、ここには木もなければ、好意も感ぜられない。私の受けた応対は冷たいものだ。食料品店で唯一の缶詰である小豆の缶詰を買うが、賞味期限は二年前に切れている。ホテルもなく、食堂もない。どこでキャンプできるかを尋ねた男は橋を指す。なるほど、そこはもってこいの場所だ。緑色がかった泡におおわれた水が橋の下によどんでいる。子供たちがそのなかでばちゃばちゃやっている。テントを張っていると、子供たちが私のまわりを子犬のように跳ね回る。石をふたつ並べた上で缶詰を温める。ひとりの子供がフォークを、もうひとりがパンの切れ端を、それぞれ家からくすねて戻ってくると、もったいぶって差し出す。しかし、彼らの行ないは無償ではない。ひとりは引き換えにテントを欲しがり、もうひとりはエヴニーを狙い、三人目のなにも持ってきていない子供は腕時計をもらえればいいらしい。私はピンバッジを配る。子供たちは一緒に水に入ろうと誘うが、そよ風が運んでくる、ふたのないどぶのような臭いをかぐと、誘いを断らざるを得ない。ポケットをペステ（ピスタチオ）でいっぱいにしたなにがしさんが、それをたっぷりふた握りくれると、川の向う側にある家に私を引っ張ってゆき、茶を出し、つぎには夕食を出し、ついには泊ってゆけと言う。橋の下の汚水だめから逃れられることを喜びながら、テントを撤収する。

祖父母、その子供たち、嫁たち、孫たちが、テラスに一列になって寝る。私にあてがわれた場所は列の末尾である。私を泊めてくれた人は朝四時半に家を出てゆく。三十分後、支度をしていると、家の主人がいないので、妻と母親は外国人の前にいるのが気づまりになり、言葉をかけてこなくなって、ついには家のなかに逃げこんでしまう。五時三十分、出発。驢馬に乗った男が、そばに寄るだけでうなり出す大きな犬二匹を従えて一緒に来る。二キロ先で、長々と質問してきた男はきびすを返し、たくわえた情報をもって、いましもどこからともなく山羊の群が現れてきた村に帰ってゆく。どこへ行くのだろう、あの先を急ぐ静かな家畜たちは？　五、六頭が、少なくとも三百頭はいる圧倒的な集団の前に出て走っている。行く手には砂しかない。食うことのできる木も花も草も一本としてない。ひづめの音がしばらくのあいだ私の後をついてくる。十五分ほど一緒に歩くと、山羊たちは突然、ななめに北のほうへ方向を変え、その後を驢馬に乗った番人がついてゆく。山羊たちの行く先をいくら目をこすって見ても、一点の緑も見えない。

驚きの人

太陽がぎらぎら燃えはじめてずいぶんたったころ、驚きにみちたこの国ではあるが、なかでも最高に思いがけない出会いをした。人けのない道に、まず風にはためく緑の大きな旗が見える。それから、イスラムの色をしたその大きな四角い絹の布の下に、路肩を歩く荷かつぎ人夫が見える。旗でまともに風を受けているものだから、風が吹くたびにジグザグに進んでいる。向うは私に気づくとすぐ、こちらにやってきて、長いこと私の手を握る。三十くらいの太った男で、もとは白かったシャツと、はちきれそうなスェットパンツを窮屈に着込んでいる。ほっぺたはぽっちゃりしてばら色、腹は突き出て、手首にはキューピーさんのように皺ができている。荷物のストラップと胸のあいだにタオルをはさんでいるのは、帯が肉に食い込むからにちがいない。安心しきった笑みを見せ、明らかにこの出会いを喜んでいる。

彼は自分とおなじようにふくらんだリュックサックを地面に下ろす。カーキ色の軍の払い下げで、旗竿と毛布が縛りつけてある。彼の名前はセッイェド・ジヤー・マルテザーニーといい、今朝サラフスを発って、徒歩でカスピ海の南のどこかにある故郷の村に帰るのだと言う。彼は精密に距離を割り出した。千二十八キロ、それを三十二日間で歩き通す予定である。やる気は満々に見えるが、装備は頼りない。ゴムのサンダルはもうくたびれていて、一週間も持ったら驚きという代物だ。彼は私の写真を撮りたいと思い、あきれるほどガラクタの詰まったザックを開ける。

まず取り出したのは、一キロ半はあろうかというコーラン、刃渡り三十センチの研ぎすまされた刀身に凝った細工の柄のついた短刀（「安全のため」と言って地面に置く）、そして缶詰だが、彼が言うには「食堂は黴菌《ばいきん》だらけだ」からとのこと。それから、長距離トラックの運転手が持っているような全国道路地図も引っ張り出す。ようやくのことでカメラに手が届く。こんなに重く、こんなに歩きに不向きな装備で、どうやって必要な速度を出せるつもりなのだろう？　私はそれを聞いてみたが、相手の気を悪くしないようにと思うあまり、しどろもどろになってしまう。それでも、簡潔で反論の余地のない答が返ってくる。

「アッラーのご加護によってです」

写真を撮り終えると、彼はカメラを、それから地図や、ポケットから取り出した金を持ってゆけと言う。私はすべて断るが、お返しに上げるものがなにもないのが恥ずかしい気がする。彼は苦労しながら十分かけて荷物を全部ザックに詰め直し、最後に毛布と旗をくくりつける。私はその全部を背負うのに手を貸す。彼は苦しそうにかがんで保温水筒を取り上げると、ふたたび歩き出す。私は彼が遠ざかってゆくのを見送る。道路の端の砂地で足が空回りし、丸々した尻は一歩ごとにぶるんぶるんと揺さぶられ、緑の旗が風にばたばたいっている。彼は振り返らない。もし三十二日で目的地に到着できたら、少なくとも三十二キロは痩せているのはまちがいない。

泊るつもりでいたガンバドリーは、道の両側に家がおとなしく並ぶ小さな町である。これに似た街並みは、アメリカの西部劇でいくつも見たことがある。人々の応対は熱意に欠けるが、たぶんここの住民は、二十五キロ先の国境の町に向かう旅行者が大勢通るので、うんざりしているのだろう。食堂にはなにも出すものがなく、仲間同士でトランプをしている四人の男は、私が邪魔者だということをわからせてくれる。食料品店の主人は卵二個を売ってくれ、別料金でそれを隣の納屋で料理することを承諾する。こうして満腹になれば、サラフスまで行く元気が出て、今晩にもモニールとメフディーに再会できるにちがいない。

マシュハドを発つ前、彼らがマシュハドで歌手と俳優たちが進行役をつとめ、三千人の客が招待される毎年恒例の大パーティーを開く準備をしていると知らされた。彼らとしては、私がこのイベントに顔を見せないなどということはあってはならない話だ。それで、彼らはいま、私を迎えにきて、マシュハドに二日間連れ戻すための道中にあるはずだ。残すところあと六キロとなったとき、彼らの車、運転手つきの馬力のある立派なリムジンが路肩に停まった。彼らが降りてきて、呆気にとられた目でこちらを見つめる。運転手はあわててトランクから毛布を出してきて、座席の上に敷く……。ドアウィンドーに映った自分の姿を見て、彼らの驚きが理解できた。私はこの一週間、髭も剃っていなければ、体も洗っておらず、汗で砂の微粒子がくっつき、顔も衣服も黄金色がかった黄土色の皮の下に隠れてしまっているのだ。私たちはサラフスまで行き、私はシャワーを浴びるあいだだけホテルの部屋を借りる。その間にモニールが軽い食事を注文していた。正直言って、それは絶好のタイミングだった、午の卵二個ではほんとうは満腹になれなかったのだから……。

戻り道で私は道路の端に目を凝らし、わが旗持君、セッイェド・ジャーを見つけようとするが、むなしく終る。メフディーとモニールもこちらに来るとき見かけなかった。たぶんどこか泊れるところに行ったのだろう。友人たちはうとうとしているが、シャワーと軽食で元気を取り戻した私は、眠りに落ちる前に決算をしてみて、その結果に満足する。八十余日前に出発してから、千八百三十八キロを踏破し、大きな問題はなかった。テヘランとマシュハドにしばらく滞在したため、一日あたりの平均歩行距離は、セッイェド・ジャーが目標とするものよりずっと少ないが、私はだれと競争しているわけでもない。そして、私のした出会いは、運の悪かった日々や、渇きや疲労の慰めとなっている。体調はよく、日射しと風にめげずに歩いた今日の五十キロは、スポーツ選手が言うところの肉体的潜在力を私が維持していることを物語っている……。この国を横断する長い道のりによって、権力の横暴の向うに、もてなし好きで、驚くほど心の開かれた国民を、イスラム革命の打撃に抗して先祖伝来の美質を守ってきた国民を発見した。蒙昧《もうまい》主義の時代後れで横暴なムッラーたちの背後に隠れた、教養のある洗練されたペルシャ人を、西洋のメディアがどれほど不公平に扱っているかがわかった。いうまでもなく、耳目を独占し、情報を一極化するのは、暴君、色情狂、怪物のたぐいなのだ。

あと千キロでサマルカンドのターコイズブルーのドームを目にできる。しかし、イラン入国以来、すべてがばら色だったにしても、将来の展望はもっと暗いものだ。ここ数日、私は頭のなかではすでにトルクメニスタンにいるのだが、そこはなにひとつよいことを約束してくれない。あの国について読んだことは気に入らないことばかりだ。乱暴で貪欲な警官たち、のろくさして、枝葉末節にこだわる役所。だいたい、それはすでにパリとテヘランの領事館の仕事ぶりで経験済みでもある。「要するに、トルクメニスタン人は半世紀のあいだ耐え忍んだソビエト体制の欠陥と、十年前から体験している資本主義体制の欠陥とを寄せ集めてきたのさ」とある人が私に言ったものだ。さらに、問題は人間だけではない。二百五十キロにわたって、コブラやサソリやタランチュラのような愉快な生き物がうじょうじょいる砂漠を越えなければならない。そのほかにも、黒後《くろご》家蜘蛛《けぐも》というきわめて小さな蜘蛛で、致死性の毒を有し、交尾がすむとすぐに雄を食ってしまうというありがたくない習性を持つ恐ろしいやつがいるのである。

トルクメン人　13

八月五日　サラフス　千八百三十八キロ

居眠り警備隊

私は定められた日に着いた。テヘランのトルクメニスタン領事に「日付どおりきっかりひと月、一日短くても、一日長くてもいけませんよ」と釘を刺されていたのだ。今朝、バスでマシュハドを発ち、モニールとメフディーに拾ってもらった場所で降りて、残りの六キロをさっとかたづけた。イラン側のサラフスという町に対して、トルクメニスタン側にはセラフスという双子のような町がある。ふたつの税関の通過という難関の連続にとりかかる前に、用心のためGPSから電池をぬいて、ザックのいちばん底にしまいこんだ。こういう器械は、おそらく軍事機密上の理由だろうが、旧ソ連の共和国だったこの国への持ち込みが禁じられている。

十四時、イランの警官が私のパスポートをじっくりと調べ、そばに来てひとの顔をじろじろ眺めまわすと……パスポートを持ったまま昼飯に行ってしまう。私はもう暗記しているくらいの中央アジアのガイドブック（『ロンリー・プラネット』一九九八年版）を何度も読み返して時間をつぶす。男はもどってくると、またこちらをしげしげと見つめる。どうやら私に交付された異例に長期のビザをどう考えていいか困っているらしい。そこで彼は自分が頭を悩ましたぶん、私を待たせるというわけである。

やっと外に出られた。歩道橋に通ずる土の道を行くように言われる。橋は干上がった川床をまたいでいる。対岸にはちっぽけな衛所があり、トルクメン人のかわりに国境の警備に当たるロシア兵がいる。だが、「警備」というのは大袈裟だ。ひとりの兵士は壁のつくる日陰で裸足になり、口を開けてのんきに寝ている。もうひとりのブーツをはいた兵士は、自動小銃にもたれかかって眠り込んでいる。こちらは上着のボタンをへそまではずし、シャツを着ていない。私はまず控え目に咳をして、つぎには本格的に咳き込んでみるが、彼らは目を覚ましてくれない。それで銃にもたれた兵士をゆさぶる。彼はゆっくりと眠りから抜け出て、けったいな外国人が自分をのぞきこんでいるのに気づくと、自動小銃に手を突っ張って跳ね起きる。そして、私にその場を動くなと合図し、裸足の同僚をゆさぶり起こしてから、ドアまで後ずさりして、ロシア語でなにか怒鳴りながらドアを開ける。するとまもなく、寝ぼけ眼《まなこ》をした士官がゴムぞうりをはいて姿を現す……。ソ連では兵隊たちに靴をはかせるのに苦労しているのは間違いない。士官は私を見るとうれしそうにほほえみ、すると緊張が解けて、みんなが日陰のベンチに坐るよう手招きする。私はポケットから、この旅行を説明するためにパリで用意してきたラミネート加工のカードを取り出す。昼寝好きの三人は、外国人に会えたのを喜んでいる。いまのところ、話に聞いてきたような、つきあいにくい連中ではない。パスポートは士官が上の空で見やっただけで返してくれる。それから彼は、警察と税関は二キロ先に見える建物に入っていると教えてくれる。私はエヴニーをつかんでそこに行こうとするが、そんなことは許されず、「シャトル便」を待たなくてはいけない。暑さにぐったりしながら、私たちは一時間近く、のろのろした身振り手振りでおしゃべりする。シャトル便は遠くから音が聞えてきたが、それは耐用年数を越えたバスで、穴ぼこだらけの土の道を大騒音をまきちらしながらガタゴト走るのだ。サーカスで見た、車軸が中心からずれていて、部品を落っことしながら走る自動車を思い出す。ここのバスは錆だらけで、時速五、六キロといううめまいのするようなスピードで走るのだが、落っことしてゆくのはもくもくした黒い煙だけである。どうしてこんな走る棺桶に乗ることを強要するのだろう？　答はすぐにわかる。「ワン・ドラー」と、アメリカの海兵隊員が気取ってかけるような黒眼鏡を得意げにかけたツッパリぎみの運転手が要求するのだ。もちろんこんなことはまったく違法で、ただただ国境の役人どもが私腹を肥やそうとしているのである。

手続きは問題なく進む。英語のできる兵士がよばれ、士官たちは私の旅に夢中になり、最初は信じられなかったのが、パスポートをめくるうちに私がたしかにトルコから来たという証拠を見つける。「ワン・ドラー」を待ちつづけてつきまとうアメリカ式眼鏡の男に、ポケットに残っているイランの小銭をやる。男は欲張りでなく、それで満足する。安全のために、ドルを持っているなどと思わせては絶対にいけない。

けれども、ザックに入っているドルを出さざるを得ない。現地通貨を持っておらず、マーリという最初の大きな町は歩いて十日ほどかかるからだ。百ドル出すと、銀行員は窓口を離れ、オフィス中をまわってトルクメニスタンの通貨であるマナトを山のようにかき集めに行く。山というのは誇張ではない。なにしろ私のもとには小額紙幣がどっさり置かれ、それを積み上げれば五十センチにはなるはずだから……。もちろん私は文句を言い、男はまた五千や一万の紙幣を集めにゆくが、この両替は彼が働いている銀行の儲けになるのでなく、自分自身の儲けになるから一生懸命なのだ。彼は私の両替を闇でしていたのである。

どこにでもいる大統領

もう十九時をまわっており、じきに暗くなろうというころ、恐るべきトルクメン族のかつての領土に第一歩をしるす。彼らは十世紀間にわたり略奪し、強奪し、自分らの手に落ちた人々すべてを奴隷として売り飛ばし、他人のところで戦争できないときは自分たちのあいだで戦争をした。平野は単調だ。南のほうに、山らしきものはそれしか見えないのだが、「テペ」がひとつ見える。この土地によくある盛土で、昔の砦の跡だったりシルクロード以前の時代の有力者の墓だったりするものだ。わびしげな一頭の馬が平原を気ままにぶらつきながら、まばらな草を食べている。東のほうは、トルクメニスタンが大量に産する液化天然ガスを運ぶための何千両ものタンク車でいっぱいになった鉄道駅が地平線をふさいでいる。何本かパイプラインが建設中だが、いまのところはこうした車両で間に合せ、液化ガスをイラン経由で外海まで、あるいは北に向かっては旧ソ連邦の諸共和国へと運んでいる。その駅のほうに行く道路はまったくなく、私は北にまっすぐ伸びる、穴ぼこというほどでもない小さな穴が虫食いのようにあいた、ただ一本のアスファルトの道を行く。セラフスは税関のすぐ近くなのだが、そこに行くのに少なくとも十キロくらい長い回り道をしなくてはいけない。

家並が現れはじめるとすぐ、道路沿いにこの国の主、「テュルクメンバシュ」（トルクメンの頭領）サパルムラト・ニヤゾフの深遠な思想を告げ知らせるトルクメン語の看板が立ち並ぶ。旧共産党幹部であった彼は、TKP――トルクメニスタン共産党――という略号の一文字を変えてTDP――トルクメニスタン民主党――にしただけである。それ以外、なにも変ったものはなく、党が莫大な富を握りつづけ、党を率いていた特権階級がいまも変らずその地位にある。この国が独立を達成したときに、ほぼ九十九パーセントの得票率で大統領に選ばれたニヤゾフは、この国を全面的に支配し、憲法の規定では五年後にふたたび選挙に立たなければならないのを嫌って、当選直後に完全に彼の言いなりになる国会に自分の任期をさらに五年延長させた。彼に対する個人崇拝は古今の例をしのぎ、この人物の極端な遍在ぶりとくらべれば、ホメイニ師やスターリンや毛沢東も真っ青というところだ。テレビ、新聞、紙幣、彼の姿はどこにでもある。彼の全身像が建てられていない広場はひとつとしてなく、彼の肖像を掲げていないビルや橋もひとつとしてない。写真、版画、レリーフ、メダル、いくつかの通りでは、どの建物も正面に彼の肖像が飾ってある。私を家によんでくれたあるトルクメン人は、特別のはからいとして、テュルクメンバシュのカラー絵葉書をくれるのだった。だいたい彼がこの国に行き渡らせている鉄の掟にたてつこうとする者はとんでもない目に合うのだ。彼に反対する者で、まだ生きているのは、トルクメニスタンから逃げ出すのが間に合った者たちなのである。

警官の金歯

セラフスの町中は灰色の家並がつづいているが、その一軒の家からミニスカートをはいた長い金髪の娘が出てきてびっくりする。三カ月、チャドルばかり見ていた後では、その姿はなんともいえず魅力的だ。乗用車は少なく、トラックが火山のように窒息性の煙の柱を吐き出してゆく。ガイドブックに出ているただ一軒のホテルが見つからない。薄闇のなかに警察の車が停まっているのが見える。運転手はドアのそばに立っている男とおしゃべりし、助手席の男がくゆらす煙草の赤い火が見える。車のふたりは私が来るのに気がつかなかったが、おしゃべり相手の男が外国人、それも明らかに西洋人がやってきたことを知らせる。私を見ると、彼らは電気に撃たれたかのように行動に移る。運転手はさっそく「パスポート！　パスポート！」とどなりながらドアを開け、助手席の男は後部座席に置いた制帽をあたふたと探しまわり、やっと見つけると、笑いながら車から飛び出て、喜びの笑みをもらしているおしゃべり仲間に目くばせしてから私のほうにやってくる。一人目は金歯を二本、二人目は三本している。彼らの興奮ぶりからすれば、もうすでに私から取り上げるつもりのドルでそれぞれもう一本ずつ金歯を入れることを目論んでいるのはまちがいない。私はほんとうの悪党どもを相手にするのかと思ったが、こいつらはおどけ者だ。だが、歩きの効用で脈拍が六十に下がっていた私の心臓は度を失い、胸のなかで狂ったようにドキドキ高鳴る。道化者もピストルを持てば危険になりうる。油断は禁物だ。

上司らしいほうがパスポートを念入りにめくってゆく。もうひとりの背の高いほうは、上司の肩ごしに読んでいるふりをするが、彼にとっては貯金箱同然の外国人に行き当たった喜びを抑えようもない。上司はあるページをとんとんとたたいて、しかつめらしくロシア語で宣言する。

「問題があります」

「そう、ある、ある！」ともうひとりが言う。

私はそばに行き、パスポートのページをトルクメニスタンのビザのところまで静かにめくる。

「プロブレム・ニェット」と私は言い、有効期間と入国日を指でなぞり、有効期間をさらに強調するために、パスポートを相手の手から自分の手へと用心深くそっと引き抜いて、爪で「一カ月」という期日をなぞってから、できるだけさりげなくパスポートを閉じ、ふたりのおばかさんにほがらかな笑みを向けながらポケットにしまう。

「しかし、確認のために一緒に署まで来てもらいます」とデブはしつこいが、ノッポのほうは、とんまではあるけれど、すでに自分の目論見が水の泡になりそうなことを察している。彼の二本の金歯はもう闇のなかで光らない、笑みを消してしまったのだ。

私は一か八かやってみる。

「好きなだけ調べてください、でもホテルでね。明日の朝までホテルにいますから」

そうして私は後も見ずに立ち去る。脚は震え、息がつまる。すべてはこの瞬間にかかっている。彼らは私が去るのを許さず、無理やり引き止めようとするだろうか？ なにも起こらない。百メートル先で私は振り返る。彼らは車のそばに立ち、さっきの相手と話をしている。ホテルに押しかけてくるのだろうか？ イランの運転手たちは悪夢のようなトルクメニスタン横断のことを語ってくれた。道路上の検問は無数にあり、警官たちは違反をでっち上げる術にかけては天才的だ。ある長距離トラックの運転手が言うには、警察は先週三回も、じつにいろんな口実をもうけて彼を捕まえたとのことだ。そのたびに罰金は百ドル、その場で現金で払わねばならなかった。領収書などなく、金はこの恵みを分かち合う警官たちの懐にまっすぐ入ることになる。拒否しようものなら、違反者は警察署にしょっぴかれる。「そうしなくてすむなら、やつらの建物には絶対に入っちゃいけない、人の目のないところじゃ、なにが起きてもおかしくないからな」。

ビールが飲める国

ホテルは背が低くて長い、汚れた建物で、窓ガラスはついぞ磨かれたことがない。飯場のようなもので、灰色の草が壁を猛然とはいのぼっている。灯りはまったく見えず、ペンキのはげた入口のドアは太い鎖と銅の南京錠で閉ざされている。そもそもここがホテルだと告げるものはなにもない。通りかかった男が教えてくれる。たしかにホテルだけど、閉まってるよ。いつから、いつまで？　さあね。あんた、なにを困ってるんだい？

「寝場所です」

「おれのところに来な、向かい側に住んでるんだ」

彼はムラトといい、部屋というより物置といったほうがいい一間《ひとま》で暮している。腐りかけのごみの山がいくつか積まれた中庭を、使われなくなって荒れ果てた倉庫が取り囲んでいる。ムラトは鉄のベッドを外に出していて、自分の「家」の入口の前で寝ている。彼は結婚しており、小さな女の子がいる。妻と娘は通りの反対側の団地のようなところに住んでいる。私たちはそこに寄るが、ムラトが女房は病気だというので、すぐに引き揚げる。私が理解できたと思うところでは、彼女は麻薬中毒で禁断症状を起こしている。私は腹がへって死にそうなので、ムラトを夕食に招待し、陰気な照明のレストランで串焼き肉とフレッシュチーズを食べる。バーでは男たちがウォッカのグラスをひと息に飲み干している。私たちはビールを一本飲み、私はここから二キロ離れたところでは、これで笞打ち刑を食らうことになるんだなあと思う。

目が覚めると、ザックまで行列する蟻の隊列が目に入る。そばに寄って見ると、何千という小さな虫が、非常食としていつもとってあるパン切れをなんとかしようと懸命に動き回っている。あんまり数が多いので、パンが見えないくらいだ。ムラトは私の手からパンを取り上げると、無造作に壁にたたきつけて蟻を大方払い落とし、汚いタオルで拭いてから返してよこす。

私はトルクメニスタンに入るまで、エレガントとはゆかなくても、少なくとも清潔な国を想像していた。第一印象——旅を続けるうちに裏付けられることになるが——は、すべてにおいて不潔、衛生面で遅れた国というイメージだ……。トルコとここのあいだに、比較的清潔なイランが括弧のようにはさまっている。

セラフスを出ないうちに警察の検問に出くわす。道路ぎわのバラックから踏切にあるような遮断機が突き出て、道をふさいでいる。私も長距離トラックの運転手たちと同じ扱いで、パスポートを呈示しなくてはいけない。警官のひとりが、私の名前とビザの有効期間を帳面に書き写すが、名前のほうは三つの名からなる私のファーストネームだけ書いて、名字は無視してしまう。二十キロ先の二つ目の検問所はもう少し洗練されている。士官が部下たちに私を見張っているように言う。そして、上司に電話する。だが、そんなやつはほっとけと命じられたにちがいなく、そのまま行ってよいと言われる。

トルクメニスタンを歩いた最初の日々の記憶は、灰色の風景とカッと照りつける太陽、なじみのものと見知らぬものというように、対照的なものが渾然《こんぜん》とひとつに入りまじっている。カラクム運河ぞいにあり、巨大な人造湖に近い小さな町ハウズハンに行くために、三十キロ遠回りになる道を選んだ。もっとまっすぐな道があるにはあるが、百キロ近くにわたってひとつも村がないので、食べ物と水に困ることになるだろう。もうじきあの恐ろしいカラクムとともに砂漠の孤独が始まる。カラクムは、もうすでに、這い回ったり刺したりする生き物が出てくる私の夜の夢に取りついているのだ。

だれもがバイリンガル

四日間、日に焼けたタマリスクの生垣のあいだに埋没したかのような狭い道を歩く。ときおり砂にうずまったステップのまんなかに村が隠れている。なまこ板で葺《ふ》いた四方流れの屋根をのせた灰色の家々が、つねにまっすぐな線にそって並び、曲がりくねって水たまりのできた土の道と対照をなしている。こうした村は、幾何学者が設計して、軽業師が建てたという印象だ。猛烈な暑さである。水筒のチューブからひっきりなしに水を飲むのだが、水は乾ききった私の体にいっときも留まらないかのようだ。靴のすべり止めとエヴニーの車輪が跡をつけてゆくアスファルトは歩きにくい。暑さで溶けたアスファルトは平行な轍《わだち》を描いてゆくトラックの重みで変形し、道路は黒っぽい泥の道のように見える。

この数カ月、ペルシャ語のバーミセリのような文字に慣れていたが、ラテン文字で書かれた標識はやすやすと読み取れる。店の看板はキリル文字で書かれたロシア語だ。トルクメン人とウズベク人はそれぞれテュルク諸語に属する近縁の言語を話すのだが、二世代から三世代にわたって使われてきたロシア語に対する独立性を確認する意味でラテン文字を採用した。ところが、彼らはたがいに異なる字や記号を選び、もともと容易でなかった事態をますますややこしくしてしまった。その結果、捨て去ろうとしたロシア語が、いまでもトルクメン人、ウズベク人、タジク人、キルギス人が使う中央アジアのほんとうの共通語なのである。住民はみな少なくともバイリンガルである。トルクメン人集団に属しながら、ウズベク人地区で暮す人たちは、三カ国語をあやつる。

ムッラーたちの押しつけるおぞましい規則とおさらばして、ある程度の身体の自由が戻ってきたのがうれしい。ロシア人の女たちは脚を見せ、体の線を隠さない服を着ている。ウズベク人とトルクメン人の女たちは、とてもシンプルな裁ち方の軽やかなワンピースを着ている。半袖で、裾はくるぶしまである筒形の綿の服である。それぞれの持ち味は、つやつやした鮮やかな色の違いにある。ロシア人女性は三十ともなると丸々してくるが、トルクメン族の末裔たちはすらりとしたままで、慎ましいワンピースがほっそりした体を想像させる。ほとんどの女が絹のスカーフをしているが、まとめた髪の上にかぶるだけで、結び目から先は髪の毛のように背中に垂らしている。

がんばってなんになる？

トルクメニスタンでの私の最初の日々は、ちょうどうなぎのぼりに暑さの増した時に重なってしまった。どっちみち、中央アジアのこの地域で年間最高気温が観測されるのは七月だ。南部と東南部では気温は五十度にもなる。最初の二日はがんばった。が、三日目になると、どこまでもまっすぐで、いつまでたっても終りがこないように見える道を進んでいるうちに、にわかに激しい絶望にとらわれた。もう六時間歩いているのに、ちっとも進んでいないような気がする。道はほとんど葉とはいえないような葉をつけたタマリスクの木立に沿っていて、まともな日陰はどこにもない。いくら水を飲んでも——今朝から十二リットルほど——体のなかにはただの一滴も残っておらず、発汗の激しさといったら、小便が一度も出ていないくらいだ。突然、気力が失せ、殺人的な日射しのもとでくたばらないための用心として大きなタマリスクの枯木に毛布をかけてから、道端に坐りこむ。地図とGPSといくらにらめっこしても、数キロ前には着いていていいはずのカラクム運河は地平線にその姿を現さない。粗野な人間たち、貪欲な警官ども、人殺しの日射、この茫漠として人間味のない広がり、なにもかもがあまりに敵意にみちている。私はもう一時間以上、さっきまで支えになっていた希望から自分がゆっくりと遠ざかってゆくがままにしている。がんばってなんになる？　この試練はあまりにきつく、日射しはあまりに熱く、サマルカンドはあまりに遠い。そして、この終りのない道、蜃気楼《しんきろう》のように私をもてあそぶ水路。友の手が肩に置かれ、その笑顔が消えたエネルギーを呼び戻してくれないものか。だが、私はひとり、決定的にひとりなのだ。このとてつもない道に立ち向かうには、私はあまりにも小さく、もろく、弱い。いっそ焼けた皮のようにタマリスクの骸骨にからみついている毛布の陰で横になり、このうえなく安らかな永遠の眠りを待ったほうがいい。

大運河

そして奇跡は起こった。私は眠った。目が覚めると、魔物たちは影も形もなく、日射しは和らいでいる。一時間後、やっと見つかった河にかかる橋の上でどこからともなくやってきた農民から西瓜を買う。アーチの下の日陰に葦《あし》で寝床をつくり、水筒を河の泥水に浸け、味のよい西瓜をふた切れ食べてから、またうとうとする。目を覚ますと、上半身裸で、ロシア軍の革のブーツをはいた羊飼いが、見るからにとまどったようすで、じっとこちらを見つめている。羊たちは数メートル離れたところで水を飲もうと先を争っている。ほほえみかけると、相手も笑みを返してくる。私はポケットをさぐって、この旅行を説明するカードを取り出した。だが、相手は文字が読めず、すぐに返してよこすのだった。

彼が行ってしまうと、運河の水に浸かりたくなってきたが、西に向かって流れる黄土色の水はあまり気をそそらない。泥で濁ったこのぬるい水には、どんな病原菌が棲《す》みついているか知れやしない。大河のように広く、早瀬のように流れの速いカラクム運河は、技術上の偉業であり、科学技術の逸脱である。目の前を流れるこの水は、中央アジアの二本の大河のひとつで、パミール高原の高嶺から下ってくるアムダリヤ川から引いてきたものだ。この運河は綿花の生産量をもっともっと増やそうというわけで実現された。トルクメニスタンをソビエト帝国のための単なる原料供給国の地位に押しやろうとして、ロシア人技術者たちは行きすぎに走った。現在九百キロの長さがあるこの運河は、おそらく世界最大の運河だろうが、それでも――これもソ連流の成果だが――灌漑できるようになったのはトルクメニスタンの土地の三パーセントにも満たない……。そして、アムダリヤ川からの取水の結果として、アラル海が干上がることとなった。こちらには生、あちらには死。

乾杯の作法

トルクメニスタンでの最初の日々で思い出に残っているのは、行きずりの外国人である私を旧友のように家や食卓に迎え入れてくれた男たちのことである。私は年老いたコルホーズのトラクター運転手、トゥワンのことを思う。彼は背が高く、自分が育て、庭で日に干した――そして私のザックに詰め込んでくれた――杏のように皺だらけで痩せている。七十二歳の彼は、いまも懐かしむ共産主義体制のもとでしか生きた気がせず、残りはわけのわからない資本主義体制の十年である。別れぎわに住所を教えてくれたが、「トルクメニスタン・ソビエト共和国だぞ」と念を押すのだった。私は獣医のアタマラトのことを思う。彼は私が道端でポケットから落っことした眼鏡、それがなければ旅を続けられなくなった眼鏡を探し出すのを手伝ってくれた。彼の細い目と、えくぼのできる丸い顔は、アーリア人のもとを去ってモンゴル人の国に来たんだなあと思わせた。

私はシャフムラトのことを思う。街道ぞいの彼の軽食屋に着いたときには日が暮れようとしていた。コルホーズの農民たちが来て、夕方の最初の一杯をやっていた。この陽気な顔をした太った男は、すぐに私を仲間に入れてくれた。

「さあここにリュックを置いて。腹へってるのか？　いま食い物をこさえてやるよ。喉が渇いてる？　ウォッカを注いでやろう。体を洗いたいだって？　ついてきな」

彼は店の裏のすごく背の高い葦がはびこる野原の向う端まで私を引っ張って行った。そこには小さな水路の泥で濁った水が勢いよく流れていた。彼は私がひるんでいるのに気がついた。このなかで体を洗う？　とんでもない。彼は身をかがめると、手の平に水をすくって飲んだ。それから丈高い草のなかに消え、客のもとに戻って行った。その場所は人けがなかった。私は服を脱いで水に入り、トルクメニスタン入国以来、肌にこびりついていた垢を落した。草のあいだに三人の腕白小僧の笑い顔があるのに気がついたのは、水から上がってからのことだ。私が親愛の合図を送ると、子供らは葦をゆさゆさと揺らしながら駆け出して行った。水は泥だらけで、タオルが真っ赤になってしまった。

シャフムラトは食事を用意していて、私たちはそれを外の大きな蚊帳のなかで食べた。日が暮れかけて、蚊帳はいっせいに私たちに針を突き立てようとする蚊にびっしりとおおわれていた。主人の友人で、髭も体毛も雪兎のように白いムラドも仲間に加わった。

「ウォッカは？」

「いえ、けっこうです。水のほうがいいんです」

「チュッチ・チュッチ（ほんの少しだけ）」

「少しだけなら、乾杯のためにいただきます」

シャフムラトは私のグラスにあふれんばかりに注いでから、自分のグラスをかかげた。ムラドはイスラムの禁酒の戒律を守ってジュースを飲む。シャフムラトはグラスをひと息に空けた。私はひと口飲むと、アルコールが喉を切り裂き、胃を焼きつかせた。主人は飲み干せとたきつけるが、私は断った。夕食――串焼き肉と生野菜――のあいだ、さあ飲め飲めと何度もすすめられた。

「チュッチ・チュッチ」

私は二十回ほども断って、水筒の水で喉をうるおしていた。夕食が終ると、ムラドが自分の車で、水たまりのできた土の道の果てにある隣村のシャフムラトの家まで私たちを送ってくれた。道々、野良仕事から帰る男たちを拾って行った。シャフムラトを二度目の夕食が待っていた。私は日中、日射しに焼かれたのがいまだにこたえていて、食欲はなかったが、主人の顔を立てて、麺料理をつつき、パンをかじり、葡萄の房をつまんだ。シャフムラトはふたつのグラスを満たし、そのひとつを私に差し出した。

「ウォッカ？」

「ニェット、スパシーバ、ワダー（いえ、けっこう、水にします）」

私たちは床に向き合って坐っていて、彼は私の顔の前でグラスを持ったままだ。

「チュッチ・チュッチ」

「ニェット、スパシーバ」

私は十分くらいはがんばった。シャフムラトは平然として、親しげな笑みを唇にたたえたまま、めげることなくグラスをいつまでも差し出していた。旅に出てから水に慣れきった私の胃を苦しめるその毒を飲むのはいやだった。グラスが目の前でゆらゆらし、火酒がシャンデリアのもとできらめいている。私はあくまで断りつづけようと決めていた。グラスは差し出されたままで、主人は「少し」というつもりで左手の親指と人差指の先を寄せて、「チュッチ・チュッチ」を繰り返す。あんまりしつこいのでいやになってくる。だが、彼にとっては私も一緒に飲むことがどうしても必要なのだとやっとわかった。客が乾杯に応じなければ飲んではいけないという作法に反しないようにするためだ。彼が心おきなく飲めるようにするには、私も参加しなくてはならない。頑固者の私だが、ここは譲った。なんだかわけのわからない乾杯の言葉が済み、私が口をつけるとすぐ、彼は頭をぐいとそっくり返らせて、グラスを飲み干した。そして、自分のグラスを満たし、また乾杯するのだった。

食事が済むと、彼はまた何杯かきこしめしながら、ビデオで姪の結婚式のようすを見せてくれた。野原で客たちが酒瓶を回しながら、羊肉と大皿に盛られた米料理を詰め込んでいた。友人たちがお金を放り投げると、子供たちが駆け寄って拾い集める。新郎新婦は自分たちの住居の敷居で、幸福と繁栄をよぶ儀式として、ひっくり返して置かれた二枚の皿を足で踏み割った。夫婦生活を始める前に食器を割っておくとは、たしかにすてきなまじないだ……。それから、ずっとベールに隠されたままの花嫁が、夫の布帯のいくつもの結び目を根気よくほどいていった。夫はその帯をくるくる振り回しながら、客たちを最後の一人が新婚の部屋を出てゆくまで蠅のように追っ払うまねをしてみせるのだった。

半リットルの瓶が空になると、シャフムラトは手つかずのまま残っていた私のグラスを空け、しゃっきりした足取りで星空の下に寝に行った。彼の妻と四人の子供、とてもきれいな娘たちとずんぐりした息子は、庭のふたつのタフトに並んで横になっていた。私はかたまりになって襲ってくる蚊を避けるために虫除け剤をべったり塗って、家のなかで寝ることにした。この日の夜、シャフムラトを刺した蚊は、ぐでんぐでんに酔っ払ってしまったことだろう。

綿花、綿花……

トルクメニスタンでは、畑で女の姿を見るのは綿花の収穫のときだけである。一世紀のあいだロシア人に占領され、七十年間共産主義体制下にあったにもかかわらず、ここでは伝統が根強く残っている。子供たちの結婚はいまでも年の順だ。そして、それはもう昔の話だとも聞いたが、いまも嫂婚制《そうこんせい》、つまり兄が死んでしまったら、弟が兄嫁と結婚するという習慣が行なわれている。女を略奪することはもうないにしても、嫁にもらうために相手の親族に贈物を差し出すことはそういう昔の慣習から来ている。宗教はソビエト時代に大きな打撃を受けたが、ほとんど姿を消していた「パランジャ」とよばれるイスラムの被衣《かずき》は徐々に復活しつつある。

この三日間歩いてきたアシュガバートへの道を離れ、数え切れないほどの水路をまたぎ、広々した綿花畑のあいだをうねりながら北に向かう小さな道に入った。ブルドーザーが土を掘り返し、巨大な機械が丘を削ったり、砂をならしたりして、複雑な線を描いてゆく。時がきたら、いまはまだ手つかずの土地を隅々まで潤すことになる水路の水が、その線に沿って流れ込むのだ。それにしても、支配者たちの想像力の欠如にはあきれてしまう。綿花、綿花、またまた綿花だ。

若者たちが、上半身裸で、斧を手にもち、汗を光らせ、頭は日除けにスカーフを海賊風に巻いて、「大統領のために」開拓の奉仕活動をしている。大統領がいつか彼らの努力の成果を確かめにくると信じきって、懸命に働いている。さらに先に行くと、少年たちが、水から外に出されたとたん、乾いて死んでしまう奇妙な平べったい魚がいっぱい入った網を水路から引き揚げている。この魚たちを日に当てておけば、昼飯どきには焼き上がっているにちがいない。昨日、シャフムラトのところの水路の水浴では結局なんともなかったので、こういう水路を見ていると水浴びしたくなってくる。葦に隠れて、じりじり照りつける日射しに乳色の皮膚をさらけ出し、黄土色の水に入ると、一瞬冷たさを感じる。こういうヌーディズムのひとときは気持いい。ムッラーたちのもとで服装に気をつけねばならなかった三カ月からの解放感を味わわせてくれる。だが、水は泥がいっぱいで、私は土の色をまとい、泥人形になってしまう。

午、鱒《ます》の揚げたのをたらふく詰め込み、ウォッカをしこたま飲んだがっしりした三人の男たちが、気後れを克服して私のところにやってくると、アレクサンドル・デュマやらコニャック・ナポレオン「リュドヴィク十四世」〔ルイ十四世のロシア語などでの呼称〕やら、プラティニやらジダンやらをごちゃまぜに引き合いに出しながら、フランスへの愛とフランス文化への賛嘆の気持を披露するのだった。

砂漠の不安

大運河のほとりのハウズハンという小さな町は、日を浴びてうとうとしている。パリのセーヌ川と同じくらいの幅があり、流れはもっと速いこの人工の大河をまたぐ橋の向う側では、ヤズベルディの食堂が葡萄棚の日陰でおいしいトマト添え鱒フリッターを出してくれる。主人は芸術家だ。彼は自分の店の切妻壁にハワイの椰子の木と珊瑚礁の海というエキゾチックな風景を描かせたのだ。彼ははるか遠くから歩いてきた人間に払うのがふさわしいと思う敬意をいっぱいに込めて私をもてなし、私が昼寝をして元気を取り戻せるように二階の小部屋を大急ぎで片づけてくれる。昼寝が終ったら、と彼は言う、いっしょに運河に行って、泳ぎくらべをしましょう。ヤズベルディはすばらしい食堂経営者だ。たくましく、意志の強い三十歳、昼も夜も店を開けたままで、週に数時間だけマーリに住む妻と二人の子供に会いにゆく。夕食も朝食も鱒のフリッターとトマトという同じ定食を出して、興奮ぎみの声で、週末だけでいいから行ってみたいと言うパリの話をさせる。なんでもケチをつけたがる人なら、彼のトマトはぶよぶよだと言うだろうが、私はよく熟れているだけだと思うことにし、パリでの自分の暮しを語って彼の夢想をかきたてる。

ほんとうは、これからマーリと私をへだてる七十キロにわたる砂漠に入らなければいけないのがとても心配なのだ。途中に食堂か喫茶店があるかと尋ねると、彼は答のかわりに砂を握って指のあいだからさらさらと落として見せる。砂漠の砂ばかりなのだ。客の農場労働者が自慢の車を持っている。金を払えば、その人が明日の夕方、一日の歩きを終えた私を迎えにきて、ここに連れ戻してくれ、さらに翌日の朝、私を拾った地点まで送ってくれる。こうして私はマーリまでキャンプしなくても行けることになる。一八八六年のこと、ある気難し屋のフランス人が、マーリでは夜、蚊に悩まされて眠れやしないとぼやいた。すると、こんな答が返ってきたそうだ。「文句を言いなさんな、先週なんか、サソリがどっさり入り込んできたんですぞ」。私はこのあいだアーラーンでサソリの難を危うく逃れただけに、自分には幸運がついているなどと思い込まず、道を離れるや、すぐに挨拶にやってくるといわれるここのサソリやコブラやタランチュラをできるかぎり避けるべきなのだ。

私がいくら抗議しても、ヤズベルディは何度も食べた鱒とトマトの代金を一マナトも受け取ろうとしない。海辺の絵が描かれた壁の前で彼の写真を撮ると、もう一枚、私と一緒のところを撮ってくれと言う。鱒料理ばかりでなかったら、やさしいほほえみを浮べ、陽気でユーモアに富んだこの友のもとでもう一日余分に泊めてもらったことだろう。

道に気をとられ、うっかりして二千キロを通過したことに気がつかなかった。計算してみよう。

コンポステラの道が二千三百キロ、アナトリア平原が千七百キロだから、これで三年間で六千キロを越えたことになる。私はどうしても計算しないではいられない。算術は学問のなかでもとりわけマニアックなものだが、それが私の歩き熱と相性がいいみたいなのだ。マニアックなことにかけては同じ穴のムジナというわけかな……。

サムサ（パン焼き窯で焼いた肉と野菜入りのパイ）をいくつかとシュルパ（マトンの煮込み料理）の後、まわりの風景が焼けついているあいだ、運河のそばの葡萄棚の下でひと眠りする。

温かい歓迎

レジェプヌールは父親を仲間との久し振りの宴会に連れてきたのだが、そのまま居坐って私を質問ぜめにする。仕事が順調な実業家らしい、きちんとした地味な身なりである。やせて、頬のこけた細い顔をした彼は、賢そうで好奇心にみちた小さな目がすばらしく、それがひどく突き出た顎のことを忘れさせる。さらに彼はバセドー病を患っていて、中国人が漁のために仕込む鵜に似ている。彼のほほえみは信じがたいほどに暖かみがあるが、たぶんそれは上の歯が全部金歯だからだろう。彼は茶を注文し、私のそばに坐って、旅物語をさせる。それから突然、有無を言わせぬ口調で言う。「マーリではうちに泊りなさい、うちのアパートは広いから、あんたもくつろげますよ」。ガイドブックにはマーリには二軒しかホテルがないと断ってあるから、喜んで承知する。その二軒のホテルというのが、一軒は外国人しか泊めないところで、お付き合いを遠慮したい観光客であふれ返っていることだろうし、もう一軒は料金はやはり法外なくせに、ガイドブックによれば、旅行者はドアが閉まらない部屋、シャワーが使えない部屋、窓が壊れた部屋のなかから好きなのを選べるというところなのだ。

彼のアパートはロシアの建築家たちが帝国中にまき散らした数知れぬ貧相なコンクリートの建物のひとつにある。灰色の横に長い大きな建物で、ガラス張りのベランダが取り付けてあるが、だれひとりそれを拭こうと考えたものはない。階段はコンクリートを打ち放したままだ。しかし、レジェプヌールの家は広々して清潔である。彼は美しい妻のアイナを紹介してくれる。長いとび色の髪をゆるく巻いていて、それが彼女が動くたびに揺れる。長男のドウレトと、やんちゃそうな笑みを浮べた次男のサリンは、彼らの弟で、家族中が競って撫でたがる赤ちゃんがかわいくてたまらない。レジェプヌールはチェチェンの内戦を逃れてきた若い女性も家に置いている。私の抗議にもかかわらず、この人たちみんなが二部屋におさまることになり、私には本物の「スイート」――大きなベッドが置かれた夫婦の寝室と隣の部屋――を使わせてくれる。浴室ではイランの汗と砂漠の砂と運河の泥を皮膚から洗い落せるように、長々と湯につかる。ごしごし洗って見違えるようにきれいさっぱりした私は、ここに来るなり、アイナに取り上げられた服が洗濯機のなかでぐるぐる回っているあいだ、しばしの休憩をとる。

主人は私を連れ出して、自分の村に案内し、両親と兄弟に紹介してくれる。この一家の大きな家の庭でとれた杏をすすめられて味見する。その一方で、一家の長《パテル・ファミリアス》は私にウォッカの飲み比べを挑み、第一ラウンドであっさり勝ってしまう。昔ながらの礼儀をわきまえたこの人は、雪辱戦をやらないかともちかけるような、はしたない趣味はしていない。マンマのほうは、櫃《ひつ》から彩色した木製のスプーンを取り出し、ジャム三瓶といっしょに私にくれるという。ジャムは持ってゆけないけれど、スプーンは喜んでいただきます、ということをわかってもらうのに長々とやりとりする。埋め合せのつもりだろうが、彼女は一家が一年中織っている絨毯のなかから一枚、ジャム五十瓶くらいの重さはありそうなのをあげると言う……。

消えた大都市

翌日、レジェプヌールとその家族は、メルヴ見物に連れて行ってくれる。メルヴのことはもう何週間もあこがれていた。この町はかつてバグダードのライバルで、一時はセルジューク朝の首都だった。そして、マルヴィーシャージャハーン（世界の女王メルヴ）とよばれていた。歴史家のなかには、シェーラザードの『千夜一夜物語』がはじめて着想され、語られたのはこの都市の城壁のなかだったと主張する者もいる。その城壁のなかにアーリア人諸部族の揺籃《ようらん》の地があった、という者もいる。たしかなのは、そこがシルクロード上の最大の宿駅で、アレクサンドロス大王がその豊かさに目をみはったということだ。図書館は十二万冊の書物を収蔵し、ニーシャープールで私が墓を訪れたオマル・ハイヤームはそこで暮し、仕事をした。八世紀から十世紀にかけてのパリの人口は二万人程度であったのに対し、メルヴは五十万人から百万人の人口を擁した。長さ二十キロほどに及ぶ、数え切れない高い城壁は、この都市の力を示し、まわりを囲む広大なオアシスは、とくに冬の雨をためておく数多くの堰《せき》によってこの都市の豊かさを保証した。

ところが、そこにやってきたのがチンギス・ハーンである。

一二一八年、彼は使者を遣わして、馬のために莫大な量の穀物を、彼自身と将軍たちの夜のために数十人の処女を要求させる。メルヴ側はただちに回答するが、それは使節団の首を刎《は》ねるというものだった。チンギス・ハーンは恨みを忘れない。三年後、彼は息子のひとりであるトルイの率いる軍勢を送り込む。トルイは一週間で町を包囲し、突撃の準備を整える。町の指導者たちは、あとで後悔することになるのを知り、生命を助けてくれれば財産を差し出して降伏すると申し出る。トルイは約束し、住民を外に出させ、城壁の下に集めさせる。そして、兵士ひとりずつが三百から四百の首を切れと命ずる。家々は破壊され、ライ麦が播《ま》かれた。軍隊は刎ねられた首の山を残して離れてゆく。奇跡的に助かった者たちが、壊滅を免れたものがないか調べに戻ってくる。これこそ、ひそかに戻っていたトルイの思うつぼで、彼は生き残りの者たちを取り囲み、手を着けた仕事を完了させる。ジェフリー・モアハウスの算定によれば、メルヴでは剣と短刀のみによって長崎と広島の二発の原爆による以上の人間が殺されたという（ジェフリー・モアハウス『サマルカンドの巡礼』フェビュス、パリ、一九九三年）。この殺戮《さつりく》はおそらく戦争史上最悪のものであろう。町はその後、再興することがなかった。チンギス・ハーンは「世界の女王」を殺したのである。十九世紀になって、ロシア人が――囚われて奴隷の身に落とされたキリスト教徒を救い出すという口実のもとに――トルクメニスタンに侵攻すると、彼らはもはや数百人のトルクメン人しか住んでいないこの町を見捨て、近くにマーリを建設する。遺跡を訪れると、メルヴの二千五百年の歴史にわたって、この町の発展や再建につれてあいついで現れた建築物を見ることができる。崩れ落ちた城壁のまんなかに、十二世紀後半に没したスルタン・サンジャルの廟がいまも立っている。十二世紀の中央アジアでもっとも美しいとされる巨大な建造物であり、トルイも地震もこれをやっつけることはできなかった。かつてはターコイズブルーのタイルにおおわれていたこの建物は、現在修復中である。

廃墟はいわばトルクメニスタンの名物である。いまから二千三百年前にパルティア王国の首都であったニサには、奇跡的に保存された一、二の建造物しか残っていない。この国の現在の首都であるアシュガバートは、一九四八年のすさまじい地震で消し飛んだ。瓦礫の下から十万の死者が引きずり出された。この国に暮していた好戦的な遊牧民は都市を建設せず、征服者のロシア人は権力を奪取した後の二十世紀初頭、彼らを定住化させるのにたいそう苦労した。

ブハラ絨毯の掘出し物

トルクメン人はユルトすなわち天幕からいきなり家に移ったのだから、イラン人やトルコ人のように住居のつくりに天幕の名残りをとどめていていいはずである。ところがそうではないのだ。

トルクメニスタンの家はロシアのスタイルの影響を強く受けている。外側はとくに変った特徴はない。共同住宅にしろ一戸建てにしろ、どれも地味な灰色で、きっちりと直線上に並んでいる。内部にはテーブル、椅子、ベッド、そしてたいていテレビが鎮座するサイドボードがある。壁はときどき、床はつねに、絨毯でおおわれている。どの村にも特有の絨毯の模様があるが、いちばんよくあるモチーフは、赤い地に「ブハラ」とよばれる模様のあるもので、これはほとんどトルクメニスタンで織られるが、ウズベキスタンのブハラで商品化されるものだ。もうひとつ有名な伝統的模様は「マウリ」というもので、これはメルヴの呼び名のひとつだが、その大半はかつて職人たちが逃げて行った先のアフガニスタンで織られている。家の壁はどこでもパステルカラーが塗られ、その上にステンシルかローラーで素朴な花模様や幾何学模様が描かれている。レジェプヌールの家では、だまし絵のような円柱だった。天井はどこでもとても凝った造りだ。アタやアラムでは格天井《ごうてんじょう》で、縁は丸みをつけ塗装がほどこされている。ハウズハンやマーリでは色つきのスタッコで、金色のこともある。どこに行っても、水、ガス、電気は気前よく浪費されている。それらはただで、「ニヤゾフの贈物」なのだ。共同住宅では、トイレの水が止まらなくても、けっして修理しようとしないから、絶えず水の流れる音がする。ガスの火はめったに消されることがなく、日がな一日燃えつづけている。トイレや浴室など窓のない部屋では、灯りを消すことがないために無用の長物と化したスイッチがもともとついていないところもあった。

わが友レジェプヌールは、日曜の朝だけ町の外に立つ市にも連れて行ってくれた。空地のようなところで大勢の人があらゆる物を売っているさまを想像してもらいたい。私は二十ユーロというわずかな額で赤いブハラ絨毯の小さく、きれいなやつを買った。床で寝るときもこれを腰の下に敷けば、ずいぶん楽になるだろう。ザックの下に入れられる大きさで、その重みはエヴニーが引き受けてくれる。レジェプヌールの両親に別れの挨拶をしにゆくと、英語教師をしているレジェプヌールの兄さんが、四十年間で外国人には二人しか会ったことがない、一人目はほとんどお隣さんという感じで気軽にやってきたウズベク人だったと言う。

朝、ドウレトとサリンが正しい道まで送ってくれる。レジェプヌールはアパートの入口に赤ちゃんを抱いて立ち、別れのしるしに長いあいだ大きく手を振りつづける。彼は私にもっと長くいてほしかったのだろう。彼の家族と、外国人を見にきた大勢の友人たちに心のこもった温かい歓迎を受けて過したこの二日間の休息で、すっかり元気が出てきた。新しい人々に出会い、自分自身とほかの人々を識るというのは、けっして飽きることがない。孤独な歩きをしていると、自分と向き合い、これまでの人生や今後の計画について自問することになる。ところが、そこにこうした出会いが訪れ、私を魅了するのだ。知りたいという思いは、ほとんど歩きの歓びとおなじくらい私を前進させる力となっている。なにかをやりたいという気持はほとんどそういうときに生まれる。でも、いまは出発しなくては。恐ろしくてたまらないのに、砂漠に引きつけられているのだ。

私はヒーロー？

私をヒーローと勘違いするかもしれない人たちの迷いを解くために、ここで私のいだく恐怖についてひとこと言っておきたい。私の恐怖は度を越しているように見えるかもしれず、恐怖を抱いていることを告白するのも簡単でないが、自分のなかにそれを抱えていることは恥ずかしいとは思わない。それはこれまで私の冒険心のバランスを保ち、そのおかげで死なずにすんできた必要不可欠な補完物なのだ。恐怖があるからといって、危険を冒さなくなるわけではない。だが、恐怖があるために危険を計算せざるを得なくなる。私はなにものをも恐れない人たちとは違う。私は怯え、パニックに陥り、すくみ上がり、肝を冷やし、びくびくする、とくに這い回ったり刺したり毒を持っていたりするものに対しては。けれども、ほんとうの病的恐怖というものではなく、タランチュラは私の不安をあおるにしても、ノルマンディーの家では、昼飯になる虫を辛抱強く待ちながら窓の隅に張りついている蜘蛛たちを勝手にさせている。

おいしい「ラグマン」――おもに澱粉質からなる中央アジアの料理――を食べてから、私はいよいよいま恐ろしいカラクム砂漠の門口に立っている。それはもう何日も何日も私の悪夢のいちばんの種だった。キャンプするか？　キャンプしないか？　ときおり現れる生来の悲観主義が、この恐ろしい広がりを死の色に染め上げて見せる。そして、地図の上で、マーリとチャルジョウをへだて、二百五十キロ近くにわたって延々とまっすぐに伸びる線を見ていると、撤退したくなってくる気持を抑えようもない。

カラクム　14

八月十四日　マーリ　二千四十六キロ

酷暑

七月と八月のカラクムは、気温がそれぞれ四十五度と五十度に達する。もうじき私は――腰が引けたまま――その砂漠地帯に入る。その前に、メルヴの近くのバイラマリーまたはバイラム・アリーとよばれる町を通る。ロシア帝国のツァーリ、アレクサンドル三世はここに宮殿を建設した。腎臓にいいと評判だったこの地の最高に乾燥した空気の恩恵にあずかりたかったのである。革命後、お城はサナトリウムになった。

茶の置かれたテーブルを前にして、三人の長距離トラック運転手――トルコ人、ドイツ人、ロシア人――が、私の恐れていたことは事実に間違いないと言う。最後のオアシスとチャルジョウ――最近、テュルクメナバートと改称された――のあいだには、百七十キロという距離にわたって、レペテクの研究センターしかないのだ。それ以外、オアシスもまるでなければ、安全な宿泊場所となってくれそうなガソリンスタンドさえひとつもない。「アッラーハ・ウスマルラドゥク」「アウフヴィーダーゼーエン」「ダスヴィダーニヤ」、まあ、幸運を祈るよ、じゃさよなら。今度こそ逃げ場はなく、まるで注射器に閉じ込められたかのようだ。抜け出るには細い針を通って行くしかない。

トルクメン人でさえ「ジャールカ（暑い）」と言っている。いつものように決まった時間になると、アスファルトが煮え立ってくる。しかし、夕暮が近づくと、運よくまたカラクム運河を渡ることになった。岸辺に来て食事をしている家族連れが、やめときなさいと言うのも聞かずに、私はそこに飛び込む。ウズベキスタン国境近くでアムダリヤ川に出会うまでは、これが水浴びできる最後のチャンスとなるだろう。かつて運河を航行していた二隻の船が陸に揚げられ、「ホテル－レストラン」になっている。一風変ったホテルだ。部屋にベッドはなく、木張りの床にじかに寝るようになっているのだ。夕食のあいだじゅう、かかとの高すぎるハイヒールをぎこちなくはき、やたらに煙草をふかす若い女が、二人のウェイターになんやかやとちょっかいを出す。やっとその意味がわかったウェイターたちは、女を連れて操舵室にしけこむ。波乱の夜になった――私はうるさくて眠れない。若い女が若者たちの味わわせてくれる幸福を大声で叫ぶのだから。

砂漠でキャンプ

夜になって着いたラヴニナの食堂の主人ヨソフが、私がシュルパを食べ終えるとやってきて、「びっくりプレゼント」があると言う。わくわくして彼のサイドカーに乗り込み、近くの村にある自宅に連れて行ってもらった。すごいプレゼントだ。屋根の上のドラム缶の水が昼のあいだに熱くなっていたのだ。ホースとじょうろの口金を使い、ほんとに贅沢なシャワーが浴びられる。

私がいることがあちこちに知らされたにちがいない、翌日、二度も車を運転する人に呼び止められ、サインをねだられる……ニヤゾフ大統領の肖像の裏に書いてくれと。噂というやつは、こんなふうにつくられてゆくのだ……。それよりずっと心配になってくるのは、道々見かける蛇――トカゲは大きいのは一メートル五十センチにもなる……――が多いことで、アスファルトの上でぺしゃんこになり、ハードカバーの本の表紙のようになっている。これは不安をかきたて、ここ何日も自分に投げかけてきた問いをまた繰り返すことになる。「キャンプするか、しないか?」したいのは山々だが、砂漠とそこに棲みついているものたちが恐ろしい。もう何度もやったように、「ヒッチハイクで往復」という選択肢もある。けれども、せめてひと晩でも砂漠のなかで泊ってみたいという気持も抑え切れない。午近くなって決心が固まった。野営しよう。ところが、昼食のとき、この決心を公表すると、ひとりの男が手と腕をゆっくりとくねらせ、その意味は誤解の余地がない。「ズメヤー、ズメヤー!」〔ロシア語で「蛇」〕。

私の血は凍りつき、われながらこれほど臆病なのが情けなくなる。しかし、たっぷり昼寝をすると、またやる気が出てきた。今度こそ絶対キャンプすると決めたぞ。

祖父といっしょに働いている若いウェイターのカダムが、紙切れを見せる。フィリップ・ヴァレリーの住所だ。中国まで行く歩き屋で、私は彼の噂をテヘランと、その後、村人たちが彼のファーストネームしか覚えていない小さな村で耳にした。その住所を書き写す。自分と同じことを思いついた——そして、どうやら厄介事もたっぷり抱え込んだらしい——男に会ってみるのは悪い考えではないからだ。カダムによれば、彼はこの五月、暑さがもっとしのぎやすかったころに砂漠を横断したとのこと、運のいいやつだ。

砂漠に入る前の最後の村を出ると、警察の検問があり、警告を受ける。蛇が危ないぞ、と。しかし、もう決めたことだ、私は行く。レペテクに至るまでには七十五キロある。夜のあいだに歩いてはどうか、としばらく考えてみるが、蛇は日を避けて身を潜め、月とともに姿を現すということは、やはり忘れるわけにいかない。急に暗くなる。十九時三十分、四十五キロ歩いた後で、もう力がなくなる。

道路から三十メートルほど離れたところにテントを張り、あたりで集めたタマリスクの枝で盛大な焚火をする。マグロの缶詰とパンで夕食をとってから、テントに引きこもる。しかし、眠りにつく前に、懐中電灯を手にテント中をくまなく調べ上げ、二本のファスナーのあいだにほんの小さな穴があるのを発見する。小さいといっても、タランチュラやクロゴケグモが入り込むには十分な大きさなので、Tシャツで穴をふさぐ。静まり返ったこの砂漠のなかで、私は子供のころの恐怖をふたたび味わう。疲れ切っているにもかかわらず、ひと晩じゅう、天幕を風が揺するたびに、はっと目を覚ます。まだ日が昇らないうちに、月明かりと、つけ直した焚火の明かりを頼りに起き出してテントを撤収する。結局のところ、大騒ぎすることはない。私は生きており、元気いっぱいなのだから。

日の出のスペクタクル

夜のあいだに、滴になりきれない、うっすらした露が路面に降りていた。この凍結乾燥したような世界のあるかなきかの湿り気である。そして、たまさか通る車のタイヤがアスファルトの上に、きらきら光る帯を引いてゆく。

それほど暑くはなく、私はきっぱりした足取りで前進を続ける。カラクムよ、いざ勝負。一時間歩いたころ、太陽陛下のお目覚めに陪席する。それはけっして見飽きることのない光景だ。闇に沈んだままの砂丘の上に、まず黄色っぽいかすかな光が、青みがかった地平線に重なるところではオレンジ色に近くなりながら、東のほうから差してくる。それから、血のように赤い火が明るみを増してゆく。砂丘は黒々していたのが赤みを帯び、そこに植えられたタマリスクが影絵のように浮んでくる。たちまち、アスファルトの上の私の靴のリズムに合せるかのように、秒刻みで微光が燃え立ってゆく。まばゆく光る赤い点が現れ、それは鉄を白くなるまで熱したような白熱した半球となる。十歩進むあいだに、太陽が地平線上に昇ってくる。さらに三歩、もう完全な姿が見える。われわれは、毎日の日の出を見て、日々が信じられないほどの速さで過ぎてゆくことを悟るべきではないだろうか。

世界への供物のように砂漠の上に置かれたそれは、ゆらゆらと揺れている。諸民族が神とあがめたのももっともだ。冷たい光が砂丘の上に影の深淵を描き出す。オレンジ色の薄明かりは、まんなかの白い円盤に追われて、まわりに大きく広がっている。スペクタクルは十分と続かない。いまや太陽は空に昇り、すさまじい運行を始める。太陽が地平線から現れ出るその素早さには、見るたびに驚かされる。朝、太陽は顔を出すと、夜のあいだ姿を見せなかったことを大急ぎで許してもらいたいかのように空をかけのぼる。ひとたび蒼穹《そうきゅう》に身を置くと、それは不動のように見える。一時間後、冷え切ったほのかな光は暖まり、二時間後、私は帽子をかぶらなくてはいけなくなり、三時間後にはクーフィーヤを顔に巻きつけないではいられなくなるだろう。静まり返った、焼けつく広大無辺な大地は私を苦しめるが、同時に私は自分が自由で、この世の支配者であるかのような気がする。見渡すかぎり黄金色の砂丘しかないこの世界で私はたったひとりだ。人が神の声を聞いたのは、つねに砂漠でのことだったといわれる——クローデルは例外だが、大聖堂も砂漠のようなものではないか？　むべなるかな。生命の跡すらなく、人間は圧倒されるほかないこの無辺の世界では、神の力、救いの手を差し伸べてくれる力という考えにすがるのは慰めである。

十時ごろ、油井のやぐらを解体しているそばを通る。コックのババと技術者のイサが、どうやってここまで運んできたのか知らないが、列車の客車のなかで茶をふるまってくれ、昼食までごちそうしてくれる。床は半分抜け落ちている。彼らは残りの半分で玉葱とじゃがいもの山に囲まれて暮している。昼食は、さっきひとりの男が顔を洗っていたほうろうの洗面器に入れて出される。ババは私に出したプロフ——米と羊肉でつくるトルクメニスタンの国民的料理——をおいしくする脂身がなかったことをすまながる。午後には牝羊を一頭届けてもらえるから、夕食の前にそれを屠《ほふ》ろうと言う。もしあんたがまだいるんだったら……。

ボーリングは空振りだった。数日後、最後のボルトがはずされたら、彼らはほかの場所に行ってまた試掘をやることになる。彼らは十日間ぶっつづけで働くと、四日間家族のもとに帰れる。稼ぎはいいと言う。月に五十ドルである。

毒蛇

疲れ切ってレペテクに着いたのは十八時だった。線路が村を二つに分けている。一方には砂の上に何軒か農家があり、杭につながれて退屈そうにしているラクダたちが私をばかにして、まるで相手にしてくれない。もう一方には六十年ほど前から研究センターがあり、三十軒くらいの家が木々に囲まれて集まっている。この村の生活を成り立たせているのは鉄道である。それは週に三回、食物と、なにより欠かせない水を運んでくれる。ここにも井戸があることはあるが、その水は塩分をふくみ、週に一度は真水をやらねばならない樹木にとっては致命的でさえあるのだ。

ロシア風にヴォロージャとよばれているヴラジーミルがセンターの科学部門の責任者である。彼は英語ができる。青白い顔、白っぽい金髪、忍耐強そうな青緑の目をして、控え目で、内気といってもいいくらいだ。いまの地位について二十二年になる。妻と息子はここの生活に耐え切れず、モスクワに住んでいる。彼は一年に一度、家族に会いにゆく。ソビエト時代には、旅費がただ同然だったので、三回行っていた。

センターの所長で、地理が専門の太ったトルクメン人は、五ドルというわずかな額でゲスト室に泊ることを許してくれた。私はここに一日留まり、燃える日射しを浴びながら二日で歩いた約百キロの疲れを癒すつもりだ。持ってきてくれた夕食を食べ終えた後、くたくたの状態で床に着き、心静かにぐっすりと眠る。

大木の陰になった窓に顔を寄せて外を見ると、すでに日は高い。小道を所員らが行きかっている。ぼんやり考え事をしながら、ふと視線を地面に下ろすと、身内を電撃のようなものが走った。砂の上に長々と伸びて、灰色の蛇がまどろんでいる。なんとか恐ろしさを抑えて、遠くから観察してみる。クサリヘビの仲間のように頭が三角形で、細く、しなやかな胴体はゆうに一メートルはあるにちがいない。女が近づいてゆく。所長の奥さんだ。私は懸命に身振りをして、彼女が致命的な危険に向かっていることを知らせる。彼女はさほど怖がっているように見えない。石ころを拾い上げて、蛇に投げる。蛇は目を覚ましたようで、動き出し、こちらの窓の下の壁に向かってするするとやってきて……すきまから私の部屋の下に入り込む。

「危険なやつですか？」

「ダー」〔そうです〕

早くも頭のなかに蛇が仲間のいる巣に戻ったところが浮び、コブラやほかの毒蛇どもがくねくねと体をくねらせながらからみつき合い、私に咬みつこうとしてこっちに来る手立てを探しているさまが、まるで自分がその場にいるかのようにはっきり見える。われながらばかげていると思いながらも、床を隅から隅まで調べ上げ、絨毯も持ち上げてみて、やつらのうちのいちばん小さいやつでも上の階に上ってこられるような通り道はないことを確かめる。安心した私は、木陰の小道をひとまわりしにでかけるが、それでもやたらなところを踏まないように用心する。

砂漠の生物

ヴォロージャは自分の王国を見せてくれると約束していた。私たちはしっかり靴をはいて、センターを見下ろす最初の砂丘に登った。ヴォロージャは、三万六千ヘクタールにおよぶレペテク保護区で、百三十種の動物と千種の植物が確認されていると教えてくれる。そのなかには、とても珍しいネコ科の動物――フェリス・カラカル――が四頭、多数のヤマネコ、四十五頭のガゼルがふくまれる。私は四十四頭と訂正する。昨日、密猟者に殺され、その場で解体された四十五頭のうちの一頭の頭を農民たちに見せられたからだ。

私のガイドはとても教え上手で、この土地にうごめく驚嘆すべき生命への目を開かせてくれる。これはサクサウールで、白と黒とがあります。白は灌木のように群生し、黒は高さ七、八メートルに達する高木のように見えます。しかし、どちらも草なのです。このふたつは葉を見ただけでは区別がつきません。味をみないとわからないのです。ホワイト・サクサウールの葉は苦味があり、ブラック・サクサウールの葉はしょっぱい。というのは、ホワイトは真水で育ちますが、ブラックは地下三メートルまで根を下ろし、自由地下水の塩気をふくんだ水を吸い上げるからです。話のついでにヴォロージャはひとつの謎を解明してくれる。シルクロードのキャラバンがここを宿泊地にしていた、というのはたしかにそうでしょう。でも、人間と家畜の飲み水はどうしていたのでしょう？　それはですね、人間は自分たち用の真水を運び、ラクダたち、あの砂嵐を予知する能力のある動物は、塩水で我慢していたのですよ。

私の案内人は、砂の表面すれすれを伸びるシリンの長い根を見せてくれる。それは十メートル以上に及び、ゴム質のものをつくりだして、それが砂に混じってかたまることによって、熱を遮断する殻のようなものを形成し、根を日焼けから護るようになっている。ところが、自然はなんと賢いのだろう、この第二の皮は水は通し、夜のあいだに一本一本の根が、砂漠の砂に降りたごくわずかな露を吸い取るのである。ヴォロージャは「枝つき燭台」とよばれ、数時間ないし一日のうちに一メートルの高さまで伸びる花の咲く寄生植物のことも話してくれる。それからまた、くらくらするような香りを放つ赤い花を咲かせるアクレマ・パルトゥム・フラクシルムのこと、またあるいは、春と秋に花が咲くタマリスクのこと。兎の好物のエフェドラ・ストロビラケアには麻薬のような作用がある。これには兎を続けざまにぴょんぴょん跳ねさせたり、酔っ払いのようによろよろさせたりする興奮剤エフェドリンがふくまれているのである。三月から五月にかけて、砂漠は花の時を迎え、一面花に埋め尽くされる。やがて花は姿を消し、つぎの春に雨が降り、生命をよみがえらせてくれるのを待つのだ。

私を震え上がらせたこの砂漠が、ヴォロージャの説明のおかげで、驚異にみちた、魅惑的なものに見えてくる。だが、楽しい夢は続かない。今度は悪夢だ。そう、この砂漠には不気味な動物がいて、私のガイドはそれをセンターの小さな博物館で見せてくれるのである。この博物館は文化省の書面による許可がなければ見学できないのだが、所長とヴォロージャは、私は許可書なしでいいことにしてくれる。ホルマリン漬けになった青銅色のコブラがガラス瓶のなかで眠っている。その近くに大きなソーセージのような太短い、やはりとても危険な蛇、コルベル……そして今朝私の部屋の窓の下にいた蛇。

カラクム砂漠には二百種の鳥もおり、そのうち十五種はこの地域に固有の種である。いちばん奇妙なのはサクサウーリナヤ・ソイカという鳩くらいの大きさの白黒模様の鳥で、その特徴は飛ぶのでなく、走るということだ。博物館を出たところで、ヴォロージャは底から澄んだ水が湧き出す二つの大きな井戸を見せてくれる。残念ながらその水は塩分が多く、数立方メートルをためてある水槽のセメントを腐蝕してしまう。

部屋に戻る道々、ヴォロージャはこれからは中で寝ることにしたと言う。いままでは、家のなかの夜の暑さは耐えがたいものだった。七月はいちばん暑い月で、平均気温は四十二度である。砂漠では、砂の温度が八十二度に達する！ 八月の終りになると、昼間の気温はほとんど変らないが、夜は二十八度ないし三十度に「下がる」。これまでどおり外で寝ていると震えることになる。そこで暖かい家に戻り、毛布を取り出すのである。

この日の夜、安全検査に来た警官と消防士たちの慰労のために宴会が開かれた。所長は私も招んでくれる。所長の家の前にあるコンクリートの大きな台座に車座になって食事をする。シュルパとプロフはスプーンを使う。サラダやマトンのグリルなど、それ以外のものは全部手で食べる。果物は水気たっぷりで申し分ない。葡萄、杏、それになにはなくとも「アルブース」つまり西瓜。いうまでもなくウォッカが大量に飲まれ、人々はこうした食べ物を塩味のも甘いのもまぜこぜに、気の向くまま、あるいは手近の皿から適当につまんでいる。

みんなして私に酒を飲ませたがる。女性陣も負けずに酒豪ぶりを発揮している。グラスはあふれんばかりに注がれるが、私は唇を湿らす程度なので、みんなが非難する。太った警官がなんとか私に飲ませようとして信じられないくらいのエネルギーを費やす。彼の戦術は、乾杯しようともちかけることで、これは断ることができない。グラスに半分ほどを三回飲むと、もうほろ酔い状態である。このばかげたゲームに参加しなくてはならない義理はまったくないので、抗議を受けながらも、そそくさとおいとまする。五時三十分、エヴニーを引きながらセンターを出るとき、人々はあちらこちらで毛布にくるまり、ごうごうといびきをかきながら、酔いざましの眠りを眠っている。

寒い！

夜明け、砂漠はすばらしい。砂丘のあいだを、この琥珀《こはく》色に丸く盛り上がる動かぬ波のあいだを歩く。砂は肌のようになめらかだ。そこここで、風に吹かれて道路に入り込み、黒いアスファルトのうえに変幻自在の黄金色の帯を描いている。十時三十分、わが飲んだくれ軍団が古ぼけたバスに乗って追いついてきて、私がもう二十五キロも歩いたというので大喝采だ。彼らは降りて写真撮影会をやってから、バッテリーの上がったバスを押して去ってゆく。

午、使われなくなったガソリンスタンドを見つける。金属の骨組をのせた広いコンクリートの土台が残っている。屋根は吹き飛んでいるが、手もとにある布を支柱に結びつけ、王様のようにその天蓋の下で二時間眠る。出発しようとすると、例のソイカという白黒模様の鳥が走って砂丘の頂きにやってくる。好奇心満々のこの鳥は、しばらく私についてきて、やがて全速力でまた別の寂しい場所へと去ってゆく。

テントを張っていると、遠くにチャルジョウの工場の煙突が見える。そこまで十五キロくらいになってしまったけれど、もう砂漠は怖くない。寝るのも寝袋の上に裸で寝ることにする。つまり小さな生き物たちへの恐怖を克服したというわけだ。ところが、真夜中になると、寒くてたまらない！　私もまた、とんでもない寒がりになってしまった！

チャルジョウに入ったところで、パスポート検査をした警官が警告する。サマルカンドではタジク人とウズベク人が撃ち合いをしている、と。ウズベキスタンにタジク人の原理主義者が入り込んでいることは知っていたが、戦いがサマルカンドまで及んだとなると困ったことになる。昨日の朝から、ゆで卵二個とりんご一個、それに私の日々の糧のパンしか食べておらず、朝食もとっていないので、御馳走を奮発することにする。ロシア人のウェイターが、トルクメニスタンは「プローハ」（悪い）国だと言う。それが証拠に、と彼は言う、自動車事故で歯を五本なくしてしまったんだけど、歯を入れてもらうのに、百万マナトもの大金を工面しなくちゃならないんですよ。

「金歯？」

「金歯はトルクメン人向きです。われわれロシア人は、セラミックの義歯じゃなきゃだめです」

と彼は誇らしげに言う。

長老のおでまし

レペテクで出会った警官のひとり、ジダンが迎えにきて、チャルジョウのすぐ南にある小さな村の友人たちのところへ連れて行ってくれる。重たげな房が垂れ下がった葡萄棚の下、実の重みにたわむ杏の木のそばで、老人たちがにぎやかにおしゃべりしている。大きな盆がまわされる。人々はそこから、ここでしか栽培されていないメロンで、ほっぺたが落っこちそうになるグラベや、ヤルマというレンズ豆のスープや、女たちが熱々のを運んでくる菱形の小さな菓子ボグルサクを取る。飲物は井戸で汲んだ冷たい水か、サモワールから注ぐ茶である。私は人々の顔で、いやむしろ帽子で、民族の違いを見分けるこつを覚える。アフガン人はカスケットをかぶり、トルクメン人たちは黒か灰色の羊皮をけばだてたので作ったテルペックという縁なし帽をのせている。彼らはそれを夏も冬もかぶり、なかには寝るときにも脱がない人もいる。ひとりのウズベク人と数人のトルクメン人は、信心深いムスリムのかぶる、白い刺繡の飾りがついた黒い角ばった小さな帽子をのせている。みんなが葡萄棚のつくる日陰で、打ち水の涼しさにひたりながら、気持よくおしゃべりに興じているところに、アクサカルが現れ、私にもそれがただごとでないのがわかる。アクサカルはたいてい富裕な族長であり、トルクメニスタンの一般社会でも政治の世界でも、まちがいなく重要人物なのである。それゆえ人々は彼に敬意を払い、服従しなくてはならない。しかし、その力は、政府がアクサカルという昔からの制度を利用し、アクサカルたちが国の行政の一翼を担っているからでもある。地区で起きることは、なにひとつ彼の監視の目を逃れることはできない。彼はすべてを掌握できるのだ。いまやってきたアクサカルは七十近い年だ。人々は彼への敬慕を示し、彼を取り囲み、おしゃべりはすべて止んで、さっきまでのにぎやかさが、この大立者への注目に変るのだった。

独裁者

チャルジョウは、一日、いや一時間でさえ割くに値しない。たぶん私が通ったことのある都市のなかで、いちばん醜いところだ。陰気で灰色に沈み、ニヤゾフの肖像、メダル、彫像であふれかえっている。私はこれまで、レーニン像のように、人民に約束した輝かしい未来を指でさしている政治家や将軍の立像や、剣を手にして勇猛な軍馬にまたがった騎馬像をたくさん見る機会があった。けれども、肘掛け椅子に坐った独裁者の純金に輝く像を見たことはなかった。この像は人を圧するもので、ふつうの大きさの二倍くらいある。房飾りのついた大型の肘掛け椅子にどっかと腰を据えたテュルクメンバシュは、一方の手を肘掛けにのせ、もう一方の手は演説に勢いをつけるために振り上げたまま、ていねいに刈り込まれた芝生の広場のまんなかに鎮座している。政治的誇大妄想の見事な金ピカの象徴である。国境に近いせいだろうか？ 個人崇拝がここでは極端な、滑稽なかたちで目に飛び込んでくる。タクシーの運転手までが、フロントガラスにこれ見よがしにニヤゾフの顔をつけている。このナショナリズムは、インターナショナリズムの教育を受けたかってのコミュニストたちによって称揚されているのだから、よけいにおかしい。そして、なにより驚くべきは、少数派の中産階級をのぞいて、この専制君主が絶大な人気を博していることである。一部の事情通は、彼が選挙で対立候補と争ったとしても、勝利する公算は非常に大きいと予想している。とはいえ、大衆が気まぐれであるのを承知している彼は、そのリスクを負うまいとしている……。

ニヤゾフはやりすぎだが、ほかの人たちもそうなのだ。たとえば、テレビがスポーツの結果を伝える。競技中の選手たちの画像のあいだにボスの写真がはさまるのである。テレビのニュースのたびにも、ニヤゾフは何回か現れる。本人が視聴者に向かって話をせずにすます日もほとんど一日もない。そのときもやはり漫画っぽい。しばしば上着を脱いだワイシャツ姿で、机に向かって坐ったところを映させ、後ろには自分自身の肖像が見えるようにしている。そして、画面の隅には彼の金ピカの横顔が映し出される。同一人物の顔が一度に三つ、これ以上のことができようか？　この無限の増殖、自分自身を入れ子式にすることによって、人は崇高さに至る。この男は自分を神々に等しいものと思っているにちがいない。ところが、彼は髪が突然白くなったので、染めることにした。だが、それを口に出すわけにはゆかなかった。そこで、元コミュニストにして戦闘的無神論者であったニヤゾフは、自分には黒い髪のほうが似合うので、神が一夜にして黒髪にもどしてくれた、とのたまったのである。確かな話として聞いたところでは、ひそかに彼に白髪染めを届けているのは彼の親友のフランス人実業家だとのことだ。トルクメニスタンでは、大統領の髪の色は国家機密である。

チャルジョウにいてもほとんど楽しいことはないが、休息が必要なので、二十四時間とどまることにする。しかし、ゆっくりするのにはもうひとつ理由がある。計画より一週間先行しているのである。そこで、ぶらぶらとアパートの庭をまわると、ぎっしり金属製のガレージが建っているが、それは自分の車から夜ごと部品が外されて持って行かれたくない所有者たちが建てたのである。この町のコルホーズの市もひとまわりしてみる。台の上に工具やら農具やら、「メード・イン・チャイナ」の安物がいっぱい並んでいる。売り子はほとんどウズベク人で、アフガン人もいくらかいる。ロシア領トルキスタンの誇り高き遊牧民たちは、独立を失い、ソ連によって定住化させられた後もけっして商人になろうとはしなかった。

ロシア人の女たちはトルクメン人よりずっと気取って、おしゃれである。丈の短い服を着て、たいてい髪はばっさりと切り、染めるか脱色するかして、化粧が濃い。顔は白さを保っていて、たいてい日傘で日をよけながら買物している。トルクメン人とウズベク人の女たちは裾の長い服を着て、長い髪をスカーフで隠していることが多い。

伝説の大河を渡る

この面白味のない町で一日を過した後、数キロ先の伝説的な川を渡ろうと先を急いだ。この旅の最初から、三つ、または四つの名が私を夢見心地にさせてきた。アムダリヤ川、サマルカンド、カシュガル――そして、もし辿り着ければだが、もちろん西安《シーアン》も。

この大河をアレクサンドロス大王が渡ったとき、それはオクススとよばれていた。そこに至る道路は、長距離トラックのせいで信じられないくらいでこぼこになっている。川が近くなれば、緑が、たぶん森が見えるだろうと期待していたが、砂地の焦げ茶色しか見えない。荒れ果てた畑、壁のはげ落ちた家々、どぶのよどんだ水につかったごみ、近くに行っても、まるで詩的なところがない。砂漠が川岸まで広がっている。

そしてついに川。私は息をのんだ。川ではない、海である。木の影もない両岸のあいだを波打つ赤い海。ナイル川ほどにも豊かなこの広大な流れが、沿岸の土地を肥沃にするために利用されることがなかったことが、あらためて不思議になる。ロシア人がやっとそのことを考え、アラル海にとっては致命的となった取水を、いま私がいる場所から二百キロ上流のケルキという町の東側で行なったのである。この横流しと季節のせいで、川は干上がっているだろうと思っていた。夏のあいだの蒸発だけで、水量が三分の一減ると読んだことがあるのだ。後になって聞いたのだが、いまは反対に、水位の高い時期だそうだ。なぜなら、夏の日射しはここから千キロ以上離れたところで、この川の水源となっているパミール高原の雪を融かすからである。そして、水量がもっとも少なくなるのは、高地ですべてが凍りつく三月なのだ。いったい川幅はここでどのくらいあるのだろう？　一キロ半、二キロ？　この赤い流れのとてつもない規模に慣れるには、しばらく時間がかかる。

警察の検問とトラックが列をなす料金所を無事に通り抜け、岸辺と渦を巻く水の流れに近づくと、私は夢想と歴史に我を忘れた。いまから二千三百年前、ペルシャを征服した後、この川を渡ったアレクサンドロス大王は、世界の果てまで行く決意だった。オクススと、その双子のような川で、天山山脈に源を発し、後にシルダリヤとよばれることになったヤクサルテスのあいだには、トランソクシアナが広がっている。そこは裕福な都市のある豊かで肥沃な土地である。アレクサンドロス大王は、配下の六万人もの兵にどうやってこの川を渡らせたのだろうか――しかも、そのほかに同じ数の女子供がつきしたがっていたのだ。私は想像する。泥の川を滑る小舟と、それをつないでつくった浮橋を、後にモンゴル人がしたように、たてがみにつかまって馬を川の中に駆る騎馬兵の叫びと笑い声を。トランソクシアナで征服者アレクサンドロスは、ロクサネーの愛を勝ち得ることになる。だが、彼は酒宴と有名な怒りの発作のせいで友人のクレイトスを殺してしまう。そしてついに、兵たちが世界の果てが近いというのは嘘ではないかと無理からぬ疑いをいだき、先に進むことを拒絶したとき、彼は挫折を知るのである。若き王はトランソクシアナで、最高に美しいと思える都市マラカンダも発見する。美しい名、それは何世紀か後にサマルカンドとよばれるようになったとき、さらに響きがよくなるだろう。

川を渡るのはアレクサンドロスの時代より楽になったが、危険が減ったとはいえない。ごうごうと流れる川の上に橋は架けられていない、鋼鉄製の大きな平底船を鎖でつないで並べてあるのだ。それはじっとしておらず、ゆらゆら揺れる。横にある安全のために金属の柵をほどこした狭い通路が歩行者用である。バスやトラックのタイヤがどれかの船の上に乗ると、その船は十センチほど沈み、後ろの船は重みから解放されて、おなじだけ浮き上がる。これは橋ではない、平らな階段だ。私は狭い通路の上をエヴニーを進ませるのにえらい苦労をする。川の中央で、税関の船の上の男たちが私に声をかけ、茶をふるまってくれる。私たちの足下を川はごうごうと流れ、流れの邪魔になる船に激しくぶつかって暴れるが、船の錆の色は川の水が運ぶ赤茶けた土となかなかお似合いだ。渡り終えた後も、私はたっぷり一時間はぐずぐずして、赤い水がカラクムの砂に向かって流れるのに見とれる。

夜盗

私は対岸のファラプという町のニック・カリの家で一日を過すことに話が決まっていた。この男は路上で二度も私を呼び止め、自分の名前と電話番号を書いた紙切れをくれて、私にかならず行くと誓わせたのだ。村の郵便局で局員に電話したいというと、相手は私がなにかとんでもないことを言ったかのようにじろじろ見る。それから、隣の部屋に行って、戻ってくると線がぶら下がった錆のかたまりを差し出す。それがかつての電話機だった。がっかりした私を見ると、彼は店仕舞いして、自分の家に連れて行ってくれる。彼の家の電話は通じる。だが、「おかけになった電話番号は使われておりません」と歌うような声が繰り返す。そして、その同じ声がついでに、お気の毒ですが、この近辺にはニック・カリという者はおりません、と言う。

せめてもの慰めに、村の食堂で自分にサムサの大盤振舞をする。平野は日射しに焼かれている。わずかに生える木が少しは日陰を提供してくれてもよさそうなものだけれど、木自身がそれをひとり占めしている。影は真下に落ちているからだ。驢馬の引く車に乗った二人の子供、チェルメトとダンタタルといっしょに走る。結局、話が楽にできるように、エヴニーを荷車に結びつけ、私たちはとても楽しい二キロを共にし、そのあいだに私は彼らに最後のピンバッジをやった。ふたりは私と別れて、マクシム・ゴーリキーという名の自分たちの村に帰って行く。国境に着いた。だが、国境は閉まっているので、チャルジョウからブハラに流れる運河べりの食堂で夕食をとる。

目を合わそうとしない陰険なウェイターは、私に給仕すること以外ならなんでもやりたそうで、挙句の果てに値段の三倍もふんだくる。

夜、運河と食堂のあいだに場所を決めて寝ることにする。なぜかこの夜はふだんにないほど用心する。荷車から荷物を取り出して自分のそばに置き、カメラとGPSを寝袋にしまいこむ。まわりで唸り声をあげる蚊を寄せつけないように虫除けを塗ってから、ぐっすり眠り込む。ガサゴソいう音で目が覚めた。ずるそうな目をした少年がいる。そこでなにをしているのか？　いま何時だろう？　腕時計が二時を示し、闇は深いが、食堂の中の明かりがおぼろな光を投げている。ぼうっとしたまま立ち上がり、この悪ガキがザックの半分を空にしているのに気がつく。私の目を覚まさせた音は、いつもならカメラを入れてあるザックのポケットのジッパーの音だったのだ。

「盗んでたな？」

「ちがうよ、あんたに税関は六時に開くと知らせにきたんだよ」

あんまり見えすいた言い訳で、盗みをしていたのは火を見るより明らかだったから、奔出したアドレナリンの勢いで、少年のほっぺたをひっぱたく。

「盗んでなんかいないってば」と少年は言って、きっと持って行かないほうがいいと思ったにちがいないシャツと靴下を押し戻す。

もう一発平手打ちを食らわせるが、本格的にひっぱたくのはこらえる。少年はしょんぼりして帰って行き、翌朝、私が出発するときには、自分の蚊帳をたたんでいるところで、恨みのこもった目をこちらに投げてくる。

たしかに税関は六時に開くが、責任者は九時にならないと来ない。所持金をドルで書き、トルクメニスタンで買物をしていれば、それも申告することになっている用紙に記入しながら、おとなしく待つ。所長は私が絨毯を持っていることを知ると、それを見せるように言い、それから以下のやりとりが続く。

「許可はとってありますか？」

「許可ってなんのための？」

「この絨毯の輸出のためですよ。文化省の許可がいります。文化財には必要なんです」

「『文化財』とはどういうもののことですか？」

「手仕事で作られたものすべてです」

「その許可はどうやったらもらえるんですか？」

「アシュガバートの文化省でです」

「アシュガバートまで七百キロあります、もっと近くでできませんか？」

「できません、事務局六百二十八番に行ってください」

機械織りの絨毯だけが――しかも、製造から十年以内のものだけが、国外への持出しが認められるそうである。けれども、十年以内ということは、どうやって証明できるのだろう？　だれに聞いても知らない。トルクメニスタンの税関はなにひとつ通さないのだ。私のガイドブックによれば、バーブシュカ〔おばあさん〕が編んでくれた靴下を持った男は、その靴下を国外に持ち出すことが、たとえ金を払ってでも、許されなかったとのことだ。「文化財」にはテルペックやスカーフや、すべての伝統衣裳もふくまれる。私は九時から正午まで戦うが、主張は認められず、絨毯を税関に置いてゆくなんて絶対にいやだから、もうこうなった以上、だれかそれをプレゼントしてもいいトルクメン人がいないかと探していると、私の天使が姿を現す。カトリーヌとマルティーヌという二人の若いフランス人女性の姿を借りて。二人はブハラから来て、トルクメニスタンに入国し、快適な旅が望みなので、ガイド兼通訳兼運転手を雇っている。ひとりは絨毯を買っていて、税関吏はすぐそれに目をつける。問題発生。しかし、私の問題ほどたいしたことはない。その「文化財」はウズベキスタンで買ったもので、ウズベキスタンの税関はそれを通したのだから、文句は言えないのだ。でも、やることはある。税関の職員たちがその絨毯を念入りに調べ上げ、重さを計り、長さを計って、やっとマルティーヌのザックにしまいこむまで、私はカトリーヌ・ジロタンとおしゃべりをし、ある考えが頭に浮ぶ。

「あなたたちはアシュガバートに滞在するんだから、私の絨毯を持って、文化省の事務局六百二十八番に行ってみない？　持出しの許可が得られても得られなくても、パリであなたたちに夕食をごちそうするよ」

インシャーアッラー。

夢の五日間

私自身は厄介事から逃れられたわけではなかった。こちら側の役人は通してくれたが、ウズベキスタンの係官が道をふさぐのだ。

「あなたのビザでは、九月一日にしか入国が許可されません。今日は八月二十三日です、一週間後にまた来てください」

私の抗議は、トルクメニスタンの係官の応援も得たのだが、まるで役に立たない。目に反感の光を宿してこちらをじろじろ見るロシア人兵士をなだめる希望はまったくないまま、私は追い払われる。たしかに私は裕福な西欧人であるけれども、今日、力を持っているのは彼のほうである。どうしようもない、私は通れないのだ。

それで、タクシーを雇い、前の日に茶を飲んだ、三人の若い女性がやっているチャイハネにもどる。この煉獄の時のあいだ、彼女らに一日三ドルで食事を出してもらえるよう話を決める。

「で、寝るのはどうします？」

「ここのテラスで寝ますよ」

この食堂の経営者のラグマン・ダミリエフは、この日の夜、すばらしいシャシリクを作ってくれる。そして、おねえさんたちから私の困りごとを聞いた彼は、近くのガラヴノイに自分が所有している家を使ってくれと言ってくれる。ふたつの部屋が、高い土の塀で囲まれた小さな庭に向いた伝統的なつくりの家だ。玄関先では琥珀色がかった薄赤の大きな房が重たげに垂れた葡萄棚が涼しさをもたらし、一方の部屋にはエアコンさえある。

私はここで夢のような朝に輝く五日間を過した。義務感の強い人間で、つねにせわしなく、分別くさく、ときに峻厳であるこの私が、なるがままに任せ、なんでもないことに歓び、さらにそのなんでもないことを求め、快楽主義者の自分を発見した。夜明け、葡萄棚の下に坐り、村を見下ろす小高い禿山の向うに太陽が顔を出すのを眺める。それから、「水汲み仕事」にでかける。隣の家の井戸に麻縄を結んだバケツを投げ入れて汲むのだ。見た目はなんでもないことだが、コツがいる。釣糸を水に投げるときのように、最初はさっと放り、それから腕にゆるく巻いておいた縄をてぎわよく繰り出す。たいした芸当なのだ。はじめのうち私はへたくそで、バケツは浮いたままになり、ぜんぜん水が汲めなかった。

「わが家」にもどると、種なしの、中が透けて見えるような、肌色がかった薄赤の粒をつけた見事な葡萄をふた房、新鮮な水につけて、食い意地の張った何百匹という蠅を追い払う。

そうして、私はとてつもない幸福を味わう。私は葡萄を何度食べたかしれない、私は果物が好きだ、けれどこれほどまでに比類のない味、深い歓びをもたらしてくれる味がする葡萄は食べたことがない。このやわらかく、つるつるして、つやのある丸い粒には官能的なものがある。ついぞ味わったことのない霊薬であり、ネクタルだ。私はゆっくりと時間をかけ、満ち足りた味蕾《みらい》のうえにその味を引き留める。帰国して何カ月たっても、この小さな村で過した時間とすばらしい朝食が、トルクメニスタンで経験したもっとも濃密な時としてまざまざと思い出される。

私がここで見つけたものこそ、世界の果てに探しに行こうとしている智慧なのではないか？　この葡萄棚の下でこそ、私は切迫感を、時間の圧制を、都会人の生活をせきたてる束縛の数々を捨て去ったのではないか？　一粒また一粒、葡萄の繁る棚のすきまから太陽が天頂に昇るのを見守りながら、うるさい税関のおかげで図らずももたらされたこの単純至極な愉しみをじっくり味わう。時間が過ぎるのにまかせ、歓びにはずんだ舌につぎの興奮を与えるのをできるだけ遅らせ、毎朝一キロの葡萄をゆっくりゆっくり味わおうとするのだけれど、葡萄棚を全部食いつくしてしまわないように、ずいぶん我慢しないといけない。

十一時ごろ、食堂に行くために照りつける太陽に向き合い、運河べりを歩いてゆく。橋の上から裸の子供たちが、キャッキャッと騒ぎながら水に飛び込む。そして、ばちゃばちゃ泳いで岸にもどると、運河べりにいっとき坐り込んで笑い合い、また水に飛び込む。ときには私もいっしょになって飛び込み、すると子供たちは「イングリース」といっしょに遊べるものだから、ますますにぎやかに騒ぎ立てる。

食堂に着くまでに道路を三百メートル通り、検問に立ち向かわなくてはならない。ここにいた一週間のあいだ、日に四回パスポートを呈示することになった。ある日、隊長がいて、部下たちを叱り飛ばしている。その日の午後、食堂のシャシリクを消化していると、四人の男が新車のジープでやってきて、身分証明書を要求し、私の旅やここに滞在していることについて、長い尋問をしてくる。彼らは不承不承認めざるをえない。すべて規定どおり、と。

おねえさんたちが作ってくれる串焼きは、はじめのうちはおいしく思えたが、すぐに飽きてしまう。料理のしかたがいつも同じなのだ。羊肉と脂身を交互に刺してゆくのである。そもそも驚いたことに、肉屋では赤身肉より脂身のほうが高い……。ある日の昼、彼女らはピーマンに米と肉を詰めたすばらしい料理を出してくれる。ある夜には、ラグマンが友人たちを招待し、豚肉のローストを用意していた。ムスリムの地で豚肉を食べるのははじめてだ。

私は長い昼寝をして暇をつぶし、一、二度は丘の向こうからすぐに始まる砂漠に遠足に行った。丘の上からは、ブハラのほうに流れる運河が見下ろせ、南側は蛇行するアムダリヤと、直線距離で十五キロほどのチャルジョウ＝テュルクメナバートの町が見える。この強制された休息期間を裁縫仕事に専念するためにも利用する。もちろん新しいズボンを買うことを考えてもいいのだが、いまのは他では代えがたいものがあるのだ。八つもポケットがあるズボンをどこで見つけられるだろう？　それで、物持ちのよい私は繕いものをするが、白い糸の持ち合せを使い果たし、つぎには緑の糸がなくなり、さらに赤いのもなくなって、私のズボンは道化のはくキュロットのようなはでなものになってしまう。

綿花摘みの少年少女

食堂の前の広大な畑で働く小さな綿花摘みたちは、十歳から十三歳である。女の子はきつい日射しのもとでもがんばれるように頭を二枚のスカーフでおおって、目だけ出るようにしていて、そのようすがとても神秘的に見える。男の子はTシャツを着て、日除けは自分の髪の毛だけに頼り、帽子をかぶっている者は少ない。みんな腰のまわりに大きな布袋を結びつけている。私はこのときまで花を摘むのだと思っていた。まちがっていた。大きな白い花のように見えるけれども、彼らが集めているのは実と、それを包む繊維なのだ。綿の花はオレンジ色で、大きさと形はチューリップに近く、そこに小さなヘーゼルナッツくらいの実ができ、その実がピンポンの球くらいにふくらむ。すると、その硬いイガが五裂した星形にはじけ、中に入っていた綿毛がふくらんで、純白の玉となって広がる。摘み手たちは、古びた青銅の色をした葉がついた木に身をかがめ、その玉をつまみとり、袋に放り込む。収穫のあいだも畑に水を入れているので、彼らはたいてい泥のなかを裸足で歩いている。畑の端で二人の監督が嚙み煙草の汁を吐き出しながら目を光らせている。夕方、ふたりは子供たちそれぞれの収穫を秤にかけ、重さが小さなノートに記録される。毎夕、畑の持主が来て、子供たちに収穫一キロにつき五百マナト（二十五サンチーム）支払うのだ。食堂でシャシリク定食を食べるには、八キロから十二キロの綿花を摘まなければならない。

トルクメニスタンは、自然条件と人的条件からして、自国では商品化がむずかしい原料しか生産していない。綿花はかつて長いあいだ、旧ソ連諸国によって買われ、値段はきわめて安かった。最近、ロシアへの供給が減らされたが、それはロシアがここでただ同然の値で買った綿花を国際市場で転売し、大きな利益を得ていたことにトルクメン人が気がついたからである。天然ガスはもうひとつの大きな資源で、トルクメニスタンは確認された埋蔵量が七億トンという、世界で三位か四位の国だが、これは輸送のためにイラン、またはロシアおよびウクライナを通らざるをえない何千キロものパイプラインを必要とする。現在、結ばれようとしている契約にフランス企業も参加している。

ブハラで待つ恋人

五日後、私の真新しい智慧は、動きたいという矢も楯もたまらない欲求によって一掃されてしまった。まだ二日待たなければならないところだが、私は荷物をまとめ、おねえさんたちとラグマンに別れを告げ、運命の日の四十八時間前にトルクメニスタン国境を無事に越える。そのさい、税関吏にちょっと仕返ししてやりたくなって、申告用紙をもらい、レジェプヌールのお母さんがくれた木製彩色スプーンのことを書き入れる。

「それだけなら、必要ありませんよ」

「でも、文化財ですよ」

「いや、そうともいえません」

「けど、手仕事で作ったものです。この書類にハンコをお願いします、あっちの国境で取り上げられてしまいますから」

先週のとは別の税関吏は、私のことを精神の病をやんでいると思い込み、憐れむようにため息をつく。

「それはね、ロシアのスプーンなんです……」

私はすっかり楽観的になって、ウズベキスタンの税関に出頭する。応対した士官は自分の仕事に真剣に取り組む。パスポートに記されたことすべてを暗記するように読み込み、スタンプをひとつひとつ確認し、ページを透かし見る。それから、ポケットの中のものを出させ、ザックの中身をテーブルの上に空けさせ、ひとつひとつ念入りに調べる。それでも、GPSは調べられないですむ。そして、パスポートを尋問役の三人の兵士に預け、その三人は私のしてきた旅にびっくりする。私が荷物を詰めなおしているあいだに、いちばん目ざといやつが、士官が偽造スタンプ探しに躍起になるあまり見逃したことを見つける——ビザが有効なのは九月一日になってからで、今日は八月三十日なのである。その兵士はよこしまな笑みを浮べる。

「ホテルで二日……」

「とんでもない！」

私の心からの叫びに彼らは大喜びする。税関の建物にあるホテルに二泊と宣告されたのだ。彼らでさえ死ぬほど退屈しているここで、四十八時間も辛抱するなんてとんでもない。彼らの喜んだ顔からして、仲間ができ、私にも守備隊の生活を味わわせられるので、嬉しく思っているのがわかる。ガラヴノイの葡萄棚の下にもどるのもやはり論外だ。トルクメニスタンの税関吏に再入国にはビザが必要だ、と釘を刺されているのだ。最悪なのは、九月一日はウズベキスタンの祝日で、公務は休みになる恐れがあり、三日目も強制された宿に留まらざるをえなくなるかもしれない。事はしょっぱなからつまずき、急いで決定的な論拠を見つけなければならない。ぱっと考えがひらめき、三人の兵卒に打ち明け話をするような調子で言う。

「ブハラで女の子と会う約束があるんです。彼女は九月三日の朝にヨーロッパに帰ってしまう。一日になってからここを出発するのでは、遅すぎるんです」

これは効き目があった。男同士の結束で、きっと故郷にガールフレンドがいるこの青年たちは、すぐに私の味方になる。彼らは相談し、やがてパスポートを手にした兵士が宣言する。

「ホテル泊りをひと晩だけにします」

私はもうひと押しする。

「だめです。ほら、この地図を見て。ここからブハラまで百十五キロ、どうしてそれが三日で行けますか、少なくとも四日はかかります。一泊免除してくれたのは感謝します、それはありがたい、でもそれでも遅すぎるんです」

またひそひそ相談して、今度はもっと長くかかる。そして、さっきと同じ兵士が手を差し伸べながらこちらに来て、手を握り締める。

「問題ありません、行っていいです」

ところが、これがとんだ安請け合いだった。荷物検査をした士官が頭っから反対なのだ。二人目の兵卒が援護にきて、それから三人目は同僚たちの加勢にゆく前に私に言ってゆく。

「大丈夫ですよ。デートに行くのに二千キロも歩いた男を見捨てられるわけがない」

兵隊たちはもめている。半時間近くたってから、士官がパスポートをテーブルに置き、前置きもなく、感情もこめずに、驚くべき命令を投げつける。

「OK、ゴー、ボーイ」

十分後、私はウズベキスタン領内でスープを啜《すす》り、しこたまぼられるが、そんなことは気にならない。気力も体力も万全だ。

サマルカンドよ、いよいよおまえが相手だ。

ブハラ 15

またまた警官

タマリスクは年に二度目の花が咲いている。小さなピンクのつぼみをつけ、それが花開くと赤紫色を帯びるのだ。車は少なく、自分の靴音を聞きながら元気に歩く。暑さしのぎに道路に沿って流れる運河に三度も飛び込み、服を濡らす。税関の手続きのために出発が遅くなったので、こうでもするしかない。つぎの町のアラトまで四十キロもあるのだ。

アラトに着くと、午後のこの遅い時間、眠ったような警察署から、いきなり一人の警官がものすごい勢いで飛び出してくる。それは興奮しまくった、のっぽの男で、意地の悪い顔つきをしてパスポートを要求し、私はほほえみながらそれを差し出す。相手はパスポートを見もしないで、警察署のなかについてこいと命令する。

「ニェット」

男は啞然とする。彼の命令にたてつく者はめったにいないにちがいない。警察署の敷地で三人の警官が大声をあげ、彼に向かってさかんに合図している。のっぽの男は私の腕をつかみ、私もこうなると笑い事ではないから、激しい勢いで身をふりほどく。

「パスポートは渡したじゃないですか。ここで調べればいいでしょう、私は規定どおりですよ」

いままでうまくいったように、パスポートのページを自分で繰って、そのままポケットにしまってしまうという手を使おうとする。ところが、この相手はパスポートを渡そうとせず、私が返してもらおうとしてついてくるだろうと思い、警察署に向かう。私は動かない。男はちょっと進みかけると、またもどってくる。その理由はよくわかっている。彼の目当て、それはパスポートではない、私のザックとポケットなのだ。しかし、通りのまんなかで持物を奪うわけにはゆかない。まず人目を避けられる場所に連れてゆく必要がある。私はエヴニーの柄を地面に置いていて、彼は身をかがめ、それを引っ張ろうとするが、私は荷車に足をかけ、今度こそ大声で叫ぶ。

「ニェット！」

彼は振り返り、同僚たちに向かって、どうしようもないと身振りで訴えると、同僚たちもこちらにやってこようとする。それと同時に、そばの食堂で静かに茶を飲んでいた二、三の物見高い人たちが茶のコップを置いて、もっと近くで見ようとやってくる。こちらの思うつぼだ。三人の警官のひとりは明らかに上司で、シャツのボタンをはじき飛ばしてしまいそうな太鼓腹を突き出している。破裂寸前のでぶである。部下がパスポートを差し出すと、彼はそれに読みふける。さらに男女入り混じった人たちが――みんなめかしこんでいる――食堂からなにごとかとやってくる。これでいい、こうなれば観衆が味方だ。私は証人たちにも聞えるように上官に向かって大きな声で、自分がなにをしていて、どこから来て、どこに行くのかを説明する。私はとくに強調する。ビザは完全に規定どおりです。その証拠に、今朝国境を越えてきたんだし、そのことはスタンプを見ればわかるでしょう。相手に口をはさむ暇を与えずに、これから飲物を飲みにチャイハネに行くと言って締めくくる。話があるなら、あそこにいますから。そして、私のものを返してもらうために手を差し出す。緊張の数秒間――脈拍は百八十にはねあがったにちがいない――の後、相手は通行証を返してくれる。ほっと胸をなでおろした私は、エヴニーをつかみ、大いに感謝しなくてはいけない野次馬たちにつきしたがわれて、食堂というか、真ん中に池のある緑におおわれた東屋に入る。大急ぎでフルーツジュースを取りにいってくれる人があり、その間にも質問がどんどん降り注ぐ。

「なにがあるんです？　お祭ですか？」

隅に楽隊がいて、演奏の準備をしている。

「結婚式さ。新郎新婦を待ってるところだよ」

結婚式

白いチュールのドレスに、頭にはティアラをつけた花嫁は、まるで子供のようだ。彼女は夫の手を握っているが、その夫もさほど年上でない、背が伸び盛りの男の子だ。花嫁は三歩進むごとに、そっけない、機械的な挨拶を正確に繰り返す自動人形のようにお辞儀をし、夫はときどき軽く頭を下げている。彼らはそうやって客が来てくれたことに感謝を表しているそうだ。新郎新婦が酒瓶と菓子が並んだテーブルの席につくと、音楽が鳴り響き、客たちが踊りはじめる。私も誘われて踊りの輪に加わり、警官とのやりとりでたまった緊張をこれで吐き出すことができ、気が晴れる。警官たちが私を建物のなかにおびき寄せるのに成功していたら、彼らにはたっぷり時間があったはずだ。ある外国人観光客がこういう罠にかかって、「秩序の番人」たちがなおさら心置きなくドル探しができるように、ズボンを脱ぐように言われたという話を読んだことがある。緑色の紙幣の匂いは人の目の色を変えさせる。中央アジアでは、「外貨」といえばドルのことである。何ドル稼いでるのかと、何度聞かれたかわからない。フランのことを言うと、みんな笑って聞くだけだ。

新郎新婦に紹介され、祝辞を述べるように言われる。私はロシア語が下手だからと言って逃げようとする。「かまいません、フランス語でおやんなさい」。思いがけなくヨーロッパ風エキゾチズムの雰囲気が漂い、みんな喜んでいるようだ。私が話しはじめるとすぐ、花嫁は困ったようすで顔を伏せ、花婿は心臓の上に手を当てた。ふたりは言葉なく、置物のようにじっとしている。みんなが愉しんでいるが、このふたりだけは例外だ。ウォッカが回され、男も女も両手を天に差し伸べて踊っているのに、ふたりはこの騒ぎを部外者として眺めているように見え、花嫁は起き上がりこぼしのような動きを休みなく続けている。まるっきりうぶな夫は、腰痛に悩んでいるようなふうで、挨拶も心臓の上に手を当てて、さっと頭を下げるだけにしている。

時間は過ぎ、私はカラクルまで道を続けるのをあきらめる。どっちみち、今日は四十キロ歩き、警官とのもめごとでくたびれきっていたのだ。私は花嫁の父親に紹介される。軽く縮れた半白の髪が美しい、がっちりとした体格の男だ。父親は私に、あんたを結婚式に招待する、十分後にでかけるぞ、と宣言する。異議をはさむ暇もなく、エヴニーは頑強な手につかまれて、車のトランクに放り込まれ、気がつけば私は後部座席で二人の美女にはさまれており、そのひとりが花嫁の姉だと自己紹介する。

結婚式は伝統的に花嫁の両親の家で始まり、花婿の父親の家で終る。それがここ、私たちが九時ごろ着いた大きな白い農家である。家の前の通路の両側に長いテーブルが並べられている。右側が男たちの席で、左側が女たちだ。通路の一方の端に楽隊をのせた舞台。もう一方の端のだれからも見えるところには、幅三メートル、奥行二メートルのピンク色のかわいらしい家のようなものがある。それはショーウィンドーのようでもあり、凱旋門のようでもあり、市の仮小屋のようでもある。何十個もの電球が煌々とそれを照らし、「ご多幸を祈ります」の意のウズベク語の文句が点滅している。消えたかと思うと、文字がひとつずつ灯いてゆき、今度はさかさまに、つぎにはまた頭から、というぐあいで、商店のネオンサインのようだ。新郎新婦が付添いの少年少女がささげもつ天蓋にまもられて到着すると、この安ピカの聖遺物箱のようなもののなかに坐らされ、夜の祝宴のあいだじゅう、大事に手入れされた自動車のリアウィンドーのところで首をこっくりこっくりさせている虫食いだらけの縫いぐるみの犬さながらに、頭を下げてお辞儀を繰り返す人形となって、そこにじっとしているのだ。

招待客は新郎新婦に近いほうから偉い順に並んでいる。八人用のテーブルが「政治家」をお迎えしている。そのつぎにくるのが町の有力者たち、医者、技師……。架台に板をのせてテーブルにしたのが、大多数を占める一般客用で、彼らはベンチに坐っている。そのほとんどが農民や家族とつきあいのある人々である。庭の入口には、祝宴に招待されていないけれども、五百人もの客が繰り広げるにぎやかな宴を見物にきた村人たちが立っている。私は「厨房」はどんなところかと気になって見に行く。中庭の植込みのあるあたり、葡萄棚の下で、男女入り混じった大勢の料理人が、ずらりと並んだガスの火口にかけられた巨大な鍋を取り巻いて忙しく立ち働いているが、私は鍋の中身がなんなのか尋ねる勇気がない……。給仕人たちが皿に盛られた料理をつぎからつぎに賓客のところに運び、大テーブルにはほうろうの洗面器に盛ったのを運んでいる。

私の席は「政治家」と一般人のあいだ、ふたりの医者のそばである。ウォッカがふんだんに注がれ、無論のこと、みんなが「チュッチ・チュッチ」飲ませようとするので、私はいつもの戦いをやらなくてはいけない。「ルラ」という料理はうまい。羊肉、じゃがいも、にんにく、たまねぎ、トマト、それに私には葡萄しかわからないが何種類か果物が入ったものだ。でも、私はもうとっくにプロフの種類を見分けるのはあきらめている。プロフとは四十種くらいの料理をまとめてよぶ総称で、たぶんルラもそのなかに入るのだろう。肉料理の合間に、みんなメロンや葡萄、それから「ビルメン」という小さな菓子にかぶりつく。客たちが「新郎新婦の家」の前に、大きいのになると絨毯やら家電製品まで贈物を置いてゆき、その一方でマイクを手にした司会者が、来賓や近親者にピカピカ点滅を繰り返す木棺のなかでミイラと化した新郎新婦に祝辞を述べにゆくよう呼びかけている。ここには三百人ほども男がいるが、ネクタイをしているのは花婿だけである。

プロの女ダンサーが景気づけに踊って見せると、老いも若きも、男も女も、踊りの場になだれこみ、両手をずっと空に向けて上げたまま踊り出す。楽隊——マンドリンのような楽器（タール）、太鼓（ドイラ）、らっぱ（ドルボス）がそれぞれひとつずつ——は疲れを知らない。私みたいに四十キロの歩きとちょっと踊っただけで疲れ切ってしまい、さっさと寝る部屋に引揚げてしまう者とはわけが違う。やがてその部屋には男たちがつぎからつぎにやってくる。あんまり暑いので私はパンツ一丁になって寝る。ところが、目が覚めると、そばに置いたはずの服がない。早朝に出発したかったので、暗闇のなかを手さぐりで探しまわり、やっと見つけたのは……だれかさんの頭の下、その男が枕がわりにして眠っているのだった。

外では葡萄棚の下で、ようやくネクタイをはずした花婿と父親が、木の寝台の上に坐って、朝食に果物を食べているところで、一緒に食べてゆけという。果物はいただくが、もういまからやり始めているウォッカはお断りだ。だめだめ、チュッチ・チュッチでもだめですってば……。

フランス語の通訳

カラクルでまた警察の検問。ザックの中身を見たがる。私はパスポートを差し出しながら、冗談で受け流す。

「このザックは昨日、税関で検査を受けました。見つかったのは小さな爆弾だけです。ほんとはね、でかいやつがあるんですけどね、原子爆弾ですよ」

予想に反して、警官はげらげら笑い出し、私も笑って、警官は検査のことを忘れてしまう。

夕方、ヌレディンのやっているチャイハネで休む。「あんたのその眼鏡をぶらさげてる紐をはずしな。あんた、見た目がロシア人みたいだから、村のなかを一緒に歩けやしないよ」と主人が言う。こうフランス語に通訳したのはメフリッディン、フランス語が話せるというので連れてこられた男である。彼は近くのコルホーズで働いている。土をこねて煉瓦の型に入れる仕事をしているので泥まみれになり、裸足にぼろぼろの服を着たこの大男は、小学校でフランス語を習い、とても才能があったので、いまも私に暗唱してみせたフランス語の詩を書き、そのおかげでフランスのロワール川沿いのどこだかに二週間旅行できる特典が与えられて、ソ連と交流があった、華やかなりしころのフランス共産党がやっていた若者向けのキャンプ場に行ったのだった。彼は自分がただひとり知っているフランス人の消息を尋ねる——ジョルジュ・マルシェ〔一九七二年から九四年までフランス共産党書記長〕……。フランス語の先生が死に、それが原因でか、メフリッディンの頭はおかしくなってしまった。いまでは彼は通訳であると同時に村一番のおめでたい男でもある。むごいことに、店の飲んだくれ連中が、こいつのはすごいんだぞ、と言って彼に性器を見せるようせかす。人のよい大男は恥ずかしそうにして——私は彼をいじめる連中のせいで恥ずかしくなる——、帰国したらエッフェル塔の絵葉書を送ると私に約束させる。

サヤトを発つときは非常に調子が悪い。背中が痛く、力を使い果たしてしまった感じだ。国境での五日間の休息でかえって疲れてしまったかのようだ。ほんとうは、たぶん目的地の近くまで来たせいで、集中力が切れはじめ、上の空になっているのである。おまけに虫に刺されて、手が倍くらいに腫《は》れてしまった。こういう状態であるにもかかわらず、あるいはこういう状態だからこそというべきか、サヤトからブハラまでの五十キロを一日でかたづけることに決めた。

学校の新学年が始まった。子供たちは制服を着て――男の子は黒ズボンに白シャツ、女の子は黒か紺のプリーツスカートに白いブラウス、さらにレースのついたエプロンをして、頭にはブルターニュのビグデン地方の女たちを思わせるようなチュールのかぶり物をつけている――、学校で脱水症にならないように、みんな水の入った瓶を持っている。

昼食をとった食堂で知り合ったイスマトに、息子がスンナトとよばれる割礼を受けるお祝いをするから、あんたも来なさいと言われる。というわけで、ことは決まり、今日の夜までにブハラに行くのはやめて、今夜はこの新しい友人の家に泊めてもらうことにする。

驚異と恐怖の都

ブハラ。十三時ごろ到着。町は焼けつくような暑さだが、カラーン・ミナレットの前では、観光バスから半ズボン姿で首にカメラをぶらさげた日本人、ロシア人、ヨーロッパ人がぞろぞろと降り立っている。

世界でもっとも古い都市のひとつ。驚異と恐怖とが入り混じった場所、三百六十以上のモスクと、かつては一万人にのぼる学生を擁した百カ所ほどの神学校を数える、東洋でもっとも宗教的な町のひとつ。シルクロードの重要な交易所として、幾十ものキャラバンサライをかかえていた。バザールは何ヘクタールもの広さに及んだ。そこの店は扱う商品ごとに細かく分かれていた。矢だけを売る店や小麦だけを扱う店、両替商……。丸屋根のあるバザールが三カ所残り、修復されたが、いまでは絨毯屋と観光土産屋しか入っていない。アジアで最大級の図書館には、四万五千冊にのぼる蔵書があった。偉大なアブー・アリー・アルフサイン・イブン・シーナーは、言語学者、音楽家、天文学者でもあったが、宮廷で宰相の座にもついた。しかし、彼が名声を得たのは、とりわけ『アルカーヌーン・フィッティッブ』という、中国、インド、ペルシャ、エジプト、ギリシャの知識を集大成した医学百科を著したことによる。『医学典範』と題するこの書物が、十一世紀から十九世紀まで世界中の医者のバイブルだったのである。イブン・シーナーという名前は、ラテン化してアヴィセンナ(アヴィケンナ)とよばれた。

まずはイスマーイール・サーマーニー廟。中央アジア全域でもっとも古く、もっとも美しいといわれる角形の建築で、キーロフ公園〔現サーマーニー公園〕のなかにある。単純な煉瓦だけでさまざまな装飾的モチーフを描き出した建築家たちの想像力は、すばらしいの一語につきる。十三世紀初頭、チンギス・ハーンがこの町を徹底的に破壊させたが、この霊廟はすでに放棄されて砂のなかに埋もれていたために生き残ることができた。同じく生き残ったが、別の理由だったのがカラーン・ミナレットである。十二世紀に地上四十六メートルの塔が建てられたとき、それは東洋一の高さを誇る大建築だった。チンギス・ハーンさえ、町の破壊を命じはしたものの、この塔には圧倒され、保存を命じた。土台の深さが十メートルあるこの塔は、地震に耐えたばかりか、二十世紀はじめのロシア軍の砲撃にも耐え、かすり傷を負っただけですんだ。ロシア人の名誉のために言っておくと、この塔をきれいに修復したのは、たぶん後悔の念に駆られてだろうが、ロシア人なのである。この塔には「死の塔」というおぞましい別名もある。ブハラのハーンたちが罪人を塔のてっぺんに送り、袋に入れて手すりの外に投げ落とさせたのである。言い伝えによれば、ある女はチャドルがパラシュートがわりになって命が助かったそうな。

だがブハラ、そこはこの地方一帯で掠奪《りゃくだつ》されたキリスト教徒やペルシャ人の奴隷の市場でもあった。そしてなによりも、残忍さにかけてはいずれ劣らぬ君主たちの支配した地である。とくに触れておくべきはナスルッラー・ハーンだろう――臣民たちは愛情をこめて「殺し屋」とあだ名をつけていた。彼は権力の座につくや、父親と弟がその地位を奪うというよこしまな考えを起こさないように亡き者にした。また、理由はよくわからないが、他の兄弟のうち三人と十八人の親族を殺した。通商条約の交渉のためにツァーリに派遣されたニコライ・イグナチエフによれば、彼の滞在する館に行く道に沿って槍が突き立ててあって、その穂先で人間の首が腐りかけているのだった(ジェフリー・モアハウス、前掲書)。締まり屋で、臣民に慈善をほどこす気を起こさせて、その魂を救ってやろうとしたナスルッラー・ハーンは、毎週金曜日に囚人たちをバザールに連れて行かせ、つぎの金曜まで囚人たちを養うに足るだけの食料を人々が恵んでやれるようにした。ナスルッラーに通商条約の締結をもちかけにきたストダートというイギリス人は、不届きにも、宮殿に向かう道で馬から下りようとしなかった。ナスルッラーは彼を鼠や蜘蛛がうろちょろする「シャーフ・チャーフ」に閉じ込めた。てっぺんの上げ戸以外に出入口のない井戸のような牢獄である。同胞の救助にきたコノリーというもう一人のイギリス人も、同じ運命に遭った。そして、このふたりはイスラムに改宗するか斬首の刑を受けるかの選択を迫られた。一八四二年六月十七日、ふたりは首を切り落とされた。

ナスルッラー・ハーンは不敵にもイギリスに刃向かったわけだが、それはまずひとつには、彼がイギリスを遠く離れてはいるが、自分の国と同じようなハーン国にすぎないと考えていたからである。つぎに、大英帝国が惨憺たるありさまだったからである。六カ月前、一万六千人からなるイギリス軍がアフガニスタンの平定に失敗してカーブルから撤退した。その十日後、たった一人だけジャラーラーバードにたどり着いたほかは、全員が殺されるか奴隷にされるかした。まれに見る高貴な人格をそなえたナスルッラーは、すでに地に落ちた国をためらうことなく鞭打ったのである。

人間は、どこの国、いつの時代であろうと、残虐行為と刑罰に磨きをかける名人である。もうひとり、別のハーンを見るがよい。獰猛な愛着と独占的な愛情に執着したこの男は、死の間際に寵姫《ちょうき》とおのが娘のなかでもとりわけ美しい三人を枕元によんだ。そして、自分以外のだれかがその女たちに触れると考えただけで我慢ならず、その場で四人の女を殺させたのである。

物売りの攻勢

まさしく野外博物館というべき旧市街を観光客の群にまじって見物する。カラーン・ミナレットのそばで、厚かましそうな目をした少女が寄ってきて、まず英語で、それからフランス語で話しかけてくる。

「お祈りの帽子いりませんか？　いらない？　それじゃ、お母さんがブハラ一きれいな絨毯を売ってるから見にきて。いや？　じゃ、町の見物にお父さんを紹介するわ。最高のガイドよ、建物のこと、なんでも知ってるんだから」

十一歳のこの少女は、母語のタジク語のほか、ロシア語とウズベク語を流暢に話す。英語も完璧で、いまは民間の講座で日本語を学んでいる。フランス語とドイツ語でも、帽子を売りつけるには十分用が足りる。

私は逃げ出す。レギスタン広場は観光客がいくらか少なく、バラハウズ・モスクの外観はゆっくり眺められる。しかし、中に入ると、絨毯売りの群が襲いかかってくる。もうほんとうに逃げ出そう。疲れていて、群がり寄ってくる物売りたちに立ち向かう気力がない。高級ホテルを探しに行こう。今日だけは、どうしても贅沢なホテルに泊りたい。

大きな回転ドアまで行くと、玄関番にさえぎられる。エヴニーのせいで、まともな観光客には見えないのだろう。ちょうどそこに観光客が到着した。二台のバスからぞろぞろ降りてくる人々はおそろいの恰好をしている――半ズボン、サングラス、カメラ。制服を着たドアマンは彼らを通すが、それは当然、この人たちはちゃんとしたお客さんなのだから。

というわけで、私は近くの広場をぶらつき、若者たちとおしゃべりをする。私の国籍を知ると、彼らは競って知っているフランス人の名を挙げてゆく。ジネディーヌ・ジダンはもちろんだが、ほかにもジャン=ポール・ベルモンド、クストー船長、アラン・ドロン、パトリシア・カース、ジャック・シラク、マリナ・ヴラディ。だが、ガロディは知らない。ファズリが自分の家に泊めてやるという。

ファズリの奥さんラノは、その日の夜においしいサムサを作ってくれ、つぎの日のプロフもまた格別だった。この夫婦には子供が三人いる。長男は小さいときに熱湯でやけどを負い、いまも顔にはっきりと痕が残っている。かわいい子だが、なつくまでに時間がかかる。ファズリは、モスクワで皮膚移植をしてもらえるが、それには彼の給料十年分の費用がかかると言う。

観光客の来ない場所

私はブハラの中心部から離れて愉快な四日間を過した。歴史的な建築がつまらないというわけではない。ただ、青空博物館にするために人の暮しをすっかり追いやってしまった街区がいやなのだ。そこをうろついているのは、急ぎ足の観光客と貪欲な土産物売りばかりだ。私はフィルムの値段を尋ねた。三十一ドルだった。百メートル先では、同じフィルムが三ドルだった。私はラビハウズでゆっくりする。四世紀前から姿を変えていない、静かなくつろぎの場所である。ブハラの街区ごとにある「ハウズ」とは、ピラミッドを逆さにした形の池のことだ。大きな石のブロックで階段状に造られているから、水位がどこまでであろうと、そこまで下りて水を汲むことができる。ラビハウズは一六二〇年に建造され、いまでは樹齢三百年以上となった木々に囲まれている。その木々のように老いた尊敬すべきウズベクの男たちが、木のベンチに陣取って、いつ終るとも知れぬドミノの勝負に興じている。町の中心に近いのだが、ラビハウズの南側には観光客はひとりもいない。だが、北側は外国人しか来ないレストランがある。不可思議な暗黙の規則によって、だれもが自分の縄張りの範囲をまもり、他人の縄張りを侵したりしない。木陰で靴直しがぼろ靴の修理をしている。またべつの木陰にはナスレッディン・ホジャのおどけた銅像がある。彼はイスタンブルから中国まで、私の道のどこででも尊敬を集めている頭のいかれた男で、前に進むための最良の方法は、人間に共通する最大の特徴といわれる理性の勧める方法ではおそらくない、ということを思い出させてくれるのである。このけったいな男のことは、私がこの旅を始めてからずっと耳にしてきたのだ。

私は古い街並をさまよう。チャルジョウ通りのチャイハネに入り、チェスとバックギャモン（ここでは「ナルダ」とよばれる）に夢中の客たちのあいだで一時間過す。フランスのカフェでは、煙草の煙が充満した空気のなかで、客たちがゲームに熱中して大声で騒いだりしながら、みんなして、しばしの間、世のわずらいを忘れるというような光景を目にしなくなって久しい。

地面が高くなって半分埋もれてしまった小さなキャラバンサライに行くと、中庭のまんなかで老夫婦が薪の火でシャシリクを焼いて食事の用意をしている。夕食に誘われるが、写真を撮ろうとすると断られる。カラーン・ミナレットの後ろ側にもキャラバンサライがあるが、そこは朽ち果てている。アヤス・ジャンという名のキャラバンサライである。その宿泊房のひとつで小さなブリキ製品の修理店をやっているサイードという老人が、ジャン＝リュックとラシードのことを話してくれる。その二人のフランス人はここに来て、古い建物を修復しようとした。サイードは二人のことを気に入っていた。しかし、金が底をつき、フランス人たちは帰って行った。大きな扉を太い鎖で留めてあるが、留め方がゆるいので、すきまから中に入ることができる。サイードは見てまわっていいと言ってくれる。ところがなんたること、修復工事が頓挫した場所は、公衆便所に成り果てているのだった。

古い通りは幅が狭い。どの家も骨組みは木で、木と木のあいだの壁は「ガンチ」という石膏を主成分とする漆喰を塗って煉瓦を積んであり、高い壁で囲まれた小さな中庭がある。通りから時折、葡萄棚や、いまの時期にはまだ実が熟れきっていないザクロの木が見える。中心街を離れると、旧ソ連のどこでも見られる同じ形の集合住宅があり、新しくても、すでに壁が剝げかかっている。ファズリが家族と暮す高層住宅は、まだできて間もない。それは爆撃を受けた土地に建てられたかのように見える。四輪駆動車の愛好者が練習場として使えそうなところだ。階段の手すりは建築用の鉄筋で、十二階建てのこの建物のエレベーターは一日に一、二時間しか動かない。水道の蛇口から出るのは熱い湯だけで、ぬるま湯や、まあ冷たいといえる水にするには、バケツに溜めておかなくてはならない。

私はブハラ見物をコルホーズの市、ボリショイ・ルイノクで締めくくった。場所はアルク城という城砦の近くだ。アルク城はブハラのハーンの居城だったところで、二十世紀のはじめにロシア軍の砲撃を受けたが、観光客をよぶにはきれいに越したことはないから、新しく建て直された。市場の大きなテントやコンクリートの建物では、なんでもかんでも売っている。果物市場では、赤ら顔で、肉づきよく、頑丈そうな農婦たちが、売物の果物に負けず劣らず派手な色のワンピースを着て、台の上にあぐらをかき、自分の育てた果物がいかにうまいか、ロシア語、ウズベク語、タジク語、それに私には区別のつかないほかの言葉で言い立てている。肉の市場では、男女の売り手たちが、蠅やスズメバチがわんさか飛び回るなかで働いている。いたるところにシャシリクを焼く煙や、サモワールをかたかたいわせる薪の火の煙が漂っている。ただひとつこの場にそぐわないのは、黄土色の帽子と青いシャツでそれとわかる警官たちの姿が、どこにでも見えることである。彼らは商売を監視しているのだ。これほど警官がうじょうじょいるのは見たことがない。あとでファズリに訳を尋ねると、麻薬の売人のアフガン人を追っているのだという。ほかの人からは、ほんとうはウズベクの警官は大変な安月給なので、市場をしらみつぶしに調べ、多少なりとも名目の立つ罰金を集めて、か細い収入の足しにしているのだとも聞いた。

最後の晩、ラノは私のためにサムサを作ってくれ、作り方も教えてくれる。そのほか、マンティという肉入りの蒸しラビオリも作ってくれる。

孤独と孤独

風景は変りばえしない。綿花畑、またしても綿花畑、どこまで行っても綿花畑。周囲にはほとんど注意が向かない。サマルカンドまであと一週間だ。もう百二十日近く歩いてきて、孤独が身にしみる。でたらめなロシア語しかできないせいで、まったく上っ面の会話しかできないのがもう耐えられない。話しかけてやらない赤ん坊は死ぬというではないか。孤独という名のあの奇妙な病にとりつかれるのが恐ろしい。四カ月、もうたくさんだ。しかも、ブハラには失望させられた。私は博物館はあまり好きではないし、ブハラの中心街は魂の抜けた、不自然な、つまらない場所のように思えた。もうこんなことは早く終りにしたい。この土地の野原を眺めていると、そこにノルマンディーの自分の家が重なって見えてくる。私の犬が跳ね回っている……。

けれども、とくに不平を言うべき理由があるわけでもないのだ。数日来、暑さはいくぶんしのぎやすくなってきた。いま歩いているのは、ブハラからナヴァーイーを経てサマルカンドまで、キジルクム砂漠の南側に緑の弧を描きながらオアシスが途切れることなく続くところだ。道沿いにはチャイハネと食堂がありあまるほどあり、好きなだけ休憩をとることができるのだが、前にも言ったように、これほど長い距離になると、人は足で歩くというより頭で歩くもので、私の頭はもううんざりしているのだ。私の頭は愛する者たち、突然、会いたくてたまらなくなってきた者たちの顔を見にフランスに帰ってしまった。

こんな精神状態で、十時ごろ、小さな食堂に歩を止めた。幅広の厚い葉を繁らせた桑の木の気持よさそうな木陰に、いくつかテーブルが出してある。席につき、こちらを無視しているように見えるウェイトレスに向かって「チャーイ!」と大声で言う。意外にも彼女はすぐにティーポットとグラスをもってきて、私の前に置くと、どこから来た、どこに行く、なにをしているのか……と尋ねてくる。彼女はありきたりの絹のワンピースに青い上っ張りをはおり、スカーフで髪を隠している。こうした細々したことが記憶に残るが、とくに注意は払わず、自分が上の空になっている気がする。彼女は私の物語にとても興味をもったようだが、店の主人に小言を頂戴する。彼女は、しゃくにさわるというように肩をすくめ、去って行く。それからまたやってきて、遠慮もせずに私のテーブルに坐る。ほほえみが輝く。

「話してちょうだい」

両の手に顎を埋め、質問を連発してくる。今度は相手をよく観察する。とても若く、二十歳そこそこ、ウズベク人の女らしく肌が小麦色ですべすべして、笑みをたたえた目の上に弓なりの眉が伸びている。彼女は私の言葉を文字通り呑み込む。しだいに質問をやめてゆき、私も話すのをやめ、沈黙がおとずれる。すると、目と目をじっと見合せたまま、私はこの娘に対して、いてても立ってもいられないような欲望が湧き上がるのを感じ、相手のまなざしにも同じ欲望が読み取れる。沈黙は私のしどろもどろのロシア語よりはるかに雄弁だ。「わたしもあなたが欲しい」と私たちの体が言う。

主人は大声を出すのに疲れている。彼女は聞く耳もたないのだ。同僚のウェイトレスが、たぶん主人に遣わされてやってきて、私たちのテーブルに坐ると、ふたりをしげしげと眺める。私たちは磁石がくっつき合ったみたいに目と目を見合せ、同僚が腰を下ろすとすぐ、その存在を忘れてしまう。彼女の感想は翻訳の必要がない。「やれやれ！」と立ち上がりながら言って、わざとらしく爪先立ちで去って行く。

「わたしはフィナフシャというの」とようやく若い女が言う、「よかったら、今晩わたしのところに泊っていいわ」。

私に断る理由はなく、彼女もそれを察して、笑みを浮べ、立ち上がると、落ち着いた、バランスのいい足取りでわめき屋の主人のもとに戻ってゆく。彼女がいなくなったこの短い時間のあいだに私は自分を取り戻す。あの娘はいったいなんなのだろう？　娼婦か？　もちろん、ちがう。見かけもちがうし、身ごなしもちがう。ではなにか？　彼女が戻ってくると、私は聞いてみる。

「私のことはだいたいわかったはずだね。じゃ、きみはどういう人なの？」

彼女は二十四歳、結婚して二年になる。一年前に子供を産んだが、赤ん坊は半年後に原因もわからぬまま死んでしまった。そう言うと、彼女はひどく動揺して、じっと両手を見つめたままになる。泣き出すのではないかと思ったが、気を取り直す。夫はよそのコルホーズで綿花の収穫をしていて、週末だけ帰ってくる。

「じゃ、今晩もし私がきみのところに泊ったら、人はなんと言うかな？」

「そんなこと、どうでもいいわ」

主人がまたわめく。彼女は立ち上がり、またあとで、昼時の仕事が終ったら、家に案内するから、そこで休めばいい、と言って立ち去る。

三カ月半禁欲してきた身にしてみれば、誘惑は抗《あらが》いがたく、娘はきれいだ。しかし、いまや彼女の衝動のわけがよくわかる。あの若い女は、赤ん坊が死んでから、すっかり混乱に陥っているのだ。こうして私の首に飛びついたのは、私が遠くから来た人間で、自分が囚われている世界から束の間抜け出せる手立てとなるからにほかならない。彼女の孤独と私の孤独が、ふたりを寄せ合せたのだ。けれど、その結果はどうなるだろう？　私にはよい思い出だ。彼女には、破局だ。それに、私は六十を過ぎ、彼女はあんまり若い。だめだ。彼女が戻ってきたときには、私の決心は固まっている。

「もう行かなくちゃ。先が長いんだよ」

エヴニーに手をかけると、彼女はどうしていいかわからないような目を投げてくる。私は自分が馬鹿で卑怯者のように思える。けれども、どうしようもない、私にはパリで待っている人がいるし、私は一度に何匹もの兎を追っかける男でもない。ただ、この日の景色はどんなだったかなどと聞かないでほしい。私にはなにも目に入らなかった。

サマルカンドの青い空　*16*

二〇〇〇年九月九日　キジルテパ　二千五百三十二キロ

押し問答

疲れ切った顔の警官が、「こっちへ来い」と手招きする。私は道路の反対側に行く。言葉を交わすまでもない。私はパスポートを取り出し、警官に差し出す。相手は自分のやっていることに意味も興味もないといったようすで機械的にページを繰ってから返してよこす。出発しようとすると、ボスが現れる。

「パスポート」

「いま見せたところですよ……」

「パスポート！」

私はやたらに権力を振りかざされるのが大嫌いだ。ブハラを発った一昨日は四回検問を受け、昨日は三回、今日は午前中だけでもう二回である。カメラをぶらさげた観光客を詰め込んだインツーリストのバスが、スピードを落しもせずに通過して行く。

「あの人たちは放っておくんですか？」

バスの観光客たちがガイドを兼ねた警官によって監視されていることは、相手のほうがよく知っているはずだ。彼がパスポートを返しかけたとき、ティーポットを前に木陰に坐っていたべつのボス、たぶんボスのボスが私たちを呼ぶ。立ちんぼボスがついてくるように言う。

「ニェット。いま二回も検査されたばかりです。もう十分だ」

立ちんぼボスは私を置いて、おすわりボスにパスポートを届けに行く。おすわりボスは蚤取り眼であら探しする。いうまでもなく、彼はこの作業に時間をかければかけるほど、自分の位の高さを見せつけられるのである。彼は顎で私にそばに来いと合図する。私は首を振って、いやだと答える。立ちんぼボスがこちらに戻ってくる。

「なんで言うとおりにしないんだ？」

「あなたがたは私のパスポートを二度も検査したばかりです。私は規定どおりなんです」

おすわりボスと私のあいだで、身振りによる意地の張り合いが始まった。私がとことん譲らない構えなので、相手は熱い空気を振り払うように手を振り、口をとんがらかす。そのどちらも解釈はたやすい——頑固者め、こっちには時間はたっぷりある、お手並み拝見といこうじゃないか。

私はその答として、大きな石に腰を下ろし、腕を組む。これも意味は明瞭だ——強情っ張りめ、こっちだって時間はたっぷりあるさ。

じっと黙っていることが究極の力になるのだと理解するには、彼はもう少し利口にならないといけない。一戦を交えたいという思いをこらえきれないうえに、自分の権力を見せつけたくて、彼のほうが沈黙を破る。

「あなたは道路の左側を歩いてましたが、それは禁止されておることで……」

私は跳び上がる。これがやつらの作戦だ！　やつらは規則違反をでっち上げて、私というカモから金を巻き上げようとしているのだ。

「嘘です。国際ルールでは、すべての単独歩行者は道路の左側を歩き、集団は右側を歩くべきことが規定されています」

こんなことは私はなにも知りはしないが、相手がでっち上げるのだから、こっちもでっち上げてやる。彼は一瞬驚きを表すが、降参はしない。

「ザックの中を見せてください」

「このザックは税関で検査を受けました。パスポートに検印があるでしょう。タシケントで出国のときにまた検査されるはずです。あなたがたは国境警察ではなくて、道路警察ですよ」

今度こそ、彼は私を刑務所送りにするだろう。いや、ちがった、彼は平静と威厳を取り繕おうとして、またもやパスポートを念入りに調べ上げ、突然こう叫ぶ。

「あなた、三八年一月生れじゃないですか、大統領と同じだ！」

それはそうなのかもしれない、私はただ聞いておくだけで、べつに気にもしない。だが、相手は面子を保つ手立てを見つけたのであり、そのでかい顔がぱっと輝く。

「カリモフ大統領と同じお年だ！」

大ニュースといえば、これぞ大ニュース！　そこでこちらも相手の手に乗る。

「じゃ、大統領も歩くんですか？」

でか面はいまや上機嫌だ。

「いや、大きな車だよ」

そして、パスポートを返してよこす。

私は出発し、内心、してやったりという気持だった……が百メートル先でまた検問に出くわす。私服の男とおしゃべりしていた警官が哨舎から飛び出てくる。

「パスポート！」

「たったいま、あなたのご同輩たちに見せたところですよ！　すべて規定どおりです」

相手はためらう。私服の男が見張小屋から出てきて、つべこべ言わさんぞという口調で同じことを言う。

「パスポート！」

三十歳、丸刈りの頭、ぱりっとした白シャツ、サングラス。見るからに、この男は自分自身に満足している。私は男を眺めまわす。ほんとうにもううんざりだ。

「あなた、警官ですか？　制服を着てませんね。私は警官にしかパスポートを見せません。身分証明書持ってますか？」

彼はシャツのポケットに手をもってゆくが、はたと思い直す。警官になりすましているか、私が役割を逆にしてしまったのが気に入らないかだ。最初に私を呼び止めた警官は、用心深く一歩後ろに退いている。制服を着た別のボスが現れるが、この男は気がいい。

「アメリカン？　アルマン〔ドイツ人〕？」

「ニェット、フランツーズ」

私は大声で、ただし自分のために、とにかく少しでも体を震わすような怒りを吐き出すためにフランス語でつけくわえる。「見せてやるよ、この大事な大事なパスポートをな、だけどウズベクの警官にはもううんざりだ」。こう宣言しながら、うんざりを表す万国共通の仕種をしてやる。それから私は「ニェット、ニェット・パスポート」と吐き出すように言い、エヴニーをつかむと、百メートル走でもするかのように歩き出す。

十五分後、自分を叱りとばす。無理やり通りぬけるのはまあいいだろう、しかし、あんまりそれをやってはいかんぞ。もしほんとに手ごわいやつに当たったら、後悔することになりかねないからな。そう思いながらも、今回もまた頑固に押し通してうまく行ったのがうれしくもある。

道の両側で、色濃く繁ったマルメロの木に、鮮やかな黄色をした果実がたわわに実っている。道々ずっと、畑と果樹園がつづいている。この地域は信じられないくらい豊かだ。ブハラやヒヴァのようなハーン国が、この地を手に入れようとし、争いが絶えなかったのもうなずける。

警官密度が異常に高いことをのぞけば、ブハラからサマルカンドまでの道のりは平穏に過ぎた。食堂の人たちには、私は突拍子もない狂信者のように見えるにちがいないが、たいていはその私に細々と気をつかってくれ、二回に一回は、名誉にかけてただで御馳走してくれるのだ。

やり手経営者

その宿は新築で、開業は一週間後である。みんな準備にかかりきりだ。主人のウトキット・タスヘンは満ち足りた男である。もとは農民だったが、利益は生産物から生れるのでなく、それに手を加えることによって生れることに気づいたのだという。そこでチーズ工場を始めたが、それは発展して、大きな利益をもたらした。その資金で缶詰工場をつくると、投資はたちまち倍になって返ってきた。今度はまたしても全資金を注ぎ込んで、独特なかたちのホテルに賭けたというわけだ。彼が「ホテル・キャンピング」と名づけた、キャラバンサライの現代版である。寝床と伝統的なレストランを提供するだけでなく、施設の一部として、給油や修理を行ない、部品も手に入るサービスステーションと、食料品の店も備えているのだ。場所は理想的で、ブハラとサマルカンドという二大観光地の中間にある。私たちは遅くまで話しこんだが、やがてウトキットが言う。「好きな部屋を使っていいよ。私はもう寝る。昨日は息子の結婚式で、客が昼に五百人、夜が八百人、もうくたくただよ」。

道の名あれこれ

予定ではブハラ―サマルカンド間に九日かけるつもりだった。ところが、早く片づけたくて、がむしゃらに歩いてしまう。目と鼻の先に迫った目的地に吸い寄せられて、私は飛ぶように歩く。「だれも待ってやしないんだ、ゆっくり行け」といくら自分に言い聞かせても、足が勝手に動いてしまう。

ときどき大きな標識が、この道が「オク・ヨル」、つまりコットンロードであることを告げる〔「オク・ヨル」は字義どおりには「白い道、明るい道」。転じて「道中ご無事で、楽しい旅を」という旅人への挨拶となる。「コットンロード」は著者の誤解または皮肉か〕。ウズベキスタンの農業の問題がここに集約されている。綿花はこの国にとって白い金のようなものだが、そのせいでこの国はいつ暴落するともしれない世界市場に左右される存在になっている。しかも、農地がまるごと綿花で占められているため、食糧生産の余地がなく、国家はさまざまなものを輸入に頼らざるをえない。そして、アラル海の涸渇に見られるように、環境の被害も相当なものである。コットンロードが栄える陰でシルクロードが忘れ去られる……。

私に先立ってこの道を行ったキャラバン隊員たちのことを思ってみる。最初期のキャラバンがここを通ったのは二千五百年以上前のことだ。アケメネス朝時代には、この道は金の道とよばれていた。交易は、バクトリアと中国のあいだの短い距離で行なわれた。その後、道は伸び、商品も多様になった。交易品はエメラルド、エジプトで大いに珍重されたラピスラズリ、中国産の翡翠、チベットの山岳地帯から運ばれた麝香《じゃこう》、シベリアからもたらされた毛皮、アラビアの香水、はるか遠くフィリピン原産の香料。それから絹が重きをなし、キャラバンはやがてこの高価な織物しか運ばなくなる。キャラバンの客は、はじめは信者たちを威圧することをねらった僧侶、つねに贅を尽くした旗を欲しがった軍人たちである。やがて伊達女たちがその後を引き継ぐ。いま私が歩いているブハラからサマルカンドにかけての「王の道」とよばれる道は、頭に運ばれて旅する思想が、宗教というかたちで行き交った道でもある。こうしてシルクロードは仏教の道となるが、その道は三九九年、中国の僧、法顕《ほっけん》が仏典を求めて中国から徒歩でインドに赴いたときに始まる。そのとき彼は六十歳だった。そして十二年後に帰国し、冒険を物語ることになる。その後、マニ教、ネストリウス派、さらにイスラムが、入れ替り立ち替り、この道ぞいに寺院を建設していった。

だんだん遊牧民に

ヌラバードでは、親切な食堂店主の夫婦が熱烈歓迎してくれ、食い切れないほどのご馳走を出してくれる。外のタフトで寝ようとすると、食堂の横のベッドのある小屋を使ってくれといわれる。近くの池で蚊がブンブンいっているので、言われたとおりにする。奥さんが、七時には必ず朝食用のしぼりたての牛乳を持ってきてあげます、と言い、そのすてきな約束を残して彼らは二キロ離れた家に帰って行く。私は小屋のなかに落ち着いた。戸が閉まらないが、かまうことはない。いつものように、ザックをベッドのそばに置き、ナイフと懐中電灯を取り出して、枕の下にしまい、眠りにつこうとする。うまくいかない。目的地に近づいたために興奮し、なかなか寝つけないのだ。だが、それでよかった。窓の外を身を屈めた人影が通るのが見えたのだ。もうひとり後に続く。二人目は街灯の明りでだれかわかる。さっきおしゃべりをしにきて、私に旅物語をやらせた子供だ。私は起き上がる。そろそろと戸が押し開けられてゆく。人影がひとつ滑り込み、もうひとつが続く。私はちょっと待ってから懐中電灯をつける。ふたりのチビ悪党は、男が突っ立って、それもなんと素っ裸で、一方の手で懐中電灯を突きつけ、もう一方の手にはナイフを握っているのを目にする。ふたりはまるで幽霊を見たかのようだ。ふたりそろって、罠にかかった鼠のような細い押し殺した叫びを洩らし、脱兎のごとく逃げて行く。開いたままの戸からのぞいたときには、もう遠くまで逃げていて、まだ走っている。

翌朝はとても早く、牛乳と朝食には早すぎる時間に出発する。靴底に火がついたかのようだ。十時ごろ、今年の旅程で最後から二番目になる食堂に歩を止める。そこでこの旅行で会ったなかでもとりわけ感じのいい夫婦に出会った。私に気づくなり離れたところから迎えに出てきたマクシムは、糸のような目に突き出た頬骨というモンゴル系らしい顔をした小柄な男である。身長は一メートル六十センチくらいで、丈と同じくらい幅がある。豆力士という感じだ。白い折り返しのついた小さな黒い帽子をかぶり、笑うと耳から耳まで裂け目ができる。さあお坐りください、いま朝飯をこしらえてあげますからね、と言う。私はこの一週間、体も洗っていなければ髭も剃っていない。だんだん遊牧民のように、いっとき身を置いた場所を自分の家のように考える習性が身についてきている。というわけで、私は中庭で上半身裸になり、水浴びしようとする。イーラはそれを見て、急いで湯の入ったたらいを持ってきてくれる。彼女は夫がどっしりしているのと対照的にほっそりしていて、明らかにロシア人の血を引いている。前歯のあいだにすきまがあり――フランスで「幸運の歯」というやつだ――、子供のような笑顔は伸び盛りの少女を思わせる。私はこの夫婦にひと目ぼれし、彼らのほうでも同じ思いを抱いたことは明らかだ。イーラはテーブルいっぱいに料理を並べながら、「歩く人はたんと食べなくちゃいけませんよ」と決めつける。彼女は私が食べ切れないのはわかっているのだが、それでもつぎからつぎに料理を運んでくる。最後にロシアのウォッカがいいかウズベクのウォッカがいいかと聞いてくる。どちらもいらないという私は、ほんとうにけったいなやつである。出発のとき、マクシムは私を抱き締め、私がイーラの頬にキスすると、彼女は顔を赤らめる。もちろん彼らはこの豪勢な「朝飯」に一銭も金を受け取ろうとしない。

キノコ塔の出迎え

昼の食事代も払わずにすんでしまう。そのうえ、親切な食堂の主人は道端の売り子から買った西瓜もくれる。サマルカンドに近づくと、メロン売りが何キロにもわたって並んでいる。緑色の、黄色いの、縞模様の、丸いの、長いの、大きいの、ときにはフランスのようなごく小さいの。驚いたことに、あたりに草が生えている。やや赤茶けてはいるものの、たしかに草だ。二千五百キロ近くにわたってこんな草を見ていなかった私は、そばに行って感触を確かめたくなる……。草の上に行ってごろんと横になる。けれど、じっとしていられない。サマルカンド、サマルカンド……。そわそわして落ち着いていられない。

今日、九月十三日、十七時三十分、アスファルトを見つめながらせかせかと歩いていた私はふと目を上げた。ウズベキスタンの国章の色に塗った巨大なマカロンをのせた、給水塔くらいの高さのキノコのようなコンクリートの塔が、道路わきから私を見下ろしている。そこには大文字でSAMARQANDと大書してある。足から力が抜け、エヴニーから手を放して、車道わきのコンクリートの歩道に坐り込む。ドウバヤズトを出発してから四カ月、ちょうど百二十日だ。二千七百四十五キロ……。

やった。やった……。私は機械的にそう繰り返すが、信じられないような気持だ。そんなはずない。これじゃ簡単すぎだ。だが、この長い道のりに、蟻のような歩みをいったい何歩きざんだことだろう？　目がまわるようだ。この瞬間を永遠に残したくなり、自転車で通りかかった人に、サマルカンドに入ったことを告げるキノコ塔をバックにして写真を撮ってくれるよう頼む。彼はいったん承知するが、あわててカメラを返してよこす。「警察だ」と言って、自転車に飛び乗る。たしかに塔の足下に駐在所があり、警官たちが車を止めている。ほかの通行人に頼むが、やっと四人目の若者が、ほかの人たちより恐怖心が薄いか、ぼっとしたたちなのだろうが、私の勝利の証拠をフィルムに焼きつけることを引き受けてくれる。彼はなんでこんな写真を撮りたいのかがよくわからない。「やったんだ、私はやったんだよ」と大声で叫び、両手をVの字に挙げて見せても、彼は気違いを相手にしていると思い込んで去って行く。

暗くなりかけたころ、私は大きな町に入った。変装ごっこをしている子供たちに呼びとめられる。いちばん大きな子が近くのホテルを知ってるだろうか？　感動のあまり疲れ果て、すぐにでも眠りたい。「あんたについていってもいいか、家に帰って聞いてくる」と別の子が言う、「ニェダリェコー、家はすぐそこだよ」。子供たちは喜び勇んで戻ってくると、いままで会った子供たちがみんなそうであったように、エヴニーに夢中になり、われがちにそれを引こうとする。私は気前よく、子供たちにエヴニーを引くという特別の名誉を授ける。ホテルに着くと、わが道連れの荷車エヴニーからザックを取り出すあいだ、子供たちにしっかり支えているように言っておく。

「これはどこに置いとけばいい？」

「好きなところに置けばいい。きみたちにあげるよ」

「えっ？……ほんとに？」

この日の夜、中央アジアのどこを探しても、彼ら以上に幸福な子供たちはいなかったろうと思う。私はザックをつかみ、肩にかける。玄関番がドアを開ける。

着いた。

総決算

ウズベク文化に熱中している人たちがやっている「ティムリード」というフランスの組織を通

じて、私はムニハ・ヴァヒドヴァの住所を知らされていた。彼女はてきぱきとした、進んで人助けをしようとする女性で、私の当面の問題は彼女の仲介のおかげですべて解決した。私はチュクロフ家の美しい伝統的な家に落ち着く。父親は有名な文芸批評家だった。いまは未亡人がこの大きな家で息子のファルーフとその妻子とともに暮している。ここ以上にいまの私の願いにかなう場所は考えられない。休息をとること、この数日間私をとらえていた興奮をしずめること、出発してから十二キロ落ちた肉のいくぶんかを取り戻すこと、それが願いなのだ。女主人と嫁は、想像力を競い合って「千夜一夜物語」に出てくるような食事をこしらえてくれ、それを中庭の真っ黒な房をたらした葡萄棚の日陰で味わう。小さな植え込みのなかのマルメロの木から、ときおり熟れた大きな実が落ち、地面にぶつかる鈍い音が聞える。町の見物は後回しにしよう。夕方になると涼をよぶために水のまかれるテラスで、私は満足感にひたりながらのんびりと時を過す。

二日間、眠り続ける。ベッドから食卓に行き、食卓からベッドに戻るだけだ。蓄積された疲労がのしかかり、ぐったりしてしまった。ふたたび毎日シャワーを浴びられるようになったのが気持よく、道々ためこんだ垢がまるごと皮膚にこびりついたままだとでもいうように、徹底的に体を磨き上げる。この安らかな二日間で、総決算もしてみるが、全体としてみればうまくいったといえる。まず、自分自身危ぶんではいたが、私は賭けに勝った。エルズルムからのバスを降りたときには、成功は覚束なかったのだ。つぎに、旅を終えようとしている私は、たしかに痩せはしたが、この二本の足で立っており、去年のように担架で運ばれるようなざまにはならなかった。

ちょっと心配になることはいくつかある。何百万歩も歩いたせいで足の爪が真っ黒になり、剝げ落ちてしまいそうだ。だが、それは副次的なことだ。顔が日に焼かれ、皮膚がひりひりする。これもやはり副次的なこと。ノルマンディーの穏やかな気候が癒してくれるだろう。一方、安静時の脈拍は毎分五十二回だ。りっぱな成績である。

そのほかのことでは、出会いを求めてやまない私の願いがかなって、たくさんのすばらしく素敵な出会いに恵まれた。出会うことのできたあの顔、この顔であふれんばかりの私の記憶のなかに、たくさんの名前が浮んでくる。そのなかにはつい先日出会ったイーラとマクシムの名もあり、とりわけ大切なわが友、弟と妹のようなモニールとメフディーの名もある。そして、なにより特筆すべきは、出発のときこの身をすくみあがらせていたあの手に負えない恐怖心を克服できたことである。

変らぬものと変るもの

前にも言ったように、この町は私が本を読むようになって以来、頭のなかでずっとその名をささやきつづけてきたところだ。ここは想像にたがわない魅惑的な町だろうか？　ムニハ——またもや彼女——は、自分の教え子で英語の講師をしている女性に引き合せてくれた。二十四歳のフィルーザ（トルコ石の意——イランではフィールーゼ）が、自分の教える言語の実地練習もかねて、私の町見物の案内役を買って出てくれたのだ。徒歩やバスでサマルカンドをまわりながら、彼女は自分のことやウズベキスタンの若者たちのことを話してくれる。フィルーザは長女で、弟一人に妹が二人いる。二年前のある晩、両親が彼女に話があると告げた。「おまえは二十二になるけど、いつまでたっても恋人を紹介してくれなかったね。近所の人たちはなんやかやと言ってるよ。おまえが結婚しないと、妹たちも結婚できないことはわかってるだろ。それで、わたしたちがおまえをほしいっていう人を見つけてやった。やさしくて、働き者で、煙草も吸わない人だよ！つまりは願ってもない相手さ。結婚式は来週の土曜日だ。その人はたったひとつしか条件を出さなかった。おまえはいつもズボンだけど、ズボンをはくのはやめてほしいってことさ。わたしたちは、そうさせますって約束したよ」

「断らなかったの？」

「無理です。わたしたちの社会では、年の順に結婚するんです。妹たちに独身生活を強いるわけにはいきませんでした。二十五歳になっても結婚していない女性は、オールドミスと見なされます。だれも結婚しようと言ってくれなかったのは、なにか怪しいところがあるからだ、ということになります。それでまた家族全体の問題になるんです。長女が結婚しないのは、家族の血に欠陥があるからだってね」

これとおなじことは、後でファルーフからも聞いた。

「でも、女なり男なりが縁談を断って、ほかの人と結婚しようとしたら？」

「結婚式ができません。この国では、それは破局を意味します。結婚式を通して社会的な公認を受けるんですから」

ちょうどつぎの日の夜、私はチュクロフ家が招待されていた結婚式に行ってみないかと誘われた。式には七百人もの客がよばれていて、なにもかも私が前に見た結婚式とそっくりに行なわれる。ここでは、民族を重視することが大事である。ウズベク人の男性がロシア人の女性と結婚することはあるが、その逆は考えられない。たいていは、タジク人男性はタジク人女性と、ウズベク人男性はウズベク人女性と結婚する。他の氏族の相手との結婚は避けられ、そうした氏族は民族それぞれにたくさんある。その一方で、結婚相手の教養の程度は問題にされない。大学卒のフィルーザは、ガソリンスタンドの給油係をしている青年との結婚を押しつけられたのである。

この国は変化の渦中にある。ロシア人は国外に移住している。彼らは、開拓者としてこの地にやってきた時代、そして彼らの言語が――そのアルファベットさえもが――彼らの優位性を明らかにしていた時代に享受していた支配的な地位を失ったことが受け入れがたいのである。ロシア語はなおも民族間の主要な共通言語であるとはいえ、いまや公式言語はウズベク語なのだ。二〇〇五年から、経営者はウズベク語を自由に話せない従業員を解雇できるようになる。宗教はというと、往時の繁栄ぶりをいくらか取り戻してはいるが、厳しい監視を受けている。そして体制側は警戒をゆるめそうにもない。というのは、アフガニスタンで訓練を受けたタリバンがこの国に入り込み、昨年タシケントでテロ事件を起こしたからである。テレビは、タジキスタンとの国境で軍がゲリラ的な小集団に対して行なった戦闘の模様を定期的に映し出し、よく考えるようにうながしている。

名所めぐり

この国の人々にかかわるこうした問題は、年経た石の建築よりも興味をそそるが、私はサマルカンドを見にきたのだから、サマルカンドを見物することにする。そこでまず、レギスタン広場と、それを取り囲む三つの「マドラサ」（神学校）。そのひとつは六百年前に建てられたウルグ・ベク・マドラサで、ティムールの孫で君主となったウルグ・ベクの建てたマドラサの三番目にあたる。最初のはブハラにある。二番目は私のルート上のギジュドゥヴァンにあり、先を急いではいたが、それを見るために寄り道した。ウルグ・ベクは詩人、数学者、天文学者でもあり、サマルカンドに大規模な天文台を建設して、新しい星を発見し、一年の長さを秒単位の誤差で計算した。しかし、彼の学説は当時としては革新的すぎ、イスラムの神学者たちはウルグ・ベクが教義を揺るがすのではないかと恐れを抱いた。彼らは計略巧みにウルグ・ベクをその息子に逮捕させ、冷酷至極にも、その首を切り落とさせた。レギスタン広場に面したほかの二つのマドラサは、ウルグ・ベク・マドラサの巧みな複製だ。というわけで、レギスタン広場は修復され、見事ではある……けれども空虚なのだ。真新しいモザイクが三つのマドラサの崇高なファサードをおおいつくし、観光客が飽きることなくカメラをパチパチやっている。中では、ドルを持った旅行者を狙って絨毯売りが待伏せしている。後になって、私はこの広場に小さな店がひしめく様子を写した二十世紀初頭の写真を見つけたが、そのころは雑多な群衆や、馬に乗って群衆をかきわける男たちでにぎやかだったことだろう。かつてここは生気にあふれていたのだ。

このあと私のすてきなガイドは、歴史上「びっこの悪魔」とあだ名された征服者ティムールの墓があるグリ・アミール廟に案内してくれた。アジアの全域を恐怖に陥れ、手中に収めたこの残忍な戦争指導者、現在では国父と仰がれるティムールは、二人の息子とウルグ・ベクをふくむ三人の孫とともにここに葬られている。青いドームの下、金箔に飾られた霊廟の中央に族長の墓はある。暗緑色の玉《ぎょく》の大きなブロックである。それはあまりに稀有な石であったから、一七四〇年に別の征服者、ペルシャのナーディル・シャーが持ち去った。しかし、石にひびが入り、それと同時にナーディル・シャーはつぎつぎに難局に襲われたが、その最大のものは息子が病のために死に瀕したことである。近臣たちが不吉な玉を返すように迫り、シャーがそのとおりにすると、奇跡が起こり、息子は快癒した。ティムール・ラング〔びっこのティムール〕、またの名タメルランは、不幸をもたらすのだろうか？　一九四一年にはロシア人の人類学者ミハイル・ゲラシモフが、墓碑に「わが墓をあばく者、われより恐ろしき敵の餌食とならん」と刻まれていたのをものともせず、墓を開いてこの大男（一メートル七十センチあり、当時としては大きい）の骸骨を掘り出した。この冒瀆《ぼうとく》行為の直後、ヒトラーがロシアに侵攻した。「だから言わんこっちゃなかったんだ」、残忍なモンゴル人の予言を信ずる子孫たちはゲラシモフのことになると、こう言うようになる。

あと見るべきものは――といっても、私が見捨てられたキャラバンサライ以外の建物見物にあまりそそられないことはすでにおわかりと思うが――サマルカンドに残る第三の驚異の建築、ビビ・ハニム・モスクである。ビビ・ハニムはティムールの妃である。ティムールが軍を率いてインド遠征に赴くと、彼の愛する妃は夫にびっくりするような贈物をしようと思い、かつて見たこともない壮大なモスクの建造を命じる。それは珠玉の都市にそびえる珠玉の建築になるはずであった。もくろみは成功し、その建物は大きさにおいても、建築技法上の斬新さにおいても、それまでのものすべてを凌駕した。ところが、それがかえってあだとなり、あまりに大胆な造りをした円天井が後の地震のために崩落することになった。建造にあたった建築家は、向こう見ずの極みを冒したために高価な代償を払わされ、そのさまを目にするいとまもなかった。彼は工事を進めるうちにビビ・ハニムに恋い焦がれてしまい、接吻を許してくれなければ建築を完成させないと告げたのだ。凱旋したティムールは、あっさりとこの建築家を斬首に処し、今後は女が心弱き男どもの気をそそらぬよう、その美貌をスカーフで隠すべしと決めた。六世紀の後、傷みの激しい大伽藍は完全に崩壊しかけるが、女たちはスカーフをかぶったままである。

このモスクはユネスコの強い後押しを受けて、再建をほぼ終えようとしている。私たちが訪れたときには、仕上げにかかっていた正面入口に、煉瓦壁のかわりとなり、将来の地震にも耐え得るはずの鉄筋コンクリートのアーチがまだ見えていた。私は急いでモスク見物を済ませた。というのは、すぐ近くに、この町のなかでも私をあれほど憧れさせたものをついに見つけたからだ。サマルカンドのバザールである。

バザールの陶酔

タシケントへ、そしてそこからパリへと戻る前に残された時間のすべてをこのバザールで過すことになった。なぜなら、ビビ・ハニム・モスクの青いモザイクを間近に仰ぎ見るここそ、サマルカンドの命が千年のあいだ鼓動を打ち続けてきた場所なのだ。共産主義の七十年間でさえ途切れさせることのできなかった鼓動である。それだけでどんなにすごいところかがわかる。私はひとつの町といっていいバザールを縦横無尽に歩き回ったが、その驚くべき光景は見飽きることがない。この三日間、その色彩、匂い、喧騒をとらえるには、目と鼻と耳がいくらあっても足りないのだった。

東洋のバザールがどこもそうであるように、ここでも店は専門ごとにまとまっている。香辛料、穀物、野菜、新鮮な果物、砂糖、乾燥果実、農具、家庭用品、絨毯、宗教用品、衣料品……。バザールはひとつでなく、十、いや百のバザールが集まっているのだ。そのうえ、伝統的な衣服や紐を売る行商人もいれば、焼きたてのサムサの売り子もいる。船の舳先が波を立てて水面を切り裂き、通り過ぎるとまたもとに戻るように、店員たちが服や金属製品や食料品を山と積んだ荷車を通すために人の群をかきわけて道を開いて行く……。

いたるところ色彩が炸裂する。それはモスクのモザイクのように鮮やかで、アーケードの下に黒い影を投げる太陽の光で輝いている。ピーマンやトマトや茄子が、それを売る農婦たちの優雅なワンピースや色とりどりのスカーフを染め上げたかのようだ。豆をいっぱいに詰めた大きな南京袋の向うに、縞模様の「ヤクタク」を着て虹色の帯を締めた乾物屋たちの赤ら顔が並んでいる。台の上に小さなピラミッドの形にきれいに積まれた香辛料は、過剰や途方もなさが当り前のようなこの市場にあって、濃厚な香りで量の少なさの埋め合せをしている。天パンに並べたサムサが絶えず焼かれている窯からは、炎の赤い舌がはみ出る。炎熱地獄の赤い口にかがみこんだ若い職人の顔は、客の老人たちの日に焼けた顔のように赤銅色をしているが、まだらのターバンを巻いた老人たちの顔は、ハッジにふさわしいまっ白な顎鬚で明るく輝いている。女たちがやっている売場では、笑顔に金歯がちりばめられる。焼けつくような日射しのもと、白さそのものも色に染まる――たとえば、台とその上の大切な売物を日光から守るために張られた大きな覆い、信心深い女たちが無造作に頭にかぶり、カラフルなワンピースをまとった肩に垂れるスカーフ。私は地面に山と積まれた花や野菜から噴き出す色彩にかこまれ、うごめく雑踏のなかを人の流れに身をまかせて漂いながら、この生きたパレットの千もの色、無限のニュアンスをとらえようと目を凝らし続ける。

陶然となった私は、この色彩の海から湧き上がる声を聞き分けようとするが、無駄である。中央アジアでは三十の言語が使われているが、そのすべてがこの広場で話されているのだ。タジク人、ウズベク人、ロシア人、イラン人、トルコ人、アフガン人、キルギス人、そのみんなが叫び声をあげ、声をかけ合って挨拶し、口論し、客引きをしている。それは地鳴りのようにくぐもったどよめきで、人込みをかきわけようとする荷車引きの鋭い叫びをまじえながら地の底から湧き出してくるのだ。露店商人たちは売物を差し出して、売り値を繰り返している。驢馬が一頭、どこかで、ながいこと怯えた鳴き声をあげている。それよりずっとひっそりした、札を数えるかさかさいう音も聞え、札束はひとつの手から別の手に手品のように渡されていく。警官が、なんの罪で調書を取ろうというのか、一人の女を交番のほうに押して行き、女は警官に向かってわめき立てている。乞食が手を伸ばして物乞いしているアーケードの入口を入ると、男たちが食べ物と、ぶつかり合って音をたてるグラスをいっぱいにのせたテーブルを前に、何リットルも注がれる茶の甘い香りに包まれて商談をしている。あちらでもこちらでも、値切り、笑い、叫び、唾を吐いている。農婦が穀物の粒を少し失敬しようとやってきた大胆な鳩を追っ払おうと、甲高い声をあげ、その罵り声が肉を貫く矢のように喧騒に突き刺さる。

しかし、そんなこんなも、もし何へクタールにも広がる人の海に漂い、人を酔わせる匂い、香り、芳香、悪臭がなければ、なにほどのこともない。頭がくらくらしてくるようなのは、もちろん香辛料市場、いちばん刺激が強いのは、道端で何千本ものシャシリクを脂の落ちた炭火にのせて焼き、焦げた脂の匂いをまき散らしているところだ。もっと繊細な香りは果物市場から立ち昇り、もっと重い香りは花の市場、もっとやさしい香りは氷砂糖のかたまりを大理石のテーブルにのせてハンマーで叩き割っている店のあたりに漂う。チーズ市場では、白くて、ビー玉のように硬く丸い山羊のチーズの小さな球からほのかな香りが広がるが、それを圧倒するのは、どっしりしたおばさんたちが蝿取り紙で守る乳清に浸かった「チャッカ」とか「ブリンザ」というフレッシュチーズの酸っぱい匂いである。

私は見知らぬ品々、不思議な品々をこれでもかというまで目にし、ざわめきに満ちた、色鮮やかな、匂いたつ世界に酔いしれる。これはぜひ知ってもらいたいことだが、サマルカンドへは、秋にそこで手に入る果物を食べたいというだけでも旅するだけのことはある。イチジク、西瓜、葡萄の汁気たっぷりなことといったら、ほかのなにものにも比べがたい。けれども、私はバザールではそうした果物に手を出さない。私が果物に目がないことをすぐに見抜いたチュクロフ家の人々が食卓にのぼせてくれることはわかっているからだ。粉をふいた青い小粒の干葡萄と「ドナク」――アンズの仁に塩をまぶしたもの――をポケットいっぱいに詰め込んで、それをつまみながらバザールの通り道を歩きまわる。感動を求めるのに疲れ果て、腹が減って、もっと実のあるものを食べたくなると、サムサの窯のあるほうに行くか、トマトと生の玉葱を添えて出されるシャシリクを焼いている「カヌーン」のもうもうたる煙に向かって行く。

夜になると、歩きの一日より疲れて、泊めてもらっている家に帰る。さまざまな香りにひたされ、目には数え切れない映像が焼きつけられ、心は満ち足りている。これほどまでに胸躍り、これほどまでに夢中になれる目的地は夢にも思い描けなかった。サマルカンド、おまえはまだギリシャ人にマラカンダとよばれていた遠い昔から変っていない。荒っぽい兵隊どもの軍靴に踏みにじられたり、宗教に痛い目に合ったり、ロシアに――ついでソ連に――占領されたりと、栄枯盛衰はあったけれども、おまえは商人気質を、交換への渇望を守り通してきた。おまえをシルクロードでもっとも栄えた中心地のひとつたらしめた稀有な商才を保ち続けてきた。この二千年、服装も言葉も、商品も、なにひとつ変っていない。

旅とは？

こうしたイメージは、にわかに私を離れようとはしない。十カ月もしないうちに、まさにこのバザールからまた出発しようとするまで、それは私の夢の糧となるだろう。二〇〇一年、サマルカンドはそんなことにはまるで無関心だろうが、新しい千年紀の初めの年、私のルートの中間点であるここから新しい行程に挑み、二千六百キロの先につぎなる伝説的な宿駅、中国は新疆《しんきょう》、トルファンのオアシスに至るはずだ。

それは忘れがたい旅となるはずだし、おそらく今年の旅ほど安穏にはゆかないだろう。もちろん、ウイグル語で「入り込んだ者は帰ってこられない」という意味の名を持つ有名なタクラマカン砂漠をはじめとして、また砂漠がある。だが、なによりもしょっぱなから、激しい内戦が続き、ネオコミュニスト政権がゲリラとの戦いでにっちもさっちも行かなくなったタジキスタンを通らねばならないのだ。旧ソ連領トルキスタンの国境線はじつに不合理なもので、私がタジキスタンを三百キロ歩かなければいけないのは、ウズベキスタンから……ウズベキスタンに行くためだ。その後、伝説に満ちた、豊かなフェルガナ盆地に入るが、そこは美しい馬を産したところで、悪賢い中国の皇帝が軍隊を差し向けてその馬を奪ったのである。つぎはパミール高原の登りで、標高四千メートル付近で中国国境を越える。そこからは、その名だけで冒険家たちの血を沸き立たせるカシュガルに向かって下降する。

こうしたことを考えると、すぐにもまた出発したくなる。帰国したらすぐにつぎの行程の準備にかからねばならないだろう。私は「行き当たりばったり」にはやらないことにしている。私にとって、旅とは書物にも旅行ガイドブックにも載っていないものを発見することだが、すべて読んでから出発するのだ。じゃ、発見するってなにを発見するんだい？　読者はそう尋ねることだろう。まさにそれが、私にもわからないことなのだ。それはこういうことだ。まったく思いもかけないときに、ほとんどいそうもない人に出会う、そんなことがあると想像すらできなかったのに、田園の片隅の単純きわまりない調和に息をのむ、またあるいは、それまでそんなことをやったり、考えたりすることなど思いもよらなかったことをやったり、考えたりしている自分にふと気がつく。

旅は人をつくる、と言いならわされている。だが、もし旅が人をつくることに満足せず、人を変えてしまうとしたら？

今回の道は、いままで知らなかったことをなにか私に教えただろうか？　それはよくわからない、私は頑固な愚か者なのだ。六千キロ歩いた後でも、この冒険、この狂気の沙汰をなんでやっているのか、自分でもはっきりさせられない。せいぜい言えるのは、たぶんノルマンディーの私の村から近代的な巨大都市を経てアジアの砂漠へと旅に旅を重ね、自分が世界市民になったと納得できるようにするためかもしれない。地平線のはるかかなたへと続く道は、私をからかっているように見える。私は道にいいように操られているのだろうか？ そうかもしれない。だが、そんなことはどうでもいいと私は言いたい。いまでは、道と私とは長いつきあいだ。別れることなど考えられない。私たちはまだ道の半ばではないか！ 友人たちはこう言って冷やかしつづけるだろう。あいつは歩きに歩いているのに、いまだにその理由がわからないんだとさ！ 私は彼らへの答として、ますます頻繁に頭に浮ぶようになったことを馬鹿正直に言うことはすまい——彼らは生きに生きているのに、あんまり前に進んではいない。私のいとしい愛人、古い愛人である道は、私を裏切ったりするだろうか？ それもたいしたことではない。道はそこを歩く私に、おそらくどんな富にも負けない贈物をくれた。続けたいという気持にさせてくれたのだ。そればかりか、肉体がとことん酷使されることによって乗り越えられ、ついに思考を自由に羽ばたかせるとき、神的なものに触れたいという思いにさせてくれた。私はさらに二千六百キロと四カ月のあいだ、息をするように夢を見たい……。もっと先に行き、もっと身をそぎ落し、このささやかな荷をもっと軽くする。心の準備を済ませ、悟りの境地で死を迎えられるときまで。

訳者あとがき

本書は、トルコのイスタンブルから中国の西安まで、一万二千キロにおよぶシルクロードをたったひとりで歩きとおしたベルナール・オリヴィエの旅行記『ロング・マルシュ』全三巻のうち、第二巻に当たる『サマルカンドへ』の全訳である（Bernard Ollivier, *Vers Samarcande, Longue marche II*, Phébus, Paris, 2001）。

著者は全行程を四つに分け、一九九九年から二〇〇二年までの四年をかけて、年齢でいえば六十一歳から六十四歳にかけて、毎年三千キロほどを歩いた。本書は二年目の二〇〇〇年、トルコ東端から出発し、イランを横断してトルクメニスタンを通り、ウズベキスタンのサマルカンドに至るまでの旅の記録である。できれば第一巻の『ロング・マルシュ　長く歩く――アナトリア横断』（藤原書店、二〇一三年）を読んでからのほうが、前後の脈絡がよくわかり、本書をより楽しめると思うが、それは必須条件ではない。いきなりこの第二巻から読んでも、少しもかまわない。（第一巻を読まれ、続編を待たれていた読者の方々には、刊行が大変に遅れたことをお詫びします。）

四年間の旅の行程は以下のとおりである（巻頭の地図参照）。

一九九九年——トルコ西端のイスタンブルを出発し、トルコ内陸部を横断。すばらしい出会いもあり、恐怖に震えることもあった旅だが、イラン国境を目前にしたところで病に倒れ、旅の中断を余儀なくされる。この年の目的地はイランのテヘランだった。

二〇〇〇年——前年に旅を中断した地点（トルコ東端の路上）から歩き始めてイランに入り、タブリーズ、テヘラン、マシュハドを経由した後、トルクメニスタンに入国。酷暑のなか、砂漠を歩き、ウズベキスタンへ。ブハラを経て、少年時代からの憧れの都、サマルカンドに至る。

二〇〇一年——サマルカンドを出発し、ウズベキスタン東北部、ついでキルギスタンを通って、中国のカシュガルに達する。タリム盆地の北縁と天山山脈南麓のあいだを縫う天山南路をたどった後、トルファンに至る。

二〇〇二年——トルファンを発し、天山北路から河西回廊にかけてのハミ、玉門、蘭州などを経て、最終目的地の西安に至る。

はじめの二年の旅は、旅の翌年に旅行記が刊行されたが、二〇〇一年と二〇〇二年の旅は『ロング・マルシュ』第三巻として一冊にまとめられ、『ステップの風』という題のもと、二〇〇三年に出版された。著者はめでたく西安に到着し、第一巻の発売以来、型破りの旅行記として予想外の成功を収めてきた『ロング・マルシュ』もこれで完結した。

いや、今日からは、完結したはずだった、といわなければならない。なぜなら、奇しくも今この「あとがき」を書いている二〇一六年五月十一日に、フランスの書店では『ロング・マルシュ　完結編』が発売されているはずだからである。冒頭に『ロング・マルシュ』全三巻と書いたが、これも全四巻と正さねばならない。いったいどういうことだろうか。それを説明する前に、著者がこの長い長い道のりを歩くに至った経緯をかいつまんで述べておくほうが理解がたやすくなるだろう。

＊

＊

一九三八年、フランス北部ノルマンディー地方の貧しい家に生まれたベルナール・オリヴィエは、努力の末にジャーナリストとなり、よき妻と二人の息子に囲まれて充実した生活を送っていた。ところが、著者が五十一歳のとき、二十五年間連れ添った妻が死んだ。心臓発作でパリの路上に倒れ、一カ月の昏睡状態の後、著者の誕生日に亡くなったのだという。著者はその死を受け入れることができず、仕事に打ち込むことでやりすごしていたが、心の空洞が埋まらないまま退職の日を迎える。息子たちはすでに自立して家を離れていた。やりたいこともなく、なんの希望も持てない孤独な年金生活。落ち込みは激しく、自殺を考える。だが、うまくゆかなかった。それで、逃げることにした。パリの家から重いザックを背負って二千三百キロ、スペイン西端のキリスト教の聖地サンティアゴ・デ・コンポステラに通ずる巡礼の道を歩いたのだ。

歩きに歩くうちに気がついた。自分は思っていたような老いぼれじゃない。歩きの幸福に酔い、生きる意欲がもどってきた。歩くことの治癒力は、どんな抗鬱剤にもまさるのだ。

こうして歩くことによって救われた著者は、自分と同じように希望を失って非行に走った若者たちを、歩くことによって立ち直らせる活動をしようと決意する。同時に、今後も歴史に彩られた長い道を歩き続けようと心に決めた。そして、翌年には一万二千キロのシルクロードに旅立った。その旅を綴った本は意外にもよく売れて、多くの収入をもたらし、困難に陥った若者たちに手を差し伸べるために、「スイユ」(「入口」の意)という組織を設立することができた。

『ロング・マルシュ』がいちおうの完結を見てからも、著者は小説・エッセーなどの執筆に精力的に取り組み、現在までに十二冊の本を上梓《じょうし》している。そのうちの一冊に二〇〇九年刊行の『ロワール川の冒険』がある。七十歳になった著者がひとりカヌーでフランス最長の川を下ったときの記録だ。この川旅でも著者はトルコやイランでしばしばそうしたように、行く先々の土地の人の家に泊めてもらう(トルコやイランでのように行き当たりばったりではなく、「知り合いの知り合いの……」という伝手《つて》を頼ってだが)。

泊めてくれた人のなかにベネディクトという女性がいた。著者は彼女ととてもウマが合い、初めて会った気がしなかった。こうして知り合った二人は、やがて一緒に暮らしはじめる。YouTubeで見られるインタビューのなかで七十五歳の著者は言っている。「生涯で二人のすばらしい女性に出会いました。私はほんとに運がいいんです。まず妻です。……それからベネディクトに出会いました。四年前から一緒に暮らしていますが、四年間で一度も喧嘩したことがないんですよ。ほんとにうまく行っていて、もう言うことなしです」。自分より相当に年下のパートナーについてこう語る著者は、彼女のことになると自然と頬がゆるんでしまうようだ。

なぜこんなことを書いたかというと、このベネディクトがめぐりめぐって『ロング・マルシュ　完結編』の仕掛人になったからだ。ある日、ベネディクトが言った。

「シルクロードの旅はどうしてフランスから出発しなかったの？」

「えっ、一万二千キロじゃ足りないとでも言うのかい。……まあ、リヨンから出発してもよかったけれど。世界的な絹織物の産地だったからね」

「じゃあ、リヨンからイスタンブルまで歩いてシルクロードを完結させれば？」

「おいおい、私は七十五歳のじいさんだよ」

「きっとすばらしい旅になるわ……。なにしろ私も一緒に行くんだし」

著者は逡巡したが、結局は長い歩きの旅の誘惑が勝った。二〇一三年、ふたりはリヨンからイタリアのヴェローナまで歩き、翌二〇一四年、ヴェローナからイスタンブルまで歩きとおした。合せて三千キロ。そして二〇一六年五月に『ロング・マルシュ　完結編』刊行。それは道の歴史に思いを馳《は》せ、バルカン半島の戦争の傷跡に触れる旅であると同時に、愛の物語でもあるようである。著者七十八歳。イランで自らに冠した称号を使えば、「歩きのアヤトラ」たるベルナール・オリヴィエの真骨頂といえよう。

＊　＊

さて、本書の旅はまずイランを西から東へと横断し、一九七九年のイスラム革命以来、チャドルをまとって外部の眼を遮断してしまったかのようなこの大国の内情を伝えてくれる。そもそもわたしたちは、正倉院にもたらされたペルシャのガラス器に憧れても、現在のイランやイラン人については、ほとんどなにも知らないというのが実情ではないだろうか。そこで、本書を読むうえでも役に立ちそうな基本的な事実を二、三記しておきたい。

まず地理であるが、イランは猫の形をした国である。地図で見ると、縦長のカスピ海の左下（つまり南西）にふたつの耳を立てた猫の頭がある。その頭から右（東）に背中が盛り上がり、右下（南東）に向かって前足と腹、さらに後ろ足とお尻と尻尾が伸びている。全体としては、うずくまった猫を左斜め後ろから見下ろしているように見える。

猫には模様がある。首筋から背中にかけて、つまりカスピ海の南岸に沿うように、アルボルズ山脈という濃い縞《しま》が伸びている。首都のテヘランはその山脈のすぐ南に位置している。イラン最高峰のダマーヴァンド山（五六一〇メートル）も、テヘランの北東七十キロたらずのところにそびえている。著者はテヘラン滞在中に登山をしているが、テヘランの北側には、ほとんど郊外といっていいようなところに三〇〇〇～四〇〇〇メートル級の高山が連なっており、冬はあちらこちらでスキーが楽しめるのだ。

もうひとつの大山脈であるザグロス山脈は、猫の頭から左側の半身をおおうキジトラ模様である。その東側、つまり猫の背からお尻にあたる部分には二つの大きな白地模様がある。そのひとつは、著者がガイドのアクバルの運転で突っ走ったダシュテ・キャヴィールであり、お尻に近いほうはダシュテ・ルート、どちらも広大な砂漠なのである（ダシュトは「砂漠、平原」という意味なので、ふつうは「キャヴィール砂漠」などとよばれる。ダシュトがダシュテになるのは、後続の語との接続のため）。

つぎに言語であるが、イランの公用語はペルシャ語である。ペルシャ語の文字は、著者が「バーミセリのような」と形容するアラビア文字を使うせいか、アラビア語に近い言葉だと誤解されることがある。たしかに、日本語が中国語の語彙《ごい》を大量に借用しているように、ペルシャ語はアラビア語の語彙を大量に借用しているが、言語の構造はまったく異なる。ペルシャ語は英語やフランス語と同じくインド・ヨーロッパ語族に属する言葉である。親族名称など基本的な語はラテン語などによく似ている。たとえば、ペルシャ語で父はペダル、母はマーダルだが、ラテン語はそれぞれ、パテル、マーテルである。

では、イランではペルシャ語が唯一の言語かというと、そんなことはない。日常生活では地方地方で実にいろんな言葉が話されているのだ。著者がトルコから国境を越えて足を踏み入れたイラン北西部では、トルコ系の住民がトルコ語に近いアゼルバイジャン語を話している。ある家に招かれた著者は、サル・シラという、サフランで黄色く色づけられた甘い粥のようなデザートをたっぷりとふるまわれるが、このサル・シラはアゼルバイジャン語で、ペルシャ語ではショレ・ザルドという。

また北西部では、クルド人の貧しい村を通った折に、ある女性に食事をふるまわれ、絨毯織りの実演を見せてもらったうえ、昼寝までさせてもらったと書いているが、そのあたりでは当然クルド語が話されているのだろう。

このように話す言葉が違うということは、イランには民族の系統が違う人たちが混在しているということを意味する。人口のほぼ半数はペルシャ語を話すペルシャ人だが、トルコ系の人々やクルド人も多い。そのほかたくさんの少数民族、少数部族が暮らしていて、それぞれがイランという絨毯の色どり豊かな模様を織りなすのに欠かせない糸となっている。

ここまでのことでわかるように、イランはアラブの国ではない。西隣のイラクはアラブ人が人口の八十パーセント近くを占める多数派で、ついでクルド人が多いが、イランにおいてはアラブ人は約四パーセントと少数派だ。「中東・イスラム・産油国」とセットになると、どこもアラブの国と思いがちだが、イランは違うのだ。

ホメイニの指導のもと、「イスラム法学者の統治」という特異な体制を築き上げたイランには、厳格で、息もつけない国というイメージがあるが、意外な一面もある。イランでは競馬が行なわれており、しかも馬券も売られているのである。イスラムでは賭け事は原則禁止だが、イランのシーア派の法学者の見解では、競馬は例外らしい。伝承によれば、預言者ムハンマドは猫と馬を愛し、競馬を好んだようだ。

競馬場はテヘランなどにもあるが、いちばん格式が高いのはトルクメニスタンとの国境に近く、トルクメン人が多く暮らすゴンバデカーヴースの競馬場だそうだ。このあたりは古来、名馬の産地で、遊牧民の伝統がいまに息づいているのだろう。インターネットでレースの模様を見ると、老いも若きも、大人も子供も、男も女も、夢中になってゴールに殺到する馬たちに声援を送っている。その興奮ぶりは、日本の競馬場と変らない。

話が脱線してしまったようだが、本書を読んだおかげで、いままで知らなかったイランやトルクメニスタンやウズベキスタンのふつうの人々と親しくなれたような気がする。なかにはお付き合いしたくない人たちもいる。けれども、これらの国々には、どこの馬の骨とも知れない、薄汚れた格好の外国人旅行者をとことん気遣って、温かく迎え入れてくれる人たちがたくさんいる。この本を読んで、著者とともに長い道を歩き続ければ、世界は思っていたほど悪いところじゃない、と感じられるのではないだろうか。

最後に、第一巻に引き続き原著にはない貴重な写真を提供してくださった著者のベルナール・オリヴィエ氏に感謝したい。そして、この第二巻の出版も引き受けてくださった藤原書店の藤原良雄社長と、煩雑な編集作業に当たり、ふたたび美しい本を作り上げてくださった山﨑優子さんに深く感謝する。

二〇一六年五月

訳者

著者紹介

ベルナール・オリヴィエ（Bernard Ollivier）

1938年、ノルマンディーのマンシュ県の小村ガテモに生まれる。父は石工、7人の子供を抱える貧しい家だった。16歳で学業を離れ、建設労働者として働きはじめる。その後、さまざまな職を転々とする（港湾労働者、レストランのギャルソン、セールスマン、自動車修理工ほか）。その間、18歳のとき結核で一年間の入院生活。退院後、スポーツで健康を回復、20歳から働きながら通信教育を受け、26歳でバカロレアを取得。ついでジャーナリスト養成所の免状を得て、以後15年間を政治記者、次の15年間を経済・社会記者として、ACP（通信社）、『パリ・マッチ』誌、『コンバ』紙、第一チャンネル（テレビ）、『フィガロ』紙、『ル・マタン』紙などで働いた。50歳頃からテレビの脚本も何本か書いている。

45歳でそれまで毎日二箱吸っていた煙草をやめ、マラソンに取り組み、仕事のかたわら、ニューヨーク・マラソンをはじめ20回ほどマラソン大会に出場。

51歳のときの妻の死に加え、60歳での退職で前途の希望を失い、ひどく落ち込んだが、サンティアゴ・デ・コンポステラの巡礼の道を歩くことを決意。歴史的な道を歩くことの喜びを発見し、翌年には壮大なシルクロードの徒歩旅行に旅立った。その旅が『ロング・マルシュ』という本に結実。

以後も精力的に著作を続けるとともに、非行に走った若者たちを歩くことによって立ち直らせる活動に取り組む。この活動のため「スイユ」という組織を創設、『ロング・マルシュ』の印税をその運営費に充てる。

著書に、『ロング・マルシュⅠ　アナトリア横断』（2000）『ロング・マルシュⅡ　サマルカンドへ』（本書、2001）『ロング・マルシュⅢ　ステップの風』（2003）『どん底物語』（短編小説集、2001）『マッチと爆弾』（大都市郊外の若者たちの惨状を論ずる。2007）『人生は六十歳から』（2008）『ロワール川の冒険』（2009）『世界を手玉にとったローザの物語』（小説、2013）『ロング・マルシュⅣ　完結編』（2016）ほか。

訳者紹介

内藤伸夫（ないとう・のぶお）
1954 年生。東京大学文学部仏文科卒。スイス、ローザンヌの近くのモルジュで書店を個人経営。邦訳にジャン・エシュノーズ『稲妻』（近代文藝社）、『1914』（水声社）、オリヴィエ『ロング•マルシュ 長く歩く　アナトリア横断』（共訳、藤原書店）、仏訳に廣松渉「意味論研究覚書」（共訳、« Philosophie » 誌、2013 年春季号）。

渡辺純（わたなべ・じゅん）
1954 年生。東京大学文学部露文科卒。校正業。著書『ビール大全』（文春新書）ほか。訳書に、オリヴィエ『ロング・マルシュ 長く歩く　アナトリア横断』（共訳、藤原書店）。

サマルカンドへ——ロング・マルシュ　長《なが》く歩《ある》く II

2016年 7 月10日　初版第 1 刷発行©

訳　者　内藤伸夫
　　　　渡辺　純

発行者　藤原良雄

発行所　株式会社 藤原書店

〒 162-0041　東京都新宿区早稲田鶴巻町 523
電　話　03（5272）0301
FAX　03（5272）0450
振　替　00160 - 4 - 17013
info@fujiwara-shoten.co.jp

印刷・製本　中央精版印刷

落丁本・乱丁本はお取替えいたします
定価はカバーに表示してあります

Printed in Japan
ISBN978-4-86578-073-4

ノーベル文学賞受賞の現代トルコ文学最高峰

オルハン・パムク（1952-　）

“東”と“西”が接する都市イスタンブールに生まれ、その地に住み続ける。異文明の接触の中でおきる軋みに耳を澄まし、喪失の過程に目を凝らすその作品は、複数の異質な声を響かせることでエキゾティシズムを注意深く排しつつ、淡いノスタルジーを湛えた独特の世界を生む。作品は世界各国語に翻訳されベストセラーに。2006年、トルコの作家として初のノーベル文学賞を受賞。

パムク文学のエッセンス

父のトランク
〈ノーベル文学賞受賞講演〉

O・パムク
和久井路子訳

父と子の関係から「書くこと」を思索する表題作の他、作品と作家との邂逅の妙味を語る講演「内包された作者」、自らも巻き込まれた政治と文学の接触についての講演「カルスで、そしてフランクフルトで」、佐藤亜紀氏との来日特別対談、ノーベル賞授賞式直前インタビューを収録。

B6変上製　一九二頁　**一八〇〇円**
（二〇〇七年五月刊）
◇978-4-89434-571-3

BABAMIN BAVULU　Orhan PAMUK

作家にとって決定的な「場所」をめぐって

イスタンブール
〈思い出とこの町〉

O・パムク
和久井路子訳

画家を目指した二十二歳までの〈自伝〉と、フロベール、ネルヴァル、ゴーチエら文豪の目に映ったこの町、そして二百九枚の白黒写真——失われた栄華と自らの過去を織り合わせながら、胸苦しくも懐かしい「憂愁」に浸された町を描いた傑作。　**写真多数**

四六変上製　四九六頁　**三六〇〇円**
（二〇〇七年七月刊）
◇978-4-89434-578-2

İSTANBUL　Orhan PAMUK

世界的評価を高めた一作

白い城

O・パムク
宮下遼・宮下志朗訳

人は、自ら選び取った人生を、それがわがものとなるまで愛さねばならない——十七世紀オスマン帝国に囚われたヴェネツィア人と、彼を買い取ったトルコ人学者。瓜二つの二人が直面する「自分とは何か」という問いにおいて、「東」と「西」が鬩ぎ合う。著者の世界的評価を決定的に高めた一作。

四六変上製　二六四頁　**二二〇〇円**
（二〇〇九年一二月刊）
◇978-4-89434-718-2

BEYAZ KALE　Orhan PAMUK

トルコ最高の諷刺作家、珠玉の短篇集を初邦訳！

口で鳥をつかまえる男
〈アズィズ・ネスィン短篇集〉

A・ネスィン　護雅夫訳

一九六〇年クーデター前後、言論統制、戒厳令、警察の横暴、官僚主義などが横行するトルコ社会で、シニカルな「笑い」を通じて批判的視点を提示。幾度も逮捕・投獄されながらユーモア作家として国際的名声を築いたネスィンの作品一六篇を初邦訳。

四六上製　二三二頁　二六〇〇円
（二〇一三年五月刊）◇978-4-89434-915-5

SHORT STORIES OF AZIZ NESIN　Azis NESIN

「トルコ近代文学の父」の代表作

心の平安

A・H・タンプナル
和久井路子訳

「イスタンブルを描いた最も偉大な小説」（オルハン・パムク）

第二次世界大戦のまさに前夜、東と西が出会う都市イスタンブルを背景として、西洋化とオスマン朝の伝統文化への郷愁との狭間で引き裂かれるトルコの知識層青年の姿を、甘美な恋愛劇と重ねて描きだした傑作長篇。

四六上製　五七六頁　三六〇〇円
（二〇一五年九月刊）◇978-4-86578-042-0

HUZUR　Ahmet Hamdi TANPINAR

地中海を跋扈したオスマン大提督の生涯

改宗者クルチ・アリ
〈教会からモスクへ〉

O・N・ギュルメン
和久井路子訳

十六世紀、イタリア出身ながら海賊に捕われイスラムに改宗、レパントの海戦を生き延びて海軍提督に登り詰めたクルチ・アリ。宗教の境界を越え破天荒の活躍をした異色の存在の数奇な生涯を描く、トルコ現代文学の話題作！

四六上製　四四八頁　三六〇〇円
（二〇一〇年四月刊）◇978-4-89434-733-5

MÜHTEDİ　Osman Necmi GÜRMEN

「東」と「西」の接する地から

別冊『環』⑭

トルコとは何か

〈座談会〉澁澤幸子＋永田雄三＋三木亘（司会）岡田明憲

I　**トルコの歴史と文化**
鈴木董／内藤正典／坂本勉／設樂國廣／長場紘／山下王世／ヤマンラール水野美奈子／横田吉昭／新井政美／三沢伸生／三杉隆敏／牟田口義郎／三宅理一／安達智英子／細川直子／浜名優美／陣内秀信／高橋忠久／庄野真代

II　**オルハン・パムクの世界**
パムク／アトウッド／莫言／河津聖恵 ほか

III　**資料篇**　地図／年表／歴代スルタン

菊大並製　二九六頁　三二〇〇円
（二〇〇八年五月刊）◇978-4-89434-626-0

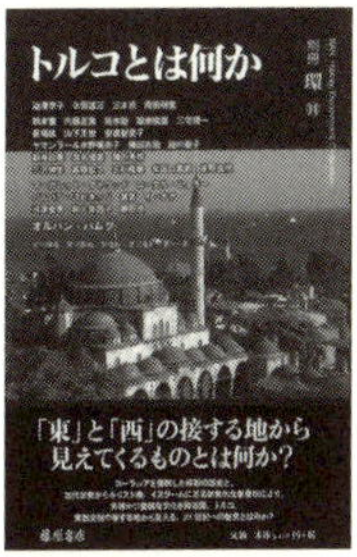

「おれはアメリカが欲しい。」衝撃のデビュー作！

ニグロと疲れないでセックスする方法

D・ラフェリエール
立花英裕訳

モントリオール在住の「すけこましニグロ」のタイプライターが音楽・文学・セックスの星雲から叩き出す言葉の渦が、白人と黒人の布置を鮮やかに転覆する。デビュー作にしてベストセラー、待望の邦訳。

四六上製　二四〇頁　一六〇〇円
（二〇一二年一二月刊）
◇978-4-89434-888-2

COMMENT FAIRE L'AMOUR AVEC UN NÈGRE SANS SE FATIGUER
Dany LAFERRIÈRE

「世界文学」の旗手による必読の一冊！

吾輩は日本作家である

D・ラフェリエール
立花英裕訳

編集者に督促され、訪れたこともない国名を掲げた新作の構想を口走った「私」のもとに、次々と引き寄せられる「日本」との関わり――国籍や文学ジャンルを越境し、しなやかでユーモアあふれる箴言に満ちた作品で読者を魅了する著者の話題作。

四六上製　二八八頁　二四〇〇円
（二〇一四年八月刊）
◇978-4-89434-982-7

JE SUIS UN ÉCRIVAIN JAPONAIS
Dany LAFERRIÈRE

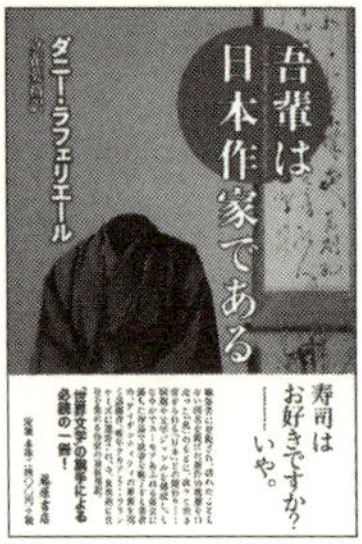

新しい町に到着したばかりの人へ

甘い漂流

D・ラフェリエール
小倉和子訳

一九七六年、夏。オリンピックに沸くカナダ・モントリオールに、母国ハイチの秘密警察から逃れて到着した、二十三歳の黒人青年。熱帯で育まれた亡命ジャーナリストの目に映る〝新しい町〟の光と闇――芭蕉をこよなく愛する作家が、一瞬の鮮烈なイメージを俳句のように切り取る。

四六上製　三二八頁　二八〇〇円
（二〇一四年八月刊）
◇978-4-89434-985-8

CHRONIQUE DE LA DÉRIVE DOUCE
Dany LAFERRIÈRE

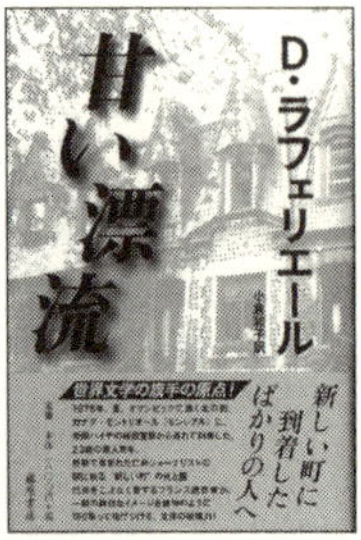

二〇一〇年一月一二日、ハイチ大地震

ハイチ震災日記
（私のまわりのすべてが揺れる）

D・ラフェリエール
立花英裕訳

首都ポルトープランスで、死者三〇万超の災害の只中に立ち会った作家が、ひとつひとつ手帳に書き留めた、震災前／後に引き裂かれた時間の中を生きるハイチの人々の苦難、悲しみ、祈り、そして人間と人間の温かい交流と、独自の歴史への誇りに根ざした未来へのまなざし。

四六上製　二三二頁　二二〇〇円
（二〇一一年九月刊）
◇978-4-89434-822-6

TOUT BOUGE AUTOUR DE MOI
Dany LAFERRIÈRE

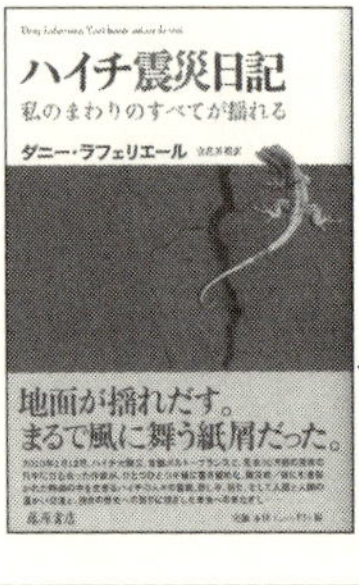